COSMUS FLAM

EIN LAND ENTSTEIGT DER DÄMMERUNG

COSMUS FLAM
EIN LAND ENTSTEIGT DER DÄMMERUNG
Roman

Bergstadtverlag Wilhelm Gottlieb Korn
Würzburg

CIP-Kurztitelaufnahme der Deutschen Bibliothek

Flam, Cosmus:

Ein Land entsteigt der Dämmerung: Roman/Cosmus Flam. – 2. Aufl. – Würzburg: Bergstadtverlag Korn, 1983.

ISBN 3-87057-077-6

Zweite Auflage 1983

Gesamtherstellung: M. Liehners Hofbuchdruckerei GmbH & Co., Sigmaringen
Printed in Germany · ISBN 3-87057-077-6

I

EIN LAND ENTSTEIGT DER DÄMMERUNG

Unten im alten Dorfe, das die Deutschen Naßsiedel nannten, am Schanzenbache, hauste Tuscha, der Fischer. Groß war der Mann und groß die Sippe, der er als Hausvater vorstand. Er hatte sieben Söhne, von denen schon fünfe ihre Weiber hatten und ihre vielen Kinder. Die alle wohnten bei Tuscha, dem Alten, in der großen grauen Hütte am Schanzenbache.

Der alte Tuscha war von Jugend auf ein Fischer gewesen, ein ander Gewerbe hatte er nie gehabt. Aber in seiner Kunst war er geübt und hochberühmt, und niemand konnte es ihm darin gleichtun. Er fischte mit Netz und mit Angel, er fing Krebse in Körben und mit der Hand, er griff die Frösche im seichten Wasser und lockte die Unken ans Land, indem er des Nachts ihr Geläute nachahmte.

Er verstand alles, was mit dem Wasser und mit den Fischen und mit allem Wassergetier zusammenhing.

Er wußte, wo die schönsten Korbweiden standen, aus deren Zweigen er seine Reusen flocht. Er kannte die Stellen im stillen Wasser, wo die nasse Linse wuchs, die man in einem Leinwandbeutel kochen und dann den kranken Kühen auflegen muß, wenn sie Schmerzen haben und keine Milch geben. Er war der einzige im ganzen Lande, der ungestraft Wasserrosen abgepflückt hatte, weiße und blaßrote, und war nicht gestorben.

Tuscha verstand alles, was mit dem Wasser und mit den Wasserbäumen und mit allem Wassergesträuch zusammenhing.

Der alte Tuscha fischte nicht nur im Schanzenbache, der an seiner grauen Hütte dahinfloß, er fischte in allen Wassern des Lohegaues, die von den Waldbergen kamen, und seine Krebskörbe und seine Hechtreusen hingen ebenso in der Lohe wie weit drüben in der Ohle und in der Peile. Da es trotz einem Herzog noch nicht viel Recht in dem Lande gab, nahm sich jeder das Recht, das er fand, und bis er ein ander Recht fand, das stärker war als das seine. Aber Tuscha hatte nie ein Recht gefunden, das stärker gewesen wäre als seine Fäuste und spitzer als die Pfeile seiner Söhne.

Der alte Tuscha war ein großer, schon von den Jahren gebeugter Mann, der ein glattes bartloses Gesicht und ganz braune Traumaugen hatte. Niemand konnte ihm lange in diese Augen sehn. Die Leute sagten: Die Augen des alten Tuscha sind wie Wasser, das fließt! Und andere sagten: Er hat Fischaugen.

Wenn er an den Bächen und Flüssen entlang ging, sie kannten ihn alle. Aber wenige liebten ihn, und die meisten wichen ihm aus. So war er immer allein. Er sprach mit sich selber, wie es alle Alleingänger tun, so daß es sich anhörte, als spräche er mit den Fischen.

Er stand im Rufe, ein Seher zu sein, und viele glaubten, daß er noch mehr könne als eine Angel halten oder ein Netz flicken oder einen lästigen Nebenbuhler, in einen Sack genäht, in ein stummes Wasser werfen . . .

An einem Tage im grauen Februar war Tuschas Sippe, Männer, Weiber und Kinder, hinüber ins Waldgebirge gezogen, um Holz zu holen. Der Alte war in der großen grauen Hütte ganz allein.

Er stand lange auf dem Erdwalle, der an Stelle einer Mauer das Anwesen umgab, und sah barhäuptig in den Himmel hinauf. Der erste warme Südwind trieb graue Wolkenschafe über die Hügel, und manchmal fing es an zu regnen, aber immer nur wenige Tropfen. Dann ging er in die Hütte zurück.

Tuschas Hütte lag am Schanzenbache derart, daß an der einen Lehmwand der reißende Bach vorüberschoß. Ein Nebenarm aber floß, abgedämmt, unter dem Hause hindurch, wo ein bretterner Wassergang sein Bett war, darin hölzerne Gatter und Bottiche mit den gefangenen Fischen hingen. Dieser Fischgang war mit Brettern und Bohlen zugedeckt, die man hochheben konnte. Hier wuschen auch die Weiber der Sippe im Winter ihr Zeug und ihre Kinder und holten das Wasser für die Kessel des Herdes und für die Tränketröge des Viehs.

Der alte Tuscha hob ein paar Bretter vom Fischstollen, so daß man in das ziehende Wasser hinabsehn konnte.

Dann legte er sich bäuchlings auf die anderen Bretter, die noch dalagen, und schaute lange Zeit in den Bach.

Das Wasser zog, trübe von dem einfallenden Tageslicht beleuchtet, unter ihm dahin, ewig wechselnd und strömend, und sein Gesang war wie das Gemurmel von Geistern . . .

Vom Himmel strömt das Wasser, das Erdreich durchfließt es, zum tieferen Wasser ergießt es sich hinab zur Meerflut, die Sonne zieht es wieder zum Himmel empor. Das Wasser sieht viele Dinge und trägt in sich das Wissen der Welt. Wie das Blut den Menschen durchströmt, so ist das Wasser das Blut der Erde . . .

Lange lag der alte Tuscha so bäuchlings über dem Fischstollen in seiner Hütte und sah unverwandt in das strömende Blut der Welt unter sich . . .

Nach langer Zeit kam es über ihn wie ein Zucken. Er atmete tief. Seine Augen weiteten sich, seine Hände krampften sich um die Kanten der Bretter, und mit offenem Munde starrte er in die Tiefe hinab . . .

Da sah er es, da überkam ihn die Gewalt, die uralte Prophetie seines Volkes, die unheimliche Schau . . .

Ein weites Feld, ein unendliches Feld . . .

Die Sonne ging im Osten auf über dem unendlichen Felde. Es war eine große Angst bei dem Grase und bei den Blumen und bei den Kräutern. Sie weheten hin und her, wiewohl kein Wind war. Es war die Angst, die ihre Häupter zur Erde beugte. Ach, wie weinte da das Gras, und die Blumen seufzten, und die Kräuter machten sich klein und verkrochen sich.

Die Sonne, die unbarmherzige Sonne, ging langsam über das weite Feld zur Höhe des Mittags, wo sie ruhete. Aber die Angst der Gräser ruhete nicht, und nicht verstummte das Seufzen der Blumen, und die Kräuter standen und zitterten.

Als die Sonne am Nachmittagstein stand, wo sie ihre goldene Krone mit einer silbernen tauscht, kam das bleiche Heer aus dem Osten. Es stand eine lange Zeit unbeweglich am Rande des Feldes und schaute stumm in die sinkende Sonne herüber und in das stille blühende Land.

Kein Wind war da. Es fror das Gras, die große Heide fror. Die Berge hielten den Atem an, und die Bäche im Lande stockten. O die unbarmherzige Sonne, daß keine Nacht war!

Unzählig war das Heer, das im Osten stand. Sie brausten über das Feld, und wo der Huf ihrer Pferde hintrat, da wuchs kein Gras mehr . . .

Als die Nacht kam, war das weite blühende Feld tot, und tot war die Blüte der Blumen, entschwunden des süßen Grases Duft. Fremde Pfeile staken in der Rinde der großen Bäume, und der Nachtwind sirrte um ihre gefiederten Schwänze . . .

Der alte Tuscha hing über dem Fischstollen und stöhnte, als peinigten ihn die Geister. Längst war es auch Nacht in der Hütte geworden. Denn die Tage im Februar sind noch kurz. Nur das strömende Wasser zuckte unter ihm auf in einem fahlen Schimmer, und die schuppigen Leiber der Fische gleißten silbrig, wenn sie sich in ihren Körben und Reusen durcheinanderwühlten.

Wie ein Toter lag Tuscha, der alte Seher, über dem Bache und atmete kaum. Als seine Sippe mit dem Holze nach Hause kam, fanden sie ihn und trugen ihn langsam an die Herdstelle, wo sie ein neues Feuer entfachten.

Er hat wieder getrunken, der Alte, keifte das eine Weib. Väterchen hat nicht getrunken, sagte ihr Mann, der älteste Sohn, und sah giftig zu seinem Weibe hinüber. Er hat im Wasser den Grund gesehn; wir wollen ihn morgen fragen, was auf dem Grunde liegt. Aber am andern Morgen war der alte Tuscha fort. Sie fanden ihn nirgendwo. Vor Tau und Tag war er fortgegangen, niemand wußte, wohin . . .

An eben diesem Morgen, es war der letzte Sonntag im Februar, und der blaue Himmel stand wie ein seidenes Zelt vom Gebirge her bis in die verdämmernden Weiten der großen Ebene, gingen zwei

Bauern aus dem deutschen Dorfe Dürrsiedel nach der Sonntagskirche in Wolffenberg heim.

Der eine von ihnen war Thomas, den sie Einsam nannten, weil er den letzten Hof in Dürrsiedel hatte und ganz oben am Walde hauste, wo am Gartenzaune die Blaubeere wuchs und um den Brunnenrand schon das Heidekraut raschelte. Auch sonst hielt er sich meist abseits zusamt seinem Weibe und seinem einzigen Sohne Hinrich, denn seines Vaters Wiege hatte in Flamland gestanden, und sparte die Worte, außer wenn ihm genug braunes Bier durch die feiste Gurgel gelaufen war. Dann taute er auf wie ein Strom, der bis auf den Grund gefroren war, und brach die lastende Decke mit aller Gewalt empor, daß die schönsten Lieder und die drolligsten Geschichten hervorsprudelten und im Dorfkruge ein großes Gelächter erscholl und der Thomas Einsam ein Thomas Allesam ward. Aber das geschah nur selten im Jahre.

Der andere war Ambrosius, der sich selbst Ecke zubenannt hatte, zum Unterschiede von dem anderen Ambrosius, der drüben in Wolffenberg Freirichter und Erbschulze war, weshalb man ihn den Ambrosius Scholtz hieß. Eckes Sippe stammte aus Franken am Main, wo sie einem Herrn von Ecke dienstbar gewesen war, dessen Namen sie nun selber empfing.

Die beiden Männer fügte der Zufall so zusammen, daß sie sich als die Zuletztgekommenen unter der Kirchtür trafen und dem Gottesdienste im Dunkel der Singeempore beiwohnten, bei Taufstein und Weihwasserbecken, wofür sie auch als die ersten die Kirche wieder verlassen durften. Zwar lockte der Kirche von Wolffenberg gegenüber die Schänke der Freirichterei, die „Zur Jakobsleiter“ hieß, aber da an diesem Morgen der Himmel so österlich blau und die Luft so voller Frühlingsahnungen war, ließen sie die stickige Luft in der Stube der Jakobsleiter und gingen mit ziemlich raschen Schritten, als hätten sie sich verabredet, was doch nur ein stummer Wunsch zu zweien war, in die Felder hinein, die noch vom Winter her dalagen und des Pfluges harrten.

Sie gingen zunächst gleich hinter der Kirche linker Hand in ein Gebüsch hinein, das der Dornwald hieß, weil hier ein undurchdringliches Gewirr von wilden Rosen und Brombeeren war, von Erlicht und Seidelbast, von Moorweiden und Sumpfbirken, so daß niemand dieses Irrsal durchschreiten konnte, außer auf einem schmalen Knüppeldamme, der aber nur die Breite eines Wagens hatte und ein Ausweichen nicht erlaubte.

Hier war es im vorigen Jahre geschehen, daß der Freirichter von Wolffenberg, Ambrosius Scholtz, mit einem Wagen Heu vom Felde heimkam und einem zweirädrigen Ochsenkarren begegnete, der dem Luzan gehörte, dem jüngsten Sohne des Fischers Tuscha.

Der Freirichter von Wolffenberg war ein mächtiger Mann und weit und breit hochgeachtet ob seines Amtes und seines Reichtums. Er war groß und stark und in den besten Jahren, wo Männer seiner Art wie die Löwen sind.

Ohne von seinem Wagen zu steigen, befahl er also dem Tuschasohne, seinen Karren zurückzuschieben und ihn vorbeizulassen. Luzan aber, ein junger, verwegener Kerl, lachte ihn von seinem Ochsenkarren her an und machte keinerlei Anstalten, des Freirichters Geheiß zu befolgen, daß dem das Blut in den Kopf stieg und er die Peitsche nahm, um dem Kerl aus Naßsiedel eins übers Leder zu ziehn.

Da stand auf einmal der Luzan neben dem Ambrosius Scholtz, wand ihm lächelnd die Peitsche aus der Hand und warf sie mit einem weiten Schwunge ins Gebüsch. Dessen konnte sich der Freirichter auch später noch genau erinnern.

Was freilich nachher geschehen war, vermochte er nicht mehr zu sagen. Jedenfalls fand er sich, halb betäubt und wie betrunken, rücklings auf seinem Pferde sitzen, das langsam nach Hause trollte, während sein Heuwagen mit zerbrochenen Rädern im Dornwalde lag, in Sumpf und Moor, und der Ochsenkarren des Luzan unbehelligt seinen Weg weiter nahm bis zu einer Anhöhe, wo eine Dürrlitze stand. Dort wandte er sich noch einmal um und winkte dem erschrockenen Schulzen nach, der fast zum Gespött der Leute ganz verstört in Wolffenberg einritt und danach zwei Wochen krank lag.

Seitdem hat er nie wieder den Luzan geheißen, ihm aus dem Weg zu gehn, ist ihm vielmehr selber aus dem Wege gegangen und hat der Sippe des Tuscha manches hingehen lassen, was zu sehen und nachzuprüfen sonst seines Amtes gewesen wäre.

Eben daran erinnerten sich die beiden Männer, der Thomas Einsam und der Ambrosius Ecke, da sie langsam durch den Dornwald gingen, denn es war erst im vorigen Jahre geschehn. Aber ohne daß sie es wollten, gingen sie durch den gespenstischen Dornwald allmählich schneller, bis sie oben bei der Dürrlitze ankamen und ein wenig verschnauften.

Auf dem Knüppeldamme ist nicht gut gehn, sagte der Ecke und stand still und atmete tief. Teufelsbrut, diese Tuschasippe, brummte Thomas Einsam, als wollte er mit diesem Worte ein Gespräch beenden, das er unterwegs mit sich selbst geführt hatte.

Die Dürrlitze oben auf der Anhöhe, die man weit im Lande sah, hatte schon Knospen und wiegte ihre langen Zweige im Winde wie eine Harfe.

Den Weg, der von hier oben nach Naßsiedel hinunterführt, den mieden sie und hielten sich zur rechten Hand am Steinberge und zu jenen Äckern hin, die die alte Rodung hießen. Sie hatten hier selber ein gut Teil ihrer Felder und besprachen dieses und jenes, indem der Ecke das meiste redete und der Einsam nur hie und da nickte oder ein Wort vor sich hinbrummte.

Wovon sie sprachen? Was am besten heuer zu baun, wie lange noch mit dem Pflügen zu warten, und wie das mit dem Wetter sei.

Thomas, der ältere von beiden, ein angehender Vierziger, besah sich den weiten wolkenlosen Himmel, aber er gab ihm keine Zukunft, meinte vielmehr, es würde noch Schnee kommen. Wenn sich der Berg dort drüben, so sprach er, ins Blaugewand hüllt, ist Schön-Wetter hin.

Sie gingen weiter an der alten Rodung entlang, bis sie an die Schanze kamen, einen breiten haftertiefen Abgrund, durch den der Schanzenbach strömt, und dessen steile Hänge mit Buchen und Eichen und allerlei Gestrüpp bewachsen waren. Am Rande des Gebüsches blühten die ersten Buschwindröschen, die damals Wachauf hießen, weil sie den Frühling aus dem Schlafe riefen, wie es in dem alten Liede heißt:

Wach auf, wach auf, aus deinem Traum,
Wach auf, du schöner Mai!
Es grünt das Feld, es blüht der Baum,
Der Winter ist vorbei!

Ambrosius Ecke pflückte ein paar von den großen weißen Blütensternen zusamt den zackigen Blättern und gedachte sie seiner Tochter Salomäa mitzubringen, die die Blumen so liebte.

Sodann gingen die beiden Männer einen schmalen Saumpfad in die Tiefe des Grundes hinab, überquerten auf Steinen den Schanzenbach und gingen am anderen Hange wieder empor zur Schafweide, wo ein alter halbzerfallener Turm stand. Von hier sah man, wenn man hinabsah, die Hütten von Naßsiedel, allen voran die große graue Hütte der Tuschasippe mit ihrem runden Erdwalle, und wenn man zur Höhe hinaufsah, die Stroh- und Schindeldächer von Dürrsiedel.

Zwischen beiden Welten stand der alte Turm.

Im Innern war er verfallen. Er trug weder eine Leiter noch eine Treppe noch auch ein Dach. Wenn man unten in dem Gestrüppe von halbverwelkten Nesseln und Wolfsmilch stand und in ihn hinaufsah, erblickte man den wolkenlosen Himmel, wie er hereinblaute, oder einen Rüttelfalken, der auf der Zinne saß.

Wer diesen Turm wohl gebaut haben mag, sagte Ecke. Mein Vater war lange der Älteste im Dorfe und konnte sich weit zurückerinnern. Als junger Bursche ist er in unser Dorf gekommen, aber immer erzählte er, lange ehe das Dorf gebaut wurde, stand schon der Turm. Er ist der älteste weit und breit. Er ist viel älter als der Turm an der Kirche von Wolffenberg. Aber niemand weiß, wer ihn gebaut hat.

Man sollte einmal den alten Tuscha fragen, antwortete Thomas, der weiß mancherlei.

Das werde ich bleiben lassen, erschrak der Ecke, wer möchte mit dem zwei Worte wechseln?

Und so verließen die beiden Männer langsam auch die Schafweide und den alten Turm und stiegen zu ihrem Dorfe empor, aus dessen Häusern der Mittagrauch zog.

Gleich am Eingange ging Thomas zur linken Hand in seine Einsamkeit hinauf, ohne daß er ein vernehmliches Abschiedswort gesprochen hätte.

Aber Ambrosius kannte ihn schon. Er ließ ihn gehn und schlenderte fröhlichen Herzens durch die Dorfgasse bis an seinen Hof, der mit stattlichen Gebäuden in der hellen Sonne lag.

Ehe er aber das große eisenbeschlagene Tor aufklinkte, bückte er sich und hielt für einen Augenblick das kleine weiße Wachauf in den Dorfbach, der an seiner Hofmauer vorüberfloß, so daß die Blütensterne von blitzenden Tautropfen bespritzt waren und glitzerten wie ein Juwel.

Und lächelnd trat der Bauer in sein Eigentum.

In der Burg zu St. Martin auf dem Dome zu Breslau hatte Herr Herzog Heinrich seine Kastellane, Hauptleute und Ratgeber versammelt. Es war am Sonntag Palmarum nach dem Hochamt um die Mittagsstunde.

Die Männer standen in der großen Halle der Burg, deren Fenster über ein paar dürre Bäume hinweg auf die Oder sahen, die mit mächtigen bräunlichen Wogen das Wasser von den Bergen zu Tale trug. Jenseits des Stromes sah man die Häuser der Stadt und die Türme der neuen Kirchen.

Die Sonne brach immer wieder durch die treibenden Wolken, die von Süden her zogen, und ließ die farbigen Gewänder der edlen Herren noch bunter aufglühn und ihre Schwertgehenke noch silberner blitzen. Als die Mitteltür aufging und der Herzog erschien, verstummte das Reden der Männer. Sie wandten sich nach der Tür und verbeugten sich geziemend.

Der Herzog schritt durch sie hin bis an das mittlere Fenster, wo ein hölzerner Hochstuhl für ihn bereit stand, über den Diener eine rote samtene Decke gelegt hatten. Aber der Herzog raffte sie fort und setzte sich dann.

Die Männer seines Rates blieben stehen. Nur ein paar hohe Geistliche durften sich in die Fensternischen setzen, wo Bretterbänke angebracht waren.

Der Herzog war ein mittelgroßer, breitschultriger Mann, dessen Augen seine Würde und seine Gewalt verrieten. Er trug einen großen braunen Bart, weshalb sie ihn auch den Bärtigen hießen.

Er sprach: Ich habe euch, Männer meines Rates, heute am Tage Palmarum dahier in meiner Burg zu St. Martin am Dome zu Breslau versammelt, um euch folgendes kundzutun und euren Rat zu hören: Ich will, daß mein schlesisches Herzogtum ein blühendes Land werde, wie seine westlichen Nachbarländer schon sind. Mir gefällt vieles in unserm Lande nicht. Wenn ich durch die Vogteien und Kastellaneien reise, sehe ich vieles. Da ist das Land schlecht gepflügt und liegt zumeist brach. Dicke Wälder verdunkeln das Licht des Tages, und an vielen Flüssen breiten sich beiderseits Sümpfe und Moore aus. Die Dörfer sind oft elende Hütten, und die Menschen hängen noch an den heidnischen Bräuchen. Wie oft traf ich im Walde Eichen, vor denen ein toter Hahn lag, den man den Götzen geopfert hatte, oder auf den Teichen schwamm ein Kranz von rotem Mohn, womit man glaubt, Krankheiten von Mensch und Vieh fernhalten zu können. Alles das will mir wenig gefallen. Ich habe beschlossen, es zu ändern und in einen besseren Stand zu heben, wie schon mein Vater begonnen hat. Ich will, daß die fruchtbaren Gefilde meines Herzogtums mit goldenem Weizen bestellt sind, wie ich es in anderen Ländern gesehen habe. Ich will, daß die Menschen nicht wie wilde Tiere im Walde hausen, sondern sich in Dörfern zusammenfinden und allda feste Häuser aus Holz und aus Stein bauen. Ich will, daß ein Ende ist mit den alten heidnischen Bräuchen, und daß der christliche Glaube eine Heimstatt finde unter meiner Krone.

Dörfer und Städte sollen im Lande erstehn. Ich will Handel und Wandel ringsum sehn, ich will, daß Kaufleute auf sicheren Straßen reisen, daß Glocken über die Äcker tönen, daß die Wölfe aufhören zu rauben und die Räuber zerstreut werden.

Das will ich, so wahr ich Herzog Heinrich bin!

Die letzten Worte rief er so laut in die Halle, daß es über die Häupter der Männer hinwegtönte wie ein Urteilsspruch. Der Herzog war aufgestanden, und die Männer standen vor ihm und sahen ihn an.

Er fuhr fort:

Alles dieses aber, was ich will, ist mit unsern Leuten nicht zu tun. Sie sind zu wenige, und sie sind zu roh. Wir brauchen neue Menschen für das neue Werk. Das ist das erste, woran nicht zu rütteln und zu deuteln ist. Unsere eigene Kraft reicht nicht aus.

Wenn ich mich aber umsehe und frage, woher diese neuen Menschen zu dem neuen Werke zu nehmen, so weiß ich nur eine Antwort: Aus Deutschland.

Zwar sind schon Deutsche in unserem Lande, ein paar Hunderte, aber es sind ihrer zu wenig.

Männer! Deutschland ist ein Land, in dem alles so ist, wie ich es in meinem Lande will. Dort stehn die Felder voll von Korn und von Weizen. Dort liegen in den Tälern reiche Dörfer, und auf den Berghöhen stehen Schlösser und Burgen. Dort läuten die Glocken

Tag für Tag über ein glückliches Land. Dort sind die Menschen froh und tüchtig und halten sich, wie es Menschen geziemt. Sie sind fleißig und ernten die Früchte ihres Fleißes. Sie essen von einem Tische, der mit Linnen bekleidet ist wie ein Altar, so wie bei uns zu Lande nur der Herzog und ein paar Große speisen. Sie gehen in Tuch gekleidet, und der Vornehme trägt vornehmes Tuch, und der schlichte Mann schlichtes Tuch, aber beide tragen Tuch, und wenn ein übriges hinzukommt, ein Stück Samt dazu und Wolle und Faidwerk. Sie sprechen eine Sprache, die bildsam ist und imstande, die Dinge der Kunst und der Wissenschaft auszudrücken.

Mit einem Worte: Die Deutschen sind Menschen, wie unsere Leute erst werden sollen.

Bei diesen Worten des Herzogs ging ein dumpfes Murmeln durch die vorderste Reihe der versammelten Männer. Ein alter Mann, der Vogt von Oppeln, kam langsam mit schweren Schritten vor den Hochstuhl des Herzogs gegangen und fragte in die Stille hinein:

Herzog, wenn das wahr ist, was Ihr eben gesagt habt, daß die Deutschen Menschen sind und wir wie die Tiere, so frage ich Euch, was Euer Vater gewesen ist und Eure Brüder und alle Eure ruhmreichen Vorfahren, und ich frage euch Männer alle, die ihr mit mir in diesem Saale versammelt seid, was wir denn sind? Sind wir etwa Wölfe oder Wildschweine oder sonst wilde Tiere, die man am besten mit Pfeilen totschießt oder mit Knüppeln erschlägt, damit die Deutschen ins Land kommen können und es möglichst leer finden?

Einige von den Großen murmelten Beifall, aber der Herzog schnitt ihn mit einer Handbewegung ab und sagte mit unterdrücktem Grimme und finsteren Augen:

Stepan von Oppeln, du verdrehst mir die Worte im Munde!

Ich habe nie gesagt, wir wären wilde Tiere, indes die Deutschen Menschen sind. Ich habe gesagt, daß sie Menschen sind, und unser Volk ist noch wie ein Haufen von Kindern, die zu Menschen erzogen werden müssen. Das habe ich gesagt, Stepan von Oppeln, und ein anderes nicht. Wie aber die Kinder die Eltern brauchen, damit sie etwas Rechtes erlernen, so meine ich, brauchen wir im Lande die Deutschen, nicht daß sie uns mit Pfeilen totschießen oder mit Knüppeln erschlagen, sondern daß sie uns lehren, was der Acker braucht, und wie ein guter Pflug entsteht, und wie die Häuser gebaut sein müssen, und wie Musik gemacht wird, und was das ist mit Lesen und Schreiben und Wollzeugmachen und Bierbrauen und Eisenschmelzen und Glockengießen und Bildermalen und mit tausend anderem. Das habe ich gemeint. Und was ich gemeint und gesagt habe, das bleibt bestehn. Wenn der Herzog gesprochen hat, darf niemand widersprechen, es wäre denn, er hätte etwas Besseres und Klügeres zu sprechen als der Herzog. So ist es allezeit der Brauch in unserm Lande gewesen. Ist es so?

Ja, ja, so ist es, riefen die Männer und atmeten auf.

Wenn es so ist, sprach der Herzog, so frage ich hiermit, ob jemand unter euch ist, der etwas Besseres und Klügeres zu sagen weiß als das, was ich soeben gesagt habe. Der soll sich jetzt melden und vortreten und seine Meinung sagen.

Niemand trat vor und sagte eine andere Meinung, auch Stepan von Oppeln nicht.

Gut, ich sehe also, sprach der Herzog weiter, daß ihr, meine Ratgeber und Burgvögte, dieselbe Meinung hegt, wie ich sie hege. So bestimme ich des ferneren, daß von euch zehn Männer, die ich ausgewählt habe, am Osterdienstag sich aufmachen und ins Reich ziehen zu jenen Fürsten, die ich noch benennen werde. Ich werde ihnen Sendschreiben und Gunstbriefe mitgeben, damit sie nicht wie Fremde und Bettler, sondern wie Freunde und Herolde kommen und aufgenommen werden. Dort sollen sie von unserm Lande erzählen und sollen mit Erlaubnis der Fürsten Bauern anwerben, die willens sind, zu uns zu kommen, um dahier einen neuen Acker und ein neues Haus zu baun. So seht ihr das Reich und was ich euch davon erzählt habe, und die Deutschen sehen euch und hören, was wir brauchen.

Der Herzog ließ sich von einem Diener ein Schreiben geben und übergab dasselbe weiter seinem Burgkaplan, Michael mit Namen, der mit lauter Stimme daraus die Namen der Sendboten vorlas und die Namen der Fürsten, zu denen sie am Osterdienstag zu reisen hatten.

Dann schloß der Herzog den Rat und ging zur Tür hinaus, indes die Männer sich schweigend verbeugten.

Gut, daß ich nicht bei den Sendboten bin, sagte Stepan von Oppeln laut in die Stille hinein. Ich brauche für meine Schafe keinen fremden Hund. Und hinter dem Herzog steht niemand anderes als die deutsche Herzogin.

Sprach's und ging als Zweiter zur Tür hinaus.

Es war in den ersten Tagen des Mai. Die Matten der Berge nach der Südseite hin waren schon mit jungem Grase begrünt, und die Bäume in den Mulden und an den Hängen, wo sie vom Nordwinde geschützt waren, hatten Knospen über und über, und ein paar Weiden blühten schon. Blumen standen an den Wegrändern. Der Himmel war blau und die fernen Bergzüge waren blau, und über allen Wäldern und Bergen und Wiesen lag Sonnenschein.

Durch eine Wildnis von blühendem Erlicht schaukelte der zweirädrige Karren des Tuschasohnes Luzan, vor den zwei große breitgehörnte Ochsen gespannt waren, während er selber singend und pfeifend unter der Fellplaue saß und die nackten braunen Beine auf der Deichsel liegen hatte, um sie an der Sonne zu wärmen.

So schaukelte Luzan durchs Land.

Luzan war ein Handelsmann, der mit seinem Karren durchs Land fuhr, vom Gebirge im Süden bis in die großen undurchdringlichen Wälder im Norden, von den Grenzen der Markgrafschaft Meißen bis ins Land Krakau.

Er kannte alle Straßen und Wege in diesem großen unermeßlichen Lande. Viele war er zu Fuß gegangen, mit dem Weidenkorbe auf dem Rücken, bis sein wachsender Wohlstand ihm erlaubte, sich ein Paar Ochsen und einen zweirädrigen Karren mit einer Fellplaue zu kaufen. Zwar kam er so nicht schneller voran denn früher zu Fuß, aber er konnte mehr Handelsware fortbringen, und sein Wohlstand wuchs. Denn Luzan war ein pfiffiger Bursche, der seinen Vorteil allezeit wohl im Auge hatte und alle Geschäfte zu seinen Gunsten zu drehn verstand.

Wenn er aus den böhmischen Dörfern kam, brachte er Säcke mit Salz heim, auch manche Kette aus Granaten, Äxte und Hämmer aus Eisen und ein schön gewebtes Stück Linnen dazu. Das verkaufte er in den Dörfern der Ebene und an der Oder, in Breslau oder in den Kastellaneien des Herzogs.

Wenn er von Norden kam, war sein Wagen mit gegerbten und ungegerbten Fellen beladen, mit Häuten und Leder, mit Bernsteinstücken und Harz, mit russischem Edelholz und mit Fässern voll polnischem Honig. Diese Dinge brachte er in die Markgrafschaft Meißen, wo sich die Deutschen darum rissen und manche Goldmünze dafür in Luzans gierige Hände fallen ließen. Immer hatte Luzan gute Ware und gute Geschäfte, und sein Karren war niemals leer.

Daneben war er überall hochbeliebt und angesehen bei den Männern, bei den Vögten und Kastellanen, denn immer brachte er neue Kunde mit von den Grenzen des Landes oder vom Herzog oder von den fernen Vogteien, und seiner Felltasche ward mancher Brief anvertraut und seiner Schweigsamkeit manche Nachricht. Er war die Ochsenpost des Landes und ein nützlicher Mann, an den sich niemand getraute, da man wußte, daß er der Liebling der großen Herren war.

Aber er war auch der Liebling aller Frauen. Denn er war ein großer dunkelbrauner Kerl, der zu singen und zu tanzen wußte, daß es eine Art war. Wenn er abends in ein Dorf gezogen kam, ging es wie ein Lauffeuer durch die nahen und fernen Hütten: Der Luzan ist da! Immer war dann ein Freudenfest, denn die Mädel und die Burschen strömten herbei, die neuesten Lieder des Luzan zu hören, seine Geschichten und die Melodien seiner Flöte.

Er begnügte sich nicht damit, zu singen und den andern zum Tanze aufzuspielen. Er griff sich selber das schönste Mädel aus dem gaffenden Haufen und drehte sich mit ihm im Tanze und küßte es, und viele Mädel im Lande gab es, die rot wurden und denen das Herz höher schlug, wenn es hieß: Der Luzan ist da!

Hatte er nicht auch manche Kette aus böhmischen Granaten oder manchen Ring mit dem gelben Bernstein oder silberne Armketten, wie sie die Silberschmiede in Bautzen machten? In seinem Karren lagen Linnenstücke mit bunten Mustern und ab und zu sogar Tuche aus den südlichen Ländern, die weich durch die Finger liefen, daß die Frauen kamen und sie befühlten und dann mit wehen Augen sich wieder abwandten, wenn der hübsche Luzan lächelnd den Preis nannte.

Aber manche trug am nächsten Tage das feine Tuch, ohne daß sie je soviel Geld gehabt hätte, und der Luzan war fort und schaukelte wieder auf seinem Karren durchs Land und pfiff sich ein neues Lied. Das war Luzan, der jüngste Sohn des alten Tuscha, der Ochsenhändler und Flötenbläser, der Tänzer und Sänger, der Geschichtenerzähler und Postenbringer. Den Herzog kannten viele im Lande nicht, aber den Luzan kannten sie alle ...

Aus dem Durcheinander der Täler und Höhen stieg ein steiler Berg empor wie ein Helm. Er war mit uralten silbernen Buchen bewachsen, die sich soeben mit dem zartesten Grün geschmückt hatten, so daß ihr heller Glanz seltsam abstach von dem ernsten Schwarzgrün der dunklen Tannenwälder ringsum.

Auf diesen Berg hielt Luzan zu. Es war das Hummelschloß im Lande Glatz, wo ein herzoglicher Vogt saß, der weit und breit herrschte und mit seiner Handvoll Krieger den Paß nach Böhmen zu decken sollte.

Langsam stampften die Ochsen den Weg zum Schlosse hinauf, der sich um den runden Berg hinaufzog wie ein Wendelsteg.

Endlich kamen sie an der Pforte an, wo ein Krieger stand, der in Leder gepanzert war. Wer da? rief er dem Wagen entgegen und griff nach seinem Spieße.

Ich bin's, der Luzan, rief der Bursche und lachte den Kriegsmann an. Da ging ein freudiges Erschrekken über dessen braunes bärtiges Gesicht.

Er riß das Tor zum Hofe auf und rief mit gewaltiger Stimme, so daß es von den grauen Mauern widerscholl: Der Luzan ist da! Kein Fürst konnte so freudig begrüßt werden wie der Tuschasohn.

Oben im ersten Stockwerke öffnete sich ein Fenster, und der Burgvogt sah heraus, Nerbotin mit Namen, ein großer, alter, schon weißhäuptiger Mann.

Herzlich willkommen, Luzan, du Schweinesohn, brüllte er herunter und goß aus einer gewaltigen Kanne Bier in den Hof, das dem flinken Luzan in die Gurgel schoß und ihm mit brauner Flut Gesicht und Brust überschäumte.

Komm herauf, du säumiger Pesthund, schrie Nerbotin hinunter, und erzähle uns, was es Neues gibt!

Aber statt die hölzerne Treppe emporzugehn, machte der flinke Luzan einen Sprung auf die Balkenlage, die das erste Stockwerk des Baues trug, kletterte an den Pfosten empor, zog sich an der Fensterbrüstung hoch und saß im Nu lachend und triumphierend neben dem erstaunten Alten auf der Fensterbank.

Ein ungeheurer Tumult entstand in dem Saale, wo Nerbotins Kämpen soeben ein Wildschwein am Spieße brieten und dicke Ströme braunen Honigbieres in die Kehlen gossen.

Mit einem Satze war Luzan unter ihnen, beide Hände hoch erhoben wie ein Herold.

Schweigen trat ein.

Was es Neues gibt, wollen wir wissen, schrie der betrunkene Nerbotin und schlug den Luzan zum Spaß in den Nacken.

Was es Neues gibt? rief Luzan lachend. Der Herzog hat einen Vögtetag in Breslau gehalten und will viele tausend Deutsche ins Land rufen, und es soll alles schöner werden in unserem Lande, und wir Alten sollen unsre Bündel nehmen und auswandern. Und der Stepan von Oppeln, der widersprochen hat, ist gefangengenommen worden, als er nach Hause fuhr. Mitten auf der Oder fingen ihn die Männer des Herzogs und haben ihn zu Brieg in ein festes Gefängnis geworfen. Das ist das Neueste!

Als Luzan das erzählt hatte, entstand ein unbeschreiblicher Lärm. Nerbotin nahm seinen Tonkrug, der mit Bier bis an den Rand gefüllt war, und schmiß ihn auf den Estrich, daß die Scherben spritzten, und rief: Uns soll er nur kommen, der Herzog. Ich bin der Nerbotin und ihr seid meine Männer!

Ja, du bist der Nerbotin, schrien sie alle, und wir sind deine Männer! Er soll uns nur kommen, der Herzog!

Und dieser Tag auf dem Hummel im Lande Glatz an der böhmischen Grenze endete mit einer gewaltigen Bierschlacht und Prahlhanserei.

Salomäa Ecke, die einzige Tochter des Ambrosius Ecke, ging an einem Frühsommertage, da die Sonne schon tiefer am Himmel hing und das Land in einen

Schleier aus blauem Frühabenddunste gehüllt war, mit der Sense fort, um oben im Waldacker noch Klee zu haun.

Sie kam aus dem gemauerten und geweißten Wohnhause, ging über den weiten Hof und öffnete sich zwischen der Scheune und dem Stalle ein Pförtlein, das zum Baumgarten führte. Neben den Bäumen ging sie entlang, immer auf dem Grund und Boden ihres Vaters, der sich wie ein breites Tischtuch vom Dorfe bis an den Waldrand und noch ein gut Stück weiter durch den Wald bis auf die Berge hinzog.

Hinter dem Baumgarten kam ein Stück Land, das mit Kraut und Gemüsen bepflanzt war, auch ein paar Heilkräuter standen in einer Ecke für die Fälle der Krankheit. Dann kamen Felder mit Korn und Weizen, höher hinauf ein Acker mit Linsen und Erbsen und einer mit Flachs und dann nach dem Walde zu Wiesen, deren Gras schon hoch stand. Zwischen dem Grase wuchsen hunderterlei wilde Blumen, ein ganzes Blumenmeer.

Das schöne Mädchen ging auf dem Raine durch sie hindurch, die Sense geschultert, und summte ein Lied vor sich hin. Sie schritt kräftig aus, denn sie wollte rechtzeitig wieder zu Hause sein, das Vieh zu füttern.

Hinter den Wiesen stand der Wald. Es war ein ernster hoher Wald von Tannen und Buchen, der wie eine grüne Wand rings um das Tal von Dürrsiedel stand. An den Stämmen flammte der Schein der Abendsonne, und durch die Zweige fiel mancher verspätete Strahl und färbte das Moos des Waldbodens purpurrot.

Salomäa ruhte hier ein wenig vom Aufwärtsschreiten aus, wandte sich um und blickte auf das heimatliche Dorf.

Die Höfe und Häuser lagen im Glanze der untergehenden Sonne und im Frieden eines getanen Tagewerkes. Von den Dächern stieg der Abendrauch kerzengerade zur Höhe und versprach auch für morgen einen schönen Tag.

Unter ihr, woher sie gekommen, lag der Hof ihres Vaters, zur Rechten als Nachbar der Hof des Ägidius Twilch und zur Linken der des jungen Johannes, des Sohnes des Niklaus.

Gegenüber an der Straße hauste die Witwe Nothburga mit ihren zwei unmündigen Söhnen, nach ihrem Manne, der nebenbei einen Meiler betrieben hatte, die Köhlerwitwe genannt.

Dann waren über dem Bache die Höfe zweier Brüder, des Hubertus und des Florian, die den Zunamen Distelmann führten, und das Anwesen des steinalten Konrad, der der Altvater hieß und kinderlos war. Er arbeitete mit fremden Knechten.

Es waren noch andre Höfe da, die sich aneinanderreihten, bis oben am Waldrande die Wirtschaft des Thomas Einsam kam, und darüber hinaus gab es nichts mehr, indes nach der anderen Seite der Wassermüller Nikolai der letzte war und den Beschluß machte.

Es gab in Dürrsiedel zweiunddreißig Höfe und Anwesen und mehr als zweihundert Seelen, die Alten und die Kinder mit eingerechnet.

Deutlich sah Salomäa, wie in den Gärten und Höfen und Ställen und Häusern die letzte Arbeit getan ward, wie man die Ziegen und Gänse vom Dorfanger heimtrieb, wie man die frischgewaschene Wäsche von den Bachestangen abnahm und in Körbe legte, wie man dem brüllenden Vieh in den Ställen in großen Schwingen das Abendfutter brachte, und wie die

Weiber an ihren Brunnen die tönernen Töpfe und die hölzernen Bütten wuschen. Alles das sah sie.

Eilig wandte sie sich wieder und schritt durch den Wald zu dem Wildacker, um noch ein paar Schwingen Klee zu haun. Es war indes dunkler im Walde geworden, aber auf der Wiese war es fast noch taghell.

Sie nahm die Sense von der Schulter und schnitt in weiten Schwüngen den süßen Klee.

Da sie ermüdet aufblickte, sah sie, wie ein Mann an der großen Fichte lehnte, die in der Mitte der Wiese stand. Er sah zu ihr herüber, und da er merkte, daß sie ihn erblickt hatte, nahm er eine Flöte und begann eine Melodie zu spielen.

Es war Luzan, der Tuschasohn, der erst vor ein paar Tagen von einer langen Reise nach Hause zurückgekehrt war.

Salomäa hatte zwar schon mancherlei von Luzan gehört, aber so nahe hatte sie ihn noch nie gesehn.

Sie legte die Sense ins Gras und ging mit langsamen Schritten zu der Fichte hinüber. Sie stand vor ihm und wartete, bis er mit seinem Liede zu Ende war.

Dann sprach sie: Was willst du hier auf unserer Wiese?

Luzan antwortete: Ich bin gekommen, um mit dir allein zu sein und dir zu sagen, daß ich dich schon lange bemerkt habe, und daß ich dich liebe.

Salomäa lachte auf und sagte spöttisch:

Ich glaube, du bist der Luzan, der Flötenbläser, der Sohn des alten Tuscha. Man hört, du habest schon viele Mädchen und Frauen geliebt.

Aber keine so wie dich, sprach Luzan feurig und sprang auf, um die schöne Salomäa in seine Arme zu schließen und zu küssen. Aber das Mädchen griff seine beiden Hände am Gelenk und drückte ihn wieder auf die Bank zurück: Daß du nicht etwa glaubst, Salomäa Ecke ließe sich von jedem Flötenbläser küssen, wie es ihm gefällt, sagte sie und ließ ihn die Kraft ihrer Arme fühlen.

Luzans Augen funkelten in dem Zwielichte grünlich wie die einer Katze.

Was du doch schön bist, Salomäa, lockte er. Komm, laß mich frei und setze dich zu mir. Siehst du denn nicht, wie schön dieser Abend ist? Aber noch viel schöner bist du!

Salomäa ließ ihn los und setzte sich neben ihn auf die kleine hölzerne Bank, die schon der Großvater unter die schattige Fichte gezimmert hatte.

Ich will noch ein weniges bei dir sitzenbleiben, Luzan, sagte sie, wenn du mir ein Lied auf deiner Flöte vorspielst.

Luzan nahm seine Flöte und spielte. Der Wald ringsum war nun ganz dunkel geworden, nur die Wiese lag noch in einem fahlgrünen Schimmer, und über die zackigen Wipfel der Bäume stieg die Sichel des neuen Mondes, silbern erst, golden dann, ein Zeichen des Friedens und der unbeschreiblichen Stille.

Da spielte Luzan auf seiner Flöte das schönste Lied, das er jemals gespielt hatte, und er spielte das längste Lied, das er kannte, indem er alle jene Melodien, die er kannte, zu einem einzigen Kranze zusammenflocht.

Zum ersten Male in seinem Leben spielte Luzan ein wahres Lied.

Denn Salomäa war wirklich schön.

Das Lied war ohne Worte, aber wenn es Worte gehabt hätte, so hätte es gelautet:

Von allen Mädchen und Frauen im Lande,
Die schönste bist du, Salomäa.
Ich bin der Luzan und reise weitum,
Glaube mir, Mädchen, du bist die Schönste.
Siehst du den Mond dort über den Wipfeln?
Wie strahlet er goldfarben!
Da müssen die Sterne vor ihm erbleichen.
So strahlst du, Salomäa,
Vor allen Mädchen und Frauen im Lande.
Ich habe mit vielen gespielt und gescherzt,
Dich liebe ich herzlich, o Salomäa.
Ist nicht dein Name schon Melodie?
Und dein Gang durch die Felder, ich sah ihn wohl.
Du stiegst herauf aus dem Tale,
Ich sah es wohl, wie ein Lied.
Du bist schlank wie ein Reh,
Und wie eine Blume lieblich bist du, Salomäa.
Was ich doch liebe dein goldblondes Haar
Und die süße Röte deines Mundes.
Dein goldblondes Haar ist goldener noch
Als von vielen Meißener Ketten der Glanz,
Und dein Mund ist viel röter noch
Als der schönste Granat.
Warum küßt du mich nicht, Salomäa?
Wo doch mein Herz kein ander Lied kennt,
Seit es dich sah.
Denn seitdem fängt jedes neue Lied an:
Holde Blume, süße Blume ...
Und seitdem klingt jedes Lied aus:
Salomäa ...

So spielte der junge Luzan seine Liebe in den schweigenden Wald hinein und zum Sichelmond empor, dessen Strahlen langsam wie goldene Fäden über die Wiese und durch die Hängebartzweige der alten Fichte huschten.

Als er endlich sein langes Liebeslied schloß, die Flöte fortlegte und in der Dunkelheit nach dem Mädchen griff, um es an sich zu ziehn und zu küssen, war der Platz leer.

Wenn man von Dürrsiedel durch den Wald nach Sonnenuntergang ging, betrat man eine weite Hochebene voll der fruchtbarsten Ackererde. Sie wurde in den nachfolgenden Jahrhunderten die Weizenschüssel genannt. Damals freilich trug sie noch keinen Weizen und kein Korn, weder Dörfer noch Obstbäume, sondern nur große weitgedehnte Wiesen, die bis an den Himmelsrand reichten.

Wenn man aus dem Dürrsiedler Walde herauskam, stand man im Frühling vor einer grünen Grassteppe, die in der unendlichen Weite von ein paar blauen Bergen begrenzt war. Im Sommer mischte sich in das Grün der Gräser der unbeschreibliche Reichtum der Bergblumen. Im Herbste färbte sich das Gras gelb und flammte, gegen die untergehende Sonne gesehen, bronzerot auf. Im Winter endlich war die Ebene zugedeckt mit Schnee, soweit das Auge reichte, daß man glauben konnte, sie sei ein zugefrorenes Meer.

Am Rande dieser großen Wiesen, die niemandem außer dem Herzog gehörten, weideten die Bauern von Dürrsiedel ihr Vieh.

Nördlich von Dürrsiedel lag das deutsche Dorf Preisentraum, das mit Dürrsiedel und Wolffenberg zu derselben Freirichterei gehörte, die in diesen Jahren der Scholz Ambrosius von Wolffenberg ausübte.

In Preisentraum hauste der Bauer Gebhart, zubenannt Schwabe, da er vom Neckar stammte. Seine älteste Tochter, die Illegunt hieß, war Salomäas Freundin. Die Mädchen kannten sich seit frühester Jugend von dem gemeinsamen Kirchgange in Wolffenberg und fanden bald ein so inniges Wohlgefallen aneinander, daß sie sich oft gegenseitig besuchten und auch ihre Eltern zu einer Art Freundschaft zusammenführten.

Jetzt zum Beginne des Sommers trafen sie sich mit ihren Herden auf den großen Wiesen, von denen oben erzählt worden ist.

Fast in der Mitte der Weizenschüssel, die damals freilich noch eine Grasschwinge war, standen elf gewaltige Buchen. Sie beschützten ein paar klägliche Strohhütten, die Olipa hießen, und in denen armes slawisches Volk hauste, ein paar Hirten und Sandgräber, zwei, drei Familien.

Außerdem zog sich am Rande der Buchen in einem Hohlwege eine zerfahrene Sandstraße hin, die nordwärts am Rande des blauen Berges nach Breslau und südwärts zur Lohe und nach der alten Burg Nimptsch führte. Die schönen Bäume von Olipa, die elf Apostel!

Sie waren so ungeheuer alt und groß, daß man sie weit und breit in dem Graslande sah, wo man auch stehn mochte. Den zwölften von ihnen hatte ein Blitzschlag gefällt, sein gewaltiger Stumpf steckte noch in der Erde und legte den umwohnenden christlichen Leuten die Deutung nahe, daß er der Judas war, der Verräter, den der Zorn Gottes getroffen.

Aber die anderen elfe prangten mit ihrer Schönheit und Größe, mit ihren himmelanstrebenden Stämmen und ihren weitspeichigen Kronen, die sich im Winde wie Räder drehten.

Solche Bäume wie die von Olipa gab es im ganzen Lande nicht wieder, und niemand hätte sich einfallen lassen, sie zu fällen oder ihnen ein Leids zu tun.

Die Bäume von Olipa waren für die beiden Hirtinnen, Salomäa und Illegunt, der Blickpunkt ihrer geheimen Sehnsucht, ihr ganzes Verlangen und ihre stille Liebe. Denn wenn man sonst im Graslande nichts sah als die feinen blauen Umrisse der fernen Berge, die elf Buchen standen wie Zeichnungen, zwar fern und weit, aber klar und kühl vor dem Himmel und bestimmten dem weglosen Lande ein Ziel und eine Mitte.

Wenn im Frühlinge die großen Vögel aus dem Süden kamen, sie flogen nach den elf Buchen. Wenn sie im Herbste wiederkamen und südwärts flogen, die Bäume von Olipa waren ihre letzte Rast.

Wenn die Männer von Dürrsiedel, von Wolffenberg oder von Preisentraum auf Füchse oder Wildkatzen jagten, deren es in dem Graslande unzählige gab; wenn sie müde waren von dem Waten in dem oft mannshohen Grase und von dem Kriechen durch das Buschwerk, sie sammelten sich an den Buchen von Olipa und wiesen dort einander ihre Beute.

Wenn der Luzan oder andre Handelsleute auf der alten Sandstraße durch das Land zogen, von Breslau nach Nimptsch oder umgekehrt, bei den Buchen von Olipa machten sie halt, spannten die Tiere aus und gönnten sich selber im Schatten der Bäume ein wenig Rast. Das waren die Bäume von Olipa, die elf Apostel.

An einem Sommermorgen, da sich Salomäa und Illegunt wieder einmal mit ihren Herden auf dem Graslande getroffen hatten und träumend in der Sonne saßen, dieweil die Kühe ringsumher weideten, schlug Salomäa der Freundin vor, die Herden sich selbst zu überlassen und hinüber nach den Buchen zu wandern, um zu sehen, wie sie wohl aus der Nähe zu betrachten wären.

Illegunt, die zarter und weicher als Salomäa war, zögerte erst ein wenig, dann aber siegte das Ansehen der Freundin und ihre eigene Neugier, und so gingen sie. Die Herden sollte indes der heilige Ägidius bewachen, der Viehpatron.

Sie gingen zu den Buchen von Olipa mehr als eine Stunde. Freilich kann man das Gehen der Mädchen kaum ein gewöhnliches Gehen heißen. Oft, wenn das Gras kurz stand, liefen sie in weiten Sprüngen über das Land wie flüchtige Rehe. Dann wieder verweilten sie sich, wenn ihnen unbekannte Blumen begegneten, von denen sie welche pflückten, oder sie trafen auf hohes Gras, das ihnen bis zu den Hüften oder bis zu den Schultern reichte, so daß sie mühsam hinwaten mußten wie durch eine Wasserflut.

Es geschah auch, daß ihnen plötzlich ein Dachs über den Weg lief oder ein alter Fuchs. Da blieben sie mit klopfendem Herzen stehen und warteten, bis das Untier entschwunden war.

Manches Mal wollte Illegunt wieder umkehren. Aber Salomäa hörte auf ihre Einwände nicht, sondern stürmte weiter voran, daß Illegunt mitgehen mußte. Als sie aus einem dichten Gebüsch von Rohr und Dornenstauden heraustraten, schon müde von dem Laufen und von der steigenden Hitze des Tages, standen sie jäh vor den Bäumen von Olipa.

Erstaunt blieben sie stehn.

Die uralten Bäume wölbten sich wie elf gewaltige Kirchenkuppeln zu ihren Häupten, ein einziges Schiff aus grünem Laube und voll von erquickender Kühle. Ihre Stämme standen ruhig und silbergrau in den flimmernden Mittag, die alten Wurzeln lagen wie Schlangen durcheinandergeknäult in dem Erdreich. Unter ihnen in der Tiefe führte der Hohlweg dahin, an dessen Sandwänden zahllose Fuchslöcher gähnten, und über dem Hohlwege jenseits standen ein paar ärmliche Hütten. Dort wohnten die Leute von Olipa.

Die Mädchen, die sich in den Schatten gesetzt hatten und ausruhten, fühlten im Herzen die Andacht des Ortes und saßen still, indes sie Zeit und Ort gänzlich vergaßen und auch die Herden vergaßen, die fernab von ihnen Sankt Ägidi, der himmlische Hirt, weidete.

Aber als hätte das Schicksal alles für diesen einen Tag aufgespart, erlebten die Mädchen nur weniges später ein neues Schauspiel, dessen sie sich nie versehen hätten.

Ein paar Reiter mit glänzend hellen Brustharnischen und ledernen Helmen auf dem Haupte kamen von Norden her langsam die Sandstraße herabgeritten, es folgten ihnen ein paar schwere Wagen, die rumpelnd und mühsam die Senkung überwanden, und endlich kam eine leichte Kutsche mit vergoldeten Rädern und einer gemalten Krone auf der Wagentür. Sie war halb offen, so daß man in sie hineinschauen konnte.

Darin saß eine vornehme Frau mit zwei Begleiterinnen und sprach mit ihnen, indem sie auf die gewaltigen Bäume wies, unter deren Ästen sie soeben dahinfuhren.

Als sie der Mädchen ansichtig wurde, die wie versteinert dasaßen und den Zug an sich vorüberziehen ließen, ließ sie halten und rief in deutscher Sprache die Mädchen zu sich heran. Illegunt zögerte und wollte entfliehn. Die mutige Salomäa aber rutschte den steilen Sandhang hinab und lief an den Wagenschlag, so daß auch Illegunt ihr folgte.

Ich bin die Herzogin Hedwig, sagte die Frau, und wer seid ihr?

Salomäa sprach: Ich bin Salomäa, des Bauern Ambrosius Ecke aus Dürrsiedel einzige Tochter. Und das hier ist Illegunt. Ihr Vater ist der Bauer Gebhart, genannt der Schwabe, aus Preisentraum. Wir beide sind Freundinnen.

Dürrsiedel und Preisentraum, ja, die Namen kenne ich wohl, sagte die Herzogin. Gehört ihr nicht zu dem Kirchdorfe Wolffenberg?

Ja, Frau Herzogin, sagte Salomäa.

Nun, Gott behüte euch, sagte die hohe Frau, grüßt eure Väter und Mütter und nehmt dies als Andenken.

Erst als die Wagen- und Reiterkolonne längst im Staube der Ferne verschwunden war, schauten die Mädchen in ihre Hände. Darinnen lagen zwei kleine Silbermünzen mit dem Bilde Herzog Heinrichs von Schlesien.

Ein paar Tage später rumpelte ein andrer Wagen durchs Land. Er besaß nicht vergoldete Räder und trug keine Krone auf der Kutschtür. Er war ein ordentlicher bäuerlicher Reisewagen mit starken Holmen und einer Plaue und gehörte dem Freirichter von Wolffenberg, dem großen Ambrosius Scholtz.

Er fuhr seinen Bruder Hieronymus zu besuchen, der in der deutschen Stadt Goldberg Bergmeister war.

An einem Tage im Juni in aller Frühe war er von Wolffenberg losgefahren. Ein Knecht begleitete ihn. Aber die Zügel der zwei schweren Pferde und die Peitsche nahm er selbst in die braungebrannten

Hände und schnalzte zum Aufbruch. Knarrend fuhr der Wagen die steinige Straße an der Kirche vorbei nach Preisentraum.

Ambrosius Scholtz war ein Hüne von einem Manne und wie ein Bär. Er hatte ein Genick wie ein feistes Schwein, aber er hatte auch Augen wie ein Falke, und sein Mund, der unter einem braunen Barte halb verborgen war, konnte Donnerworte sprechen und viele Menschen erzittern machen. Er war ein Bauernkönig, wie sie Gott dem Allmächtigen wohlgefallen. Denn ob er gleich die Herrschaft streng in den Fäusten hielt, er war gerecht und wich nie auch nur einen Fuß breit vom Wege des Rechtes ab. Er nahm sich, was sein war, aber er ließ den andern das ihre, und wo es jemandem fehlte, so gab er vom eigenen.

Der Knecht, der neben dem Herrn saß, träumte vor sich hin und gedachte mit offenen Augen zu schlafen und also einzuholen, was der frühe Aufbruch geraubt hatte. Aber der Freirichter war frisch und munter und trällerte sich eins in die kühle Morgenluft. Er grüßte die aufgehende Sonne und den grünen Wald, er grüßte die verschlafenen Häuser in Preisentraum und den blauen Berg, an dessen Hängen sein Wagen dahinrollte. Er grüßte alles, als gehörte es ihm, und so fröhlich wie an diesem Morgen ist Ambrosius Scholtz selten gewesen.

Als es gegen den Mittag zu ging und die Pferde schon langsamer trabten, senkte sich der Weg, und in der Tiefe wurde die deutsche Stadt Schweidnitz sichtbar, wo ein herzoglicher Kastellan seines Amtes waltete.

Hier machte der Scholtz Mittag. Er kannte die Schänke „Zum Einhorn“, wo ein gewisser Vincenz Wirt war, ließ hier den Pferden Futter geben und ging selber mit stampfenden Schritten in die Schenkstube. Da es ein Mittwoch war und noch früher Mittag, lag die Stube leer. Der Wirt Vincenz grüßte den Freirichter ehrerbietig und erkundigte sich nach seinen Befehlen. Scholtz wollte eine saftige Hammelkeule, einen Laib Brot und ein paar Krüge Bier von dem schon damals berühmten Schweidnitzer Stadtbier, das der Schöps genannt wurde.

Indes der Wirt in die Küche und in den Keller lief, mußte Jakob, der Knecht, dem Herrn die schweren Stiefeln ausziehn und bequemere Hausschuhe anziehn, die aus weichem Leder waren. Auch das Reisewams ward abgelegt und gegen einen leichten leinenen Kittel vertauscht.

So fühlte sich der Scholtz behaglich, wie es zur Rast gehört, und konnte, als der Wirt den ersten Schöps in einem steinernen Krug beibrachte, gehörig den Schaum abblasen und dann mit geschlossenen Augen den braunen Saft durch die Kehle rinnen lassen, daß es anzuschaun war wie ein Gebet.

Als danach auch die Hammelkeule bis auf den Knochen säuberlich abgenagt war, denn der Scholtz war ein Bauer und verschwendete nichts, und noch ein paar Krüge Bieres getrunken waren, bezahlte der Freirichter seine Zeche, ging langsam zu seinem Plauwagen, legte sich der Länge lang auf das mitgenommene duftende Heu zu einem Nachmittagsschlummer und schlief auch sofort ein, indes Jakob, der Knecht, die Pferde einspannte und dann den Kutschbock bestieg, um im neuen Trabe die Straße nach Striegau zu gewinnen, wo man des Abends zu sein hoffte.

Eben als man die Stelle erreicht hatte, wo man sich halbwegs zwischen den beiden Städten befindet und einen großen Rundblick auf das Gebirge hat, erwachte der Scholtz, ließ halten und kletterte aus seinem Wagen auf die Straße, wo er sich ins Gras setzte und den Kleidertausch vornahm, Schuhe gegen Stiefel und Kittel gegen Wams, auch den Knecht von der Pferderegierung zur bloßen Begleitung verwies, daß er so das letzte Stück bis gegen Striegau als der Herr fuhr und der Knecht als der Knecht, wie es die Ordnung der Dinge ist. So war der Freirichter.

Die Nacht brachte man in Striegau bei dem Wirte Ägidius zu, der Palm hieß, weil er seine Schänke „Zur Palme“ nannte. Am nächsten Morgen war man in Jauer, und am Abende rollte der Wagen des Freirichters in der guten deutschen Stadt Goldberg ein und fuhr bis vor das Haus des Bergmeisters Hieronymus.

Der Bergmeister wußte bereits um die Ankunft des Bruders und begrüßte ihn im Hofe mit herzlich brüderlicher Liebe. Er war ebenso wie Ambrosius ein gewaltiger Mann und ähnlich zum Herrschen geboren, so daß es ein Bild war, die Brüder nebeneinander zu sehen wie zwei Löwen.

Alles grüßte, als der Bergmeister seinen Bruder durch die Stadt führte, den Ring besehen ließ und die prächtigen Bürgerhäuser, die allda seit den letzten Jahren entstanden waren, auch die Stadtmauer und die Türme, und ihn endlich auf einen freien Platz führte, wo eine neue Kirche im Bau war.

Hier blieb Ambrosius erstaunt stehen. Denn wiewohl von dem Bau erst die Grundmauern standen, so konnte er doch aus den Maßen des Grundrisses die Kühnheit des Planes ersehen und die Größe der zukünftigen Absichten.

Das wird die Kirche der Goldknappen sein, sprach der Bergmeister stolz und ließ sein Auge über die

Baugruben und über die Fundamente schweifen. An diesem Bau schaffen wir Goldknappen und sonst niemand.

Wann sie das täten, fragte der Bruder.

Wenn die Arbeit im Bergwerk getan ist, sprach Hieronymus. Sie sitzen an Wochentagen nie in der Schänke, sondern alle kommen aus freiem Entschlusse und bauen hier mit, und jeder gibt von seinem Einkommen den Zehnten.

Lobenswert, sehr lobenswert, bewunderte der Freirichter und überschlug mit einem Blicke, daß die Wolffenberger Kirche, auf die er schon stolz war, wohl mindestens fünfmal in diese Goldknappenkirche hineingestellt werden könnte.

Ein Gefühl gutmütigen Neides überkam ihn. Ihr habt es gut, sagte er, ihr Bürger. Wo wir nur Regenwürmer und Maulwürfe finden, findet ihr Gold. Und wo wir geplagten Bauern Steuern und Abgaben zahlen müssen, ihr Bürger seid frei.

Gott sei Dank, antwortete der Bergmeister. Stadtluft macht frei, so wird's im Reiche gehalten, und so ist es allhier auch in Schlesien. Der Herr Herzog war ehedem hier und lobte die Bürgerschaft sehr, besah sich auch unseren Bau, und die Frau Herzogin versprach uns drei Glocken, wenn erst der Turm steht. Aber bis dahin hat's wohl noch gute Weile.

Der Freirichter schüttelte nachdenklich sein Bauernhaupt und bedachte den Unterschied. Als er aber dann mit seinem Bruder in die Goldknappenschänke „Zum König Salomo" ging und dort unter den Bergleuten saß, die heute feierten, weil der Bergmeister einen Freitrunk verkündet hatte, da fühlte er sich nicht fremd, vielmehr wie unter seinesgleichen und fand sich wohl.

Das König-Salomon-Bier mundete ihm wie der Schweidnitzer Schöps und das Striegauer Palmöl, und er tat sein Bestes.

Alle bestaunten den urgewaltigen Mann, der wie eine Eiche unter ihnen stand, und wenn schon sein Bruder, der Bergmeister, wie ein Riese war, so war der Freirichter wie ein Zyklop.

Drei Tage blieb Ambrosius Scholtz in der guten deutschen Stadt Goldberg, besah sich dieses und jenes, das Bergwerk und die Bürgerschaft, die umliegenden Dörfer und die große Straße an der Katzbach nach Liegnitz und fuhr sodann nach herzlichem Abschiede wieder über Jauer, Striegau und Schweidnitz heim.

Das war ein Erzählen in der Jakobsleiter zu Wolffenberg wohl wochenlang. Die Bauern aus allen drei Dörfern der Freirichterei kamen und hörten dem Scholtzen zu, wenn er vor ihren Augen ein Bild der Stadt entwarf, der Bürgerschaft, ihres Handels und Wandels und ihrer stattlichen Häuser.

Aber in Feuer geriet er, wenn er von den Goldknappen erzählte und von ihrer Kirche. Dann stand er aus seinem Freirichterstuhle in der großen Schankstube auf, ging in die Mitte des balkengetragenen Raumes, lehnte sich an die Säule wie weiland Samson im Hause der Philister und sagte mit dröhnender Stimme:

Leute, das wird euch eine Kirche, unsere Kirche fünfmal hineinzustellen. Sie reicht von meinem Hofe bis zu dem Hofe des Gottfried Pietsch. Und hoch wird sie werden, wie die Bäume von Olipa sind . . .

Die Sage von dieser Kirche ging weit ins Land, und als der Ambrosius Ecke abends nach Hause kam, saß er noch lange bei seinem Eheweibe Jakobäa und erzählte ihr: Und hoch wird sie werden, wie die Bäume von Olipa sind . . .

Die junge Salomäa aber, die oben in der Kammer schlief, deren Tür nur angelehnt war, hörte über die Treppe dies alles, und ein Schauer der Ehrfurcht überkam sie bei diesen Worten: Hoch wird sie werden, wie die Bäume von Olipa sind . . .

Noch in ihren Träumen sah sie die gewaltigen Buchen mit ihren Laubgewölben, und sie hatten sich unversehens in eine Kirche verwandelt, die ins Land schaute wie ein Gebirge. Sie war ganz aus Gold und strahlte so hell, daß sie Illegunt mit sich fortzog und eilig durch die Wiesen davonlief, weil der Glanz des Baues ihre Augen blendete.

Noch war die Nacht kaum entwichen. Die letzten Sterne erloschen in dem bleichen Dämmerhimmel, der bleifarben nach Osten zu war und dunkelblau nach dem Westen. Als die Sonne emporkam, fand sie lange wäßrige Wolken, die ihren Glanz zudeckten und auf die Erde nur einen trüben milchigen Glanz rinnen ließen. Die Wälder standen stumm und unbeweglich, als seien sie gestorben. Der Strom floß träge und dickflüssig durch die Dämmerung.

Es war ein Morgen voll Grau und Gram.

Mitten auf dem Strome fuhr ein Floß. Es bestand aus vielen ungeschälten Fichtenstämmen, die mit Strohseilen zusammengebunden waren. Am hinteren Ende, dort, wo ein plumpes Ruder das Ungetüm lenkte, stand eine Strohhütte auf einer Schilfmatte.

Wie ein Totenfloß zog das Baumschiff langsam die Oder talab. Am Ruder stand ein kleiner, breitschultriger uralter Mann. Er hatte ein Haupt voll von Haaren wie ein wildes Tier. Ein langer grauer Bart reichte ihm bis zum Bauchriemen, seine Beine steckten in langen bauschigen Hosen, die an den Knöcheln zugebunden waren. Seine Füße waren nackt.

Wie ein Biber spähte er mit den Augen unter den haarigen Brauen in die Dämmerung vor ihm. In jeder Biegung des Stromes warf er sich mit der ganzen Gewalt seines plumpen Körpers gegen das Ruder und gab dem Floße die gewünschte Richtung.

Aber er war nicht der einzige Mensch auf dem Schiffe. Vorn auf dem vordersten Balken, der ein wenig aus der Reihe der übrigen hervorragte, saß ein Weib, gleich ihrem Manne einem Tiere ähnlicher denn einem Menschen. Lange graue Haarsträhnen fielen ihr ungekämmt vom Kopfe und gaben ihrem grobknochigen Gesichte das Aussehen einer Hexe oder einer grauenhaften Sibylle.

Ab und zu schrie sie, indem sie den Kopf zurückwandte, ihrem Manne etwas zu, es klang schaurig über die Baumstämme und über die Flut wie der Schrei eines Nachtvogels.

Das war Krschenko, der Flößer, und Matuschka, sein Weib, die Holz nach der Stadt Glogau flößten.

Als der Morgen vollends heraufgekommen war, fing es an, in langen grauen Fäden zu regnen. Über dem Strome hing es wie ein silberner Vorhang, und Matuschka mußte öfter als vorher schrein, um den Weg anzugeben.

So fuhren die beiden auf ihrer Martätsche durch die unendliche Einsamkeit. Niemand begegnete ihnen, weder ein Schiff, das bergauf, noch eins, das talab fuhr.

Die ungeheuren Eichen am Rande des Stromes reckten ihre knorrigen Äste weit über die Flut. Wenn das Flußbett durch Sandbänke eingeengt war, fuhr man wie in einer gründämmernden Höhle dahin.

Oft waren die flachen Ufer weithin überschwemmt, und zahlreiche Tümpel und tote Flußarme durchzogen das Schwemmland.

So ging es Stunden um Stunden.

Als es Mittag geworden war, landete Krschenko auf einer Insel mitten im Strome, die über und über mit Weiden und Erlen bestanden war. Er mußte sie kennen, denn er hielt gerade dort, wo die einzige Landestelle für ihn und sein Floß war, nämlich an einem Teile des Ufers, der sich mit sandigem Strande weit in das Flußbett hinausschob.

Hier hielten sie an und bereiteten sich am Wasser ein Mittagmahl, Mehlkuchen, die halb gar auf heißen Steinen gebacken wurden, dazu eine Handvoll von dem gelben Wasser des Stromes.

Danach legte sich Krschenko in das regennasse Binsengras am Ufer und schlief auch sofort ein. Die alte Matuschka aber kroch durch das dicke Gestrüpp auf allen vieren in das Innere der Insel, wo es eine kleine Wiese mit wilden Blumen gab.

Sie pflückte davon, soviel sie in einem Arme tragen konnte, und machte daraus einen großen Kranz, den sie mit auf das Floß nahm. Und während noch der Mann in dem nassen Grase lag und schnarchte, trug sie den Kranz auf den vordersten Stamm ihres Schiffes und setzte ihn in den Strom, wobei sie unverständliche Worte murmelte.

Der bunte Kranz war erst unschlüssig, wohin er sich wenden sollte, ob ans Ufer zurück oder in die Mitte des Flusses. Die Strömung faßte ihn und trug ihn gemächlich in einem Kreislaufe an das Schilf der Insel, so daß es den Anschein hatte, als würde er dort stranden. Mit angstvollen Augen verfolgte die alte

Hexe sein Schicksal und jammerte und lamentierte, hob beschwörend die Hände über dem Kopfe und rief all ihre Götter an.

Aber dann kam ein leichter Wind auf, der das Wasser kräuselte, erfaßte den Kranz und trug ihn langsam, aber unablässig in die Mitte der Strömung, wo er sich noch ein paarmal um sich selber drehte, um dann endlich ruhig und gleichsam wie eine bunte Krone majestätisch talab zu schwimmen.

Ein Freudenschrei aus der Kehle der alten Flößerin rief ihm ein Lebewohl nach.

Aber als ob dieser Schrei ein schauerliches Echo in den alten Eichen- und Buchenwipfeln erweckt hätte, folgte ein zweiter Schrei, der von dem Hochufer kam, das hier den Fluß im Süden begleitete. Dort stand ein Mann und drohte herüber, indem er einen Knüppel über dem Kopfe schwang.

Entsetzt sprang Matuschka ans Land zurück, weckte den schlafenden Mann und zeigte ihm den Fremden, der noch immer auf dem Ufer stand und herüberdrohte. Krschenkos Augen füllten sich mit Wut, als er den Nebenbuhler dort stehen sah, den alten verfluchten Tuscha, der ihm schon so oft an den geheimen Stellen die Hechtreusen ausgeraubt und dann zerstört, so viele Angeln geplündert und durch manchen Steinwurf einen guten Fischfang fortgescheucht hatte.

Er ergriff einen scharfkantigen Stein, der im Ufersande lag, und warf ihn mit aller Gewalt über das Wasser. Aber wiewohl die Kraft seines Armes unbeschreiblich war, die Breite des Stromes war noch viel größer, so daß der Stein weit vor dem Ufer ins Wasser fiel. Tuscha stand oben unter den Eichenwipfeln und lachte herüber, daß es ein gespenstisches Echo gab. Dann war er fort.

Krschenko kroch schnell auf sein Floß, winkte sein Weib herbei und fuhr weiter. Der Sog der Strömung trieb ihn bald in die Mitte, und mit steter Schnelligkeit zog er talab ... Als es gegen Abend zu ging, ward das Nordufer höher und höher, bis endlich eine hohe Steilwand den Fluß begrenzte.

Düster starrte Krschenko von seinem Steuer in die Höhe hinauf, wo sich hölzerne Gebäude erhoben, dazwischen ein hoher Bau und ein Turm, auf dem ein goldenes Kreuz brannte. Denn der Regen hatte aufgehört, und durch die Abendwolken brach der einzige Sonnenstrahl dieses Tages.

Wie ein Siegeszeichen lohte das Kreuz von Leubus über den Strom.

Es war das Zisterzienserkloster von Leubus, das sich dort oben erhob. Von Jahr zu Jahr höher wuchsen seine Mauern und seine hölzernen Bauten, und schon gehörten ihm mehr als zehn Dörfer der Umgegend.

Krschenko, der alte Heide, schrie eine fürchterliche Verfluchung in die Höhe gegen die neuen Machthaber, die hier am Oderberge ihr Haus und ihren Tempel bauten und die alten Götter nicht mehr gelten lassen wollten.

Und als sollte dies eine sonderbare Bestätigung finden, war hier, wo der Strom eine Biegung macht, der Blumenkranz der alten Matuschka am Ufer gestrandet und hing nun, entblättert und zerfetzt, an den Wurzelstrünken einer alten Weide. Er hatte den Weg ins Meer nicht gefunden.

Lange noch hing das goldene Kreuz der fremden Mönche in der Luft über den abendlichen Wäldern. Aber Krschenko sah sich nicht um, und jedesmal, wenn es sein neugieriges Weib tat, fluchte er und verwies es ihr. Denn außer Tuscha, seinem alten Feinde, haßte er nichts so sehr wie die Zwingburg am Strome und ihr goldenes Kreuz.

Denn bisher durch siebenzig Jahre war der Strom der Oder sein Reich gewesen und ihm gehörig und niemanden sonst, bis jetzt die Fremdlinge kamen und sich an seinen Strom setzten. Und wie lange würde es noch dauern, und sie würden von ihm, dem alten Krschenko, Stromzoll verlangen und Zehnt und was nicht sonst noch für Abgaben.

Fluch allen Fremdlingen! knurrte er ingrimmig in sich hinein und warf das Steuer mit Gewalt auf die linke Seite, um an einem Binsenufer zur Nacht zu landen.

Ich habe bis jetzt von dem Fischer Tuscha und von dem Flößer Krschenko und von ihren Sippen und Gewohnheiten erzählt. Ich habe von den Bauern in Dürrsiedel, in Wolffenberg und in Preisentraum berichtet, und was für ein Mann ihr Freirichter war, der große Ambrosius Scholtz. Ich habe den Herzog und die Herzogin geschildert, den Luzan und die Salomäa, den Stepan von Oppeln und den Nerbotin vom Hummelberge, die Goldknappen von Goldberg und die Mönche von Leubus. Auch von dem Dornwalde und von dem Graslande ist erzählt worden, von den Bäumen von Olipa, von den Eichen an der Oder und von dem alten Turme an der Schanze.

Aber von einem ist noch nicht erzählt worden, und von ihm muß erzählt werden, sonst würde der Wichtigste fehlen, so, wie wenn jemand vom Nürnberger Reichstage erzählen würde und gedächte des Kaisers nicht, oder vom goldenen Mainz und vergäße des Erzbischofs.

Der Größte in dem neuen Lande war der uralte, der große blaue Berg, der in Schlesiens Mitte steht wie ein Hirte unter der Herde. Man sieht ihn von weitem. In den alten Urkunden heißt er der Berg Silensi, die Slawen nannten ihn Zlenz, und später wurde er Zobten genannt. Er steht unter der Herde wie ein Hirte, der sich bald in einen dunkelgrünen und dann wieder in einen blaßblauen Mantel wirft. Er ist der Fürst der Berge und der König der Ebene und ein großer Gebietiger. Es gibt kein Wort, das seine Herrlichkeit ausschöpfen könnte.

Er sieht die Dörfer und die Städte ringsum, und so weit man ihn sieht, so weit reicht das schlesische Land. Er sah die Schanze und den Dornwald, das Grasland und die Buchen von Olipa, er sah die Burg in Breslau und die in Nimptsch, es gab nichts, was er nicht sah.

Die Geschlechter der Menschen kommen und gehn, er aber ragt. Neue Völker kamen und die alten zerrannen, er aber ragt. Es kamen hundert Lenze und hundert Winter und tausend Sommer und tausend Herbste, er aber ragt.

Er ist beinah so alt wie Gott, der Uralte, selbst.

In jenen Zeiten, von denen ich hier erzähle, war sein Kleid ein gewaltiger Wald. Wenn man sich seinem Fuß näherte, der unvermittelt aus der Ebene aufsteigt, war da zum ersten ein Gürtel von Eichen und Buchen, der ihn umfing. Höher hinauf wuchsen Eschen und Eiben und die großen einsamen Bäume. Und auf der Höhe, wo sich Felsen türmen und Steingeröll liegt, standen dunkle Tannen und Fichten und überzogen den Gipfel des Berges wie eine dunkle Kapuze. Es gab nur Schleichwege auf den Berg, denn das Geröll der Felsen und das Dickicht des unsäglichen

Gestrüpps gestattete nur dem Vertrauten und Eingeweihten den Zugang. Dem Fremden war der Berg wie ein verschlossener Dom.

Im Herbste jagte der Herzog in den Forsten des Berges, und acht Tage hallte dann das silberne Hifthorn durch die Buchenhallen und Tannenstuben. Der Luchs versteckte sich in das Steingeklüft und der Dachs in die Sandhöhle. Der Hirsch stand regungslos in dem dichtesten Himbeergebüsch, und der Falke schmiegte sich an die graue Rinde der Eibe oder er überflog in himmlischer Höhe das Waldgebirge, wo kein Pfeil ihn erreichte.

War die Herbstjagd vorbei, lag wieder Ruhe über dem Berge, und der große Traum sank von neuem auf ihn herab.

Die Vertrauten und Eingeweihten kannten die Schleichwege und wußten, wo einzudringen. Die Sippe des Tuscha und die Leute von Olipa wußten es, und bald wußte es auch Salomäa, die mutige Tochter des Ecke, und ihre Freundin Illegunt, die freilich oft wieder umkehrte, wenn der Weg zu beschwerlich ward.

Aber Salomäa kletterte wie eine leichtfüßige Ziege über das kantigste Geröll und über das steilste Gefels. Sie wand sich wie ein Reh durch die tiefsten Gebüsche und das dunkelste Tannicht.

Dann stand sie wohl tief eratmend auf einer Waldwiese und hörte mit klopfendem Herzen die tönende Stille, die sie rings umgab.

Die Sonne fiel manchmal durch das Gewirr der Tannenwipfel kaum bis zum Boden, wo dickes Moos wuchs, durchströmt von klaren Quellen und Gießbächen. So war vielleicht der Quell, an dem Hagen den hürnenen Seyfried erschlagen hatte, wie ihr die Großmutter so oft erzählte.

In den Waldgründen hackte der Specht, der Kuckkuck rief aus der Ferne, und der Wildtauber gurrte im Eichenhag.

Diese Wildnis war recht nach Salomäas Herzen. War sie der Weite des Graslandes überdrüssig und der schmerzenden Fernsehnsucht nach den Buchen von Olipa, so floh sie in den Berg. Und fing der wilde Wald an, ihr Herz zu bedrücken, weil er gar so wild und unwegsam war, so floh sie ins Grasland hinaus und auf die ewig sich dehnenden Ebenen, wie ein Tier, das manchmal über die Steppe läuft und sich manchmal im Walde versteckt, wie es das rätselhafte Herz verlangt.

Einmal an einem Sommertage dieses Jahres kletterte Salomäa bis zum Gipfel des Berges. Rings um die letzte Anhöhe lag ein dunkler moosbezogener Steinwall wie die Trümmer einer Burg. Oben dehnte sich eine kleine Bergwiese mit gewaltigen Wetterföhren.

Wie eine Wildkatze kletterte Salomäa in einen der hohen Bäume, bis sie freie Sicht über die Nachbarwipfel hatte und im Winde über den Abgründen schaukelte.

Da war vor ihr aufgetan die herzbezwingende Rundsicht. Nach Norden zu sah sie die Ebenen sich dehnen, soweit das Auge reichte, bis an den Rand des Himmels. Ein dunkelgrüner Streifen deutete im äußersten Norden an, wo die Oder floß.

Nach Mittag zu wellten sich bewaldete Anhöhen, die sich immer höher erhoben, bis das blaue Gebirge in sanften Melodien dahinging, die vorderen Berge dunkelgrün, die fernen grünblau und die letzten und äußersten ganz ins Blasse gerückt.

Da sah Salomäa zum ersten Male ihre Heimat, das

schlesische Land. Und während ihr Großvater und dessen Zeitgenossen noch die Gegend am Main und am Neckar Heimat genannt hatten, ehe sie in das neue Land gezogen kamen, und ihr Vater und ihre Mutter und deren Altersgenossen noch nicht wagten, das Neue Heimat zu nennen, da sie noch zu viel vom Alten gehört hatten, war Salomäa in der Folge der Geschlechter die erste, der das neue Land das einzige war, das sie kannte, und das sie darum aus tiefstem Herzensgrunde Heimat nannte und nennen durfte.

So war sie eigentlich die erste Schlesierin deutschen Geblütes, und was sie an jenem Tage von dem schwankenden Maste ihrer Fichte auf dem Gipfel des Berges Silensi mit trunkenen Augen sah, das sahen mit ihren Augen alle die vielen folgenden Geschlechter bis auf den heutigen Tag, von denen sie die erste war, gleichsam die geistige Stammutter und Ahnfrau.

Sie erkannte das Land, und das Land erkannte sie. Denn es war beinahe, als hätte es sich für diesen Blick besonders schön und prangend und überreich gemacht, auf daß das menschliche Auge Gefallen an ihm fände und Liebe hege und bereit sei, es zu erwerben und zu erhalten.

Denn nur was man sieht, das kennt man, und nur das, was man kennt, das liebt man, und nur was man liebt, das trachtet man zu erwerben, und nur was man erworben hat, das hält man fest mit allen Fasern des Herzens.

So ist der Lauf der menschlichen Dinge. Und das war auch der Lauf der menschlichen Dinge in dem schönen großen uralten und nun neuen Lande, das Schlesien heißt bis auf diesen Tag.

II

DIE PLÄNE WERDEN AUFGEROLLT

Eine seltsame Flotte kam durch die dunklen Eichenwälder auf dem Strome der Oder bergauf geschwommen.

Es waren breite, dickbäuchige Kähne, die stattlich genug gewesen wären, den Rhein und die Schelde zu befahren. Sie waren aus braunen Eichenbohlen gefügt und hatten gewaltigen Tiefgang. Sie fuhren mit Segeln, die sich wie weiße Schwäne und Pelikane im Westwinde bauschten. Auf jedes der Segel war ein Wappen gemalt, das des Abtes von Leubus mit Stern und Kreuz.

Es waren sieben Schiffe, die wie Kreuzfahrer aus der Mark kamen und noch von weiterher, von Stettin und Cammin.

Sie brachten schwedische Bausteine, edle Hölzer, Zinn und Blei, Bilder und Statuen, Glocken und Kreuze und was sonst deutsche Mönche im Osten brauchten.

Auf dem vordersten Schiffe saß unter einem Zelte der Klosterhauptmann Gottfried, genannt Götz Flamberg, der an der Seite seines grauen Wollmantels über dem Panzer einen Zweihänder hängen hatte, welcher dem großen Manne eine ernste Wichtigkeit gab.

Neben ihm stand der alte Tuscha, der als Lotse diente. Denn wer des Stromes Untiefen, seine Riffe und Sandbänke, seine versunkenen Eichen und unterirdischen Wurzeln nicht kannte, der mußte stranden oder wurde von der Strömung wieder zurückgerissen.

Sie brauchten viele Tage um ihr Ziel zu erreichen. Die fremden Mönche schüttelten oft ihre Häupter, wenn sie die einsame Wildnis sahen, durch die sie endlos lange dahinfuhren, es schien kein Ende zu nehmen.

Sie kamen aus Deutschland, vom Rheine, aus der Pfalz und aus dem Lande der Flamen.

Nirgendwo sahen sie Dörfer, nirgendwo Städte, wie in ihren Heimatländern viele standen.

Manchem von ihnen wurde schwer ums Herz, wenn er morgens, mittags und abends dasselbe Bild sah, die ernsten schweigenden Eichenwälder, die grünen Wiesen, aus denen Wasserlachen aufblitzten, die vielen Vögel, die in der Wildnis nisteten, oder die scheuen Biber, die im Fluße ihre Burgen bauten.

Der Klosterhauptmann Götz Flamberg ließ den alten Tuscha nicht aus den Augen, der schweigend dem Steuermönche mit der Hand den rechten Weg wies oder mit einer langen hölzernen Stange die Tiefe des Wassers erforschte.

An einem heißen Mittag im August sahen sie endlich in der Ferne die Uferberge von Leubus und das goldene Kreuz auf dem hölzernen Turm. Neben dem Kloster stand ein weißes Zelt, auf dem eine Fahne flatterte. Als die Flotte in Sicht kam, läuteten die Mönche auf der Höhe eine kleine helle Glocke, die weit über den Strom scholl.

In einem Seitenarme der Oder wurde gelandet.

Götz Flamberg schlug dem alten Tuscha mit der schweren Hand freundlich auf die Schulter und lachte ihn an. Dann bedeutete er ihm, er solle mit zur Höhe ins Kloster kommen.

Die Mönche und Brüder ordneten sich zu einem Zuge und schritten mit dem Klosterhauptmann an der Spitze langsam den Weg zur Höhe hinauf. Eine kleine Wache war bei den Schiffen zurückgeblieben.

Droben stand der Abt, und die Mönche, die schon da waren, standen um ihn und hießen die Ankömmlinge herzlich willkommen. Dem Klosterhauptmanne schüttelte der Abt die Hände und dankte ihm in herzlicher Rede.

Dann führte er den Zug zum Zelte, vor dem der Herzog und die Herzogin saßen, die an der neuen Gründung seit je besonderes Wohlgefallen nahmen. Es wurde eine feierliche Begrüßung vollführt, und danach mischten sich die Mönche und die Ritter des Herzogs zu einem Festmahle, das auf hölzernen Tischen rings um das Zelt aufgetragen wurde.

Lieder klangen auf, es wurde Bier und Wein gereicht, und man schaute in das Land hinein, das die Alten den Neuen erklärten.

Tief unten am Hange floß träge der Strom dahin, auf dem in geschützter Bucht die sieben Lastkähne ruhten. Jenseits war Wald und wieder Wald, der weithin unter Wasser stand. Dann erhob sich das Land, von Gebüsch und Gesträuch bedeckt, und endlich war Grasland, von einzelnen Bäumen bestanden. Die Sonne war im Untergehn. Die Ferne war blau in einem goldenen Dämmerrauche, und wenn man zur linken Hand bis an den Himmelsrand sah, erblickte man dort unsäglich fein den Umriß des Berges Silensi, der wie ein Fürst unter den Bergen war und wie ein König der Ebene.

Das ganz Land lag in paradiesischem Frieden.

Der Herzog, die Herzogin und der Abt standen vor dem weißen Zelte und sprachen über die Zukunft.

Dieses mein Land, sprach der Herzog, ist jetzt noch eine Wildnis. Es erwartet die, welche es zu einem

Fruchtgarten machen wollen. Deswegen habe ich euch hierhergerufen, daß ihr dabei mithelfen sollt. Und so denke ich, werden Bauern, Bürger und Mönche aus Deutschland das Wagnis vollbringen und die Tat tun.

Was an uns liegt, antwortete der Abt ehrerbietig, was an uns liegt, Herr Herzog, das soll getan werden.

Das wäre mir lieb, sprach der Herzog, denn dieses Land lohnt jedem, der es liebt um seinetwillen. Und das ist recht so.

Als der Abend kam, erlosch allmählich das Fest. Die Mönche zogen in die kleine hölzerne Kirche zum Abendgebete. Die Ritter bargen das Zelt, holten ihre Pferde und saßen auf, um mit dem Herzog und der Herzogin noch bis Wohlau zu reiten, wo eine Burg stand. Bald war der Festplatz, wo das Gras und die Blumen zertreten waren, allein und verlassen.

Nur der alte Tuscha stand da noch wie ein Steinbild und schaute lange über den Strom und das Land. Man hatte ihm einen Beutel mit goldenen Münzen als Lotsenlohn in die Hand gedrückt. Aber er zählte die Münzen nicht nach, er schaute unverwandt über den Strom und das Land, und seltsame Gedanken umschlichen sein Herz. Denn manchmal sah es aus, als weinte er. Dann ging er langsam den Weg hinab zum Strome, wo unter einer alten Eiche sein Boot lag.

Der Mond war inzwischen aufgekommen und goß sein Silberlicht durch die wirren gespenstischen Eichenäste auf das Wasser.

Mit ein paar Ruderschlägen war er mitten im Strome, der still aber unablässig dahinzog.

Plötzlich fühlte der alte Tuscha, wie zwei eiserne Hände seine Gurgel umfaßten. Er ließ vor Schreck und Schmerz die Ruder fallen und griff nach den Händen. Mit einem Ruck drehte er sich um und sah in das wutverzerrte Gesicht seines alten Feindes, des Flößers Krschenko. Wie zwei uralte Wassergötter standen sie sich hier mitten auf dem Strome im schwankenden Schiffe gegenüber.

Du Schweinesohn, zischte Krschenko unter seinem Barte hervor. Du Sohn einer Sau! Du hast mir nicht nur die Netze zerrissen und die Reusen geraubt. Du hast nicht nur Pfeile nach mir geschossen und auf mich und mein Weib Steine geworfen, nun hast du mir auch noch den Strom gestohlen, indem du jene Fremden dort oben heraufgeführt hast. Hörst du, du hast mir den Strom gestohlen, du Räuber!

Und wie ein Wolf sprang er unversehens in dem Boote auf Tuscha zu, den er in der Mitte des Leibes umfaßte und mit voller Wucht in die Schultern biß, daß Tuscha vor Schmerz aufschrie.

Der Anprall des Krschenko und Tuschas Sturz brachten den schmalen Einbaum zum Kentern. Mit einem dumpfen Falle rollten die beiden ineinander verbissenen Feinde in die Flut.

Oben in der erleuchteten hölzernen Kirche sangen die fremden Mönche das Nachtgebet . . .

Nach einiger Zeit tappte jemand am jenseitigen Ufer durch die Binsen und Wassersträucher auf den Sand. Es war Tuscha, der alte Fischer.

Er sah sich noch einmal nach dem Strome um, über dem das Mondlicht flimmerte. Aber kein Strudel und kein Wellenkreis kündeten dort, daß noch ein Schwimmer draußen war. Ruhig, als sei nichts geschehen, floß das Wasser talab.

Der ist hin, sagte Tuscha zu sich selbst und schüttelte sich, wobei ihm das Wasser aus den Fellhosen troff. Der Schmerz in der Schulter zwang ihn, mit dem Arm nach der Wunde zu greifen und das Gesicht zu verziehn.

Aber ein großer Triumph lag in seinen Mienen und seinem Gange.

Krschenko, der Herr der Oder, war hin. Wer weiß, wo er schon trieb.

Aber auch der Beutel mit dem Golde war in die Tiefe gesunken. Der Tuscha hatte die fremden Mönche für nichts und wieder nichts durch den Strom geführt. Das war die Rache des alten Krschenko.

Um dieselbe Zeit war Luzan, der jüngste Tuschasohn, wieder auf einer großen Fahrt. Er war in Bautzen und Meißen gewesen und hatte sich dort die beiden Zugochsen gegen Pferde eingetauscht, so großer Gewinst hatte ihm diesmal geblüht. Die Meißener Fellhändler hatten ihm die Biber- und Wieselfelle mit Freuden abgekauft und reichlich bezahlt. Mit Ochsen war er ausgezogen, mit Pferden kam er heim. Kein Wunder, daß er sehr fröhlich war und den ganzen Weg sang und pfiff und trällerte.

Sein Plauwagen war auch auf der Rückreise hochbeladen mit Waren des Reiches, die er in den neuen deutschen Städten und Dörfern abzusetzen hoffte.

Da waren Säcke mit Gewürz, Sensen und Sicheln, wie sie der Bauer braucht, feine Wollzeuge für die Wämser der Männer und für die Weiberröcke. Dem Bischof von Breslau brachte er in einem verschlossenen eisenbeschlagenen Kasten vom Meißner Stifte ein paar wertvolle Bücher und Kirchengerät mit, dem Herzog Briefe und für die Herzogin einen brokatenen Mantel. Das waren sehr einträgliche Geschäfte.

Aber der Luzan hatte noch etwas anderes geladen, woran er den ganzen Weg mit Freuden dachte. Für sich selbst nämlich ein feines Tuchwams nach deutschem Schnitt mit einem rostroten Schultermäntelchen, dazu blaue Hosen und Schuhe auf Meißner Art aus feinem gegerbten Leder. Er würde darin einen Staat machen wie ein Edelmann. Dazu hatte er sich noch ein Samtbarett mit einer rosenroten Reiherfeder gekauft, und so wollte er nach seiner Heimkehr in die Jakobsleiter des Freirichters gehn und dort wie jeder Deutsche einen Krug Bier verlangen. Die würden Augen machen.

Aber das war noch nicht alles, was der Luzan mit sich führte. In einem kleinen Kästchen aus Holz, das er im Wagenbocke unter Hafer und Stroh versteckt hatte, lag eine goldene Halskette, und für wen die war, das wußte nur der Luzan selber und sonst niemand. Sie war aus Ringen ineinandergefügt und trug vorn ein Schmelzbild, darauf Unsere Liebe Frau mit dem Kinde abgebildet war.

Diese Kette wollte er der Salomäa um den Hals legen und dafür den ersten Kuß verlangen. Er war nicht böse, daß sie damals im Wildacker im Walde, wo er sein Flötenlied geblasen hatte, so spurlos verschwunden war. Er hatte Kenntnis von Mädchen und wußte, wie sie es hielten. Sie wollten gebeten sein, man sollte sie werben und bedienen und schön tun. Oh, der Luzan kannte die Weiber!

Aber er wollte auch mit dieser spröden Salomäa ans Ziel kommen, und er hoffte, daß ihm die goldene Kette ein guter Herold sein würde.

So trabte er mit seinen beiden Pferden durchs Land der Heimat zu. Er ließ Görlitz hinter sich zurück und fuhr quer durchs Löwenberger Land gen Goldberg.

Hier waren schon viele deutsche Dörfer gesiedelt worden, so daß der Luzan staunte. In den Tälern an den rauschenden Bächen lag Haus bei Haus, Hof bei Hof und jedes sauber, reinlich und freundlich anzusehn.

Die Wände trugen Fachwerkschmuck mit schwarzen Balken im weißen Felde. Aus den Vorgärten winkten flammende Blumen, die der Luzan nicht kannte. Scheunen und Ställe ragten über den Hof, Obstbäume wuchsen im Garten, schönes fettes Vieh weidete auf den Wiesen, und die Äcker, über die der Wind tanzte, wurden schon wieder mit dem Pfluge gebrochen.

Das war ein Leben ringsum! Jeder war tätig, jeder schuf sich das Seine und jedem gelang es.

Die Deutschen, so dachte der Luzan, sind doch ein sonderbares Volk. Sind sie größer und stärker als wir? Nein. Er, der Luzan, hatte ebensoviel Kraft wie jeder deutsche Bauer, und manchen von ihnen überragte er um Haupteslänge. Sind sie klüger und schlauer als wir, die Deutschen? fragte der Luzan. Und wieder mußte er nein sagen, wenn er an sich und seinen Handel dachte. Wie oft hatte er sie über das Ohr gehauen und belogen und betrogen und war der Schlauere geblieben.

Sie waren weder stärker noch klüger, und doch, wo sie hinkamen, wurde das Land anders. Es wurde lebendig, reich, schön und bunt, und das Leben unter den Deutschen war ein ander Leben als bei ihnen in Naßsiedel oder sonst in einem der alten Dörfer.

Was zum Kuckuck! war das Geheimnis der Deutschen?

Luzan zog ärgerlich die schöne Stirne kraus in eifrigem Nachdenken und hielt, ohne daß er es wußte, die Pferde an. Er blieb an seinem Felde stehn, das eben gepflügt wurde.

Der Bauer kam von der Höhe ins Tal herab und hielt die Pflugsterze, während sein Junge die beiden Ochsen regierte.

Luzan stieg ab, setzte sich an den Rand der Straße und sah zu. Als der Bauer bis an den Rain herabgekommen war und wenden wollte, fing der Luzan ein Gespräch an.

Wie die Ernte gewesen?

Gut, er wäre zufrieden. Aber das Pflügen sei keine leichte Sache bei solcher Sonne. Ein Krug mit Bier wäre jetzt nicht zu verachten.

Warum er sich denn solche Mühe mache? Bei ihm zu Hause stoße man einen gespitzten Pfahl durchs Feld, und dann säe man in die Furche. Warum das Feld aufreißen bis in die Tiefe!

Der Deutsche lächelte: Ihr macht's euch leicht, ihr polnischen Lotterbuben. Ihr nehmt einen spitzen Pfahl, schleppt ihn durchs Feld und dann sät ihr in die Furche. Haha!

Auch der Junge, der die Ochsen hielt, lachte, und es kam dem Luzan vor, als lachten sogar die Ochsen über ihn. Ein Zorn stieg in ihm auf.

Was es dabei zu lachen gäbe? Mit einem Pfahle sei in diesem Lande immer gepflügt worden seit ewigen Zeiten, warum nicht auch weiter?

Da wurde der Bauer mit einem Male ernst und sagte:

Weil wir mehr von dem Acker verlangen, als ihr verlangt habt. Das ist der Unterschied. Wir Deutsche verlangen mehr von der Welt. Wir wollen nicht das Doppelte der Aussaat ernten wie ihr, wir wollen das Zehn- und Zwanzigfache.

Und dazu haben wir unseren Wendepflug, der die Erde nicht bloß aufreißt, sondern auch umgräbt, daß das ausgeruhte Erdreich nach oben kommt und das müde nach unten. Das ist die Sache.

Aber, Junge, komm, wir müssen weiter! Wenn es Mittag ist, müssen wir fertig sein!

Und sie stapften wieder mit den Ochsen und mit dem Pfluge durch das Erdreich, das ihre nackten Füße umspülte mit brauner Flut.

Der Luzan blieb noch lange an dem Straßenrande sitzen und sah zu, wie der pflügende Bauer mit seinem Gespann immer kleiner wurde, bis er endlich ganz hinter den Hügelkämmen verschwand.

Sonderbare Leute, diese Deutschen, dachte er. Sie wollen das Zehn- und Zwanzigfache vom Acker, und wir begnügen uns mit dem Doppelten.

Da dämmerte es in seinem Kopfe zum ersten Male, und er begriff von ferne das Geheimnis, das dieses fremde Volk umgab: Die Deutschen verlangen mehr von der Welt . . .

Die Gedanken an das Reiherbarett und an das Tuchwams und an das Goldkettlein und an Salomäa und an die Jakobsleiter, alle diese Gedanken waren fort. Da er weiter fuhr, grübelte er noch immer über das deutsche Geheimnis.

Bei den Leuten von Naßsiedel begann langsam eine Wandlung, deren sie sich wahrscheinlich selber kaum bewußt wurden. Die Nähe der neuen Dörfer und der deutschen Leute übte eine Gewalt aus, der sich niemand entziehen konnte.

Mit einer Straße begann es.

Bisher hatte nur ein alter holpriger Sandweg, auf dem große klobige Steine lagen, von Dürrsiedel hinab in das Tal am Schanzenbache geführt. Wollte jemand mit einem Wagen diesen Weg hinabfahren, so konnte er sicher sein, daß er dabei den Hals und sein Pferd oder sein Ochse den Knöchel brach.

Dieser Weg wurde jetzt neu gebaut. Eines Morgens kamen alle deutschen Leute des Dorfes, und sie arbeiteten länger als eine Woche an diesem Wege. Die Frauen und die Mädchen sammelten die Steine und schichteten sie zu großen Haufen an der Seite auf. Die Männer hatten Schippen und Schaufeln und ebneten die neue Straße. Hier wurden Löcher zugeschüttet, und dort wurden Ecken und Vorsprünge abgetragen. Zwei Bäche, die bisher quer über den Weg gelaufen waren und ihn im Herbst und im Frühjahr in einen entsetzlichen Morast verwandelt hatten, wurden tiefer gelegt und in einem überdachten Steinbette unter der Straße hindurchgeführt. Es wurden Linden an den Straßenrand gepflanzt, damit man dort einmal in zwanzig oder dreißig Jahren im Schatten gehen konnte.

Der Segen der neuen Straße war bald zu spüren. An den Freitagen oder in den Fasten kamen die deutschen Bäuerinnen nach Naßsiedel und kauften hier Fische und Krebse, wofür sie Weizenmehl, Schaffleisch oder Obst boten. Es entwickelten sich Handelsbeziehungen zwischen dem Dorfe oben und dem Dorfe unten. Ja, im Laufe der Zeit wurde es fast ein einziges Dorf.

Wenn in Dürrsiedel Erntefest war, konnten die von unten die Straße heraufkommen und mitfeiern. Als im September die Strohhütte des Fischers Pellom zu brennen anfing und Gefahr bestand, daß das Feuer auch auf die anderen Hütten übergriff, da der Wind schlecht stand, konnten die deutschen Leute schnell mit ihren Wagen die Straße heruntergefahren kommen und mithelfen, dem Brande Einhalt zu tun. So verdankte der Straße das alte Dorf seine Rettung.

Aber es blieb nicht bei der Straße allein. Das nächste, was die Deutschen in Angriff nahmen, war die Schanze. Im Frühjahr sammelten sich alle Gewässer der Umgebung im Schanzenbache, der dann mit entsetzlichem Getöse aus seiner Schlucht hervorbrach wie ein Wolf und das ganze Dorf Naßsiedel unter Wasser setzte. Dann konnten die polnischen Leute oft tagelang nur mit Kähnen und Booten aus ihren Häusern kommen.

Das muß anders werden, sagten die Deutschen. Wir müssen den Bach bändigen! Und wieder versammelte sich das ganze Dorf und ging nach des Freirichters Plane an die Arbeit. Aber diesmal machten auch die Leute von Naßsiedel mit, einige gern und freiwillig, andere wie die Tuschasippe nur ungern: Was diese verfluchten Deutschen noch alles erfinden werden! Das mit dem Schanzenbache war immer so gewesen, und jetzt plötzlich sollte es anders werden. Warum? Aber es wurde anders. Der Ecke und der Einsam und die anderen Deutschen hatten sich in den Kopf gesetzt, daß es anders werden müsse mit dem Schanzenbach, denn alljährlich wurden auch ihre Wiesen, die weiter unterhalb am Ziegenberge lagen, überschwemmt und verschlämmt.

Erst räumte man mühselig die umgestürzten Baumstämme, die seit ewigen Zeiten im Bachbette gelegen hatten, heraus, so daß das Wasser einen geregelten Abzug hatte. Dicke Gebüsche und Geniste, die das Ufer verengten, wurden abgehaun oder niedergebrannt. Man wälzte Steine und Felsbrocken ans Land und machte alles übersichtlich und klar. Nun konnte das Wasser abfließen, und wenn auch künftig im

Frühjahr eine Überschwemmung nicht zu vermeiden war, so konnte sie doch nicht mehr soviel Schaden anrichten wie bisher.

Auch den Unterlauf des Baches bereinigte man und schüttete die Ufer auf, so daß eine Art Damm entstand. Hier führte der Thomas Einsam das Regiment, denn in seiner flämischen Heimat wurde die Kunst des Dammbaues seit der Vorzeit geübt.

Allmählich erkannten auch die Naßsiedler ihren Nutzen. Die Gutwilligen und Einsichtigen unter ihnen machten gern mit den Deutschen und lernten von ihnen.

Es war der Beginn einer neuen Weltgeschichte in diesem Lande, als der junge Petruschka, der soeben ein Weib genommen hatte, durch Luzans Vermittlung einen deutschen Wendepflug kaufte und als erster begann, seinen kleinen ärmlichen Acker am Ziegenbache nach deutscher Art umzuwerfen.

Die Leute standen dabei und staunten. Der Petruschka war ein paar Wochen lang in der Ernte bei dem Altvater oben in Dürrsiedel Knecht gewesen und hatte von den Deutschen dieses und jenes gelernt. So hatte er sich auch zeigen lassen, mit einem Pfluge umzugehen, und jetzt machte er es zum ersten Male allein. Die Tuschasöhne standen auch dabei und lachten sich tot, als sie sahen, wie der Petruschka sich abmühte. Er schwitzte am ganzen Leibe wie der Ochse, den er vorgespannt hatte.

Aber der Luzan, der auch dabeistand, lachte nicht, sondern sagte nur: Petruschka, im nächsten Sommer wirst d u lachen!

So kam allmählich ein neues Leben in das alte verrottete Dorf. Man traf schon diesen und jenen von den polnischen Leuten als Knecht bei deutschen

Bauern, und mancher von ihnen wagte sich am Sonntage in die deutsche Kirche zu Wolffenberg, wo er freilich noch ganz scheu und schüchtern neben der Türe stehen blieb.

Aber voller Staunen sah er die festlich gekleideten Männer und Weiber und hörte ihre feierlichen Lieder und sah die Pracht der Kirche, den geschmückten Altar, die geschnitzten Figuren und den Pfarrer von Wolffenberg, den hochwürdigen Herrn Erasmus, der gar gewaltig predigte, daß er erschrocken hinter seiner Säule stand und vermeinte, die Welt ginge unter.

Aber dann begannen die Knaben und die Mädchen vom Singechor herab zu singen, Geigen und Lauten fielen ein, und wenn alle niederknieten und sich demütig bekreuzigten, fing oben im Turme die eherne Glocke zu singen an.

Wahrhaftig, es war der Beginn einer neuen Weltgeschichte in diesem Lande.

Als der Oktober dieses Jahres ins Land zog, da sich die Bäume in den Wäldern scharlachen färbten und der Vogelbeerbaum seine frischroten Früchte in den blauen Herbsthimmel hob, da war die Arbeit der Bauern getan, und ein Festefeiern begann.

Die Ernte war gut gewesen. Noch nie hatten die Äcker soviel des Kornes und des Weizens gegeben wie heuer. Noch nie war der erste und der zweite Heuschnitt so gut und so reichlich gewesen. Das Vieh stand fett in den Ställen, die Bienenkörbe waren voll Honig, die Gänse- und Hühnerställe voll Jungvieh, und auf den Tennen klapperten die Dreschflegel ihr uraltes Lied: Unser täglich Brot gib uns heute.

Die Mühle in Wolffenberg, die dem Müller Florian gehörte, drehte sich lustig im Winde den ganzen Tag, und der vorletzte Tuschasohn, der Pawlik, lernte hier das Müllerhandwerk auf deutsche Art. Das war ein ander Ding als die alte müde Wassermühle, mit der seine Leute zu Hause das Korn zerrieben.

Die Zeit der Feste begann, denn die Arbeit war getan. Mühe und Schweiß waren dabei gewesen, aber auch Gottes Güte und Gnade, und so mochte der Winter kommen. Die Kirmes von Wolffenberg wurde ein Fest, von dem man noch lange sprach.

Auf dem großen Platze zwischen der Kirche und der „Jakobsleiter" waren Tische aufgestellt worden, Bänke und ein weißrotes Zelt, in dem man einen ganzen Ochsen am Spieße briet.

Der Freirichter hatte viele Fässer Bier gebraut, die auf die Trinker harrten. Die Häuser waren mit Blumengirlanden umzogen, die Wege waren rein gefegt und die steinernen Stufen frisch gewaschen.

Endlich kam der Sonntag. Schon in aller Herrgottsfrühe war ein Trubel auf dem weiten Platze, daß man kaum das eigene Wort verstand. Die Wagen der Bauern kamen an und wurden abgeschirrt. Man stellte sie auf den unbenutzten Teil des Friedhofes und führte die Pferde in den Gaststall der Freirichterei oder zu Freunden im Dorfe.

Es kamen nicht nur die Leute aus Preisentraum und Dürrsiedel, auch die Bürger von Nimptsch kamen und feierten die Wolffenburger Kirmes mit.

Es kamen die Leute von Naßsiedel und von Olipa und aus anderen polnischen Dörfern und besahen sich das deutsche Fest.

Als es gegen den Vormittag ging und die rechte Zeit da war, sammelte man sich zum Kirchgange. Die Männer, die meist dunkelblaue oder schwarze Wämser und lange Mäntel trugen, dazu Hüte und Stöcke, traten auf die eine Seite, die Frauen und Mädchen in buntgestickten Röcken, Miedern und Schürzen auf die andere.

Da trat auch schon der Freirichter aus seinem Hause und wandelte langsam, den großen Freirichterstock in der Rechten, wie ein Fürst durch die harrende Menge der Kirche zu.

Man strömte hinter ihm her in die Kirche, die die Menge nicht fassen konnte. Viele mußten auf dem Kirchhofe bleiben und schauten ab und zu durch die weitgeöffnete Tür in das Innere, um zu sehen, wie weit die heilige Handlung inzwischen schon fortgeschritten.

Der Pfarrer, der hochwürdige Herr Erasmus, predigte erst über die wunderbare Brotvermehrung des Herrn und nannte auch die Ernte dieses Jahres ein solches Wunder. Er pries die Güte Gottes und die Barmherzigkeit des Himmels, die zur rechten Zeit Regen und zur rechten Zeit Sonne geschickt habe. Dem Herrn sei Preis und Ruhm und Ehre in Ewigkeit. Amen.

Dankerfüllt sank die Gemeinde in die Knie und stimmte ein Lied an, das hub mit den Worten an:

Wir armen Ackerknechte,
Was hätten wir getan?
Gott tat allein das Rechte,
Dem wir uns dankend nahn.

Die draußen auf dem Kirchhofe knieten gleichfalls und sangen mit, wobei sie freilich ein wenig hinter dem Hauptchore in der Kirche zurückblieben.

Dann hielt der Pfarrer ein Hochamt, wobei er die schönsten Gewänder anlegte, die die Kirche besaß, und dann war der Gottesdienst zu Ende.

Die Menge des Volkes strömte heraus und mischte sich mit denen, die vor dem Tore standen oder die inzwischen noch auf dem Platze angekommen waren.

Das war ein Grüßen und Sichfinden und Erkennen und Verwundern! Man fragte einander, wie die Ernte gewesen, und ob das neue Haus fertig, und ob Vieh und Kinder gesund, und was sonst Bauern fragen, die sich lange nicht gesehen haben.

Manche waren im Laufe des Jahres gestorben, andre wieder geboren worden, mancher hatte Unglück gehabt und mancher Glück, wie das menschliche Leben so ist.

Den Kindern war dieser Tag ein besonderes Fest. Sie trieben sich bei den Wagen und bei den Pferden herum oder betrachteten neugierig und ehrfürchtig die Freirichterknechte, die, mit grünen Lederschurzen angetan, die Bierfässer auf Bohlen aus dem kühlen Keller in die Sonne rollten.

Es setzten sich die Alten, die so lange nicht stehen konnten, zuerst an die Tische, die anderen folgten, und das junge Volk machte den Schluß.

Es wurden Brotschnitten in Körben gereicht, und dann holte sich jeder von dem Ochsen, soviel er wollte. Die Freirichterknechte brachten den ehrbaren Bauern irdene Krüge mit dem schäumenden Bier, die andern mußten selber gehn und sich holen.

Man aß und trank, wie nur Bauern es können, die wissen, wie schwer es ist, ein Kornfeld zu ackern und einen Ochsen zu mästen, beschaulich, geruhsam und voller Dankbarkeit.

Die Sonne sah dem Feste vom wolkenlosen Himmel zu, die Bäume standen freundlich um den Platz, und der ehrwürdige Pfarrer ging durch die Reihen und grüßte bald hier und bald da.

Als man aber mit dem Essen fertig war, wirbelte die Jugend zum Tanze, auf den sie schon lange gewartet hatte. Böhmische Dudelsackpfeifer, die der Freirichter gedungen hatte, standen auf der Kirchtreppe und spielten zum Reigen auf. Mächtig scholl es über den Kirchplatz und schmeichelte sich süß in jedes Herz, daß die Alten selig verklärt den Takt mit den Fingern oder mit dem Stocke schlugen und sich der eigenen Jugend erinnerten, während ihre Kinder auf dem freien Platze in anmutigen Gruppen umherschritten und durcheinandertanzten, daß ihre Wangen sich röteten.

Die Burschen sangen dazu, die Mädel klatschten in die Hände, und wenn sie zu ihren Tischen zurückkehrten, weil auch die Dudelsackpfeifer einmal hinter sich greifen und den Krug an die durstigen Lippen setzen mußten, tranken sie selber einen tüchtigen Schluck aus den elterlichen Krügen.

Die Männer schossen inzwischen auf der Wiese hinter der „Jakobsleiter" mit Armbrüsten nach einer hölzernen Scheibe, und ein junger Bauer aus Preisentraum, Reinhart mit Namen, wurde der König.

So aß und trank und tanzte und lachte und scherzte man, bis die Sterne aufkamen, und noch ein gutes Stück in die blaue Nacht hinein, bis endlich ein Wagen nach dem anderen abfuhr und schließlich der weite Platz so verlassen lag wie am Morgen.

Denn wenn's noch so freudevoll wäre und noch so voller Leid, jedes menschliche Ding hat einmal ein Ende.

Zwölf Tage später war in Wolffenberg wieder ein großer Tag.

Schon am nächsten Sonnabend hatte der Freirichter wieder alle Männer aus den drei Dörfern zu sich geladen. Sie kamen alle.

Als die große Stube in der „Jakobsleiter" bis auf den letzten Platz gefüllt war, kam der Freirichter herein und sprach in die Stille:

Lieben Leute! Ich habe euch hierher berufen, um euch kundzutun, daß heute ein herzoglicher Brief an mich ergangen ist.

Und er zeigte ein Pergament mit einer Siegelkapsel daran, die an einer gewickelten Bastschnur an dem Briefe hing.

Ambrosius Scholtz fuhr fort: Ich habe den Pfarrer Erasmus gebeten, ihn vorzu'esen.

Der Pfarrer, der der einzige war, der lesen und schreiben konnte, stand von seinem Stuhle auf, wo er bisher unter den Bauern gesessen, trat an die Säule, die den Saal in der Mitte trug, nahm den Brief und sagte:

Ich habe den Brief bereits gelesen. Er ist lateinisch geschrieben und heißt in unsere Sprache übertragen etwa wie folgt:

> An den Freirichter Ambrosius zu Wolffenberg!
>
> Hiermit tut der gnädige Herr Herzog Heinrich, Herr in Schlesien, Krakau und Polen, Euch und Euren Bauern kund und zu wissen, daß er am Donnerstag, dem 24. Oktober, am Tage, da man das Fest des heiligen Erzengels Raphael feiert, willens ist, nach Wolffenberg zu kommen und allda die heurige Jagd im Bannwalde auf dem Berge Silensi zu beginnen. Sie soll wie üblich eine Woche

dauern. Es ist an Euch, die nötigen Treiber zu stellen, desgleichen für Heimstatt und Quartier zu sorgen, wobei zu sagen ist, daß Ihr Euch mögt für dreißig Personen der herzoglichen Burg und für mehr als zwanzig Gäste des Herzogs bereit halten. Die Ankunft des Herzogs geschieht am genannten Tage, gegen Mittag von Breslau her.

Gegeben am 18. Oktober, am Tage des heiligen Evangelisten Lucas zu Breslau in der Burg St. Martini.
Michael,
Burgkaplan und herzoglicher Sekretarius.

Als der Pfarrer geendet hatte, ging er wieder zu seinem Stuhle zurück, und der Freirichter begann von neuem:

Ihr habt alle gehört, daß wir die Treiber stellen sollen. So komme ein jeder von euch und bringe auch seine Söhne und Knechte mit. Dann sind wir mehr als zweihundert. Wir sammeln uns am Raphaelstage bereits in der Frühe wieder dahier. Für die Jagd mache sich jeder feste Schuhe und ein Lederwams zurecht, denn der Bannwald ist wild und kein Lustgärtlein. Auch Knüppel und Stöcke haltet bereit.

Zum zweiten aber haben wir an fünfzig Quartiere bereitzustellen. Der Herzog wird bei unserm Pfarrer Erasmus wohnen, ebenso die Herzogin und Michael, ihr Burgkaplan. Die andern müssen wir verteilen. So sehe jeder, daß er einen Gast mit geziemenden Ehren aufnehmen kann und nichts fehle, damit der Herzog sieht, wie unsere Gastfreundschaft ist. Ich frage euch, ob ihr auch so denkt.

Ja, riefen die Männer, wir denken auch so, und wir wollen es schon einrichten.

Gut, sagte der Freirichter, so denke ich, wären wir fertig. Aber was Lust hat, soll noch ein wenig zusammen bleiben. Wieder brachten die Knechte Bier, und es wurde ein Männerabend, wie schon lange keiner gewesen war in der „Jakobsleiter“.

Man erzählte sich Geschichten vom Herzog und seinem Jagdmeister Gottfried, man erzählte Geschichten von der Jagd oder aus dem Bannwalde. Meist erzählte nur einer, und die anderen hörten zu.

Vor Jahren, berichtete der Freirichter, ist der Herzog einmal auf dem Berge in große Not gekommen. Er hatte sich weit von den andern verirrt und fand sich ganz allein in dem Tann, als plötzlich eine wilde Sau auf ihn losging und ihn annahm. Der Herzog, der ein gewaltiger Mann ist, ergreift den Sauspieß und hält ihn so vor, aber das Luder von Sau fällt ihn seitwärts an und reißt ihm ein Bein auf. Er strauchelt, und wenn er gefallen wäre, wer weiß, ob er heute noch Herzog wäre. Denn eine gehetzte Sau ist schlimmer als ein verwundeter Wolf. In dem Augenblick reißt der Herzog sein Horn an den Mund und bläst hinein, und was soll ich euch sagen, von dem Tone erschrickt das Untier und nimmt Reißaus. Das hat uns der Herzog selber erzählt. Und seitdem geht er immer mit einem Horne zur Jagd, mit demselben, das ihm damals das Leben gerettet.

Ich kenne die Geschichte, fiel der Pfarrer Erasmus ein, und kann sie bestätigen. Und eine andre kann ich auch noch erzählen. Als der Herzog einmal in den wilden Wäldern nördlich von Breslau auf Jagd war, geriet er mit seinem Pferde in einen Sumpf, und wie sehr er sich mühte, statt herauszukommen, kam er nur immer tiefer hinein. In seiner Todesangst tat er vor Gott ein Gelübde, er wolle dahier ein Kloster bauen samt einer Kirche, wenn er gerettet würde. Und siehe da, mit einem Male fand das Pferd festen Boden und trug den Herzog wieder zu den Seinen. An jener Stelle aber ward im Jahre darauf Trebnitz gegründet, das seitdem von dem Herzog und der Herzogin mit Wohltaten überschüttet wird.

Ein anderer, ein Bauer aus Preisentraum, erzählte: Da war einmal ein junger Knappe, der sich vor den anderen hervortun wollte, der hetzte zu Pferde einen schönen großen Hirsch. Das geängstigte Tier floh immer höher, dort, wo kein Pferd mehr durchkommen kann. Der Knappe springt aus dem Sattel, bindet sein Pferd an den nächsten Baum und setzt mit seinem Spieße dem Hirschen nach. Manchmal sieht er ihn durch das Tannicht fegen, manchmal über eine Bergwiese rennen, plötzlich ist er fort. Der Knappe jagt in großen Sprüngen hinter ihm her, da steht er unvermutet vor einem Felsenabgrunde, der schrecklich in die Tiefe fällt. Er kann den Schritt nicht mehr halten, und mit einem gewaltigen Sprunge fällt er hinter dem Hirschen in die Kluft. Sie soll tiefer gewesen sein als unser Kirchturm hoch ist. Aber der verwegene Mann hatte Glück. Er fiel, ohne sich das Geringste zu tun, in ein Gebüsch hinein, während der Hirsch mit gebrochenem Genick zwei Schritte vor ihm lag und verröchelte. Die Stelle heißt noch heute der Knappensprung.

Atemlos lauschten die Männer den alten Geschichten, und eine Zeitlang war in der Stube eine große Stille. Da hub Ambrosius Ecke an: Man sagt, es soll Zwerge im Bannwalde geben, ob daran was Wahres ist?

Ich halte es für Aberglauben, antwortete der Pfarrer, denn ich selber habe nie welche gesehn, auch nie jemanden getroffen, der welche gesehen hat. Das Volk erzählt viel ...

In diesem Augenblicke ging die Tür auf, und der Luzan trat in die Stube. Er war gekleidet wie ein Edelmann. Er trug ein rostrotes Wams, einen Schultermantel und blaue Hosen, dazu Schuhe auf Meißner Art und ein Samtbarett mit einer rosenroten Reiherfeder. Lächelnd wünschte er den erstaunten Männern einen guten Abend, setzte sich auf einen leeren Stuhl am Tische der Preisentraumer Bauern und verlangte einen frischen Krug Bier.

Als erster fand der Pfarrer die Sprache wieder und fragte ihn, woher er käme. Aus dem Meißnischen, sagte der Luzan, und durch Goldberg sei er gekommen, und von dem Bergmeister bringe er Grüße an den Bruder mit. Und jetzt käme er vom Herzog aus Breslau, dem er wichtige Post überbracht habe.

Da hörten alle, was für ein bedeutender Mann der Luzan war, und er fühlte mit Wohlbehagen, wie sich ein Kreis von Staunen und Bewunderung um ihn bildete gleich einem Strahlenkranze. Als er aber gar einen schweren Meißner Taler auf den Tisch schmiß und die Bauern zu einem Freitrunke lud, gab es ein großes Hallo, und in dieser Nacht glaubte der Luzan als Ebenbürtiger in die Gemeinschaft der Bauern aufgenommen zu sein.

Man trank und zechte, nachdem der Pfarrer gegangen war, bis an den Morgen, und der fröhliche Luzan bezahlte alles.

Als der Tag St. Raphaelis heraufdämmerte, wanderten auf allen Wegen die Leute nach Wolffenberg. Nicht nur die Männer kamen, wie befohlen war, auch die Frauen und die Kinder kamen mit, um den Herzog und die Herzogin zu sehen, die viele von ihnen noch nie gesehen hatten. Die Männer trugen, wie ihnen der Freirichter geheißen, starke Wämser und grobe Schuhe.

Vor der Freirichterei war ein Getümmel. Die Bauern gingen in das Haus und meldeten, daß sie ein Quartier bereitgestellt hätten, und ob man schon wüßte, wen jeder bekäme. Der Freirichter wußte es noch nicht.

Als es gegen den Mittag ging, kam ein herzoglicher Reiter auf der Straße von Breslau her angeritten und meldete, daß in einer kurzen Weile der Herzog und der ganze Jagdzug einreiten würde.

Nun strömte die Menge vor das Dorf hinaus bis auf einen kleinen Hügel, der die Martersäule hieß, weil hier ein steinerner Ecce-Homo am Leidenspfahl stand. Von da konnte man die Straße bis zum Walde gut überblicken.

Der Pfarrer stand da, und der Freirichter stand da, und die anderen Männer standen da, und in einem großen Halbkreise standen auch die Weiber und Kinder da und warteten.

Endlich schrie ein kleiner Junge, der die schärfsten Augen hatte: Im Walde ist Staub, jetzt kommen sie!

Und wirklich sah man im Walde, dort, wo die Straße entlang lief, durch die Fichten- und Tannenwipfel Staub aufziehn wie feinen Rauch.

Es währte nicht lange, so bog auch schon der Zug aus dem Waldtore heraus und sprengte auf der Straße gen Wolffenberg zu. Bald war der Hügel erreicht. Die herzoglichen Vorreiter wichen auseinander und ließen einer Kutsche Platz, die vergoldete Räder hatte und auf den Türflügeln das herzogliche Wappen. In der Kutsche saß die Herzogin.

Rechts und links von dem Wagen ritten zwei hohe Herren. Der eine, der mit dem Barte, war der Herzog Heinrich selber, der andere zur Linken des Wagens, ein jüngerer Mann in einem blaßblauen Gewande, war des Herzogs und der Herzogin Sohn, der gleichfalls Heinrich hieß.

Auf ein Zeichen des Freirichters schrie die Menge: Es lebe unser gnädigster Herr Herzog! Es lebe auch die Herzogin! So daß die Fürstlichkeiten sich verbeugten und mit allseitigem Kopfnicken dankten.

Dann trat der Pfarrer Erasmus vor und sprach einen lateinischen Willkomm, der die Hilfe Gottes auf die gekrönten Häupter herabrief, und der zu dem bevorstehenden Unternehmen, wiewohl es nur eines zur Lust und Erholung sei, den himmlischen Segen erflehte. Endlich tat auch der Freirichter seinen Spruch, der für die hohe Ehre des Besuches im Namen aller drei Dörfer dankte und versprach, sie wollten allezeit getreue Untertanen des gnädigen Herzogs sein.

Ein Mädchen aus Preisentraum, die Tochter des Armbrustkönigs, brachte dem Herzog einen Ehrentrunk an den Sattel.

Der Herzog nahm ihn, trank ihn und stieg danach vom Rosse, wobei ihm ein Knappe die silbernen Steigbügel hielt. Langsam trat er auf die Gruppe der Männer zu.

Alles stand still und betrachtete den Fürsten.

Er trug einen ledernen Koller, der mit bunten Fäden bestickt war, dazu dunkle Tuchhosen, dunkle Stiefel und silberne Sporen daran. Sein Haupt war mit einem samtnen Barette bedeckt, von dem ein Busch prächtiger Reiherfedern herabhing.

Er nahm das Barett vom Haupte und sagte mit volltönender Stimme, so daß alle es hören konnten:

Meine lieben Bauern von Wolffenberg und den andern Dörfern! Hochwürdiger Pfarrer Erasmus! Gestrenger Freirichter Ambrosius! Ich danke euch für den freundlichen Willkomm, den ihr mir geboten habt. Seid alle bedankt!

Ich bin heute nach Wolffenberg gekommen, um die Jagd im Bannwalde zu beginnen, weil ich auch eure Dörfer einmal mit eigenen Augen sehen wollte, die noch unter meinem seligen Herrn Vater sind begründet worden. Und auf daß auch ihr einmal mich sehen und kennenlernen sollt. Denn es ist mein Wunsch, daß der Fürst zu seinen Bauern gehört und die Bauernschaft zu ihrem Fürsten.

So ist es recht, jubelten die Leute und schwenkten zum Zeichen des Beifalls ihre Hüte und Kappen.

Der Herzog fuhr fort: Ich habe diesmal nicht nur meine Gäste, die Herren vom Hofe und einige meiner Burgvögte und Kastellane mitgebracht, vielmehr auch die Herzogin und unsern viellieben Sohn Heinrich, daß auch sie das Volk dahier sähen und ihr sie. Auch sie danken euch für den Empfang!

Und damit soll des Grüßens ein Ende sein. Möge uns Gott eine gute Jagd bescheren, wie er euch eine gute Ernte gab.

Amen, sagte laut der Pfarrer Erasmus und segnete den Herzog, indem er ein Kreuz schlug.

Dieser wandte sich jetzt um und half der Herzogin aus dem Wagen, einer hohen blonden Frau, und ging mit ihr und dem jungen Heinrich auf den Pfarrer und den Freirichter zu, die sich ehrerbietig verneigten und der Herzogin die Hand küßten. Sie wanderten sodann zu Fuß durch das Dorf und wurden ins Pfarrhaus geführt.

Die anderen Jagdherren folgten zu Pferde, die

Kutsche fuhr mit, und unter dem Schalle der Jagdhörner ging es zum Dorfanger.

Alle Häuser waren geschmückt. Blumengehänge zogen sich von Mast zu Mast über die Straße, Blumensträuße wurden geworfen, immer wieder stieg Jubel und Beifall empor, und das Trappen der vielen schönen Pferde gab auf dem Pflaster eine fast kriegerische Musik.

Als die Fürstlichkeiten ins Pfarrhaus eingetreten waren, stellte sich der Freirichter auf die Treppe, neben ihm stand der Sekretarius Michael, und rief mit gewaltiger Stimme über den Platz die Namen der Bauern auf, die einen Quartiergast erhielten, und sodann dessen Namen, so daß immer ein Paar entstand, das sich bald fand:

Ambrosius Ecke aus Dürrsiedel! Und der Kastellan von Wohlau, Herr Boleslaus!

Thomas Einsam aus Dürrsiedel! Und der Ritter vom Hofe, Herr Wolfgang von Tiefenfurth!

Jakob, der Sohn des Nicolaus aus Preisentraum! Und der Ritter vom Hofe, Herr Petrus von Hohenzinn!

Reinhart, der Armbrustkönig aus Preisentraum! Und der herzogliche Bogenspanner Wladislaus!

Und so ging die Reihe fort, bis jeder Wirt seinen Gast und jeder Jagdgast und Jagdknecht seinen Wirt hatte.

Das war ein Laufen und Rennen und Sichsuchen und Sichfinden und Sichbegrüßen. Die Söhne nahmen die Pferde in Obhut, während die Bauern stolz und freudig die Gäste empfingen und mit ihnen einen Willkommtrunk im Garten oder in der Stube der Freirichterei nahmen. Auch die Frauen kamen herbei und sprachen ein ebenso herzliches Willkommen.

Danach aß man zu Mittag. Die Fremden, die in Wolffenberg einquartiert waren, gingen sogleich mit den Wirten auf die Höfe und aßen daselbst. Die andern blieben in der „Jakobsleiter".

Auf ein Hornsignal sammelte man sich nach zwei Stunden wieder, stellte sich auf dem Kirchplatze in einem großen Kreise auf und begrüßte den Herzog, der auch herbeigekommen war, mit Hörnerschall.

Der Herzog nahm sein silbernes Hifthorn, blies dreimal hinein und rief sodann mit lauter Stimme: Die Jagd hebt an!

Die andern Hörner antworteten, und jeder schwang sich in den Sattel, während die Treiber eine Kette bildeten und hinter den Reitern her nach dem Walde zogen. Allen voran stürmten die Hundehalter mit der Jagdmeute, und so verlor sich langsam der farbige Zug zwischen den Bäumen in den Bannwald hinein.

Während der Herzog mit seinem Gefolge im Bannwalde jagte, manchmal kamen sie am Abende wieder und nächtigten in ihren Quartieren, manchmal blieben sie die Nacht auch im Walde und wohnten in schnell errichteten Zelten unter den gewaltigen Buchendomen und Eichenhallen, weilte die Herzogin Hedwig im Pfarrhause zu Wolffenberg bei dem hochgelehrten Herrn Erasmus, der aus derselben Heimat war wie sie.

Mit dem Landsmanne sprach sie in der Sprache der Heimat vieles durch, Erinnerungen der Vergangenheit und Pläne der Zukunft.

Eines Abends erzählte die Herzogin, da sie mit Erasmus und zweien ihrer Hoffräulein am Kamine saß:

Als ich zum ersten Male in dieses Land kam und mein zukünftiger Gemahl mich an der Grenze der Markgrafschaft Meißen erwartete, da weinte ich. Denn ich hatte ein so wildes und einsames Land nicht vermutet. Auch in Bayern sind große dichte Wälder, aber dort leben die deutschen Menschen in ihren alten reichen Dörfern und schönen Städten. In Schlesien sah ich auf meinem Hochzeitswege nur ärmliche Hütten und armseliges Volk, dessen Sprache ich nicht verstand, und dessen Sitten mir fremd waren.

Sie versank für Augenblicke in Erinnerungen, so daß der Herr Erasmus begütigend und trostreich einflechten konnte: Gebieterin, auch ich erschrak, als ich das erstemal das Land betrat und mir sagen sollte, daß hier meine künftige Wirkstätte sei.

Die Herzogin fuhr aus ihren Träumen empor und fuhr fort: Aber ich weiß es noch so wie heute. Am ersten Abende, da ich in der Burg St. Martini in Breslau stand und vom Fenster des Saales über den breiten Strom nach der Stadt hinübersah, trat mein Gemahl auf mich zu, rückte zwei Sessel an das Fenster und breitete vor mir den ganzen Bauplan seines Lebens aus. Ich werde diese Stunden nie vergessen . . .

Ach, Kunigunde und Nothburga, ich benötige eure Dienste nicht mehr, geht schlafen, meine Lieben!

Die Zofen verbeugten sich und gingen, so daß die Herzogin mit dem Herrn Erasmus allein war. Nach einer Pause fuhr sie fort:

Er hat mir damals den ganzen Plan seines Lebens erzählt. Er sprach zu mir: Ich habe ein wildes unwohnliches Land geerbt, aber ich will daraus ein Paradies machen. Und er wies mir auf einer Karte den Lauf des Oderstromes und sprach weiter: An diesem Strome sollen Städte entstehn, die durch den schiffbaren Fluß und durch eine große Straße miteinander Verbindung haben.

An der Oder entlang will ich meine Herrschaft bis an das Meer ausbreiten, daß ich mit Fug und Recht der Oderfürst heißen mag und alle meine Nachkommen auch.

Hier in dem schönen Felde zwischen dem Strome und dem Gebirge will ich Dörfer und Städte gründen und sie mit deutschen Leuten besetzen, daß bald ein Reichtum und Segen ist wie bei euch in Bayern oder in Franken oder am Rheine. Ich will Werber ins Reich senden und allen, die kommen mögen, Land geben, soviel sie wollen, und Freiheit, deren sie bedürfen.

Der Boden ist fruchtbar. Hier wird Korn und Weizen gedeihn, das Vieh wird auf Blumenwiesen weiden, und Holz und Steine zum Häuserbau gibt es in Fülle. Mein Land hat alles, nur keine Menschen. So soll es mein Ziel sein, dem Lande Menschen zu geben und den allzu vielen Menschen im Reiche ein Land.

Straßen sollen die Dörfer miteinander verbinden, Kirchtürme sollen einander zuwinken von Dorf zu Dorf, und an den wichtigen Stellen werde ich Märkte einrichten und Städte gründen.

Hedwig, sprach er und ergriff meine Hand, ich sehe im Geiste die Zeit, da mein Herzogtum so schön so volkreich und so blühend sein wird wie deines Vaters Herzogtum, und da man im Ringe der deutschen Länder das meine ebenso nennen soll wie das Österreich oder die Pfalz.

So sprach damals Herzog Heinrich zu mir, und ich staunte über die Kühnheit seines Planes, über die Größe seiner Gedanken und über die Kraft seines Herzens.

Ich gab ihm die Hand und sprach: Dein Weib Hedwig ist eine deutsche Fürstentochter und kennt ihre Pflicht. So sprach ich zu ihm.

Den Männern steht es zu, im Rate der Männer das ihre zu tun und die Herrschaft des Landes in festen Händen zu halten. Wir Frauen stehen im Hintergrunde, aber wir sind drum nicht minder wichtig.

So habe ich den Plan des Herzogs geschmückt, wo ich konnte, so wie der Mann das Haus baut, aber die Frau stattet es wohnlich aus und sät Blumen in den Garten und gebiert die Kinder und erzieht sie.

Er hat die Kraft ins Land gerufen, ich die Schönheit, er die Arbeit, ich die Gesittung.

Wieder schwieg sie.

Ich weiß, sagte der Herr Erasmus, tief gerührt ob dieses Bekenntnisses, ich weiß, was Ihr getan habt, hohe Gebieterin. Wie viele Dinge im Lande zeugen von Eurer Wohltätigkeit, wie viele Menschen im Lande preisen Euern Namen. Man hört, was Ihr für Leubus getan habt, für Trebnitz, für Heinrichau und für Eure liebe Stadt Breslau. Gottes Segen ist bei Eurem Tun. Und wenn Herzog Heinrich dereinst als der große Oderfürst wird gepriesen werden, so werden Eure Namen sein: Friedensfürstin, Helferin. Schutzfrau des Landes, schlesischer Engel!

Rühmt mich nicht, wehrte die Fürstin ab. Was ich tue, ist wenig. Aber mich erbarmet des Volkes.

Es war spät in der Nacht geworden, da die beiden noch immer beieinander saßen und Pläne machten, was auch im Nimptscher Lande noch zu tun, wie das Christentum könne ausgebreitet werden, und wie Mildtätigkeit und Barmherzigkeit ihren Anteil fänden ... Als die Herzogin sich in ihre Schlafstube zurückgezogen hatte, sah sie noch lange zu dem geöffneten Fenster hinaus auf den dunklen Berg, der vor ihr in der Nacht wie eine Burg stand. Dort schlief jetzt Herzog Heinrich in seinem Zelte und der junge Heinrich bei seinem Vater.

Man sollte auf den Gipfel des Berges eine Kapelle bauen, sagte die Fürstin bei sich, denn man sieht diesen Berg überall im ganzen Lande, und sie allen Heiligen weihen, daß das Herzogtum im Schutze aller Himmlischen stünde.

Mit Luzan ging in diesen Tagen eine seltsame Veränderung vor. Als er nach der tollen Nacht in der „Jakobsleiter" nach Hause gewankt war, das neue Gewand beschmutzt und begossen, die Reiherfedern am Barett geknickt und den einen Schuh verloren, war es ihm auf seinem Wege durch den Dornwald nach Hause, als stünde droben bei der Dürrlitze auf dem Hügel Salomäa.

Er erschrak zu Tode und wurde mit einem Male ganz nüchtern. Mit einem Sprunge war er im Dikkicht, um ungesehen das Mädchen vorübergehen zu lassen, wenn sie etwa diesen Weg nehmen sollte. Denn er wollte sich um alles in der Welt nicht in diesem Aufzuge vor ihr blicken lassen. Weil er sie wirklich liebte, schämte er sich vor ihr.

Lange Zeit duckte er sich hinter einer alten Weide nieder und hielt den Atem an. Aber niemand kam.

Vorsichtig pirschte er sich wieder auf den Weg und sah nach dem Hügel. Aber da oben stand nur die Dürrlitze und wiegte ihre Zweige im Morgenwinde.

Es muß ein Irrtum gewesen sein, dachte der Luzan bei sich. Aber zum Teufel, es ist besser so! Prüfend und spähend schlich er in seinem einen Schuh und in seinem verrotteten Wamse bis auf die Höhe, aber obwohl man von hier oben alle Wege und Stege weit und breit übersehen konnte, niemand war da.

Die Trunkenheit hat mich geäfft, dachte der Luzan.

Und wie er von da oben nach den Häusern von Dürrsiedel hinübersah, in deren einem Salomäa wohnte, da überkam ihn eine große Verachtung und Scham vor sich selber.

War er nicht ein Lotterbube von oben bis unten? Er war an die Schänke gestelzt wie ein Storch, mit fremdem Flitter behangen, und hatte sich groß getan. Was wohl Salomäa gesagt haben würde, hätte sie ihn in solchem Aufzuge gesehen? Und was sie wohl für Augen gemacht hätte, wenn sie seine Lieder und Reden gehört hätte, die er den betrunkenen Bauern zum besten gab? Die Hälfte seiner Geschichten war erlogen und die andre aufgebauscht.

Salomäa hatte Augen, die jede Lüge durchschauten. Wen sie ansah, der mußte die Wahrheit sprechen und so sein, wie er war. Wenn etwa der alte Ecke zu Hause der Tochter erzählte, wie der Luzan heute nacht in der Schänke gewesen?

Eine würgende Angst stieg in Luzans Kehle empor. Aber dann redete er sich ein, der alte Ecke sei mit dem Pfarrer gegangen und habe den Krug Bier, den er getrunken, auch selber bezahlt. Vielleicht war er so stolz wie seine Tochter und wollte von niemandem nichts geschenkt.

Aber die andern? Zum Teufel, ob sie ihn etwa gar zum Narren gehalten? Er wollte sich lustig über sie machen, und vielleicht waren sie es, die ihn heimlich verlachten und verachteten? Hatte er nicht einmal gesehen, wie der Freirichter hinter seinem Rükken den andern ein Zeichen machte, als ob er sagen wollte: Laßt den Aufschneider, laßt den Prahlhans, wenn er nur die große Zeche bezahlt!

Er hatte geglaubt, er sei einer von ihnen geworden, und vielleicht hatten sie ihn nur als Spaßmacher gelten lassen, wie man sich böhmische Dudelsackpfeifer dingt, wenn Musik gemacht werden soll.

O diese verfluchten Deutschen! Man weiß nie, wann sie spaßen, und wann sie ernst machen. Immer halten sie hinter dem Berge, die Duckmäuser, und hüten ihr Geheimnis wohl. Wer nur ihr Geheimnis ergründen könnte! Er aber, der Luzan, hatte sein Herz auf der Zunge gehabt und war lustig gewesen in dieser Nacht. Aber was hatte er nun? Den dicken Schädel und das Loch im Geldbeutel. Die andern hatten ihren Spaß, und der Freirichter hatte die Taler. O diese Deutschen!

Und wütend riß der tolle Luzan das Gras, auf dem er saß, in dicken Büscheln aus und warf es um sich. Wenn ihm jetzt jemand von diesen Kerlen begegnet wäre, erwürgt hätte er ihn, nur um seinem tobenden Blute Ruhe zu schaffen.

Er sprang auf und lief wie ein toller Ochse nach Hause, rannte hier in den Stall, nahm einen Knüppel und fing an, die Hunde im Hofe zu jagen, bis er mit Schaum vor dem Munde zusammenbrach und endlich in eine Ecke fiel, wo er seinen Rausch ausschlief ...

Es war schon wieder die nächste Nacht, als der Luzan erwachte. Zuerst wußte er nicht, wo er war. Endlich begriff er es, packte sich zusammen und ging an den rauschenden Bach, wo er sich wusch. Er stand auf der dunklen Erde und sann zum Himmel empor, der von unzähligen Sternen glomm.

Die Salomäa, sprach er zu seinem Herzen, ist ein Weib, ganz anders als alle andern. Ich habe welche gekannt, die waren schöner. Auch welche, die schlanker waren. Aber ich habe nie eine gekannt, die mich so verzaubert hätte wie sie. Habe ich nicht die andern alle vergessen? Aber die Salomäa, wie könnte ich die je vergessen? An die werde ich denken müssen, bis ich sterbe. Und mit einem Male fiel ihm diese Erkenntnis so schwer ins Herz, daß er sich an den Rand des Baches setzte und zu weinen begann wie ein Kind.

Die wirkliche Liebe war über ihn gekommen wie ein gewaltiger Südwind. Da rauschte es im Baume seines Lebens von der Wurzel bis zum Wipfel, und das Schicksal durchschütterte ihn bis ins Mark.

Wann hätte der Luzan je um ein Weib geweint? Um hunderte hatte er gelacht und gelächelt, aber auch nicht einmal geseufzt.

Zum ersten Male war er nicht mehr der Sieger, sondern ein Knecht, voller Scham, voller Armut, voller Verlangen.

So saß er lange, der Luzan. Und als er aufstand, da stand ein neuer Luzan auf, den niemand kannte.

Er zog sich ein zweites Mal aus, nahm den ganzen bunten Plunder aus Meißen, auf den er ehedem so stolz gewesen, und warf ihn in die Flut, die damit Fangball spielte und ihn davontrug, wer weiß, an welcher Weidenwurzel sie ihn ablud.

Da war der alte Lotterbube Luzan davongeschwommen, und der neue Luzan stand nackt und bloß in der Nacht unter den unzähligen goldenen Sternen.

Er ging in den Stall zu seinem Wagen, kleidete sich in seine alten Kleider und wühlte dann unter dem Häcksel des Wagenkastens, bis er ein Kästchen fand. Er öffnete es in der Finsternis bei den träumenden Tieren und nahm die glitzernde Kette heraus.

Übers Feld schlich er, durch die Schanze stieg er, die neue Straße mied er wohl und kam von der Gartenseite in das schlafende Dürrsiedel.

An manchem Garten ging er leise vorbei, bis er an dem Zaune des Ambrosius Ecke stand.

Er stieg über den Zaun und drang in den Garten. Da stand auch schon das Haus, und dort im hölzernen Giebel war das Fenster, wo Salomäa schlief.

Auf dem Hofe knurrte ein Hund. Aber da er lange Zeit still an einem Birnbaume stand, im Schatten des Mondes, so daß ihn niemand sehen konnte, wurde der Hund wieder still. Nur den Dorfbach hörte man leise über die Steine rauschen.

An einem Baume lehnte eine Leiter. Ganz leise nahm er sie und stellte sie an die Giebelwand, die im Schatten lag. Wie eine Katze kroch er empor, und dann hängte er die goldene Kette außen an das Fenster an einen Riegel, sprang leise ins Gras, stellte die Leiter an den alten Ort und lief davon in der Nacht wie ein Dieb.

Da die herzogliche Jagd im Bannwalde vorbei war, kehrten die Männer in ihre Dörfer zurück, und allmählich kam alles wieder ins alte Lot. Aber in Erzählungen und Geschichten klang das große Ereignis noch lange nach.

Es war an einem dunstigen Oktobermorgen gegen den November hin; da die ersten Nebel in der Frühe aus der Tiefe stiegen und um den Berg Schleierfahnen hängten, schlenderte der Luzan müßig durch die Felder und überlegte, ob er nach Wolffenberg zu dem Müller Florian hinüber solle, seinen Bruder Pawlik zu besuchen, der dortselbst das Handwerk erlernte, da begegnete er an der Sandgrube nördlich des Dornwaldes dem Freirichter Ambrosius, der mit seinem großen Wolfshund über Land ging.

Grüß dich Gott, Luzan, sagte der Freirichter und blieb stehn, nachdem er den Hund zur Ruhe gewiesen hatte. Es ist schön, daß ich dich treffe. Haben wir uns doch seit jenem Abend in der „Jakobsleiter" nicht mehr gesehn, du weißt schon, wo es so lustig herging. Ist die Jagd dazwischen gewesen und mancherlei.

Komm, setzen wir uns ein wenig auf den Rain, die Sonne scheint noch warm, und wie mich dünkt, hast du ebensoviel Zeit wie ich. Komm und erzähl mir von der guten Stadt Goldberg, und was mein Bruder, der Bergmeister, macht, den du daselbst getroffen, und der dir Grüße mitgegeben hat. Wollte schon längst mehr davon wissen. Es ist gut, daß ich dich treffe.

Sie setzten sich auf den Rain, in der Nähe einer alten Hagebutte, und nun sollte der Luzan erzählen.

Ja Gott, wo ich bloß anfangen soll, seufzte er, denn ihm war wenig nach Erzählen, und er hatte eben an die schöne Salomäa gedacht und wünschte den Freirichter samt dem Bergmeister zum Teufel. Aber was sollte er tun?

Ja Gott, sagte er, Goldberg. Die Stadt ist größer und schöner geworden, seit Ihr sie saht. Die Mauern sind ein Stück in die Höhe gewachsen, der große Ring ist ringsum ganz mit Häusern bebaut, und sie beginnen jetzt, das Rathaus zu richten. Das soll ein gar stolzer Bau werden, weiß Gott!

Ja, sagte der Freirichter und sah auf seine dicken starken Hände, die von der Sonne beschienen waren: Sie sagten damals schon, unser Rathaus, verflucht ein Ding, das soll großmächtig sein!

Eine Zeitlang schwiegen sie nun beide, man hörte bloß den gewaltigen Wolfshund atmen, der seinem Herrn auf den Füßen lag und nur ab und zu aus den blinzelnden Augen einen tückischen Blick auf den Luzan warf.

Und die Kirche, was macht die Goldknappenkirche? fragte der Freirichter weiter.

Ah, sagte der Luzan, und ehe er sich's versah, kam er ins Fabulieren und Aufschneiden. Die Goldknappenkirche?

Die würdet Ihr nicht wiedererkennen, sage ich Euch, ganz und gar fertig steht sie, mit gewaltigen Pfeilern, so stark wie drüben im Bannwalde die Buchenstämme. Und oben in der Höhe schließt sich das Gewölbe zusammen, daß einem schwindlig wird, wenn man nur hinaufsieht. Ringsherum aber sind die Wände mit Marmorplatten belegt, und der Hochaltar ist nicht aus Holz wie in Eurer kleinen Kirche in Wolffenberg — hah, er wollte es dem hochmütigen Freirichter schon geben! — aus reinem Golde ist er. Wenn dann die siebenundzwanzig Kerzen brennen, ich habe es selber erlebt, dann gibt es ein Funkeln und Blitzen, daß niemand imstande ist, gradaus zu sehn. Solch eine Kirche hat selbst der Herzog nicht und nicht der Markgraf von Meißen und steht nicht in Böhmen und nicht in Krakau und nirgendwo.

Hm, sagte der Freirichter, und sah den Burschen heimlich von der Seite an. Ja ja, die Goldberger! Ist's auch ein Wunder, daß sie so protzen, wo sie das reine Gold in der Erde finden?

In der Erde? trumpfte der Luzan auf. In der Erde? Wie meint Ihr das? Auf der Erde, sage ich Euch. Wie ich über den Ring gehe, Euern Bruder zu besuchen, stolpre ich beinahe um einen Stein, der blüht und funkelt, ich heb ihn auf und denke: Daß dich! Ob das etwa gar ein Goldklumpen ist?

In dem Augenblick kommt Euer Bruder, der gestrenge Bergmeister, um die Ecke, ich zu ihm hin, zeige ihm den Stein und sage atemlos: Ob das etwa gar Gold?

Was sonst, Bursche, sagt er, gewiß! Nimm ihn dir mit zum Angedenken und zeige ihn meinem Bruder, wenn du nach dem armseligen Wolffenberg kommst, wo sie nur Wegesteine im Acker finden.

Hast du den Goldklumpen mitgebracht, fragte der Freirichter lächelnd.

Nein, sagte der Luzan, kurz hinter Striegau hab ich ihn aus dem Wagen geworfen, er war mir zu schwer. Wenn ich mit nächstem wieder durch Goldberg fahre, werde ich einen Sack mitnehmen und eine Mandel davon mitbringen und sie in Wolffenberg verschenken. Der Freirichter sagte nichts, sondern schwieg wieder eine Zeitlang, bis er endlich seufzte: Schade!

Dann fuhr er fort: Wie hast du meinen Bruder getroffen?

Gut, sehr gut, sagte der Luzan. Wie ich ihn traf, erzählte ich schon. Und dann nahm er mich unter den Arm und führte mich in sein Haus. Da hatte man schon ein köstliches Mahl bereitet, und der Bergmeister strich sich den braunen Bart und sagte ein über das andre Mal: Wie ich mich freue, Luzan, wie ich mich freue!

Da haben wir denn getafelt an die drei Stunden, und der Wein ist in Strömen geflossen wie bei einem Markgrafen. Alle Goldknappen waren dabei, und nach der Tafel habe ich ihnen auf der Flöte zum Tanze aufgespielt die ganze Nacht. Hui! Das war euch ein Tanz! Als ich andern Morgen wieder fortgemußt, begleiteten sie mich alle bis an das Stadttor wie einen Fürsten und riefen mir nach: Lebe wohl, Luzan, lebe wohl, behüt dich Gott und komm bald wieder!

Luzan redete sich immer mehr in seine Lügen hinein und war so bei der Sache, daß er gar nicht merkte, wie der Freirichter aufgestanden und schon ein Stück des Weges fort war.

Der Freirichter blieb stehn und sagte spöttisch zurück: Lebe wohl, Luzan, lebe wohl, behüt dich Gott und komm bald wieder!

Und dann ging er, daß der Luzan ganz verdutzt allein auf seinem Raine saß und ihm nachschaute, bis Ambrosius Scholtz bei der Hagebutte sich noch einmal umdrehte und sagte:

Merke dir, Luzan, mein Bruder, der Bergmeister, hat überhaupt keinen Bart, und die Goldknappenkirche ist frühestens in zehn Jahren fertig. Hörst du?

Und nach einer Pause: Ja, und was ich beinah vergessen hätte: Gestern früh fand ein Junge von Wolffenberg im Schanzenbache an einer Erle dein schönes Meißner Wams und einen Schuh. Die sind bei mir. Wenn du willst, kannst sie holen oder holen lassen!

Und dann ging er mit rüstigen Schritten samt dem Hunde den Rain entlang, bis er in der Sandgrube verschwunden war.

III

VON ALTER ZEIT
WIRD NEU ERZÄHLT

Der Winter kam in diesem Jahre sehr zeitig. Anfang November, die meisten Bäume hatten noch Herbstlaub, brach er vom Norden vor wie ein weißer Wolf, jäh, unversehens und ohne Botschaft.

An einem Morgen begann es. Ein furchtbarer Sturm brach los und vertrieb die letzten Pflüger von ihren Feldern und die späten Äpfelpflücker von ihren Leitern.

Schwere dicke Wolkenkühe liefen in rasendem Laufe über den Himmel und sammelten sich am Berge, wo der Sturm sie wie in einer Hürde zusammentrieb.

Gegen Mittag trat eine beängstigende Stille ein. Jede Kreatur lauschte auf das, was kommen sollte, und die alten wetterkundigen Leute prophezeiten, der Sturm würde sich von neuem aufmachen und noch schlimmer sein als zuvor.

Aber sie täuschten sich. Der Sturm kam nicht wieder. Aber es kam der Schnee.

Ganz leise um die dritte Nachmittagsstunde fing es an, in kleinen irren Flocken vom Himmel zu rieseln. Ganz sachte. Ganz fein. Wie wenn man Mehl durch ein Sieb stäubt.

Die alten wetterkundigen Leute sagten: Es wird nicht lange schneien. Wenn es Mehl schneit, kehrt der Herbst zurück. Wir werden noch schöne Sonnentage haben.

Aber der Mehlschnee hörte nicht auf, und der Herbst kam nicht zurück. Die Sonne war ganz verborgen hinter den dicken grauen Wolken.

In der Nacht schneite es weiter, und am nächsten Tage schneite es und die andern Tage, und es hörte nicht auf, so daß allmählich eine dicke Schneehülle über der Erde lag.

Aber es war noch immer lau und fast warm.

Wenn man zum Himmel aufsah, konnte man ganze Scharen verspäteter Zugvögel sehn, die der schöne lange Herbst verlockt hatte, dazubleiben, und die jetzt mit eiligen Schwingen dem Schnee entflohen.

Am Sonntage konnten die Bauern bereits mit den Schlitten nach Wolffenberg zur Kirche fahren. Das gab ein lustiges Geläut talauf, talab, und in der Vorhalle der Kirche stampften sich die Männer und Frauen den klumpigen Schnee von den nassen Stiefeln. Am Montage darauf wurde es kalt. Von Osten zog eine grimmige Kälte ins Land, ohne daß Wind war. Dann fing es wieder an zu schneien.

Aber nun fiel der Schnee schon dichter und blieb in großen Massen liegen, wo er hinfiel.

Bald war das ganze Land zugedeckt und kaum noch zu erkennen. Die Bäume im Walde trugen auf ihren Wipfeln und auf ihren Ästen eine gewaltige Wucht. Die Obstbäume in den Gärten waren wie weiße Kuppeln, und die Büsche und Sträucher ähnelten sonderbaren Tieren mit weißem Pelz.

Die Bauern holten Schippen und Schaufeln hervor und machten die Höfe frei. Sie lehnten Leitern ans Dach und fegten den Schnee herab, weil die Last allmählich zu schwer ward.

Die Felder und die Feldraine waren ganz und gar unkenntlich geworden. Man sah keinen Weg und Steg mehr und keine Straße.

Die Bäche und Teiche froren zu, und immer noch schneite es.

Über den Abhängen und Schluchten bildeten sich Schneebrücken, die herniederstürzten, wenn sich nur ein leiser Windhauch bewegte.

Immer noch schneite es weiter.

Bald konnten die Leute aus Dürrsiedel nicht mehr nach Naßsiedel hinab und nicht mehr nach Wolffenberg hinüber. Man schickte am Sonntagmorgen einen Boten zum Freirichter und ließ melden, es käme niemand zur Kirche, weil die Pferde nicht mehr durch den unsäglichen Schnee könnten.

Auch das Gehen im Dorfe selber wurde schwerer und schwerer. Zuerst hatte man noch den Weg für die Wagen freigehalten, aber da es Tag und Nacht schneite, kamen die Schaufeln und Schippen mit der Gewalt des Himmels nicht mehr mit und mußten sich besiegt geben. Nur von Haus zu Haus hielt man noch einen Fußsteg frei. Die Kälte nahm zu. Eisig pfiff es vom Osten herüber, und man hatte längst den Hund von der Kette gelöst und mit in die Stube genommen.

Den ganzen Tag brannte in den Öfen und Herdstellen das Holzfeuer, und wer nichts anderes zu tun hatte, der saß davor und wärmte sich.

Aus den Schornsteinen kräuselte sich blauer Rauch in den schweren Winterhimmel, der mit dem Schneien nicht mehr aufzuhören schien.

Die Tiere des Waldes flüchteten in die Gärten und bis an die Schwelle der Menschenhäuser. Der Bauer Ecke erschlug eines Morgens, da er hinüber zum Viehstalle stampfte, einen Wolf mit dem Knüttel, der ganz schwach und verhungert am Tore lag und ihn heiser anbellte.

Die Leute sagten zueinander: Was wird das werden, wenn erst die Schneeschmelze kommt. Du gütiger Gott!

Als in diesen Tagen der Altvater starb, ein Patriarch an Jahren, mußte man seine Leiche in die Scheune stellen und auf besseres Wetter warten, um ihn nach Wolffenberg auf den Kirchhof zu bringen.

Ein Bote, den der Freirichter Scholtz nach Preisentraum schickte, um zu sehen, wie dort die Dinge stünden, kam nur bis zur Martersäule und mußte wieder umkehren, weil er bis an die Schultern im Schnee versank und beinahe am Ende seiner Kräfte war.

Jedes Dorf wurde einsam, jedes Haus wurde einsam, und jeder Mensch wurde einsam. Noch hörte man jeden Morgen, Mittag und Abend die Glocken von Wolffenberg herüberklingen, aber man konnte nicht hin.

Wenn jetzt ein Brand entsteht, kann niemand helfen, sagte der Bauer Ecke zu seinen Leuten, als er mit ihnen am Abendbrottische saß. Hütet das Feuer gut! Wie es jetzt wohl im Bannwalde aussehen mag? frug Salomäa.

Der Vater schüttelte ernst den Kopf und meinte: Wir müssen alles dem lieben Gott überlassen. Er wird schon wissen, wozu es gut ist.

So gingen die kurzen Tage dahin, kaum daß es ein wenig heller in den Stuben wurde, und ehe man's dachte, war schon die lange Nacht wieder da.

Wohl dem, dessen Mehltruhe jetzt voll war, und dessen Rauchkammer das Fleisch des Herbstes barg. Man pries die fleißigen Bienen, deren Honig man aß, und die Kunst des Brauers, dessen Bier man trank. Wehe dem aber, der nicht vorgesorgt!

So sah es in den Dörfern aus. Der Berg und der Bannwald aber war ein großer einziger Schneepalast.

Die uralten Buchen und Eichen krümmten sich wie Lastschlepper unter der Wucht des auf ihnen liegenden Schnees. Viele Bäume zerspellten und zerbarsten, und wenn es windstill war, hörte man in den Dörfern ganz ferne ein ewiges Brausen und brechendes Stürzen.

Tiefe Abgründe waren mit Schnee ausgefüllt, daß kein Auge die gräßliche Tiefe wahrnehmen konnte, die sich jetzt unschuldig in einem weißen Kleide barg.

Im Frühjahre nach der Schneeschmelze fand man viele Hirsche und Rehe und wilde Schweine in den Klüften abgestürzt oder in den dicken Genisten verhungert.

Einen solchen Winter hatte man im Lande schon lange nicht erlebt.

Der alte Tuscha saß am Herde und blickte mit seinen Geisteraugen in weite Fernen. Selbst der wilde Schanzenbach war bis auf den Grund gefroren, niemand wußte, ob noch irgendwo ein Fisch in ihm lebte.

An manchen Tagen hörte das Schneien auf, und der Schnee setzte sich wieder. Dann konnte man mit großer Mühe und unter beständiger Gefahr zum Nachbarn oder noch weiter hinaus.

Aber schon morgen kam wieder ein neuer Sturm herauf, verschüttete den geschaufelten Steg und trieb mit seiner eisigen Kälte die kühnen Leute an ihre Öfen zurück.

Groß und gewaltig war dieser Winter, wie ihn noch niemand erlebt hatte, sogar der alte Tuscha nicht, der wahrlich schon viel erlebt hatte. Seit der uralte Krschenko tot war und der Altvater von Dürrsiedel gestorben, war Tuscha wahrscheinlich weit und breit der Älteste im Lande. Aber auch er ging nur immer wieder zur Tür, öffnete sie einen Spalt, um zu sehen, ob es noch immer schneite, und schloß sie dann wieder, indem er unverständliche Worte murmelte.

Wolfswinter nannten die Leute diesen Winter, und als Wolfswinter ist er noch lange in der Erinnerung der Menschen geblieben.

In diesen Wintertagen sammelten sich die Leute im Eckehofe schon am frühen Abend um den warmen Herd, in den die Mutter immer wieder Buchenkloben nachschob, und schlissen Federn.

Alle machten da mit, nur der Bauer nicht. Da saß die Großmutter Barbara, die Mutter des Bauern, eine hochbetagte, aber noch rüstige Frau. Da saß die Mutter, die noch immer schön war trotz ihrer vierzig Jahre. Da saß die Tochter Salomäa, da saßen die Knechte und die Mägde und das alte Ehepaar, der Schweinehirt und seine Frau, die mit dem alten Ecke aus seiner Heimat in das neue Land gezogen waren. Sie alle saßen und schlissen Federn.

Und die Großmutter erzählte: Ihr müßt wissen, ich und mein seliger Mann und der Schweinehirt Jonas und seine Frau Anna, wir viere stammen alle aus demselben Dorfe in Franken, das Schwarzmaindorf hieß und dem Herrn von Ecke gehörte.

Dein Vater, Salomäa, hat es nicht mehr gekannt und Deine Mutter nicht und niemand, der sonst noch in dieser Stube sitzt.

Aber ich bin dort geboren worden, und wenn ich heute nach mehr als fünfzig Jahren wieder hinkäme, ich würde noch jedes Haus und jeden Winkel und jeden Baum und Strauch kennen.

Es liegt ganz nahe am Main, dort, wo er eine Biegung macht und am Banzer Berge dahinfließt. Da sind steile Buchenhänge, aber so viel Platz ist zwischen dem Strome und dem Berge noch geblieben, daß ein Dorf stehen kann.

Gegenüber, jenseits des Flusses, liegen die Felder und die Wiesen. Und noch weiter liegt die alte Stadt Staffelstein, und noch weiter liegt der Staffelberg, auf dem eine Kapelle steht, und der der erste von vielen Bergen ist.

Dort ist das ganze Land ein Paradies. Wenn frühmorgens im Frühsommer die Hähne krähten, und ich ging mit den Eltern ins Heu, die Sonne stieg über dem Banzer Berge auf, der Fluß glühte golden und das ganze weite Land prangte in seiner Schönheit, da fühlte ich, wie süß unsre Heimat sei, obwohl ich noch jung war.

Mein Vater hatte zwei Söhne und zwei Töchter, aber unser Hof war nicht groß. Wir mußten alle mithelfen, wenn wir durchkommen sollten. Der Zins und der Zehnt waren hoch, und an den drei Festtagen Weihnachten, Pfingsten und Michaelis mußte der Vater auf die Burg des Herrn von Ecke und mußte seine Abgaben leisten, Korn und Weizen, Vieh und Heu. Da weinte manchmal die Mutter, wenn kein Brot im Hause war, oder wir saßen im Winter vor dem kalten Ofen, und es gab kein Holz.

Frühzeitig ging mein zweiter Bruder, der Laurentius hieß, hinab nach Bamberg und wurde dort Knecht bei dem Herrn Bischof. Aber auch für die andern drei Kinder war der Hof viel zu klein.

Als ich ein Mädchen von zwanzig Jahren war, lernte ich den dritten Sohn des Bauern Johannes kennen, der Ambrosius hieß, wie dein Vater heißt, Salomäa.

Wir versprachen uns einander und gedachten schon unser Leben zu haben. Das väterliche Gut bekam

Ambrosius freilich nicht, das blieb dem Ältesten, aber ein paar Morgen Land fielen doch ab, und er konnte im Sommer auf dem Maine flößen und im Winter im Walde Holz haun.

Wir heirateten am Tage St. Michael und begannen uns einzurichten. Aber wie meine Mutter sich schon gemüht und gesorgt, so mußte ich es jetzt tun, und oft war nicht einmal trockenes Brot genug da.

Die Armut in unserm Dorfe war riesengroß.

Da geschah es eines Tages, daß ein Bote ins Dorf kam und meldete, ein fremder Mann sei in Staffelstein, der eine gute Botschaft mitbrächte, und wer Land haben wolle, der solle hingehn und ihn anhören. Noch am selben Tage liefen wir beide, ich und mein Mann Ambrosius, nach der Stadt und fragten nach dem Manne. Er saß in der Schänke „Zum Neuntöter", ich weiß es noch so wie heute, und hieß uns näherkommen. Es waren noch viele andre Leute da.

Nachdem sich alle versammelt hatten, stand er auf und sagte:

Leute! Ich habe euch zusammenrufen lassen, um euch eine Botschaft kundzutun. Mich schickt mein gnädiger Herr, der Herzog Boleslaus, der über Schlesien gebietet. Dort gibt es noch Land und Acker in Hülle und Fülle. Aber niemand bebaut es. Drum sucht der Herzog Leute, die es bebauen können, und will jedem, der es haben will, so viel davon schenken, daß er zu leben hat.

Schenken? sagte da mein Mann Ambrosius ungläubig. Schenken?

Jawohl, das habe ich gesagt, fuhr der fremde Mann fort, ich habe schenken gesagt, und ich wiederhole es, damit ihr es glaubt. Er will es jedem schenken, der es haben will.

Aber nicht nur dieses. Er sagt jedem, der in sein Land kommt, Steuerfreiheit für zehn Jahre zu, so daß niemand in dieser Zeit eine Abgabe hat, weder Zins noch Zehnt, nicht Zoll und nicht Spann, weder Kriegs- noch Wegedienst.

Und wann soll das sein? fragte mein Mann wieder, der neben mir stand und am ganzen Leibe zitterte, als hätte er das Fieber.

Sofort, sagte der Mann, heute, morgen, wann ihr wollt. Ich bleibe noch drei Tage in Staffelstein, dann ziehe ich weiter ins Bambergische und ins Bistum Würzburg hinab. In zwei bis drei Monden bin ich wieder da und werde die mitnehmen, die mit mir kommen wollen.

Ein alter Mann sagte laut in die große Stille hinein: Pfui! Dieser Mann sollte sich schämen, das arme Volk so zu belügen!

Ich lüge nicht, antwortete der fremde Mann ruhig. Aber der alte Mann, der mich eben einen Lügner gescholten hat, der soll ruhig zu Hause bleiben, der Herzog sucht Leute, die jung und tüchtig sind und sich etwas zutraun.

Hast du gehört, was er gesagt hat? fragte mich mit zischendem Atem leise Ambrosius und umklammerte mein Handgelenk, daß ich beinahe aufgeschrien hätte: Jung, tüchtig und die sich was zutraun.

Da hub wieder ein andrer Zweifler zu fragen an: Wie sagt ihr, heißt das Land, in das ihr uns führen wollt?

Ich habe gesagt, daß es Schlesien heißt, entgegnete der Sendbote, und ich habe weiter gesagt, mein Herzog heißt Boleslaus.

Schlesien? sagten einige Leute. Wir haben von diesem Lande noch nie gehört. Wir kennen Bayern und Böhmen und Hessen, aber von Schlesien haben wir nie gehört.

Es wird wohl auf dem Monde liegen, spottete der Alte und ging stampfend aus der Schänke.

Viele gingen mit ihm und lachten.

Aber ein paar junge Leute blieben und wollten mehr von dem Sendboten hören.

Als mein Mann an der Reihe war, sagte er: Was meint Ihr wohl, wieviel Land mir Euer Herzog geben wird?

Soviel ihr bearbeiten könnt, sagte der Sendbote, bis siebenzig Morgen.

Da wurde Ambrosius ganz bleich und sagte leise vor sich hin: Siebenzig Morgen. Und dann ging er mit mir langsam die uralte Pappelallee nach Hause zurück.

Barbara, sagte er zu mir, dein Vater hat fünfzehn Morgen und mein Vater zwanzig. Ich soll siebenzig Morgen haben, hörst du, siebenzig Morgen!

Er wurde vor Aufregung krank und mußte tagelang liegen. Aber dann schüttelte er die Krankheit ab und rüstete sich zum Aufbruch. Wir verkauften die kleine Hütte und unsere Huben, kauften dafür zwei Ochsen und einen Wagen, luden unsere Habseligkeiten auf, zu oberst einen Pflug, und waren zu der verabredeten Zeit in Staffelstein. Es war Mitte Juli.

Da waren noch viele junge Leute da, die auch auswandern wollten, und noch am selben Tage fuhren wir los. Nach Ostland ging ein großer Zug, wohl an die zweihundert und mehr. Der fremde Mann führte uns. Als wir kurz hinter Staffelstein über den Berg kamen, sah ich mein Heimatdorf zum letzten Male. Es lag in der Sonne, und der Main glitzerte silbern unter den Buchen auf.

Sieh dich noch einmal um, lieber Ambrosius, sprach ich, dort liegt unser Dorf. Aber er drehte sich nicht um, sondern sagte nur ingrimmig: Dort liegt unser Elend! Laß es, Weib! Sieh voraus und nicht mehr zurück. Dort über den Bergen vor uns liegt Schlesien!

An einem anderen Abende, da wieder alle versammelt waren und der Wintersturm heulte ums Haus, erzählte die Großmutter weiter:

Wir zogen von Staffelstein den Main aufwärts ins Gebirge empor, auf mühseligen Wegen, auf die die Sonne brannte, oder durch kalte Täler hinab zur Saale. Der Führer, der Herr Daniel von Borck hieß, sagte uns, nun wären wir schon im Thüringischen. Bei der Stadt Naumburg erkrankte ein großer Teil unserer Leute an einem bösartigen Aussatze, und wir mußten daselbst drei Wochen in einem Feldlager liegen. Danach ging es weiter, aber wir hatten in der Zeit fünf Männer und zwei Frauen durch den Tod verloren.

Wir zogen weiter nach Morgen und kamen langsam bis an die Elbe, wo das Markgrafentum Meißen liegt. Die Burg der Markgrafen liegt hoch auf einem Felsen über dem Strome. Dort rasteten wir wieder eine Woche.

Manche waren ob der langen Reise schon mißmutig geworden und fragten den Herrn Daniel, wie weit es noch sei. Er aber blieb immer gleichermaßen fröhlich und guter Dinge und sagte: Wenn wir die Markgrafschaft hinter uns hätten, da wäre Schlesien.

Trotzdem seufzten einige: Wir wollen umkehren. Dieser Mann führt uns bis an das Ende der Welt! Wir waren so nur noch an hundertfünfzig. Unter den Gläubigsten war mein Mann Ambrosius. Fast immer fuhr er mit unserm Wagen an der Spitze des Zuges und redete viel mit dem Herrn Daniel, der auf einem schwarzen Pferde ritt.

Nach einer Zeit kamen wir an einen Fluß, den sie Neiße nannten, und an dem die Stadt Görlitz liegt. Nun sei Schlesien nahe, sagte der Herr Daniel.

Es war inzwischen schon Ende August geworden. Ambrosius, mein Mann, drängte zum Weiterfahren, und so erreichten wir in zwei Tagen einen neuen Fluß, der Queis oder Ques hieß, wo das Markgrafentum Meißen aufhört und das Herzogtum Schlesien beginnt.

Nie werde ich vergessen, wie Ambrosius durch die Furt des Flusses fuhr und aus dem Wagen heraus auf das neue Land sprang.

Willkomm, Willkomm, du neues Land! schrie er und schwenkte seinen Hut, als sei ihm das Große Glück begegnet. Willkomm, du neues Land Schlesien, du Land Sorgenfrei, du Freiheitsland, du Land der Äcker, willkomm, willkomm! Hier soll mein Elend aufhören und mein Glück beginnen! Und dann umarmte er mich und den Herrn Daniel und die Umstehenden und weinte vor Freude.

Wie weit haben wir jetzt noch, fragten die Leute den Herrn Daniel. Er sagte: Mein gnädiger Herr, der Herzog, hat mir befohlen, euch in die Gegend zu führen, die der Lohegau heißt, dort sollen wir ein neues Dorf gründen oder zwei. Also seid guten Mutes und harrt noch ein weniges aus. In zehn Tagen sind wir an Ort und Stelle.

Aber es kam anders, als er gesagt hatte. Ich trug zu jener Zeit meinen ersten Sohn unter dem Herzen, deinen Vater, Salomäa, der jetzt hier bei uns sitzt.

Als wir in die neue Stadt Goldberg einfuhren, die

grade im Aufbau war, da überfiel mich meine Stunde, so daß wir bleiben mußten, indes die andern weiterzogen.

Mein Mann Ambrosius verabschiedete sich von allen und auch von dem Herrn Daniel und ließ sich den Weg beschreiben, um nachzukommen, sobald ich könnte. Dortselbst in Goldberg kam unser Sohn zur Welt, den wir Ambrosius nannten, wie auch sein Vater hieß . . .

Die alte Frau schwieg ein paar Augenblicke, als sie mit ihrer Erzählung soweit gekommen war und überließ sich den Erinnerungen. Die andern schwiegen auch.

Dann fuhr sie fort: Man hört jetzt von unserm Freirichter, daß Goldberg soll eine große und reiche Stadt geworden sein. Freilich sind inzwischen fünfzig Jahre und mehr ins Land gegangen.

Damals war sie erst am Beginn. Wir waren in einer Schänke geblieben, die einem Polen gehörte, der Jaroslav hieß, und die ganz aus Holz war.

Von meinem Kindbette aus konnte ich sehen, wie sie den Marktplatz absteckten, den sie hier Ring nennen. Es war ein gewaltiger Platz, und ich erinnere mich noch, wie die Leute sagten: Wer weiß, ob der Ring nicht größer sein wird als die ganze Stadt.

In der Mitte sollte das Rathaus stehn und auf einem besondern Platze die Kirche. Aber von all dem war noch nichts da.

In jener Gegend waren schon damals eine große Anzahl von neuen Dörfern gegründet worden, weshalb wir auch dort nicht bleiben sollten, obwohl es mir und meinem Manne Ambrosius gar wohl gefiel. Denn es war dort ein Fluß wie zu Hause der Main und Berge und Täler wie in der Heimat.

Viele Leute aus dem Frankenlande siedelten dort und bauten die neuen Häuser und Höfe wie die alten, die sie verlassen hatten.

Wenn am Donnerstag in der Stadt Markt war und die Bauern kamen herein, ihre Früchte, ihre Eier und ihr Getreide zu verkaufen, so glaubten wir beide, wir stünden auf dem Marktplatz in Staffelstein und hörten die alte Sprache.

Da habe ich oft heimlich geweint, weil ich Heimweh hatte nach Schwarzmaindorf, nach meinen Eltern und nach den Gespielen meiner Jugend. Aber Ambrosius sagte immer: Sei ohne Gram, Barbara, wir wollen uns und unsern Kindern dahier in diesem Lande Schlesien eine neue Heimat gründen, die wird besser sein als die alte.

Ungeduldig wartete er, bis ich wieder aufstand, und als es soweit war, wickelte ich den kleinen Ambrosius in Windeln, nahm ihn zu mir auf den Wagen, und weiter ging es. Wir fuhren jetzt ganz allein durch das große Land auf dem Wege, den uns der Herr Daniel bezeichnet hatte.

Unterwegs brach einer unserer Zugochsen, die wir aus der Heimat mitgebracht hatten, auf einem schlechten Wege ein Bein und mußte geschlachtet werden. Mit einem Ochsen ging es nur langsam voran.

Aber ob es auch lange währte, es war schon Ende September, endlich nach vielem Fragen und Herumhören kamen wir glücklich hier an, wo uns der Herr Daniel freundlich willkommen hieß und uns unser Eigentum zuteilte.

Es war ein unbeschreiblich schöner Frühherbsttag, als wir die letzte Wegestrecke hinter uns hatten und in das Lager einfuhren. Da sprang mein Mann Ambrosius vom Wagen, und als er sein Landlos erhalten hatte, lenkte er den Wagen dorthin, stellte sich mitten auf sein Land, das damals noch voller Unkraut und Dorn und Gebüsch und Gestrüpp war, atmete ganz tief auf und sagte feierlich:

Gelobt sei Gott, der uns so weit gnädiglich geführt hat. Nun sind wir da. Und jetzt gehört mir dieses Land, mir, dem Knecht Ambrosius aus Schwarzmaindorf, der künftig der freie Bauer Ambrosius aus Dürrsiedel heißen wird.

Dann schwieg er eine Zeitlang und sagte kräftig zum Beschluß: Amen!

Und er nahm mir den kleinen Ambrosius, der grade schlief, aus den Armen, legte ihn vorsichtig in das Gras und sprach über ihn:

Bis heute bist du der Sohn eines Knechtes gewesen, Ambrosius, von nun an aber bist du der Sohn eines Freien und ein Bauernsohn. In Schlesien bist du geboren, im Lande Schlesien sollst du wachsen und groß werden, und ich, dein Vater, will hier leben und sterben.

An einem andern Winterabende erzählte die Großmutter weiter:

Das Land, wo heute Dürrsiedel steht, war ehedem ein Waldtal. Überall lagen große Steine herum, und dazwischen wuchs Birkengebüsch und Wachholder. Es war wüst und unwirtlich.

Schon ehe wir beide angekommen waren, hatte der Herr Daniel einen Platz abstecken lassen, wo später der Dorfanger sein sollte. Am Bache entlang führte die Straße, und von hier lagen nach rechts und links die einzelnen Hufen, die sich bis an den Wald erstreckten.

Man nahm Ochsen und zog die ersten Grenzfurchen, wo der Herr Daniel auch gleich Grenzsteine setzen ließ. Darüber wurde eine Urkunde aufgesetzt, damit später bei Streit und Fehde bewiesen werden konnte, wem jede Hufe gehörte. Es wurde ferner bestimmt, daß an dem Anger, an dem Bache, an der Straße und an dem gemeinsamen Weidelande, das die Almende hieß, jeder den gleichen Teil und Nutzen haben sollte.

So hatte jeder das Seine, und keiner brauchte scheel auf den Nachbarn zu sehn.

Als wir ankamen, hatten sich schon einige von den Siedlern Holzhütten gebaut, wo sie den Winter über hausen wollten. Da aber zu viele Leute waren, zog Herr Daniel mit den andern jenseits des Waldes in ein zweites Tal und gründete allda Preisentraum. Wolffenberg war schon da, obwohl es damals noch keine Kirche und noch nicht so viele schöne Häuser und Höfe hatte wie heute. Die ersten Nächte wohnten wir noch in unserm Wagen wie die vielen Wochen, die wir unterwegs waren. Am andern Tage ging mein Mann Ambrosius mit mir und dem kleinen Ambrosius, den ich an der Brust trug, unser Eigentum ab. Es zog sich so wie heute noch von dem Bache bis an den Wald hinauf und durch den Wald hindurch bis auf eine Blöße, die heute die Waldwiese ist oder das Wildäckerlein.

Damals habe ich meinen Mann Ambrosius glücklich gesehn. Er blieb immer wieder stehn und jubelte laut und konnte es nicht fassen, daß so viel Land sein Eigentum sein sollte. Es waren freilich nicht siebenzig Morgen, wohl aber vierzig, und das war so viel, wie zuhause ein wohlhabender Bauer hatte. Dazu blieb alles auf zehn Jahre frei von Zins und Zehnt und jeder Last.

Am Nachmittage ging mein Mann nach Wolffenberg hinüber und kaufte dort Bretter und Stämme. Auch ein paar Knechte brachte er mit.

Sie fingen an, ein Holzhaus zu zimmern. Es war nicht sehr groß. Es hatte einen kleinen Stall für den Ochsen und für eine Kuh, die wir hinzukauften, für ein paar Hühner und Gänse, und dabei eine kleine Kammer für uns, wo wir wohnten und schliefen. Die Herdstelle lag zwischen dem Stall und der Kammer und machte beide warm.

Zum Glück war der nächste Winter sehr milde. Es blieb bis in den November sehr schön, und im Februar konnte Ambrosius schon ackern.

Er nahm in diesem Frühjahr zehn Morgen unter den Pflug, und jedesmal, wenn er müde vom Pflügen nach Hause kam, sagte er zu mir: Barbara, der Boden ist gut. Wenn Gott das rechte Wetter schickt, wird unsre erste Ernte sehr reichlich sein.

Und so war es auch. Die erste Ernte war so reich, daß wir uns zwei neue Kühe einhandeln konnten und den Stall vergrößern mußten. Um die Herdstelle ward ein Verschlag gemacht, und das war meine erste Küche.

Aber ihr müßt wissen, lieben Leute, wir mußten schwer arbeiten. Ob uns auch der Himmel gnädig war, unsre Hände wurden schwielig und unsere Rükken krumm.

Ambrosius bebaute das Feld, und ich besorgte Haus, Vieh und Garten. Als der kleine Ambrosius drei Jahre alt war, kam ein zweiter Sohn, den wir Rochus nannten, weil er am Rochustage zur Welt kam. Er ist uns später als Kind von vier Jahren an einer Seuche gestorben. Du lieber Gott!

So war unser Leben ein Werkeln und Mühen von

Tag zu Tag, von Jahr zu Jahr. Es waren schwere Jahre. In dem einen Jahre zerschlug uns der Hagel alles, und in einem andern Jahre fiel uns das Vieh. Aber Ambrosius, dein Vater, raffte sich immer wieder und sagte: Barbara, sind wir auch arm, sind wir doch frei und brauchen nicht betteln zu gehn.

Und ob es Prüfungen gab, allmählich wurde unser Hof größer und schöner. Im elften Jahre konnten wir das feste Haus baun, in dem wir jetzt sitzen, und es war im Dorfe das schönste. Das alte Haus rissen wir weg und bauten allda den neuen Stall.

Zu den Kühen und Ochsen kamen Pferde und Schweine, Ziegen und Schafe fanden sich ein, und Fleisch hat's gottlob auf dem Eckehofe seitdem immer gegeben.

Wenn Ambrosius nicht auf dem Felde war, war er im Garten. Gleich im ersten Jahre hatte er Obstbäume gepflanzt, und als die Zeit um war, da gaben die schönen großen Bäume gute Frucht.

Er kaufte auch auf dem Steinberge neuen Acker dazu, und so hat er es endlich dahin gebracht, wovon er in Schwarzmaindorf geträumt hatte: Siebenzig Morgen waren sein!

Schon lange hielten wir uns Knechte und Mägde, und auch die Kinder wuchsen heran und halfen mit, der Ambrosius, der den Hof erben sollte, der Sebastian, dein Onkel, Salomäa, der jetzt im Neißer Lande einen eigenen Hof hat, und Elisabeth, deine Tante, die in Preisentraum verheiratet ist.

Ich weiß, Großmutter, sagte Salomäa. Die Großmutter fuhr fort: So hat Gott alles wohl geführt. Ihm müssen wir danken!

Wieder war in der Stube Stille, als die Großmutter mit ihrer Erzählung fertig war. Nur der Schweinehirt

Jonas nickte zustimmend mit dem Kopfe und sagte halblaut: Die Frau Barbara hat alles richtig erzählt. So war es.

War denn niemand da, Großmutter, frug Salomäa, dem das Land vorher gehört hat?

Nein, Salomäa, sagte die Großmutter. Unten am Schanzenbache in Naßsiedel wohnten ein paar fremde Leute, die eine fremde Sprache sprachen, und die niemand von uns verstand. Aber wir sahen sie kaum.

Nur einmal bin ich dem Tuscha begegnet, der damals noch ein junger Bursche war, oben am Waldrande. Ich kam von dem Wildäckerlein mit den Ziegen zurück. Es war gegen Abend. Der Tuscha konnte ein wenig unsre Sprache sprechen und sagte zu mir: Du bist ein schön Weib, Barbara!

Ach Gott, ich war damals vielleicht noch jung und hübsch. Aber ich dachte, was will er denn? Er kam wirklich näher und wollte seinen Arm um mich legen.

Da nahm ich die Krauthacke und schlug ihn mit aller Gewalt auf die Schulter, daß ihm der Arm niederfiel und er mit einem Aufschrei zu Boden sank.

Ich sprach: Ich werde dich lehren, das Weib des Ambrosius anzutasten! Und ging.

Seitdem ist Tuschas rechter Arm lahm geblieben bis auf den heutigen Tag. Das war die Spitzhacke der Barbara. —

Alle mußten lachen, nur Salomäa lachte nicht mit, sondern fiel in ein tiefes Sinnen.

Meinem Manne hab ich's auch erzählt, fuhr die Großmutter fort, da sagte er: Wenn ich den Kerl treffe, ich bringe ihn um! Aber es hat sich seitdem der Tuscha nie wieder in Dürrsiedel blicken lassen. Auch in der Wolffenberger Kirche war er nie. Ich glaube, die in Naßsiedel sind heute noch Heiden. —

So vergingen die Winterabende im Eckehofe bei den alten Erzählungen, während draußen der Schnee bis ans Dach lag und vom Walde her in der stillen Nacht das Krachen und Brechen der Bäume zu hören war.

In der Winterstube wurden die alten Geschichten lebendig, und jeder bedachte die vergangene Zeit.

Als an diesem Abende Salomäa auf ihre Stube kam, ging sie noch lange hin und her oder stand am Fenster und sah auf den unendlichen Schnee hinaus. Es schneite nicht mehr. Der Himmel war ohne Wolken, und abertausend goldene Sterne funkelten über der ruhigen Welt. Oben über den Feldern sah man den schwarzen Wald.

Ich werde dich lehren, das Weib des Ambrosius anzutasten! Diese Worte der Großmutter tönten immerfort in Salomäas Herzen nach.

Seltsam, daß da vor vielen, vielen Jahren der Großmutter dasselbe geschehen war, wie ihr im vorigen Jahre selber. Und fast an derselben Stelle. Und daß es bei ihr der jüngste Tuschasohn gewesen war, der Luzan.

Hätte sie ihn nicht auch mit der Sense schlagen müssen und dazu sagen: Ich will dich lehren, die Tochter des Ambrosius anzutasten?

Ratlos ging das Mädchen hin und her. Sie hatte sich die Schuhe ausgezogen, damit die Dielenbretter nicht knarrten, und lief in den Strümpfen. Was sollte sie tun?

In ihrem Herzen waren zwei Stimmen. Die eine gehörte der Ecketochter, und diese Stimme hatte eine große Ähnlichkeit mit der der Großmutter und sprach: Du bist eine Bauerntochter, du bist die einzige Tochter des deutschen Bauern Ambrosius Ecke. Und dieser Kerl, dieser Luzan? Wer ist er denn? Ein Strolch wie sein Vater, ein Tagedieb, ein Herumtreiber, ein Betrüger und Halsabschneider und Mädchenjäger, so sprechen die Leute, und sie werden schon recht haben. Hast du jemals jemanden gut reden hören von dem Luzan und von der ganzen Tuschasippe? Wenn schon sein Vater so war? Du bist ein schön Weib, Barbara!

Aber dann fing eine andere Stimme in Salomäas Herzen an zu sprechen, sehr fein und leise, und doch war sie deutlich zu hören, und das war die Stimme der Liebe, die sprach:

Weißt du noch, wie du oben im Mondschein auf der Waldwiese bei ihm gesessen, und er hat dir seine schönsten Lieder vorgespielt? Hat dich da nicht die Liebe ergriffen, Salomäa? Und in all den vielen Tagen und Wochen, an wen hat dein Herz da gedacht? An den Luzan, immer wieder nur an den Luzan.

Und als du im Herbst an einem Morgen an dein Fenster tratest, was hing da draußen in der Morgensonne? Ein güldenes Kettlein um den Hals, das dir der Luzan dorthin gehängt.

Hat er dir seitdem jemals den Weg vertreten? Ist er dir nachgelaufen? Hat er in der Kirche nach dir geschielt? Nirgendwo war er, damit es die Leute nicht merken sollten, und daß dir keine Schande erwüchse. Heimlich bei Nacht ist er an dein Fenster gestiegen und hat dir die Kette daran gehängt.

Ist er nicht anders als sein Vater Tuscha, der auf die Großmutter zugetreten ist?

Und frage dein Herz, Salomäa, ob es einen Burschen lieb hat, von denen du so viele kennst, und von denen so viele um dich herum sind, wie Bienen und Hummeln um eine Blume? Wen von allen denen liebst du? Keinen! Nur den Luzan liebt dein Herz, wenngleich du es ihm noch niemals gesagt hast.

So sprach diese Stimme, dann aber fing die andre wieder an, und die Stimme der Großmutter sprach dazwischen, und in der stillen Kammer war ein großer Kampf.

Todmüde zog sich das Mädchen endlich aus, ging schlafen und fiel in einen tiefen Traum.

Ihr war, sie stünde wieder oben am Wildacker, und der Luzan käme auf sie zu und sagte: Du bist ein schön Weib, Salomäa. Und dann nahm er seine Flöte und spielte ihr vor. Da fingen die Bäume an zu tanzen, und der Mond, der am Himmel stand, tanzte mit, und eine unbeschreibliche Seligkeit durchdrang Salomäas Herz.

Aber plötzlich stand die Großmutter neben ihr, drückte ihr eine Krauthacke in die Hand und sprach: Schlag zu, Salomäa, schlag zu, schlag ihn tot!

Und da Salomäa nicht wollte, nahm die Großmutter selber die Hacke und schlug zu. Aber da war es gar nicht mehr der junge hübsche Luzan, sondern der alte Tuscha, und der verwandelte sich im Nu in einen großen Fisch, und den schlug die Großmutter mit der Krauthacke tot. Dann nahm sie ihn und trug ihn hinunter. Als sie den Fisch aber aufmachten, da lag eine goldne Kette in seinem Bauche, und an der Kette hing ein Bild, darauf war der junge hübsche Luzan abgebildet ...

So wirres und irres Zeug träumte Salomäa in dieser Nacht.

Am andern Tage war sie krank und wälzte sich in Fieberträumen in ihrem Bette. Die Mutter, als die Tochter frühmorgens nicht zur Stallarbeit kam, sah nach und fand sie heiß und mit zitternden Händen.

Sie rief den Vater, und dann riefen sie die Frau des Schweinehirten Jonas, die Anna hieß und sehr heilkundig war.

Anna nahm aus ihren hundert Kräuterbündeln, die an der Decke ihrer Stube zum Trocknen hingen, von jedem einen Zupfen und kochte daraus einen Tausendblättertee, dem sie große Heilkraft zuschrieb.

Nach drei Tagen legte sich das Fieber, und Salomäa konnte wieder hin und her gehn und ihre Arbeit tun. Aber sie blieb einsilbig und wurde leicht müde.

Das macht der viele Schnee und der lange Winter, sagte die Großmutter; ein junges Mädchen muß Sonne und Frühling haben. Und leise sagte sie zu ihrem Sohne: Ambrosius, bedenke wohl, daß Salomäa mit nächstem zwanzig Jahre wird. Schaff ihr einen Mann. Dann wird sie wieder gesund.

Der Vater aber schüttelte den Kopf, denn er liebte seine einzige Tochter sehr und wollte sie zu nichts zwingen, so daß die Großmutter und die Mutter allein mit ihrer Meinung blieben und sich heimlich schon nach dem Manne umschauten, den sie im nächsten Frühjahre für Salomäa aussuchen wollten.

So kam das Weihnachtsfest heran. Da es seit zwei Wochen keinen neuen Schnee mehr gegeben hatte und der alte fest geworden war, konnte man es wagen, nach Wolffenberg zur Kirche zu fahren.

Das war eine seltsame Fahrt. Die Baumspitzen sahen aus den Verwehungen heraus wie kleine Sträucher, und der Bach rauschte in der Tiefe, als flösse er unter der Erde oder im Felsengestein. Die stattlichsten Häuser sahen aus wie Hundehütten, und der Bauer Ecke, der selbst die Kutsche regierte, wäre beinahe an der Kirche von Wolffenberg vorbeigefahren, so völlig eingeschneit war sie, und der Turm sah aus wie ein Backofen. Aber es waren nicht viele Menschen zur Kirche gekommen. Die meisten hatten die Fahrt nicht gewagt, und so waren in dieser Christnacht außer den Wolffenbergern nur wenige von Dürrsiedel da.

Die Kerzen brannten still und feierlich, und als die Frohbotschaft der Liebe verkündet wurde, da kam auch in Salomäas erschüttertes Herz eine neue Gewißheit, eine neue Hoffnung und eine Art von Glück.

Am Dreikönigstage saß man wieder um den Herd und legte Äpfel auf die heiße Eisenplatte, daß der Duft davon das ganze Haus durchzog.

Wenn ich diesen Äpfelduft rieche, sagte die Großmutter, muß ich immer an eine Geschichte denken, die im siebenten Jahre unseres Hierseins geschah.

Es war ein früher Winter, und wir hatten eben unser altes Haus ein wenig vergrößert. Mein Mann, der Ambrosius, war um Holz nach Preisentraum gefahren, und ich war mit den Leuten allein.

Da sah ich durch die offene Haustür, daß fremde Männer in den Hof kamen. Der Hund bellte wie toll und riß sich an seiner Kette beinahe die Gurgel durch.

Ich ging hinaus, um zu sehen, was es gab. Es stand der Herr Daniel auf dem Hofe, und bei ihm standen ein paar andre edle Herren. Ein Knecht hielt im Garten die Pferde.

Gott zum Gruß, Frau Barbara, rief da Herr Daniel, als er mich sah. Ich bringe Euch heute hohen Besuch. Ist Euer Mann, der Ambrosius, zu Hause?

Nein, edler Herr, sprach ich, der Ambrosius ist nicht zu Hause, er ist nach Preisentraum wegen Holz.

Aber zu Mittag ist er wieder zurück, denn er ist an mein Brot gewöhnt.

Ei der Tausend, sagte der eine von den Herren, der einen Zwickelbart trug, und lachte: Ihr habt, scheint mir, den Ambrosius gut im Geschirr.

Wie denn, hoher Herr? antwortete ich, das muß so sein, im Felde regiert der Mann und im Hause die Frau. Und so soll's, wie man hört, sogar am Hofe des Herzogs sein.

Nun, nun, sprach der Zwickelbart und lachte wieder, wenn man's so sagt, wird's auch so sein. Aber wenn ich Euch um etwas bitten darf, der Herr Daniel hat uns viel Lobenswertes von Eurer Küche erzählt. So richtet Euch darauf ein, daß wir zu Mittag bleiben.

Wenn der Herr Daniel kommt, ist immer ein Festtag, sprach ich, denn er hat uns nächst Gott unserm Elend entrissen, und wenn wir des Abends unser Nachtgebet sprechen, fügt mein Mann, der Ambrosius, immer noch ein Anhängsel dran, nämlich so: Allmächtiger Gott, behüte auch den guten Herrn Daniel, segne all seine Wege und laß ihm sein Leben gelingen! Amen!

Seht Ihr, Daniel, sagte der Zwickelbart, so habt Ihr mächtige Fürsprecher für den Himmel, das lob ich mir.

Aber nun kommt, edle Herren, sprach ich, legt eure Mäntel ab und kommt herein, daß ihr nach dem Ritt ein wenig niedersitzet.

Sie kamen auch herein, und ich trug ihnen frische Milch auf, die sie gierig tranken, denn sie waren vom langen Reiten durstig geworden.

Indessen kam auch mein Mann nach Hause, eher, als ich gedacht, und der mußte den Herren all sein Haus und Hof zeigen, das Vieh im Stalle und die

Bäume im Garten, die Felder und den Wald und was sonst noch zu sehen ist auf einem Bauernhofe.

Dieweil war Mittag geworden, und sie setzten sich an unsern Tisch in der Küche, wo auch die Knechte und Mägde aßen. Der Ambrosius saß oben und schnitt jedem das Brot und das Fleisch zu, während die Verteilung der Suppe mein Amt war.

Dem Zwickelbart schmeckte es wohl, und er sprach fröhlich: So gut habe ich auch an der Tafel des Herzogs selten gegessen.

Darauf entgegnete ich: Edler Herr, die vornehmen Leute speisen auf Silber und trinken aus Gold, aber in den Schüsseln ist oft Geringes. Denn eine Herzogin kann meist nicht kochen, und der Herzog schlingt's 'runter. Wir Bauersleute essen auf Ton und trinken aus Stein, aber es muß etwas Tüchtiges drauf liegen und etwas Gutes im Kruge sein. So halten wir's. Und nun eßt zu und steht nicht hungrig auf, denn wir sind deutsche Bauern und geben's gern. Da lachte der Zwickelbart wieder halblaut und sagte: Wenn das der Herzog gehört hätte, ei der Tausend!

Ich drauf: Der Herzog ist unser aller gnädiger Herr, aber die Wahrheit bleibt die Wahrheit, trotz einem Herzog.

Er: Ich glaube gar, Frau Barbara, Ihr würdet das auch dem Herzog selber ins Gesicht sagen, wie?

Mitten ins Gesicht, sprach ich, mitten ins Gesicht, wenn er's hören wollte.

Da stand der Zwickelbart auf und sagte: Nun gut, Frau Barbara, versuchen wir's. Ich bin der Herzog! Ich will's noch einmal hören!

Ich muß gestehn, lieben Leute, da bin ich für den Augenblick wohl zu Tode erschrocken und war dem Herrn Daniel herzlich gram, daß er nicht gleich gesagt, was er uns für Gäste ins Haus gebracht, aber ich faßte mich im Nu und sprach: Herr Herzog, was Ihr von Leuten hört, die Euch nicht kennen, das ist immer die Wahrheit. Und ich denke, Ihr werdet mir die Wahrheit nicht verargen.

Da kam der Zwickelbart auf mich zu, der also niemand anderes als unser gnädiger Herr und Herzog Boleslaus selber war und sprach: Gewiß nicht, Frau Barbara, Ihr habt das Herz auf dem rechten Fleck und die Zunge richtig im Maule, behaltet sie beide!

Und so sind wir Freunde geworden an diesem Tage, der Herzog und ich, und jedesmal, wenn er wieder in unsre Gegend kam, stieg er bei uns ab und saß mit uns zu Tische. Er blieb unser gnädiger Herr bis an den Tod.

Und jedesmal, wenn er kam, sagte er beim Abschiede: Noch einen Bratapfel müßt Ihr mir schenken, Frau Barbara. Den gab ich ihm dann aufs Pferd hinauf, er biß tüchtig hinein und rief: Vergelt's Gott! und bleibt gesund! und lebt wohl!

So muß ich immer an den seligen Herzog denken, wenn ich Bratäpfel rieche. —

Alle lächelten über diese Geschichte und freuten sich der tapferen Frau, die sogar vor einem Herzog bestehen konnte. Man blieb an diesem Dreikönigstage noch lange beisammen.

Wie ist denn sein Sohn, der Heinrich, fragte die Großmutter den Bauern. Du hast ihn doch bei der letzten Jagd im Bannwalde ganz aus der Nähe gesehn? Der Bauer Ambrosius, der gerade an einem hölzernen Löffel schnitzte, sah nachdenklich auf und antwortete:

Ich denke, er ist der rechte Sohn seines Vaters. Unter den Bauern hat er viel Freunde, aber die Großen im Lande wollen ihm nicht wohl, weil er zu viel Deutsche herbeirufen will.

Man sagt, er habe den Stepan von Oppeln, der ihm widersprochen, auf der Oder gefangen und in Brieg ins Gefängnis geworfen. Aber der Stepan ist dort ausgebrochen, niemand weiß wie, er hatte mächtige Freunde, und ist nach den großen Wäldern geflohen, von wo er gegen den Herzog schürt und hetzt. Auch der Burgvogt Nerbotin, der auf dem Schlosse Hummel in den Glatzer Bergen haust, hat sich gegen den Herzog erklärt und ihm den Gehorsam aufgesagt. Er hat seine Sorgen, und wenn er seine Frau Hedwig nicht hätte, wer weiß, wie es ihm ginge.

Die Herzogin hassen die Großen am meisten, sagte der Schweinehirt Jonas, weil sie eine Deutsche ist und ihre Landsleute in Scharen ins Land gebracht hat.

So ist es, sagte der Bauer, desto mehr müssen wir zu dem Herzog und zu der Herzogin halten, denn der Bauer und der Herzog gehören zusammen, hat er selber gesagt, als wir ihn in Wolffenberg bei der Martersäule empfingen.

Ja, sprach die Großmutter, da sprach er recht. Ihr Bauern sollt den Herzog schützen, und der Herzog schützt euch. Da soll kommen, wer will. Da seid ihr beide wie ein paar Ochsen, die den Pflug richtig ziehn!

In diesen ewig langen Wintertagen war es drunten in Naßsiedel in der Hütte des alten Tuscha und seiner Sippe ewig düster und dunkel. Selbst wenn die Sonne am Himmel gestanden hätte, wäre sie niemals über den Schanzenberg heraufgestiegen, und in jedem Winter lag das alte Dorf drei Monde lang im Schatten. Bei dem ungeheuren Schneefalle und bei dem ewig grauen Himmel war die Trübsal noch lastender, und die Lichtlosigkeit drückte noch mehr.

Ewig brannte in der großen Holzhütte des Tuscha das Feuer im Lehmherde Tag und Nacht. Die Weiber hatten um den Ofen einen gewaltigen Stapel von Eichenklötzen und Buchenkloben aufgeschichtet und nahmen jetzt davon herab und legten das Holz in die Glut. Der Holzberg wurde von Tag zu Tag kleiner, aber draußen im Hofe unter dem vorspringenden Hüttendache lag noch viel mehr, und der Winter hätte Jahre dauern können, ehe es zur Neige gegangen wäre.

Die Männer lagen meist faul und schläfrig auf Pelzdecken um den Herd und gähnten und schliefen, kaum daß sie zum Essen aufstanden. Die Arbeit überließen sie den Weibern.

Diese besorgten das Vieh, das unter demselben Dache stand, zerrieben die Kornkörner in einem Steinmörser und buken daraus ein grobes Brot. Aus Honig und heißem Wasser wurde ein Süßbier gebraut, das bald zu gären begann und schnell trunken machte.

Dann war in der Tuschahütte viel Lärm und Geschrei, die Kinder verkrochen sich in die äußersten Ecken, und die Weiber bekamen Prügel.

Der alte Tuscha saß vor dem Herde und strickte neue Netze oder flickte die alten aus. Er wusch sie in heißem Wasser und hängte sie dann am Dachbalken auf, daß sie in das Innere der Hütte herabhingen wie riesige Spinnweben.

Oder er flocht aus Weidenruten Fischreusen und Hechtfallen, was er mit großer Geschicklichkeit tat, obwohl seine alten Hände grob und ungeschlacht schienen.

Manche Weiber bereiteten Felle und Pelze zu, schabten das Leder mit kleinen Feuersteinen ab und schlugen es mit dicken Holzklöppeln.

So war auch in dieser Winterhütte ein Leben.

Luzan aber saß in der Nähe des Feuers, das flakkernd über seine fleißigen Hände lief, und formte an einer Tonfigur.

Ton lag immer hinten am Stalle in einer feuchten Grube, denn man bedurfte oft neuer Töpfe, wenn die alten zerbrachen oder am Feuer zersprangen.

Was Luzan aus dem Ton formen wollte, wußte niemand. Erst allmählich sah man, daß es eine Figur war.

Luzan wollte eine Marienfigur machen, wie er sie in der Kirche von Woffenberg gesehen hatte oder in den Kirchen, denen er auf seinen vielen Fahrten begegnet war.

Am Wohnhause des Eckehofes hoch oben im Giebel war eine Nische. Dort hatte ehedem ein heiliger Florian gestanden, das Haus vor Blitz und Feuer zu hüten. Bei einem Sturme aber war der Patron herabgefallen und lag im Garten unter den Blumen, in tausend Stücke zerschellt. Seitdem hatte man darauf vergessen, eine neue Figur zu besorgen, und so war die Nische leer.

Luzan wollte sie ausfüllen. Denn unter der Nische war Salomäas Kammer, und es sollte künftig das geliebte Mädchen des Nachts unter dem Schutze einer Heiligen schlafen, die er gemacht.

Luzan arbeitete mit verbissenem Mute. Erst hatte er den Ton zu feucht genommen, so daß er nicht ballte, sondern immer wieder zusammenfiel. Ein andermal war er zu fest und bröckelte ab.

Endlich war die Mischung richtig, aber es war viel

schwerer, eine richtige Menschenfigur zu bilden, als er gedacht.

Das erste Bildwerk, das Luzan zustande brachte, war ein Ungetüm, dessen Kopf zu groß und dessen Leib zu schmächtig war. Es sah einem alten kranken Weidenbaume ähnlicher denn der Mutter des Herrn.

Er schämte sich seiner geringen Kunst und zerstörte das Bild selber wieder. Die Brüder, die am Herde lagen und mit blinzelnden Augen ihm zusahen, lachten ihn aus und spotteten seiner.

Aber wann hätte sich Liebe je verdrießen lassen? Luzan begann von neuem, und das zweite Bildwerk war schon besser. Der Mantel floß in schönem Schwunge von den Schultern herab, und der Kopf saß richtig auf dem Leibe. Aber das Gesicht gelang nicht, und die Krone wurde abscheulich.

Wütend stieß Luzan mit dem Fuße nach dem Bilde, daß es umfiel und zuschanden ward. Danach ließ er den Tonklumpen acht Tage lang liegen und ging finster und mißmutig umher.

Bis er sich wieder auf den Holzschemel setzte und von neuem begann. Jetzt hatten seine Hände schon Übung. Der Leib samt dem Mantel gelang ihm diesmal schöner als je zuvor, und für den Kopf nahm er sich die älteste Tochter seines Erstbruders zum Vorbilde. Und siehe, da er unverdrossen arbeitete und immer wieder nach seinem Vorbilde hinsah, das dunkel vor der feurigen Glut stand, gelang ihm auch das Antlitz. Es wurde ein Frauenantlitz von einer wunderbaren Süße und Frömmigkeit.

Stundenlang feilte der glückliche Luzan noch an dem Bilde, indes die andern schon lange schliefen, und besserte die gefalteten Hände, den Mantelwurf und die Zacken der Krone.

Endlich stand er vom Schemel auf und sah beglückt auf sein Werk. Er war's zufrieden.

Vorsichtig nahm er das Brett, auf dem es stand, und trug es zum Trocknen an die Glut.

Er trug es nicht zu nahe, damit es nicht plötzlich dörre und Sprünge bekäme. Er stellte sich zwischen das Bild und die Glut, um die übermäßige Hitze abzudämpfen und die Wärme gleichmäßig zu machen. Er kehrte die Gestalt um und tat wieder so. Und als der Morgen dämmerte und die Schläfer unruhig auf ihren Pelzen sich drehten und die erste Kuh zu brüllen begann, schlug er seine Madonna in ein Tuch und trug sie in einen Winkel, wo sie sich abkühlen sollte. Dann erst suchte er sein Lager auf. —

Es war Abend, als er erwachte. In der Hütte war es still, obwohl alle um den Herd saßen und aus irdenen Töpfen eine dicke Suppe aßen.

Luzan trat herzu, aber niemand sah ihn an und niemand sprach mit ihm. Erstaunt blickte er sich im Kreise um und traf auf den Blick des Vaters, der ihn ingrimmig musterte.

Da stand der alte Tuscha langsam auf, während die andern ihm angstvoll mit den Augen folgten, trat vor seinen Sohn hin, der vor ihm stand wie ein Zwerg vor einem Riesen, und sagte tonlos:

Hast du das Weibsbild gemacht, Luzan, das dort in der Ecke stand?

Ja, Vater, sagte Luzan.

Seit wann bäckt ein Tuschasohn die neuen Götter aus Lehm? grollte der Vater. Sind dir die alten Götter nicht mehr gut genug?

Und er bückte sich, hob das Bündel auf, in dem das Bild lag, enthüllte es und warf es in jäher Wut dem Luzan vor die Füße, daß es in Stücke zersprang.

In der Hütte war es ganz still. Nur eine Kuh, die bald kalben sollte, brüllte leise.

Der Luzan stand vor dem Vater, die Augen gesenkt und auf das zerbrochene Bild blickend, das er in die Nische des Eckehauses hatte stellen wollen. Er atmete schwer, und die Fäuste hingen ihm geballt am Leibe herab.

Plötzlich, ehe man sich dessen versehen konnte, sprang er auf mit einem Sprunge wie eine große wilde Waldkatze, fiel den Vater an und schlug ihm mit der Faust derart in die rechte Schläfe, daß der alte Tuscha wortlos zusammenbrach wie ein morscher Baum.

Augenblicke lang herrschte in der Hütte ein großes wortloses Entsetzen. Luzan stand vor dem Alten und sah steinern auf ihn hinab ...

Die andern Söhne erwachten aus ihrer Starre und sprangen auf. Aber mit zwei, drei Sätzen war Luzan an der Tür, riß sie auf und war im Schneetreiben draußen verschwunden.

Vatermörder! brüllten ihm die Brüder nach, aber niemand getraute sich ihm zu folgen. Sie kehrten in die Hütte zurück, wo die Weiber bereits den röchelnden Alten auf Stroh gebettet hatten und mit Umschlägen sich um sein Herz bemühten.

Er hat uns den Vater erschlagen, sagte der älteste Tuschasohn finster, aber den Mörder wird der Schnee töten!

Dann schloß er die Tür und ging zum Herde zurück, wo er mit den Füßen die Stücke der Tonfigur zusammenstieß und befahl, sie zu nehmen und auf den Mist zu werfen.

Die Herzogin hatte diesen Winter auf ihrer Burg in Nimptsch zugebracht.

Steil und hoch hebt sich dort der Felsen über der Lohe und ist weit sichtbar im ganzen Lande. Unzugänglich steht die Burg über den Tälern und weiten Gefilden und beherrscht die alte Straße, die von Böhmen durch das Land Glatz nach Breslau führt.

Hier stand ein Kastell seit alten Zeiten, und schon seit sechs Generationen wohnte in der kleinen Stadt, die sich um die Burg ansiedelte, deutsches Volk.

Die Herzogin Hedwig war gern in Nimptsch. Sie konnte von hier den fruchtbarsten Teil ihres Herzogtums übersehn. Sie sah in das weite Tal der Lohe, sie sah den Bannwald auf dem blauen Berge Silensi, sie sah gen Süden die lange Kette der großen Gebirge. Dieses Land ähnelte ihrer Heimat, und oft, wenn sie in einer der Fensternischen saß und hinaussah, überfiel sie die Erinnerung an ihre Jugend und an das Glück ihrer Kindheit.

Die Herzogin war eine sonderbare Frau. Konnte sie im Herrschen und Befehlen fast einem Manne gleich sein und trug sie bei feierlichen Anlässen den großen Herzogsmantel und die Krone mit fürstlicher Würde, wenn sie allein war, war sie oft stundenlang in Träume versunken und saß und sann und schaute.

Sie war die erste deutsche Fürstentochter, die das Schicksal in den Osten verschlug. Sie war aber auch die erste, die dieses Schicksal meisterte und daraus ein deutsches Schicksal zwang.

Sie war nicht beliebt bei den Großen des Landes, die die stolze aufrechte Frau insgeheim haßten, weil sie wußten, wieviel sie bei ihrem Gatten vermochte. Aber bei den Bauern und Bürgern des Landes hieß sie die Landesmutter, denn in einem untrüglichen Gefühl der Zukunft ahnte sie, daß das Schicksal ihres Herzogtums nicht auf den wenigen Schultern der Großen, vielmehr auf den vielen Schultern des Volkes ruhte.

Sie wußte wohl, daß viele Burgvögte und Kastellane sie hinter dem Rücken die Leutefrau nannten, aber was ihnen ein Spottwort war, ward ihr zum Ruhmestitel. Unbeirrbar ging sie ihren Weg, und der Ruhm der Jahrhunderte gibt ihr recht. Ihr Name glänzt, die Namen ihrer Gegner sind längst erloschen. —

Gegen das Frühjahr zu, als der erste Föhn übers Gebirge brach und laue Luft in die Täler jagte, fing der Schnee zu schmelzen an. Aber er schmolz nicht auf einmal, wie die Leute gefürchtet hatten, sondern er wich ganz langsam. Denn in den Nächten ward es wieder kalt, so daß der Lauwind nur stückweis sein Werk vollbringen konnte und nicht im Nu.

So blieb die Sintflut, die man gefürchtet hatte, aus. Zwar waren alle Bäche und Flüsse und Ströme randvoll und trugen die Wasser der Berge in großem Schwalle zur Oder, aber es kam kaum irgendwo zu Überflutungen.

In zwei Wochen war der Schnee dahin, und das Erdreich war wieder sichtbar. Die ersten Vögel kamen ins Land, und die geängstigten Menschen atmeten wieder froh und erleichtert.

An einem dieser Tage kam ein Reiter von Breslau her auf der schlammigen Straße und brachte Kunde vom Herzog, der in Breslau geblieben war, und allerlei Briefe. Die Herzogin ließ den Boten in den großen Saal treten, nachdem er den Schlamm von den Stiefeln geschüttelt hatte, und vernahm ihn.

Der Herzog sei gesund und sende der hohen Gemahlin die ehrerbietigsten Grüße. Auch der junge Herzog Heinrich grüße die Mutter und habe den sehnlichsten Wunsch, sie bald in seine Arme schließen zu können.

Es sei in Breslau nicht viel Neues geschehn. In einem Holzhause am Dome sei Feuer ausgebrochen, und da der Wintersturm schlimm war, hätte man für den Dom fürchten müssen. Aber alle, die Knechte des Bischofs und die Bürger der Stadt, selbst die Geistlichkeit, allen voran der Propst Ceslaus, hätten mitgeholfen, den Brand zu löschen.

Der Herzog frage an, und der Bote solle so bald wie möglich mit dieser Botschaft heimkehren, wann die Herzogin nach Breslau zurückzukehren gedächte.

Soweit die neuerliche Kunde. Dann neigte sich der Knecht und überreichte der hohen Frau etliche Briefe und ward danach entlassen, mit der Weisung, sich in der Burgküche zu stärken und weitere Befehle abzuwarten. Er verbeugte sich nochmals und ging.

Die Herzogin setzte sich in die Fensternische, von der man den tief unten zwischen Felsen dahinschäumenden Fluß sah, und las bedächtig die Briefe.

In dem ersten teilte ihr der Abt von Leubus mit, daß auch im Winter die Arbeit in der Klosterkirche rüstig vonstatten gegangen sei. Die neuen Mönche, darunter sehr kunstfertige Meister aus Brabant und vom Niederrhein, hätten zahlreiche fromme Bilder gemalt, auch Gestühl geschnitzt und einen neuen Chorgesang eingeführt. Sobald es die Witterung erlaube, sei die Frau Herzogin hochwillkommen, auf daß ihr das Vollbrachte gezeigt und ihr weiterer Rat eingeholt werden könne. Der Segen des Herrn sei allezeit auf ihren Wegen!

Der zweite Brief war von dem ältesten Bruder der Herzogin, der aus dem Reiche berichtete.

Einen Augenblick ließ Hedwig das Blatt sinken und träumte sich aus der einsamen Burg zu Nimptsch hinüber ins Bayernland, wo jetzt vielleicht schon der Winter vergangen war und an den Bachrändern die Hasel blühte. Und ein wehmütiges Lächeln huschte über ihr Gesicht.

Dann nahm sie den Brief und begann ihn zu lesen. Im Reiche war großer Streit zwischen den Fürsten und dem Kaiser. In manchen Ländern herrschte die Pest, und viele glaubten an das Ende der Tage. Man sprach von einem neuen Kreuzzuge, und daß der Papst noch einmal die ganze Christenheit aufrufen würde, das Heilige Grab zu erobern. Wenn dem so sei, wolle er selber das Kreuz nehmen und mit gen Jerusalem ziehn. Er versprach der Schwester, für ihre Kirchengründungen im schlesischen Lande Heiligtümer mitzubringen, sie sollte ihn nicht vergessen, wenn er über das große Meer fahre und im Wüstensande nach der heiligen Stadt ziehn würde.

Ein anderer Brief war von dem Propste Ceslaus in Breslau, der die Hilfe der Herzogin für sein Kloster St. Adalbert erflehte, das in einen Streit mit der Stadt wegen eines Gartengrundstücks geraten war.

So war noch dieser und jener Brief, den die Herzogin las, bis sie den letzten fortlegte und die Hände in ihrem Schoße barg.

Lange saß sie noch wie eine Träumende in ihrer Fensternische und sah zum Himmel auf, an dem große graue Wolken nach Norden trieben.

Bis es ganz dunkel in dem Saale geworden war und die Herzogin nach der Magd schellte, Licht zu bringen. Sie befahl dem Boten, morgen in aller Frühe nach Breslau zurückzureiten und dem Herzog zu melden, sie wolle in drei Tagen reisen und würde am Abend des fünften Tages in der Burg zu St. Martin sein.

In der allerersten Frühlingszeit kam auch ein Besuch nach Wolffenberg. Es war der Bergmeister aus Goldberg, der seinen Bruder Ambrosius, den Freirichter, besuchte, um ihm zu sagen, daß seine Frau Johanna nach langer Ehe den ersten Sohn geboren, und ihn zu bitten, bei dem kleinen Lucas Pate zu stehn.

Ein paar Tage blieb der Bergmeister in der Freirichterei, um sich von den Mühsalen der Reise zu erholen, von denen er schreckliche Dinge erzählte.

Die Wege sind schlammig und naß, und manchmal sind meine Pferde bis zu den Fesseln im Sumpfe gewatet, so berichtete er. Hinter Striegau auf Schweidnitz zu hat das Hochwasser die Brücke weggespült, und ich stand mit meinem Knechte ratlos vor dem reißenden Strome, der im Sommer ein kleiner unschuldiger Bach ist. Was tun? Wir spannten die Pferde aus und ritten, der eine talauf, der andre talab, nach einer anderen Brücke oder nach einer Furt zu suchen. Aber alle Brücken waren fort, und an eine Furt war nicht zu denken.

So mußten wir drei Tage im freien Felde kampieren, bis sich die Flut verlaufen hatte.

Ja, das war ein Winter, sagten die Männer von Wolffenberg, die in der Freirichterei das erste Bier nach so langer Zeit tranken, und sahen nachdenklich in ihre Krüge.

Ja, das war ein Winter, sagte der Freirichter. In Dürrsiedel ist während des großen Schneefalles der Altvater gestorben, und sie konnten ihn nicht zur

Kirche bringen, so hoch lag der Schnee. Sie werden ihn erst in ein paar Tagen beerdigen können.

In den drei Dörfern sind in diesem Wolfswinter siebzehn Kinder geboren worden, aber bis heutigentags konnte noch nicht eins getauft werden.

Der eine der Männer sagte: Ich bin heute das erstemal über die Felder bis an den Wald gekommen. Der Schnee hat große Verwüstungen angerichtet. Ich habe viel Bäume gesehn, deren Kronen umgebrochen und verdorrt sind.

Die Last des Schnees war zu groß, sprach der Bergmeister. Es war bei uns ähnlich. Niemand konnte aus der Stadt hinaus und niemand herein.

Wie steht denn eure Goldknappenkirche, fragte der Freirichter.

Man sah sie nicht mehr, sagte der Bergmeister. Wir hatten bis zum Beginn des Schneefalles die Grundmauern aufgeführt und ein gut Stück darüber, wir waren beinahe schon stolz. Aber der Schnee deckte alles zu, als sei es ein kleiner Sandhaufen.

Auch viel Wild wird umgekommen sein, meinte einer der Wolffenberger Bauern. Zu fressen gab es nichts, und auch das Wasser war gefroren.

Nun, sagte Ambrosius Scholtz, ein Glück, daß nicht jeder Winter hierzulande so ist. Ich kann mich nicht erinnern, je so viel Schnee in Wolffenberg erlebt zu haben. So ist es, bestätigten die Männer und tranken ihre Krüge leer. —

Ein paar Tage später brach der Ambrosius Scholtz mit seinem Bruder auf. Er fuhr diesmal nicht in einem Wagen, sondern ritt auf einem Pferde, auf dem er auch heimzukehren gedachte.

So reisten sie ab, indem sie auch auf dem Wege viel miteinander redeten.

War der Luzan aus Naßsiedel im Herbste bei dir? frug der Freirichter.

Der Luzan? Wer ist der Luzan? fragte der Bergmeister wieder. Ich kenne keinen Luzan nicht.

Das ist ein Kerl aus dem Altdorfe, entgegnete Ambrosius, der viel mit Kundschaft und Handelsware unterwegs ist. Er hat mir erzählt, er habe dich in Goldberg besucht, und du habest mich grüßen lassen.

Daß dich die Pest! fluchte der Bergmeister, der Kerl lügt, daß es zum Himmel stinkt. Ich habe dich nicht grüßen lassen, denn bei mir war kein Luzan.

Dachte mir's gleich, lachte der Freirichter. Ich weiß, der Kerl lügt, er sagte, du habest einen braunen Bart.

Da mußten sie beide lachen und ließen also den Luzan Luzan sein und ließen ihn bleiben, was er war, einen Prahlhans und Aufschneider.

So kamen sie langsam auf dem aufgeweichten Wege über das Grasland.

Plötzlich hielt der Freirichter sein Pferd an und rief: Bin ich blind oder nicht? Zum Teufel!

Was hast du? fragte der Bergmeister erstaunt.

Dort sind die Bäume von Olipa, sagte der Scholtz. Bisher waren es elfe, und es sind immer elfe gewesen, so lange ich denken kann. Wieviel zählst du aber jetzt?

Der Bergmeister zählte, und es waren nur neun. In der Mitte der stattlichen Reihe war eine breite Lücke, die sich deutlich gegen den Himmelsrand abhob.

Als sie durch Olipa kamen, sahen sie, daß zwei Bäume fast über der Wurzel gebrochen waren und über dem Hohlwege lagen, als habe man sie absichtlich so hingelegt wie eine Brücke.

Der Schnee hat sie gefällt, sagten die Leute von

Olipa, die sie frugen. Eines Nachts sind wir in unseren Hütten erschrocken, denn es geschah draußen ein solch gewaltiger Krach und gleich danach ein zweiter, daß wir dachten, das Ende der Tage sei da. Die zwei Bäume in der Mitte waren entzwei und lagen über dem Hohlwege.

Der Freirichter gab den Befehl, die Riesenstämme so liegen zu lassen, bis er wieder käme. Dann wolle man sehn.

Was hast du vor, fragte der Bergmeister.

Es sind uralte Bäume, sprach der Freirichter, und es ist Holz, hart wie Eisen und trocken wie Sand. Unser Kirchturm in Wolffenberg ist schon lange ein krankes Kind. Er ist zwar aus Stein und Lehm, aber er zeigt Risse und muß mir fort. In Wolffenberg muß alles in der Ordnung sein und nach dem rechten Maße.

Ich denke, wir bauen an die Kirche einen Holzturm, und der soll wenigstens doppelt so hoch sein wie der jetzige, daß man ihn im Lande auch sieht und sich nach ihm richten kann. Dafür wird das Holz der Bäume das rechte sein.

Wenn es nicht so weit wäre, meinte der Bergmeister, aus diesem Holze könnte man das Baugerüst für unsre Goldknappenkirche schlagen, auch das Gestühl haun und die Altäre schnitzen.

Man wird sehn, was übrigbleibt, sagte der Freirichter. Zuerst kommt der eigene Sohn und dann erst zum zweiten der Brudersohn.

Ich weiß wohl, lachte der Bergmeister, für dich ist Wolffenberg der Mittelpunkt der Welt und deine Freirichterei das erste Königreich der Erde.

IV

DIE NEUE ZEIT STEIGT GROSS HERAUF

Als die Herzogin in die Burg zu St. Martin in Breslau eingefahren war, hatte der Herzog mit ihr und mit dem jungen Erbherzog Heinrich eine lange Unterredung in der sogenannten Sternstube, einem kleinen Saale im Turm der Burg, dessen Decke auf einer Sandsteinsäule ruhte, und dessen blaues Gewölbe mit goldenen Sternen bemalt war.

Die Herzogin Hedwig war zu Beginn der Dämmerung um die fünfte Stunde in der Burg eingetroffen, und als die Mitternachtsstunde schlug, saßen die drei Fürsten noch immer beisammen und ratschlagten.

Es war in diesem Winter an allen Ecken und Enden insgeheim Verrat geschehn und Ränkespiel gesponnen worden. Der Vogt Nerbotin auf der Burg Hummel im Lande Glatz hatte, wie die Boten berichteten, viel andre Große und Mächtige auf seine Seite zu bringen vermocht und schürte den Abfall, wenngleich er bisher noch keinen offenen Angriff gewagt hatte.

Der Vogt Stepan von Oppeln, den der Herzog seit Jahresfrist in der festen Burg zum Briege gefangen gehalten, war auf eine unerklärliche Weise ausgebrochen und in die großen Wälder des oberen Oderlandes geflohen, wo er von den Seinen wie ein König aufgenommen und im Triumphe in seine Burg zu Oppeln zurückgeführt worden war.

Endlich aber, damit das Maß voll sei, hatte der Kastellan von Lähn, Chubnik mit Namen, der in den Heidegauen an der Grenze gen Meißen hin im Namen des Herzogs regierte, die Fahne des Aufruhrs entrollt und war, wenn die Kunde nicht log, im Vormarsch auf Liegnitz. Das Herzogtum wankte, weil drei seiner Säulen gefallen waren, und das Gewölbe seiner Macht riß, wichtiger Stützen beraubt, und drohte zu stürzen. Die Herzogin sah aufmerksam nach ihrem Gatten, da er diese traurigen Botschaften aussprach, und ließ sich seiner Worte nicht eins entgehn.

Er war niedergedrückt vom Grame, und wenn man ihn in seinem Sessel sitzen sah, merkte man, daß er in diesem Winter ein alter Mann geworden war. Er sprach müde und zögernd, und öfter als einmal tauschten Mutter und Sohn besorgte Blicke.

Als der Herzog geendet hatte, schwieg die Herzogin eine Zeitlang und sah zu Boden. Endlich hob sie die Augen wieder auf und begann:

Mein Gemahl und Gebieter! Es war vorauszusehn, daß die großen Pläne, die Ihr gehegt und zum Teil schon ausgeführt habt, bei vielen Eurer Großen Mißfallen finden würden. Denn nur wenige vermögen zu begreifen, was Ihr vorhabt, und wo Ihr hinauswollt. Nicht also dieses darf Euch wundernehmen und sorgenvoll stimmen.

Der Vogt Stepan war immer ein Aufrührer und Unruhegeist, und ich weiß noch wie heute, daß er bei meinem Einzuge in Breslau hinter mir herzischelte, ich habe es wohl gehört: Was will diese Deutsche bei uns? Von ihm nimmt mich Aufruhr nicht wunder.

Der alte Nerbotin ist ein Recke, dem der lange Frieden nicht gut getan hat. Diese Herren waren allezeit Kriege und Fehden gewöhnt, darin ihre überschüssige Kraft zu vergeuden, Beute zu machen und gut zu leben. Zudem liebäugelte er immer mit Böhmen wie ein Mann, der zwischen zwei Türen steht und bald in diese und bald in jene geht. Nerbotin will den Krieg, und da Eure Regierung ihm keinen Krieg bot, macht er einen Krieg gegen Eure Regierung. Auch Nerbotin ist nicht gefährlich.

Freilich der gefährlichste ist der Vogt von Lähn, der Chubnik, von dem ich mich eines solchen nicht versehen hätte. Er ist in Meißen erzogen worden und allda in der deutschen Ritterschaft unterwiesen. Er mußte wissen, was Ihr plant, und grade er hätte mit freudigem Herzen zustimmen müssen. Daß er Euch verriet, das ist das Schlimmste. Vielleicht plant er ein Reich zwischen Meißen und Schlesien und hofft, wie der Nerbotin zwischen zwei Türen zu stehn. Gott wird ihn strafen.

Als die Herzogin soweit gesprochen hatte, schwieg sie einen Augenblick, fuhr aber gleich wieder fort:

So denke ich, versteht Ihr mich recht, mein Gemahl und Gebieter, wenn ich sage, der Stepan und der Nerbotin sind ungefährlich, der Gefährliche ist der Chubnik, und gegen ihn muß am ersten angegangen werden. Denn wenn er sich ausbreitet, ist Schlesiens Brücke zum Reiche entzwei, und das wäre schlimmer, als wenn das Land Glatz zu Böhmen abfiele, oder wenn die ganze Kastellanei Oppeln in Aufruhr käme.

Deswegen, wenn eine schwache Frau Ratschläge machen darf, schlage ich vor, Ihr sammelt alle Eure Streitmacht und fallt mit jähem Schlage über den Chubnik her und zerstört seine Haufen, ehe sich dort ein Gewitter zusammenballt, das niemand mehr aufhalten kann. Denn das Tor zum Reiche muß offen bleiben, und der Wächter an diesem Tore muß der treueste sein.

Da die Herzogin mit Umsicht und Klugheit sprach, horchte der müde Herzog auf, und als sie geendet hatte, sprang er von seinem Sessel auf und sagte, zu seinem Sohne gewandt, indem er fast lächelte:

Ich habe es immer gesagt, ein kluges Weib im Hause ist des Hausvaters größter Schatz. Ihr habt recht geredet, Herzogin, und schon daß Ihr hier seid und mit mir sprecht, gibt mir den alten Mut und die gewohnte Stärke wieder.

Ihr habt recht. Den Nerbotin kann ich getrost der Zeit, den Stepan dem weiten Raume überlassen. Aber den Chubnik muß ich treffen, wo ich ihn finde.

Man sprach noch lange miteinander, man legte die Einzelheiten fest und beschloß, sofort das herzogliche Heer zu sammeln und drei Tage später in Eilmärschen nach Liegnitz zu reiten, um noch vor dem Chubnik in der Burg zu sein, und wenn dieses mit Gottes Hilfe gelänge, ihm entgegenzueilen und ihn in einer Feldschlacht vernichtend aufs Haupt zu schlagen.

Mit diesem Plane ging man auseinander. Der Herzog küßte der Herzogin die Hand und schritt mit festen Schritten in seine Gemächer hinüber, die am Oderstrome lagen. Der junge Herzog aber begleitete die Mutter noch bis in die Kemenate und sagte beim Abschiede mit glänzenden Augen: Ich bewundere Euch, teure Mutter, und ich wünsche mir, daß ich mich Eurer einmal würdig erweisen kann.

Sie lächelte sanft und sagte: Das Leben, Heinrich, wird dir noch genug zu tun übrig lassen, denn die Pläne deines Vaters sind größer als sein Leben.

Dann verabschiedeten sie sich und gingen jeder zu seiner Ruhestatt.

Aber die Herzogin stand, wie sie gewohnt war, noch lange am Fenster ihrer Bettstube und sandte ihre Gedanken ins Reich hinüber, nach Meißen und Thüringen, nach Franken und Bayern und bis hinüber in das Land Apulia und Sizilia, wo der Kaiser mit großer Macht und Herrlichkeit regierte.

Das Tor zum Reiche muß offen bleiben, wiederholte sie sich noch einmal laut und inbrünstig, als wollte sie damit diesen schicksalsschweren Tag beenden und ihren Plan erneut begründen, und mit diesen Gedanken schlief sie ein, während draußen der dunkle Strom rauschend von Osten nach Westen hin floß.

Aber schon die ersten Vorfrühlingstage dieses neuen Jahres entschieden alles. Chubnik, der einen stattlichen Heerhaufen gesammelt hatte, stürzte eines Tages, da er gen Liegnitz aufbrach, so unglücklich vom Pferde, daß er den Hals brach und stracks zu Tode kam. Seine Haufen verliefen sich, und der neue Kastellan, den Herzog Heinrich auf Lähn einsetzte, war ein Mann von Pflicht und Treue, Friedrich von Hohenems, ein Deutscher, der in Kürze den Verrat niedertrat und seinem Herrn in Bälde ein stattliches Heer zuführen konnte.

So war diese große Not dahingeschwunden wie der viele Schnee. Man hatte gefürchtet, es würde ein seltenes Hochwasser geben, und es gab nichts. Gott lenkte alles zum Besten.

Als der Nerbotin von dem Tode des Chubnik vernahm, fürchtete er die Rache des Herzogs, der nunmehr sein Heer nach Süden zu führen gedachte, und floh nach Böhmen. Er wurde aller seiner Würden und Güter für verlustig erklärt und starb im Elend. Die Kastellanei auf dem Hummel an der Böhmischen Pforte erhielt nach ihm ein Edelmann aus der Breslauer Burg, der bisherige Marschalk, namens Ditwin von Ellendorf, ein Mann aus Meißen, auf den sich der Herzog verlassen konnte wie auf sein eigenes Schwert.

So kamen überall Deutsche auch in die Stellungen der Vögte, und der Verrat war ein für allemal überwunden. Zwar gewitterte noch über dem oberen Oderlande der Schatten des Stepanek, aber ihm in die großen Wälder zu folgen, wäre unklug und unnütz gewesen. Man überließ ihn seinem Schicksal, er ist nach Jahren ruhmlos gestorben.

Schon in der Ostermette konnte der Herzog wieder allda sein fürstlich Haupt frei erheben und mit kühnen Augen die Schar seiner Männer mustern, die ihn mit ihren Schwertern und Schilden schützten wie ein lebendiger Wall. Die Herzogin aber dankte Gott mit inbrünstigem Gebet.

An diesem hohen Festtage ward wieder ein Herzogsrat in dem Saale zu St. Martin gehalten. Der Herzog zerbrach mit eigener Hand die hölzernen Wappenschilde des Chubnik und des Nerbotin, und das des Stepan befahl er mit Schwertern zu zerhaun und die Stücke in den Strom zu werfen.

Schweigend sahen die Männer, wie den Verrätern geschah.

Danach öffnete sich die Tür, und jene kamen herein, die vor Jahresfrist in das Reich geschickt worden waren, um neue Siedler herbeizuholen.

Als erster trat Ladislaus Lippa vor, Vogt auf dem Briege, und meldete:

Mich hat der Befehl meines Herzogs in das Land Franken gesandt, in die Bistümer Bamberg und Würzburg. Ich habe mit den Bischöfen und mit den Äbten der Klöster und mit den großen Herren gesprochen. An die fünftausend Männer und Frauen habe ich vermocht, in diesem Jahre noch in unser

Land zu kommen. Sie machen sich, da ich hier stehe und dieses melde, bereit und werden im Sommer eintreffen. Sie sollen am Gebirge entlang gesiedelt werden, von Schweidnitz bis Wartha.

Der Herzog dankte dem Ladislaus Lippa, dem Vogt auf dem Briege, und die Männer schlugen mit den Schwertern an ihre Schilde zum Zeichen des Beifalls. Als zweiter folgte Otto von Trautmannsdorf, der in Schwaben gewesen war, und meldete, daß sich noch im Laufe dieses Jahres tausend Bauern und Handwerker vom Neckar und von der Donau aufmachen würden, um nach Schlesien zu ziehn.

Es sprach als dritter Wenzel Kollay, der an den Rhein geschickt worden war, und der dort an die tausend Bauern in den Kurfürstentümern Mainz, Trier und Köln geworben hatte.

Als vierter sprach Heinrich Lange, Vogt zu Schweidnitz, der nach Flandern und nach dem Lande Brabant gegangen war und dort zweihundert Männer bewogen hatte, nach Schlesien auszuwandern.

Und so meldete der fünfte und sechste, und so meldeten alle zehn Sendboten.

Tausende und aber Tausende wollten in diesem Jahre kommen oder im folgenden Jahre, und die Augen des Herzogs wurden immer leuchtender, bis er endlich, nachdem der letzte gesprochen hatte, von seinem Hochstuhle aufstand und den Rat mit folgenden Worten schloß:

Getreue Männer meines Rates! Das, was wir gemeinsam am Sonntag Palmarum im vorigen Jahre begonnen haben, verspricht in Erfüllung zu gehn. Unsere Sendboten sind nicht müßig gewesen. Sie haben geworben und ihre Arbeit gut getan. Ich danke ihnen. Ehe dieses Jahr vergangen sein wird, werden

Tausende von neuen Leuten bei uns sein, und neue Dörfer werden gegründet werden, und neue Städte werden erstehn, und neue Äcker werden gebrochen werden und neue Häuser gebaut.

Es ruht der Segen Gottes auf unserm Werke, und so denke ich, gehn wir jetzt hinab in die Kapelle und danken ihm, der alles so gütig gefügt. Die alten Verräter sind hingegangen, und die neuen Helfer werden kommen, das alte Land neu zu machen und eine neue Zeit heraufzuführen.

So sprach der Herzog und schritt dann an der Spitze seiner Ratgeber und Kastellane und seiner Sendboten hinab in die Burgkapelle, wo in ihrem Betstuhle schon die Herzogin kniete.

Dort standen die Männer, und während der Burgkaplan Michael an den Altar trat, sangen die Männer das alte Loblied:

Itzt sei dem großen Gott gedankt,
Der in den Himmeln wohnt.
Wer seiner in der Not verlangt,
Den er mit Gnade lohnt.
Auch sei bedankt der Schutzpatron
Itzt und zu aller Frist,
Sankt Martin mit der Himmelskron,
Der unser Helfer ist.

Danach gab der Herzog ein großes Festmahl, an dem mehr denn hundert Gäste teilnahmen. Auch die angesehensten Bürger der Stadt Breslau waren geladen, dazu der Bischof und die Geistlichkeit des Domes, nebst dem hochangesehenen Propst von Sankt Adalbert, namens Ceslaus.

Die Knechte des Herzogs brieten drei Wildschweine am Spieße, und in die großen silbernen Becher, die zum Brautschatze der Herzogin gehörten, floß goldener Wein.

So tafelte man lange in dem großen Saale, der soviel ernste Worte des Rates und des Beschlusses gehört hatte und jetzt widerklang von fröhlichen Liedern und von dem Aneinanderklingen der silbernen Becher. Viel Volk stand draußen im Burghofe und wurde auf Geheiß des Herzogs mit einem Ochsen gespeist und mit Bier getränkt, das die Breslauer Bierbrauer eiligst herbeischaffen mußten.

Die Herzogin aber, die sich mit dem jungen Heinrich heimlich vom Mahle wegschlich, stieg mit ihm auf den Turm der Burg in die Sternstube, von wo man einen mächtigen Rundblick über die Burg und den Dom und den Strom und die Stadt hatte bis zum Bannwalde und bis zum Berge Silensi, der aus der Ferne klar und deutlich herübergrüßte.

Heinrich, sprach die Herzogin bedeutsam, es wird die Zeit kommen, wo dieses Land dein Herzogtum sein wird. Halte fest, was dein Vater begonnen hat, und wenn es das Schicksal will, kämpfe dafür, denn es ist wohl wert, daß man Herzog darinnen ist, und es ist sogar wert, daß man dafür stirbt.

Ja, teure Mutter, sagte der junge Heinrich und küßte der Mutter ehrerbietig die weiße Hand.

Als die ersten Maitage dieses Jahres 1237 gekommen waren, fuhr eine prächtige Flotte die Oder aufwärts in Breslau ein und ankerte gegenüber dem Dome, wo ein flacher Sandstrand gemächlich zum Ufer führte.

Viele Neugierige kamen, um dieses Schauspiel zu sehn, und der Ufersaum war den ganzen Tag bis zum späten Abend von Schaulustigen eingefaßt, die nur mit Mühe von den Schiffsknechten hinter die gespannten Seile zurückgedrängt werden konnten.

Es waren drei Schiffe, alle groß und breit aus Holz gebaut und mit bunten Malereien verziert.

Das erste war das Schiff des Abtes von Leubus. Es trug an seinem Buge an einer eisernen Stange eine grüne Laterne und die geschnitzte und bemalte Statue der Mutter Gottes als Galionsfigur. Auf jeder Seite war Platz für zwanzig Ruderer, die mit geschnitzten mächtigen Holzstangen das Wasser schlugen. Auf dem Schiffsdecke war ein leichtes farbiges Zelt aus Holz und Leinwand aufgeschlagen, darin der Abt wohnte. Die Seitenwände zeigten das Klosterwappen, und seine Spitze trug ein goldenes Kreuz. Hoch über das Ganze aber erhob sich der Mastbaum mit drei gewaltigen Leinwandsegeln, die sich wie Schwäne blähten, wenn der Wind in sie fiel.

Das zweite und mittlere war ein ähnliches Schiff, das aber leichter und gefälliger gebaut war. Es beherbergte gleicherweise vierzig Ruderplätze, aber es trug zwei Mastbäume und dazwischen ein Gezelt aus rotem Stoffe, der auf der Innenseite blau ausgeschlagen war. In Kästen und großen irdenen Töpfen wuchsen rings um das Zelt Blumen, so daß das Schiff aussah wie ein schwimmender Garten.

Das dritte und letzte Schiff endlich war ein plumper schwerer Lastkahn, der mit großem Tiefgange in die Stadt einzog, und aus dessen Bauche man nach der Landung schwere Sandsteinfiguren auslud, die der Abt dem Herzog für seine Burg zu Sankt Martin und dem Bischof für seinen Dom zum Geschenk machen wollte.

Die Stadt und die Burg und der Dom sprachen von nichts anderem mehr als von der Leubuser Flotte.

Den ganzen Winter über hatten die Klosterbrüder, die vom Rhein und aus Flamland stammten, an diesen drei Schiffen gebaut, die als die ersten deutschen Schiffe die obere Oder befuhren.

Man hatte das beste und älteste Eichenholz genommen, das schon viele Jahre in den Holzschuppen im Klosterhofe abgelagert war. Man hatte in der Klosterschmiede Nägel gehaun, Haken und Eisenbänder geschweißt und über das gezimmerte Holz gebogen. Man hatte hohe Baumstämme als Mastbäume ausgesucht und mit Stricken und Bändern die Segel daran befestigt. Man hatte geschnitzt und gemalt, bis endlich die Wunderwerke vollendet waren.

Sodann hatte der Abt an einem Sonntage die Schiffe in der Oderbucht von Leubus geweiht und ihnen drei Namen verliehen. Dem ersten den Namen: Pforte des Himmels, dem zweiten den Namen: Das Blumgezelt, und dem dritten den Namen: Packer.

Man hatte sie, als das letzte Treibeis die Oder abwärts ins Meer geströmt war, in die Flut gelassen, und jetzt also lagen die drei Schiffe: Die Himmelspforte, das Blumgezelt und der Packer an der Breslauer Reede.

Nach der Landung hatten die Ruderknechte aus dem ersten Schiffe eine zierliche Bohlenbrücke vom Schiffsrande bis zum Ufersande geschoben, und der Abt war über die schwankenden Planken ans Land gegangen. In einem Gefolge von Mönchen und Rittern geleitete man ihn über die Insel, die „Auf dem Sande" hieß, nach dem Dome und zur Burg Sankt Martin, wo er dem Bischof und dem Herzog seine Aufwartung machte. Herzog Heinrich empfing ihn mit großer Huld, und die Herzogin fragte ihn nach der Reise, und wie es ansonsten in Leubus stünde.

Uns hat der Winter nicht viel geschadet, hohe Frau, sagte der Abt, dem eilfertige Diener einen Sessel vor die Hochstühle hingeschoben hatten. Wir waren fröhlich und fleißig und haben viel geschafft.

Ich sehe, sagte der Herzog und trat ans Fenster. Er ließ sich die Bauart der Schiffe erklären und bekundete einen solchen Gefallen daran, daß er versprach, gleich nach dem Mahle hinüberzureiten und sich alles aus der Nähe zu besehn.

Wenn Ihr erlaubt, hoher Herr, mein Gebieter, sagte der Abt, so wäre es für das Stift eine hohe Ehre, das mittlere Schiff, das Ihr da seht, und welches das Blumgezelt heißt, der Frau Herzogin zum Geschenk bringen zu dürfen, damit sie, wenn sie uns, wie wir hoffen, in Bälde besucht, die schlechten Straßen meiden und auf sanfteren Wegen zu uns gelangen kann. Der Herzog erlaubte es, und die Herzogin nahm dieses Geschenk mit Gunst an.

Euch aber, hoher Herr und Gebieter, fuhr der Abt fort, entbietet das Stift durch meinen Mund seine ehrfurchtsvolle Huldigung und seinen Dank, indem es von der Hand seiner Brüder und Knechte drei große Figuren aus Sandstein gefertigt hat, die künftig in Eurer Burgkapelle aufgestellt werden sollen:

Die eine stellt den heiligen Markgrafen Leopold von Österreich dar, Euern Urgroßvater, dessen Angedenken dadurch auch in diesem Lande möge verewigt sein. Die zweite ist Sankt Martin, dem diese Burg geweiht ist, wie er auf einem Pferde reitend seinen Mantel mit einem Bettler teilt. Die dritte endlich ist Sankta Helena, die fromme Mutter des Kaisers Konstantin, die Finderin des heiligen Kreuzes, die Euch, hohe Frau Herzogin, allzeit ein leuchtendes Vorbild gewesen ist. So will das Stift nicht nur unsre

Heiligen ehren, vielmehr in ihnen auch Euch selber, hohe Gebietiger, und Eure Ahnen.

Die Geschenke, zu denen sich noch ein handgeschriebenes Buch, ein kleiner Reisealtar aus Elfenbein und ein paar silberne Leuchter gesellten, wurden mit Dank empfangen und der Abt samt seinem Gefolge zum Mahle in die Burg geladen.

Am Nachmittag, nachdem man ein weniges geruht hatte, ritten der Herzog und die Herzogin samt dem Abte auf weißen Pferden über den Sand und von da nach dem Strande, wo die Schiffe lagen.

Die gewaltige Schar der Neugierigen machte ehrfurchtsvoll Platz, als die Fürsten kamen, die von ihren Pferden stiegen und sich von den Klosterknechten auf die Schiffe geleiten ließen.

Alles wurde bewundert, die feste Bauart, die leuchtenden Segel, die feinen Zelte und die prächtigen farbigen Ruder.

Die Herzogin war über das Blumgezelt von Herzen erfreut und dankte dem Abte zu wiederholten Malen, so daß er sagte: Das Stift von Leubus ist glücklich, seiner Gönnerin eine kleine Freude gemacht zu haben. Eine sehr große Freude habt Ihr mir gemacht, sagte sie.

Danach begann man, vor den Augen des Herzogs den Packer zu entladen. Mit langen Hebebäumen wurden die großen, in Stroh verpackten Sandsteinfiguren aus dem Schiffsbauche gehoben und von vielen kräftigen Fäusten ans Land gebracht. Man riß das Stroh herab, damit der Herzog sie gleich sehen könne.

Hier standen sie nun alle, die, welche für die Burg, und die, welche für den Dom bestimmt waren, eine seltsame stumme Gesellschaft, die aus steinernen Augen über den ziehenden Strom nach der Insel hinübersahen, wo sie künftig zur Ehre Gottes und zum Ruhme ihrer Schöpfer stehen sollten, vielleicht jahrhundertelang.

Drei Tage später fuhr die Flotte des Klosters wieder talab. Den Beginn machte diesmal das Blumgezelt, auf dem die Herzogin mitfuhr, es folgte die Himmelspforte, und den Beschluß machte der Packer, dessen Tiefgang wiederum groß war. Aber nun trug er in seinem Bauche nicht mehr die himmlischen Heiligen aus Stein, vielmehr Säcke aus der herzoglichen Burg, gefüllt mit Mehl und Stroh, Tonnen mit gesalztem Fleisch und Fischen, Fässer mit Honig, Bündel von Fellen und Häuten, Holz und Kupfer, lebende Schweine und Kühe, und was sonst die Gunst des Herzogs dem Abte als Gegengeschenk mitgab.

Die Herzogin, die zumeist vor ihrem Gezelte an der Spitze ihres Schiffes saß, reiste zum ersten Male auf dem großen Strome ihres Herzogtums. Der Abt stand neben ihr und erklärte ihr, wonach sie fragte, oder vertrieb ihr die Zeit mit ernsten oder bunten Gesprächen.

So fuhr die Klosterflotte in einem Tage von Breslau nach Leubus, da der Wind gut und das Wasser reichlich war. Am Abende dieses Tages ankerten sie bereits in der Bucht, die dem heiligen Jonas geweiht war und das Walfischloch hieß. Ein Lied hatten die Ruderknechte während der Fahrt gesungen, das tief in der Herzogin frommen Sinn drang, und das sie auswendig lernen wollte. Es lautete aber so:

Ein Strom ist unser Leben,
Und unsre Zeit ist Wind.
Der Herr hat sie gegeben,

Daß wir gut Schiffer sind.
Den Strom mach stark, den Wind mach leis,
Sei uns gnädig, Kyrieleis!
Gar viel Geklüfte dräuen
An unsres Stromes Rand,
Du führe uns in Treuen
An deiner starken Hand.
Den Strom mach stark, den Wind mach leis,
Sei uns gnädig, Kyrieleis!

Da bat die hohe Frau den Abt, er möge ihr das Lied aufschreiben und zusenden lassen, was er mit Freuden versprach.

Danach stiegen sie aus und gingen zum Stifte hinauf, wo die ganze Brüderschaft zusamt dem Klosterhauptmann und den Knechten sie geziemlich empfing.

Der Abt führte die hohe Gästin in die Herberge, die aus Holz war und neben der Kirche stand, und empfahl sich allda ihrer Huld. Am andern Morgen nach dem Amte ließ sich die Herzogin herumführen, um alles zu besehn und zu erkennen, wo es mangelte.

Das Kloster war folgendermaßen gebaut: Um einen großen viereckigen Hof standen die hölzernen Bauten, die im Laufe der folgenden Jahre und Jahrzehnte allmählich sollten durch steinerne ersetzt werden. Gegen Osten und Süden lagen die Mönchszellen und die Häuser der Brüder, dabei der Remter, in dem man aß, und der große Kapitelsaal, dessen Decke auf zwei mächtigen Eichensäulen ruhte. Über dem Sitze des Abtes hing ein lebensgroßes geschnitztes Kreuz, ein Meisterwerk sondergleichen, das ein Bruder aus Calcar am Niederrheine gefertigt hatte, und vor dem die Herzogin lange in Andacht und Bewunderung stand.

Gegen Westen zu lagen die Wirtschaftshäuser, die Scheunen und Ställe, das Spital und die Wohnung des Stiftshauptmanns mitsamt den Hallen seiner Knechte, von denen er dreißig hatte.

Die Nordseite endlich schloß die Kirche ab, deren Grundmauern und Seitenwände bereits aus Stein waren, nur das Dach stand aus Holz und der kleine Dachreiter, auf dem das Kreuz glomm.

Die Mitte des Hofes zierte ein steinerner Brunnen, der ein gutes, wenn auch nicht reichliches Wasser gab. Die Herzogin riet dem Abte, hinter der Kirche einen zweiten Brunnen zu graben, weil zu hoffen stünde, daß dort eine bessere Quelle sei.

Nachdem dieses alles besucht war, zeigte der Abt der Gästin die Kirche, die im Morgendämmer nur unklar zu sehen gewesen.

Der Hochaltar war mit einem hölzernen Schreine geschmückt, den Götz Flamberg vom Niederrheine gebracht, und der einen Baum darstellte, zu dessen Wurzeln Adam lag, in Sünden verstrickt, in dessen Ästen und Zweigen die Patriarchen und Propheten und all die heiligen Vorväter saßen, indes endlich in der Krone Christus schwebte, der neue Adam, der uns alle erlöst hat.

Es war ein wunderbares Gebilde aus braunem Buchsbaumholze, das in gar künstlichen Schnitzereien, in Wurzel- und Rankenwerk, in hundert Köpfen und Faltenwürfen den ganzen Reichtum eines frommen Künstlers offenbarte. Es war, als wenn es in diesem Baume webte und lebte, als wollte es zu rauschen und zu blühen anfangen und Früchte zu tragen und weiter zu wachsen, bis in den Himmel. Lange stand die Herzogin davor und besah sich alles und ließ sich, was sie nicht wußte, vom Abt erklären.

Ein treffliches Werk, rühmte sie, das dem Kloster zur Ehre gereicht, wie es seiner Heimat zur Ehre gereicht, die es hervorgebracht, und dem Künstler, der es geschaffen. Ihr könnt euch glücklich preisen, daß Ihr es habt.

Es wurde noch vielerlei besucht und besichtigt, drei Tafelbilder, die aus Gent stammten und Szenen aus der Passion zeigten, eine neue Glocke, die über dem Portale aufgehängt werden sollte, silbernes und goldenes Kirchengerät und dergleichen mehr.

Aber der Baumaltar war doch das schönste von allem, und immer wieder kam die Rede auf ihn.

Nach dem Mahle, das die Herzogin im Remter gegenüber dem Abte einnahm, ging sie mit ihrem Gastgeber in dem jungen Obstgarten hinter der Kirche umher und besprach noch vieles.

Es sollten die Mönche und Brüder ein großes Stück neuen Landes erhalten und es bebauen.

Sie sollten sich der Viehzucht annehmen, der Obstbaumpflege und der Imkerei.

Sie sollten die Dörfer, die ihnen gehörten, in allem unterweisen, was zum Leben nottat, darüber aber nicht die Predigt des Wortes Gottes und die Erziehung der Kinder vergessen.

Solcherlei waren die vielen Aufgaben, die Hedwig dem Kloster übertrug. Ihr müßt, sagte sie dem Abte, in der ganzen Gegend von Wohlau bis Liegnitz wie das goldene Kreuz auf Eurem Turme sein. Ihr sollt Licht strahlen bis in die dunkelsten Wälder.

Dafür schenkte sie Leubus zwei neue Dörfer, desgleichen die Oderfischerei zwei Meilen talauf und talab, ferner hundert Häupter Rindvieh, die mit nächstem aus der Burg zu Wohlau herangetrieben werden sollten, und endlich ein handgeschriebenes

Evangelienbuch, das sie jüngst aus Deutschland vom Bischof von Regensburg geschenkt erhalten. Es sollte nur an den hohen Festtagen aufgelegt werden und nur vom Abte selbst.

Nach drei Tagen reiste die Herzogin wieder fort. Sie fuhr auf dem Blumgezelt nach Glogau weiter, wo ihr Sohn, Herzog Heinrich der Jüngere, auf der Burg saß, die er mit starken Mauern umgab, auch sonst Verbesserungen anbrachte.

Und wieder sangen die Ruderknechte, da sie durch die große Einsamkeit der Eichenwälder fuhren, das alte fromme Lied:

Ein Strom ist unser Leben,
Und unsre Zeit ist Wind.
Der Herr hat sie gegeben,
Daß wir gut Schiffer sind.
Den Strom mach stark, den Wind mach leis,
Sei uns gnädig, Kyrieleis!

Um dieselbe Zeit aber, da dieses am Strome geschah, ereignete es sich in Wolffenberg, daß ein Bote des Herzogs bei dem Freirichter ankam mit einem Briefe, darin ihm anbefohlen wurde, bei den drei Dörfern einen Ort zu finden, wo ein viertes Dorf angelegt und mit genug viel Acker, Wiesen und Wald ausgestattet werden könnte.

Am nächsten Tage schon in aller Frühe machte sich Ambrosius Scholtz auf und sagte beim Weggehen, er werde einen sehr langen Feldergang tun und vielleicht erst am Abend heimkommen. Er nahm seinen Hut und einen derben Knotenstock mit, dazu in einer Tasche einen halben Laib Brot, einige Käse und eine irdene Flasche mit Bier.

Er ging hinter der Kirche in den Dornwald hinein, dessen Weiden und Erlen schon die ersten Knospen trieben, und blieb lange an der Dürrlitze stehen, wo er sich nach allen Seiten umsah, als suche er was.

Von der Dürrlitze ging ein Weg über die alte Rodung nach der Schanze und ein anderer Weg nach Naßsiedel hinab. Aber er ging beide nicht, pfiff vielmehr seinem Hunde und stampfte querfeldein immer nach Morgen, wo nur ödes Blachfeld war ganz ohne Weg.

Fahles Wintergras stand hier und wisperte im Winde. Am Himmel waren Wolken und ließen die Sonne nicht durch.

Er kam nach einiger Zeit an einen Tümpel, der von Eichen und Hagedorn umstanden war, und in dem eine einsame Angel hing. Aber weit und breit war kein Mensch, und so ging er weiter.

Das Feld hob sich gegen den Morgen und führte zu einem Waldrande, der mit buschigem Gehölz den Himmel begrenzte. Der Freirichter war seit seiner Jugend nicht mehr in diese Gegend gekommen, und so war er unschlüssig, wohin er sich wenden sollte.

Endlich ging er an dem Rande des Busches entlang und dann bei einer Waldwiese in das Gehölz hinein.

Es standen da Birken und wieder Birken, nur hie und da einzelne Eichen und auch ein Vogelbeerbaum.

In dem Walde war es ganz still. Dem Freirichter wurde zwischen den vielen weißen Birkenstämmen seltsam zumute, denn der Wald schien endlos und ohne Grenzen. Wiewohl er ein großer beherzter Mann war, beschlich ihn ein Gefühl der Angst. Er wollte umkehren und einen anderen Weg suchen, aber dann schalt er sich selber und ging weiter vorwärts.

Der Boden hob sich noch immer. Große Blößen lagen zwischen den Bäumen, und es war dem Freirichter, als schliche ihm jemand im Rücken nach. Er blieb stehn, sah sich nach allen Seiten um und horchte. Aber es war nichts. Lautlos ragten die Bäume und schwiegen. Doch selbst der Hund, der sonst in weiten Sprüngen seinem Herrn vorauseilte, hielt sich jetzt eng an seinen Knien und war nicht fortzubringen.

Zum Teufel, sagte der Freirichter laut, als könne er damit den Bann des Unheimlichen brechen. Zum Teufel, was ist mit diesem Birkenhage?

Er ging weiter, und kaum war er noch zehn Schritte gegangen, da stand er an einer Lehmwand, die jäh in die Tiefe fiel, wo zwischen Wiesen und Sümpfen die Lohe floß.

Wäre ihm hier der Widersacher selbst begegnet, er hätte nicht mehr erschrecken können, der Freirichter, als jetzt, da er den einsamen Fluß dahinströmen sah. Denn das Unerwartete erschreckt uns am meisten.

Da er müde von dem Wege war, auch unschlüssig, ob er den Hang hinabklettern sollte oder durch den Birkenhag zurück, setzte er sich auf den Rand des Abhangs, befahl den Hund neben sich und sah lange das Tal hinauf und hinab. Eine bedrückende Einsamkeit lag darüber, kein Mensch war zu sehen weit und breit, kein Fisch sprang aus der Flut, und kein Vogel flog über die Niederung.

Er wußte nicht, wie lange er so gesessen und geträumt hatte, als er auf der Lohe drunten einen Einbaum fahren sah. Er bog um die Waldspitze, wo im Süden der Fluß einen Knick macht und kam langsam die Strömung talab geschwommen, ganz langsam und gleichmäßig, als trieben ihn menschliche Ruder.

Aber in dem Einbaum war niemand. Menschenleer und mutterseelenallein schwamm er zu Tale.

Den Freirichter überrieselte es kalt, denn er wußte vom Erzählen, daß die slawischen Leute, wenn jemand im Sterben lag, das Boot des Sterbenden losbanden und es allein auf die Reise schickten. Fuhr es mit der Strömung und entschwand dem Auge, dann starb der Kranke, wurde es aber irgendwo von einem Baume erfaßt oder auf eine Sandbank getrieben, war dem Sterbenden eine Hoffnung gegeben.

Es war dem Freirichter, als ob ein Unsichtbarer in dem Boote stünde und es mit aller Gewalt an das Ufer triebe. Aber immer wieder zwang es sich in das offene Wasser zurück.

Jetzt war es fast unter ihm und unter dem Orte, wo er saß. Es kam in einen Strudel und drehte sich um sich selbst. Mit der Breitseite fuhr es weiter.

Der Freirichter konnte sehen, wie eine lange Ruderstange in dem Boote lag.

Jetzt schwamm es gegen einen Weidenbaum, der mit seinen Wurzeln weit in das Wasser ragte. Es verfing sich in dem Astwerk und schien zu stehn. Aber unmerklich machte es sich wieder los und gewann von neuem die Strömung.

Der helle Angstschweiß trat dem Ambrosius Scholtz auf die Stirne, und er begann, oben auf dem Uferhange neben dem Boote einherzulaufen.

Ein paarmal drohte es zu kentern, wo der Fluß über Sandriegel glitt. Aber es richtete sich wieder auf und fuhr weiter.

Der Unsichtbare in dem Boote arbeitete und mühte sich, das Land zu gewinnen, aber es glückte ihm nicht. Das Boot schwamm weiter.

Einen Steinwurf weit unterhalb teilte sich die

Lohe in zwei Arme und umschlang eine Schilfinsel. Der linke Arm faßte das meiste Wasser, der rechte war eine schilfige Bracke, seicht und flach.

Hier nun mußte sich das Schicksal entscheiden. Schwamm das Boot in den linken Arm, war der Unsichtbare verloren, denn dort war offenes Wasser weithin. Trieb es aber in den rechten, war er gerettet. Hier mußte sich das Schicksal entscheiden.

Schwer atmend blieb der Freirichter stehen, der von dem Laufe zwischen den Birken keuchte, und sah mit angstvollen Augen zum Flusse hinab, was nun geschehen würde.

Da war das Boot auch schon vor der Spitze der Insel, wo sich das Wasser teilte. Ein paar Augenblicke schien es, als stünde es still, dann drehte es sich einmal, zweimal langsam um sich selbst, und dann trieb es in den rechten Arm, wo es bald, von dem vielen Schilfe gefesselt, im Sumpfe stecken blieb.

Erschöpft von dem unheimlichen Schauspiel hielt sich der Freirichter an einer Birke fest und setzte sich dann wieder am Flußhange. Wie er aufsah, erblickte er einen Bussard, der über das Tal strich.

Hier muß ein Dorf her, sprach er mit sich selber, hier müssen Menschen her. Der weiße Wald muß fort, und die Sümpfe müssen fort, und der Fluß dort unten muß ein christlich getaufter Fluß werden. Der Teufel muß fort aus der Gegend, so wahr ich der Freirichter bin.

Und er beschloß, eben dahier das neue Dorf anzulegen und es Lohwald zu heißen. Hier mußte es her, Amen!

Und er nahm seine Tasche, packte sie aus und begann, sich an Brot, Bier und Käse gütlich zu tun.

Um dieselbe Stunde erwachte der alte Tuscha aus einem mondelangen Dämmerschlafe.

Zuerst hatte es damals den Anschein gehabt, als habe ihn der Faustschlag des Sohnes in die Totengrube gestoßen. Er atmete zwei Tage und Nächte nicht, so daß die andern Söhne glaubten, er sei schon tot. Aber sie getrauten sich noch immer nicht, ihn verloren zu geben. Denn wenn man ihm eine Flaumfeder vor den bleichen Mund hielt, kräuselte sich ihr Saum fast unmerklich, aber er kräuselte sich doch.

Dann hatte er viele Tage und Wochen in einem Winkel am Herde gesessen, die Augen offen und einen leisen Atem in der Brust, aber er sprach nicht und antwortete auf kein Reden. Man mußte ihn füttern wie ein Kind.

Wo war da die Größe und Stärke des alten Tuscha geblieben? Die Weiber und Kinder weinten, wenn sie ihn so dasitzen sahen gleich einem Toten, der vom Herde aus das ganze Haus übersieht. Die Söhne drückten sich scheu zur Seite, und es ging diesen Winter in der Tuschahütte zu wie in einem Leichenhause. Alle sprachen sie leise und gingen wie in samtenen Schuhen. An diesem Tage, von dem erzählt worden ist und an dem der Freirichter den Sterbekahn auf der Lohe schwimmen sah, begann der Alte sich schon am Morgen zu verfärben. Er wurde bleich, er zitterte, die Hände fielen ihm in den Schoß, und seine Lippen bebten. Die Augen quollen ihm vor Angst aus dem Kopfe, und es schien, als würde er bald seinen letzten Seufzer tun.

Da ging Brbek, der älteste Sohn, der beinahe selber schon ein alter Mann war, hinaus und stand lange am Schanzenbache. Er weinte, denn wiewohl

Tuscha allezeit ein strenger Vater gewesen war und nie seinen Kindern Liebe bekundet hatte, sie liebten ihn doch, scheu und verzagt, denn insgeheim weideten sie sich an seiner Größe und freuten sich seiner Herrschsucht.

Endlich raffte sich Brbek auf, ging an den Bach und band den Einbaum des Alten los, der so lange am Pflocke geruht. Er ließ ihn ziehen und schwimmen, denn daß der Vater bald mit ihm ins Totenland fahren würde, das war gewiß.

Inzwischen wälzte sich der alte Tuscha auf seinem Lager wie ein waidwundes Wild. Schon stand der Tod unweit des Herdes und kam in jeder Stunde einen Schritt näher. So warteten sie alle auf das Ende und umstanden mit trüben Augen das schmerzliche Lager. Da, in der dritten Stunde des Mittags, stand plötzlich der Alte auf. Er wankte ein paarmal hin und her und fiel wieder auf die Knie. Sie wollten ihn stützen, aber Brbek verwies es ihnen.

Der Alte lag auf den Knien und wimmerte. Endlich erhob er sich mühselig, fiel wieder, stand von neuem auf, und plötzlich stieß er einen Schrei aus wie ein wildes Tier, warf beide Hände über sich, öffnete die Augen, sah sich um, atmete tief und legte sich dann ruhig auf sein Lager.

Er sprach seit Monden die ersten Worte: Das Wetter wird morgen schön. Ihr müßt die Netze bereit halten, wir wollen in aller Frühe gehn und in der Lohe fischen.

Dann legte er sich auf die Seite und schlief ein. Aber es war ein tiefer, ruhiger, heilsamer, lebendiger, segengebender Schlaf.

Und wahrlich, am andern Tage stand er auf, als sei nichts geschehen, und als habe er nicht an die drei Monde todkrank gelegen, gab seine Befehle und zog mit den Söhnen auf den Kähnen hinaus, um in der Lohe zu fischen.

Nach seinem Kahne hatte er nicht gefragt, sondern war in den Einbaum des Brbek gestiegen. An der Schilfinsel fanden sie das Boot des Alten.

Er fragte nicht, wieso und woher, er sprang in das Schilf und holte sich sein Boot, das hätte sein Totenboot werden können, und das nun wieder sein Lebensschiff war.

Zwar ging er seit seiner Krankheit mehr gebückt denn zuvor, auch sein langes Haar war bleich und fahl geworden, aber sonst schien er der Alte. Er raffte die Netze mit alter Kraft, er warf die Angel am weitesten aus, er watete bis an den Bauch ins Wasser, er hatte dieselben Falkenaugen wie früher, und seinen Blicken entging nichts.

Sie machten an diesem Tage einen reichen Fischfang. Die Körbe und Bütten im Hüttenstollen wurden zum ersten Male nach dem Wolfswinter wieder bis zum Rande gefüllt, und jeder fühlte, wie die alte Umsicht, der alte Fleiß und das alte Glück wieder am Werke war. Denn Vater bleibt Vater, und selbst der älteste Sohn ist immer noch dümmer als der älteste Vater.

Beim Nachhausefahren stand der Alte im letzten Boote und erhub sich gegen den goldenen Abendhimmel wie ein sagenumwobener Ferge.

Die Söhne stakten schweigend dahin, denn sie wagten an diesem Tage noch nicht, mit dem Vater wie früher zu sprechen. Zu plötzlich war ihnen der Umschwung gekommen, und der Wiedergeborene schien ihnen wie ein aus dem Totenreiche Entflohener, den Schauer umgibt.

Es war große Stille auf dem Wasser. Nur das Geplätscher der Flut um die Ruder war hörbar und das Glucksen des Wassers an den Wänden der Schiffe.

Da sagte der Alte vom letzten Boote her in die Stille hinein: Wo ist Luzan, mein Sohn?

Die andern erschraken und glaubten, es würde Brbek antworten, der der Älteste war. Aber Brbek wußte nicht, was er antworten sollte, und schwieg.

Und da er schwieg, hing die Frage des Vaters bis zur Landung wie ein ewiges Wort in der Luft: Wo ist Luzan, mein Sohn?

Auf den großen alten Berg kam der Frühling zuletzt. Bis in den April hinein trug sein Haupt eine Haube aus Schnee, die man weit ins Land leuchten sah. In den unzugänglichen Schlüften und Klüften lag Schnee, unter den dichten Tannen und Bergbuchen, vor den Höhlen und an den Rändern der Gießbäche.

Dann kam der Tag, wo auch der Berg der weißen Last ledig ward. Er begann sich mit jungem Grün zu schmücken und mit den ersten Blumen des Lenzes.

An den Abhängen blühte der Wachauf, der auf dem Berge Silensi ganz große Blütensterne trug. Es blühten die Frühlingsglocken, die Märzbecher, der erste Sonnentrost und die schöne schlanke Hellebardenblume. Durch das alte, nasse, vergilbte Gras sproß neues, frisches, junges, grünes, und es währte nicht lange, und die Hänge waren zartgrün.

Da wollten die Sträucher nicht zurückbleiben. Sie trieben Knospen, die wie ein Heer von ledergepanzerten Reisigen dastanden und des Befehles harrten. Und sie öffneten sich unter dem Befehle der vielmächtigen Sonne.

Die letzten waren die großen Bäume. Manche begannen eher, und manche wiederum verspäteten sich und kamen zum Ende. Ehe der Saft aus dem Erdreiche in die Wurzeln und aus den Wurzeln bis in die Äste und in die hohen Kronen gedrungen war, verging der März und der April, und es kam schon der Mai.

Aber dann im Mai war auch der letzte Baum geputzt, und der ganze Bannwald blühte und sprühte allüberall und sandte ein großes Leuchten ins Land.

An den grauen Felswänden, wo der Rüttelfalke haust, der Habicht, der Uhu und der Steinadler, war die Frühlingssonne warm und süß.

Dort saß ein Mensch in dem Grase zwischen den Blumen und sah zwei Faltern zu, die umeinander spielten und wonniglich verbuhlt in die Lüfte stiegen.

Das war Luzan, der Tuschasohn.

Er war in jener Unglücksnacht, da er den Vater niedergeschlagen, in den Schnee hinausgestürzt und hatte sich mit unsäglicher Mühe nach Wolffenberg hinübergebracht. Er wollte zu seinem Bruder Pawlik, der bei dem Windmüller Florian lernte.

Oft glaubte er, er müsse in dem weißen Schneegebirge steckenbleiben und sterben. Sooft er sich mühte, er sank bis zu den Hüften, bis zu den Schultern und noch über den Kopf in den Schnee.

Mühselig watete er nach Norden, wo er glaubte, daß die Dürrlitze stehen mußte. Zu dem Wege, den er sonst in einer halben Stunde gegangen war, brauchte er nun die ganze Nacht.

Er schwitzte über und über und fror. Die Sterne standen in kalter Pracht über der weißen Wüste, und es war ringsum eine schneidende Kälte.

Manchmal glaubte der Luzan, er könne nicht weiter fort. Die Knie zitterten ihm, er war müde wie ein Hund, und er hätte für sein Leben gern eine kleine Weile die Augen schließen und schlafen wollen. Aber dann hörte er in der großen Stille seinen Atem gehn und sein Herz schlagen, und die Angst riß ihm die müden Augen wieder auf und er kämpfte sich weiter.

Als die erste Dämmerung im Morgen heraufzog, stand er an der Dürrlitze. Seine Hände bluteten von der Härte des gefrorenen Schnees, der scharf wie Glas war, seine Kleider waren feucht und seine Schuhe zerrissen. Er stand an der Dürrlitze wie ein armes, wildes Tier.

Die Dürrlitze war ein Turm von Eis und Schnee. Über ihre Äste hatte der Schnee einen Mantel gebreitet, so ragte sie wie eine Kuppel und wie ein Eiszelt und wie ein Schneeturm.

Aber der Luzan durfte bei der Dürrlitze nicht bleiben. Im Morgendämmern sah er jenseits des Dornwaldes den Turm der Kirche von Wolffenberg. Sie ragte ein weniges aus der weißen Einsamkeit mit grauer Wand und schien noch unendlich fern und in die Weite gerückt, wiewohl sie kaum zehn Steinwürfe weg war.

Dort sind Menschen, sprach Luzan zu sich, ich muß noch bis Wolffenberg.

Aber die Müdigkeit schlich ihn an wie ein Wolf. Die Augen fielen ihm zu, wiewohl er stand. Stehend schlief er ein, und die Vergessenheit sank auf ihn herab wie ein farbiger Schleier.

Da kam es aus Osten bitter kalt herübergeweht. Es war kurz vor Sonnenaufgang. Es ging wie ein Seufzen über die Erde, so kalt war das Wehen. Es schnitt durch die klare Luft wie eine Messerklinge.

Von diesem Wehen erwachte der Luzan. Es schüttelte ihn bis ins Mark. Es war sein Glück.

Er machte sich von neuem auf und watete hinab in den Dornwald, um nach der Kirche von Wolffenberg zu kommen.

Hier ging es besser, als er gedacht hatte. Der viele Schnee hatte alle Abgründe und Untiefen des Dornwaldes zugedeckt, von der Kälte war der Schnee gefroren, und wie auf einer gläsernen Decke rutschte der Luzan über die vielen Sümpfe und Binsenlöcher hinweg.

Es schauderte ihn bei dem Gedanken an das, was unter ihm lag. Er ging ganz langsam und vorsichtig, um nicht einzubrechen, Denn wer hier einbrach, der kam nicht wieder herauf.

Aber die Eisdecke hielt. Er kam bis an den Dorfrand und sah schon die Kirche zum Greifen nahe und das hölzerne Pfarrhaus des Herrn Erasmus. Er glaubte, er sei gerettet.

Aber er hatte zu früh gehofft. Um das Dorf lag ein gewaltiger Schneewall. Der Wind hatte all den Schnee der Höhen und Hänge auf das Dorf zu geblasen und hier zu einem langgestreckten Hügel zusammengekehrt.

Luzan arbeitete wie ein Bergmann. Mit seinen zerrissenen Händen schaufelte er den Schnee fort, um sich eine Gasse zu bahnen. Aber der Schnee war angefroren und schnitt in die Hände wie Glas.

Er drückte sich mit der Gewalt seines Leibes und mit der Kraft seiner Schultern nach vorn und wühlte sich tief in den Berg, aber er mußte fürchten, daß die oberen Massen auf ihn herabstürzten und ihn verschütteten.

Er brauchte noch an die drei Stunden, bis er endlich den Wall bezwungen hatte und an das hintere Hoftor des Pfarrhauses polterte.

Als die Magd des Pfarrers herauskam, sah sie einen blutenden Menschen auf der Schwelle liegen und lief laut schreiend ins Haus zurück, den Knecht zu holen. Der Knecht kam, erkannte den Luzan und schleppte ihn mit der Magd in die Küche. Dann schickte er sie, den Pfarrer zu holen.

Der Herr Erasmus befahl sofort ein Bad, dazu Wein und warme Tücher.

Sie arbeiteten lange, bis sie den Todmüden zum Leben zurückgebracht hatten. Als er die Augen öffnete, flößten sie ihm den Wein ein und trugen ihn dann in die Gaststube, wo ehedem die Herzogin gewohnt, entkleideten ihn und legten ihn ins Bett, wo er zwei Tage und zwei Nächte durchschlief.

Der Pfarrer wachte bei ihm, es wachte der Knecht und die Magd.

Endlich fand Luzan zum Leben zurück, aber er konnte lange nicht ans Fenster gehn und den Schnee sehn, weil er sodann zu schreien begann und wirres Zeug redete. Sie verhängten drum die Fenster mit Tuch.

Den ganzen Winter noch blieb er in der Pfarre. Am ersten warmen Tage entwich er und lief fort, ohne jemandem Abschied zu sagen oder zu hinterlassen, woher und wohin.

Luzan saß lange in den Blumen vor der grauen Felswand und wärmte sich. Seit er den Schrecken des Winters, das Leid der Kälte und die Angst vor dem Schnee so tief erlebt hatte, liebte er die Sonne doppelt.

Es war ein Tag, wie sie nur der Frühling beschert.

Der Himmel war ganz blau und hing wie eine klingende Glocke über dem Berge Silensi und seiner Wildnis.

Das junge Grün des Frühlings ist schöner als das Sommerlaub, das schon die Qualen der Hitze und die Erlösungen des Regens erlebt hat. Es ist süß und sanft wie die Seele des Kindes, dem noch alle Erschütterungen des Lebens verborgen geblieben.

Gegen Mittag stand Luzan von seiner Lagerstatt auf und ging langsam an der grauen Felswand dahin, bis das Geklüft aufhörte und ein Buchenhang begann, der mit großen alten silbergrauen Bäumen bestanden war. Der Waldboden trug hier einen Teppich von Moos, auf den die Sonne, die durch die Zweige fiel, helle Flecken tupfte, die auf dem grünen Moose wie Gold leuchteten.

Hier ging Luzan schräg gegen die Höhe, bis er an eine Höhle kam, die sich mit einem mächtigen Bogen aus Felsgestein gegen den Tag öffnete. Von innen her gähnte das Dunkel der Nacht aus ihr.

Aber Luzan fürchtete sich nicht. Er ging in sie hinein, die so viele kalte und nasse Vorfrühlingstage seine Heimat gewesen war, und holte eine Schleuder heraus, die er sich schon in der Wolffenberger Pfarre geflochten hatte.

Damit ging er auf Schleuderjagd.

Er wußte wo die Berghasen ihr Quartier hatten, wo die Drosseln wohnten, und wo es in den hellen klaren Waldbächen Forellen gab. Er hatte Hunger und suchte Beute.

Mit langen wiegenden Schritten ging er von der Höhle gen Mitternacht quer durch den Wald, indem er sich fast auf gleicher Höhe hielt. Er durchquerte dicke Brombeergebüsche und Geniste von Hagebutte und Stechdorn. Aber wie ein Tier wich er den Stacheln aus und ging den Dornen aus dem Wege und verletzte sich nirgends.

Hinter einer Halde stand hoher Wald. Eichen, Eschen und in ihrem Schutze gewaltige Eiben. Er wußte, daß hier viele Vögel am Waldrande nisteten.

Er ahmte den Ruf des Kuckucks nach, so geschickt, daß ihm bald ein anderer aus der Tiefe der Gründe entgegenrief. Dann begannen einige Drosseln ihr Spottlied zwischen den Stämmen und kamen näher.

Luzan schwang seine Schleuder und traf mit dem Steine einen der Vögel, der augenblicks tot auf den Waldboden fiel.

Aber so sehr Luzan auch unter den Felsen und im hohen Grase suchte, er konnte ihn nirgendwo finden.

Ärgerlich über das Mißgeschick ging er weiter und hielt sich mehr auf die Höhe des Berges zu, wo große Waldwiesen mit Felsen wechselten. Hier waren die tausend Schlupfwinkel der Berghasen.

Quer vor ihm über der Wiese saß ein alter feister Hase zwischen den Bäumen und ließ sich bei jungen Gräsern und Kräutern wohlsein. Sein lichtbraunes Fell brannte lockend in der Sonne zwischen dem Grün der Gräser und den bunten Blumen.

Luzan warf seinen Schleuderstein nach ihm, aber er traf ihn nicht. Zischend fuhr der flache Stein durch die Luft und fiel fünf Schritte hinter dem Tiere klatschend an einen Fichtenstamm, daß die Rinde platzte und in großen Stücken zur Erde fiel.

Luzan fluchte in sich hinein und wartete weiter. Er lag bäuchlings auf einem Felsen und harrte, ob irgendwo ein anderes jagdbares Wild aus dem Walde träte. Aber er harrte umsonst.

Er stand von dem Steine auf und ging nun, da

ihn der Hunger quälte, mit schnellen Schritten weiter gen Süden. Hier sprangen zahlreiche Quellen zu Tal.

Mit prüfenden Augen pirschte er sich an den Ufern entlang und spähte, ob nicht irgendwo Forellen im seichten Wasser spielten.

Die Sonne stand noch immer hoch am Himmel, wenn auch schon schräg gegen die Baumwipfel. Es war rings in dem ganzen Walde eine feierliche Stille.

Das Fischglück betrog den Tuschasohn nicht. Schnell wie der Blitz griff er vom Ufer mit den braunen Händen ins Wasser und packte die glatten Forellen. Er fuhr unter die Uferborde und in die Steinlöcher und holte sie heraus.

Es währte nicht lange, so hatte er mehr als genug und machte sich auf den Heimweg, die Fische am Feuer zu braten.

Er spießte sie an einem Stabe auf, nahm ihn und ging heim.

Unterwegs hörte er plötzlich einen Vogelruf, den er nicht kannte. In langen tirilierenden Jubelseufzern klang es fern aus dem Walde, und ein anderer Ruf antwortete.

Neugier packte den Luzan. Er legte die Fische auf einen Felsen, wo er sie finden würde, und lief dem seltsam schluchzenden Vogelrufe nach.

Mit unerklärlicher Gewalt zog es ihn höher auf den Berg hinauf, wo er oft über Felsen und Steine auf allen vieren kriechen mußte. Doch als er oben war, klang der Vogelruf unter ihm.

Wieder kletterte er hinab und lief weiter. Aber sooft er auch glaubte, er wäre nahe und brauchte nur noch ein Gebüsch auseinanderzuschlagen, um den fremden Wundervogel zu sehn, immer war ihm der Zauber fern und nirgend zu fassen.

So kam er wieder in die Nähe jener Felswand, wo er am Morgen geruht hatte. Er kam an jene Wiese und sah noch an den gekrümmten Blumen und gebogenen Gräsern seine Ruhestatt. Aber den Vogel fand er nicht. Das Rufen hatte aufgehört und war verstummt.

Ratlos sah sich Luzan um und erhob seine Blicke auch gegen die Felswand, die über ihm aufstieg.

Sie stand klafterhoch ihm zu Häupten, noch immer von der hellen Sonne beschienen, silbergrau und okkergelb glänzend, wo der Stein zutage trat, grünglühend, wo Gras und Strauch und Baum war.

Auf einem vorspringenden Felsblocke aber saß ein Mensch, der in das Land hinaussah, denn Luzan konnte deutlich sehen, wie er sich zum Schutze gegen die Sonne die Hand über die Augen hielt.

Eine Zeitlang spähte er hinauf und war unsicher. Dann aber erkannte er Salomäa, und wie ein Luchs sprang er in die Felsen hinein und die Hänge hinauf und war verschwunden.

Da Salomäa noch immer auf dem Steine stand und in das schöne Bergland hinaussah, froh der Sonne und der Wärme, die sie so viele rauhe Wintermonde entbehrt hatte, sie atmete tief den würzigen Waldruch und ihre Augen freuten sich an der großen Weite des Blickes, da hörte sie plötzlich ganz leise und scheu ihren Namen gesprochen: Salomäa.

Als sie sich umwandte, erschrak sie fast, da sie den Luzan erblickte, auf den sie in dem wilden Walde nicht gefaßt war. Sie wurde über und über rot und sagte fürs erste nur: Du bist hier, Luzan?

Mehr sagte sie nicht, so war ihr Herz in Angst und Freude gleichermaßen erschrocken.

Du bist hier, Luzan? sagte sie zum andern Male, und es kam vom Herzen her in ihre Augen ein tiefer Glanz.

Hatte sie nicht oft während des Winters, da kein Mensch zum andern konnte, an ihn gedacht, und an die güldene Kette, die sie im Strohsacke ihres Bettes versteckt hatte, wo sie niemand fand? Abends freilich beim Kerzenscheine holte sie den heimlichen Schatz oft hervor und schmückte sich damit und ging glücklich hin und her. Und wie sie die kühle Kette auf ihrer warmen Haut spürte, mußte sie des Gebers gedenken, und wer weiß, wo er jetzt war.

An all das mußte Salomäa denken, und sie erschrak, nicht vor Luzan, weil sie ihn sah, denn ihr inneres Sehnsuchtsauge hatte ihn all die ewig langen Wintertage gesehn, sie erschrak, weil sie jetzt ihre große Sehnsucht sah, die sie sich niemals eingestanden.

Da Luzan fern war, glaubte sie, wenigstens in Gedanken mit ihm spielen zu können. Aber unversehens war mit dem Spielen die Liebe über ihr Herz gekommen. So umgaukelt ein Feind den Feind erst mit Spiegelungen und Träumereien, aber mit einem Male reißt er den bunten Seidenmantel von der blanken Rüstung und kommt mit Gewalt. Dann ist es zum Fliehen zu spät.

Ja, Salomäa, ich bin's, der Luzan, sagte der Mann. Und du bist verwundert, daß du mich hier antriffst mitten im Walde?

Ich habe gehört, antwortete Salomäa, du seiest während des Winters bei dem Herrn Pfarrer Erasmus in Wolffenberg gewesen. Aber dann, so erzählten die Leute, bist du fortgegangen, niemand wußte wohin.

Wenn die Leute so erzählt haben, sagte er, so haben sie recht erzählt. Ich war den Winter über in der Pfarre zu Wolffenberg, und als der erste warme Tag kam, bin ich fortgegangen in den Bannwald und auf den Berg. Und da bin ich nun.

Sie standen noch immer voreinander und sahen sich an.

Wollen wir uns nicht setzen, fragte Luzan und zog das Mädchen zu sich herab auf den warmen grauen Stein. Salomäa setzte sich neben ihn. Der Wald und das ganze weite Land bis zu den blauen Bergen im Süden sah ihnen zu.

Luzan begann von neuem: Und wie kommst du denn in diese Wildnis, Mädchen?

Ich bin, entgegnete sie, des langen Winters sehr überdrüssig gewesen und bin hier heraufgekommen, um einmal wieder viel Land zu sehn und große Weite und um die Sonne zu sehn. Deswegen bin ich hier.

Der Nachmittag hüllte sich in ein Purpurgewand mit silbernen Stickereien, und die Ferne wurde blau und blauer. Da die Sonne schon milder schien, erwachten im Walde auch die Vögel, und aus den großen Tälern unter ihnen rief der Kuckuck.

Die beiden sprachen noch dieses und jenes, aber es war kein Gespräch wie zwischen Menschen, die mit der Rede fortkönnen.

Oft schwiegen sie, blickten weg oder sahen einander an.

Da sie wieder einmal geschwiegen hatten, wagte Luzan, seinen Arm um das Mädchen zu tun, und sie duldete es. Er drückte sie an sich, und sie ließ ihn gewähren. Ja, er wagte sogar, sie zu küssen, zum ersten Male zu küssen, und sie erlaubte es ihm.

Die Vögel im Walde sangen ihr schönstes Lied, als wollten sie einander zurufen: Luzan hat Salomäa geküßt! Und die Berge standen freudig da, als gäben sie die Nachricht weiter von Gebirge zu Gebirge: Er hat sie geküßt, wahrlich, er hat sie geküßt!

Die ganze Welt war mit einem Schlage verwandelt. Die Felsen waren keine Felsen mehr, sondern die Pfeiler eines märchenhaften Schlosses. Das grüne Gras war ein weicher Teppich und der hohe blaue Himmel ein Seidenzelt.

Und das Schloß und der Teppich und das Zelt, alles gehörte den beiden, den beiden Glücklichen, die sich liebten. Da war kein Wort mehr nötig zwischen ihnen, und sie erzählten sich mit Küssen ihr Leid und mit Umarmungen ihre Freude.

Da erzählte Salomäas Auge dem Auge des Luzan, wie oft sie in ihrer Winterkammer an ihn gedacht und sich mit seiner Kette geschmückt und um seinetwillen krank geworden und ihn in ihre Arme herbeigesehnt.

Und Luzans Herz erzählte dem Herzen Salomäas, wie er ihr eine Heilige für die Giebelnische hatte machen wollen, und wie dann der Vater das tönerne Bild zerschlug, wie er in den Schnee hinaus, und welch qualvolle Winternacht er hatte erdulden müssen.

Aber was ist vergangenes Leid gegen die Freude der Gegenwart! Was ist alles Leid der Welt gegen das Glück zweier Liebenden, die sich in Armen halten und küssen!

Da ist alles Leid nichts, und der Kummer ist fort, und die Angst weicht, und der Gram flieht, und nichts anderes ist um die beiden rings umher als eine große Mauer, und in der Mauer ein kleiner blühender Garten, und in dem Garten nur sie, nur sie.

So ist die Liebe allezeit und in Ewigkeit, und so war auch die Liebe der beiden, des Tuschasohnes Luzan, der mit seinem Vater feind war, und der Salomäa, der Ecketochter, die auf den Berg gegangen war, die Sonne zu suchen, und die Liebe fand.

V

DIE BLUME BLÜHT, ES KEIMT DIE SAAT

Eines Tages hieß es in Dürrsiedel, es seien Leute in Olipa angekommen, viele Menschen mit Vieh und Wagen, die neu angesiedelt werden sollten.

Salomäa trieb am andern Morgen das Vieh auf die Weide und traf sich mit ihrer Freundin Illegunt am Rande des Graslandes.

Es war ein wunderbar seliger Tag im Frühsommer. Die Luft war kühl und klar, und man sah am Rande des Himmels Berge, die man sonst nie sah. Sie standen in der Bläue mit kristallener Schärfe und winkten herüber.

Salomäa erzählte der Freundin, es seien viele fremde Leute angekommen und lagerten bei Olipa. Sie wollten doch hinüber und mit dabei sein.

Sie trieben die Tiere in einen flachen Talkessel zusammen und liefen über die großen Wiesen nach jener Richtung, wo die neun Buchen auftauchten.

Schon von ferne sahen sie viele Menschen und Tiere unter den Bäumen und abseits davon die Wagenburg. Das Gesumme vieler Stimmen drang herüber, das Blöken der Kühe und der Lärm bei den Wagen.

Die Fremdlinge hatten sich am Rande des Hohlweges gelagert. In bunten Gruppen lagen sie auf dem Rasen und erquickten sich an der Kühle des Ortes. Sie waren schon am Abende vorher angekommen und hatten an den Buchen die Nacht verbracht.

Langsam getrauten sich die beiden Mädchen näher. Wie sie in dem Gewühle waren, achtete niemand auf sie, und jeder hielt sie für zugehörig.

Neugierig gingen sie durch die Reihen der Lagernden. Hier säugte eine Mutter ihr Kind, dort sprachen Männer miteinander, auf ihre Stöcke gelehnt, und an vielen Orten hatte man ein Feuer gemacht und briet Fleisch daran oder kochte die Morgensuppe.

Die Kinder rutschten die steilen Abhänge zum Hohlwege hinab oder ergötzten sich damit, auf den umgestürzten Stämmen zu laufen oder in die vielen Fuchslöcher zu kriechen, die in der Hohlwand waren.

Es verging nicht viel Zeit, da kam von Norden her auf dem Wege ein Wagen heran, in dem der Freirichter fuhr. Er hielt vor dem Hohlwege, kam auf den Rand herauf und versammelte zusammen mit dem Führer des Zuges, dem Ritter Burghart von Zell, die Männer um sich. Die Weiber, die sich herzudrängten, wies er weg, denn was er zu sagen habe, sei eine Männersache, und den neugierigen Kindern befahl er, sie sollten weiterspielen.

Als nun die Männer versammelt waren, ließ er sie einen großen Halbkreis bilden, in dessen Mitte er trat, und begann:

Lieben Leute! Ich bin der Freirichter und Erbscholz Ambrosius von Wolffenberg. Ihr werdet künftig zu meinem Sprengel gehören, und deswegen bin ich hergekommen, um euch als erster zu begrüßen. Ich sage zu euch allen: Willkommen im neuen Lande! Glück und Segen über euch und euren Anfang!

Das walte Gott! antworteten die vielen Männer und schwenkten die Hüte. Der Freirichter fuhr fort:

Unser gnädiger Herr, Herzog Heinrich, hat mir den Auftrag gegeben, zusammen mit euerm Führer, dem Ritter Burghart von Zell, euch anzusiedeln, das vorbestimmte Land abzustecken und zu helfen, wo irgend zu helfen ist.

In einer Stunde werden wir aufbrechen, und ich selbst werde euch an jenen Platz führen, wo künftig euer Dorf stehn soll. Es wird Lohwald heißen, weil es an dem Flusse Lohe liegt, und weil jetzt noch viel Wald da ist.

Ehe wir aber aufbrechen, will ich euch noch dieses sagen: Was ihr hier zu tun gedenkt, ist kein leichtes Tun. Der Ritter Burghart wird euch schon gesagt haben, daß das Brot jedes Neubauern ein hartes Brot ist. Wir können euch keine Höfe geben, und wir können euch auch keinen Acker geben, der wohlbereitet ist. Der Herzog, unser aller gnädiger Herr, kann euch nur Land geben, das seit ewigen Zeiten brach gelegen hat, seitdem Gott es erschuf.

Dieses Land kann er euch geben, und ihr selbst müßt daraus einen Acker machen, der Früchte trägt. Ihr müßt die Bäume pflanzen, die Obst geben sollen. Ihr müßt die Häuser baun, in denen ihr selbst, eure Kinder und Enkel wohnen werden. Ihr müßt Wege baun, Grenzen ziehn, Bäche regeln und die Steine zur Seite schaffen. Alles das wird euer mühseliges Werk sein.

Ich sage das, damit ihr nicht klagt, und damit ihr nicht jammert, wenn ihr seht, wohin ich euch führen werde.

Leute! Auch dort, wo heute schon große und schöne Dörfer stehn, auch dort sah es einmal so aus, wie es aussieht, wohin ihr kommen werdet.

Was ihr für eure Kinder und Enkel tun wollt, haben unsre Eltern und Großeltern für uns schon getan.

Aber ich sage euch auch im Namen des Herzogs und im Namen aller deutschen Leute, die hier schon wohnen, Hilfe zu, wo immer ihr sie braucht.

Ich, euer Freirichter, will mit dem Ritter Burghart zusammen für euch alles tun, was ich kann.

Und wenn wir so zusammenstehn, in Rat und Tat, in guten und bösen Tagen, so werdet ihr schon vollbringen, was ihr wollt, und was wir wollen, und was der Herzog will.

Und nun geht zu den Euren, tut eure Arbeit, sorgt für den Aufbruch und haltet euch in einer Stunde bereit! —

Die Männer traten auseinander, der Halbkreis löste sich auf, und jeder ging zu den Seinen und machte alles fertig zum Aufbruch.

Der Freirichter blieb noch mit Burghart dem Ritter zusammen und besprach dieses und jenes.

Dann, als die Zeit um war, formte sich der Zug von Menschen und Wagen und Vieh, und einer hinter dem andern, ging es langsam über das blühende Grasland nach Dürrsiedel und durch Dürrsiedel hindurch nach Naßsiedel hinab und durch Naßsiedel hindurch nach der Stelle, wo Lohwald gegründet werden sollte.

An der Spitze fuhr der Freirichter mit dem Ritter Burghart, und den Beschluß machten Salomäa und Illegunt zu Fuß.

An diesem Tage pflügte Thomas Einsam hoch oben am Waldrande ein neues Feld. Kaum daß die Sonne aufgegangen war, hatte er schon seine zwei Ochsen vor den Pflug gespannt, und nun, da Mittag war, rastete er ein wenig und sah sich um.

Er hatte mühevoll mitten in das Unland hinein ein gut Stück umgelegt, das nun mit graubrauner Scholle dalag und schimmerte.

Die schönen Blumen lagen mit ihren Kelchen im

Abgrunde der Erde und klagten. Es klagten die Käfer, die, des Lichtes beraubt, in der Tiefe verdarben. Es klagten die Schmetterlinge, die sonst über ein blühendes Sommerland hingegaukelt waren und nun nichts fanden als öde Erde.

Aber es jauchzte die Erde, daß sie nun sollte Getreide tragen dürfen und Brot hervorbringen. Es jauchzte der hohe Himmel, der über den Hügelhang sein strahlendes Blau legte und es an dem Braun des Ackers erprobte, wie eine Frau, die ein neues Kleid probt, und ob es gut zur Farbe ihrer Augen stünde. Es jauchzte der Pflug, der seines Amtes gewaltet hatte und Arbeit genug getan. Denn es ist das Amt des Pfluges und seine Arbeit, das Ödland umzuwerfen und es zu bezwingen, auf daß aus einem Blumenlande ein Brotland wird.

Und selbst Thomas Einsam, der Bauer, jauchzte inwendig, als er den Flecken sah, sein mühsames Tagewerk, das ihn viel Schweißtropfen gekostet hatte. Wie oft hatte er die Sterzen fester in die Hand nehmen und die Pflugschar tiefer ins Erdreich drükken müssen. Wie oft war er stehngeblieben und hatte sich den Schweiß von der Stirn gewischt! Wie oft hatte er haltmachen müssen und manchen großen Stein aus der Erde gegraben und ihn an den Rain gewälzt!

Er war hungrig und durstig von seiner Arbeit geworden und stand matt und müde da wie die zwei Ochsen, die mit schläfrigen Augen zum Walde blickten.

Aber in des Thomas Herz war Freude, wenn er auch nicht laut jauchzte und jubelte. Wenn er auch schwieg und mit zusammengekniffenen Augen auf den Pflugsterzen hockte.

Brot mußte sein, und drum mußte Acker sein, und

drum mußte Mühe sein und Schweiß und Hunger und Durst und Plackerei. Das war die Ordnung der Dinge und der Wille der Welt ...

Da er noch so stand und ihm das Zittern des Pfluges in den Armen und Beinen und im ganzen Leibe nachzitterte, gewahrte er drunten auf der Straße zwischen Dürrsiedel und Naßsiedel den Zug der Fremden.

Von hier oben sah er klein und kindlich aus, als spielten dort die Zwerge Hochzeit oder Reise. Die vielen Wagen hintereinander fuhren langsam den steilen Weg nach Naßsiedel hinab, und während die letzten noch in Dürrsiedel waren, fuhren die ersten schon über den Schanzenbach auf das andere Ufer hinauf und auf das Brachland, das sich von dort bis an den Lohewald dehnte.

Thomas Einsam sah den langen Zug, und plötzlich überkam ihn die Erinnerung an sein eigenes Leben. Wenn auch sein Vater den Hof gehabt, er selber hatte schon als Knabe mitarbeiten müssen und helfen, den Acker pflügen, das Vieh füttern und langsam so Stunde auf Stunde und Arbeit auf Arbeit legen, daß aus der wüsten Stelle am Walde ein Bauernhof würde.

Er sah sich seine rissigen schwieligen Hände an, die braungebrannt wie die Erde selber ihm im Schoße lagen, und ein wehmütiges Lächeln umspielte seinen Mund.

Schwer war das Leben in diesem Lande, aber es wäre nicht schöner gewesen, wenn es sich leichter getan hätte.

So war sein Eigentum wirklich sein eigen, und jeder Nagel im Hause, jeder Stock im Zaune, jeder Ziegel am Stalle, jeder Baum im Garten, jede Scholle im Acker, sie waren sein Werk und drum sein Eigentum . . .

Unwillig fuhr er aus seinem Traume auf. Es konnte nicht mehr lange bis Mittag sein, und er wollte noch die Handbreit am Waldrande pflügen, damit das Werk ganz sei.

Er rief die Ochsen an, wendete den Pflug und drückte ihn von neuem in das Blumenland, das als ein schmaler Streifen zwischen dem neuen Acker und dem alten Walde übrig war.

Plötzlich stockte der Pflug. Knirschend fuhr die blinkende Schar an ein Hindernis und stand dann still. Wieder ein Stein, dachte Thomas Einsam und bückte sich, ihn auszugraben und an den Waldrand zu werfen. Aber es war kein Stein. Es waren Scherben wie von einem Kruge. Er grub weiter mit den Händen, und jetzt fühlte er wirklich die Rundung eines Topfes, den er vorsichtig an das Licht förderte.

Er hatte manches davon gehört, daß in alten Zeiten die Leute ihr Geld und Schmuckzeug vergruben, um es vor feindlichem Zugriff zu retten, dann aber doch starben und verdarben und niemand mehr da war, der von dem Schatz wußte.

Vorsichtig hob Thomas Einsam den irdenen Topf, der noch feucht war von dem langen Stehn in der Erde, ans Himmelslicht und schüttete ihn aus. Aber kein Geld und kein Schmuckzeug fiel heraus, vielmehr weißes Gebein, dürr und leicht wie Spreu, und dazwischen ein Klumpen Metall, der grün aussah und zusammengerollt war wie eine Schlange.

Der Thomas Einsam besah sich erstaunt seinen Fund, aber nicht lange. Mit einem Male überfiel den furchtlosen Mann ein Entsetzen, wie er hier oben in der großen Einsamkeit des Mittags, fern von den

Menschen, einen Topf mit Totengebeinen fand. Es schüttelte ihn so, daß er alles liegen ließ, den Topf dazu warf und schnell mit seinen Ochsen zu Tale fuhr.

Am Nachmittag ließ er die Ochsen im Stalle, nahm seinen Knotenstock und ging nach Wolffenberg hinüber zu dem Pfarrer Erasmus, um ihm die Sache zu melden, und was davon wohl zu halten sei.

Der Pfarrer ging gerade in seinem Garten umher und pflückte Beeren. Da er den Thomas kommen sah, ein wenig ernst und feierlich, scherzte er und sprach: Sieh da, welcher Besuch! Was bringt Ihr mir Gutes? Will gar der Hinrich heiraten?

Aber da ihm Thomas die ganze Sache erzählte, wurde er selber ernst, zog den Bauern in seine Geisblattlaube und sagte: Warum denkt Ihr gleich an den Teufel? Ich sehe nicht, wo hier der Teufel seine Hand im Spiele hat. Wohl aber der Tod. Es wird ein heidnischer Totenacker sein, wie sie hier schon manchen gefunden haben. Von welchem Volke sie sind, wer will es wissen! Vielleicht haben hier vor undenklichen Zeiten andere Leute gewohnt und sind im Acker begraben worden.

Also legt alles, was Ihr gefunden, wieder zurück und laßt die Toten bei den Toten ruhn!

So kamen sie überein und sprachen noch manches, wozu der Pfarrer zwei Krüge Bier auftischen ließ. Es war schon spät, da der Thomas Einsam nach Hause ging.

Jenes Feld am Walde aber hieß seitdem der Totenacker bis auf den heutigen Tag.

Am andern Tage begann die Arbeit der Fremden in Lohwald. Hoch oben auf dem steilen Lehmrande in einer Lichtung war die Wagenburg zusammengestellt worden. Hier hatte man auch das Vieh angepflockt und Feuerstellen in die Erde gegraben.

Sodann teilte der Freirichter Ambrosius zusammen mit dem Ritter Burghart die künftige Dorfflur auf. Quer durch den Wald auf Naßsiedel zu sollte die Straße sein. Dort, wo jetzt die Wagenburg stand, plante man den Dorfanger. Rechts und links von der Straße zog man die Grenzen der Hufen, die weit durch den Wald bis auf das Ödland liefen, das sich nach dem Schanzenbache zu erstreckt.

Mit dem Freirichter und mit dem Ritter Burghart gingen die Männer und schlugen in die Stämme der großen Bäume Erkennungsmarken, wo eine Grenze oder ein Weg sein sollte. Kleine Bäume hackte man um und legte sie in der Richtung des Scheiderains.

Während diese Arbeit getan ward, fingen die anderen Männer mit Hilfe der Frauen an, rings um den Lagerplatz die Bäume zu fällen und das Gebüsch zu roden. Die Bäume entästete man und stapelte sie übereinander, wenn man sie etwa bei dem künftigen Hausbau brauchen sollte. Das Gebüsch und Gesträuch trug man zu Haufen zusammen und verbrannte es ein paar Tage später, da es verdorrt war, in einer schnell geschaufelten Sandgrube.

So war mit einem Male ein lautes Leben in den sonst so stillen Lohewald gekommen. Das Vieh blökte an seinen Pflöcken, die Menschen riefen bei ihrer Arbeit einander zu oder sangen und vertrieben sich die ersten Stunden des Fremdseins in der neuen Heimat mit den Liedern der alten. Die Kinder liefen durch den Wald und sammelten Beeren und Pilze. Einige stiegen den steilen Hang zur Lohe hinab und machten sich am Wasser zu schaffen.

Der Freirichter erwies sich bei dieser Gründung als der Mann, in den der Herzog mit Recht soviel Vertrauen gesetzt. Mit Gerechtigkeit und Umsicht traf er seine Anstalten, gab klare Befehle und schlichtete jeden Streit. Er war überall, wo man ihn brauchte. Da er das Land kannte, waren seine Hinweise und Ratschläge die besten, die es gab.

Hier ist Wasser im Erdreich, sagte er zu einem Siedler, hier mußt du einen Brunnen bohren. Ich sehe es dem Grase an, daß hier Wasser ist.

Diesen großen Baum laß stehn und fälle ihn nicht, sprach er zu einem andern, er gibt deinem künftigen Hause Schutz vor dem Nordwinde und macht es im Sommer kühl und im Winter warm. Folge meinem Rate! Das erste Jahr baue Hirse, sprach er zu einem dritten. Dieser Boden ist gut für Hirse, du wirst zufrieden sein. Wenn du Saatgut haben willst, komme in den nächsten Tagen nach Wolffenberg hinüber, wir sprechen noch miteinander.

So wurde er vom ersten Tage an der Vater von Lohwald, und bald war er bekannt und berühmt bei den neuen Leuten und gegrüßt, wo er hinkam.

Als sich eine Kuh vom Stricke riß und in den Wald hineinlief, rannten ihr die andern Männer nach, aber der Scholtz ging seitwärts in einem trockenen Graben entlang und fing sie ein, da er wußte, daß sie nicht an die Lohe hinunter konnte und in dem Graben weiterlaufen mußte. —

Während aber alles dieses auf dem linken Loheufer geschah, geschah auf dem rechten etwas anderes. Dort stand an dem jenseitigen Steilhange der alte

Tuscha und sah mit brennenden Augen hinüber, was sich dort begab.

Er sah, wie man die Wagenburg zusammenschob und das Vieh anpflockte. Er sah, wie sie die Bäume fällten und das Gebüsch verbrannten. Er sah die Männer durch den Wald gehn und Zeichen in die Rinde haun. Er sah endlich, wie die Weiber zur Lohe hinunterstiegen und Wasser holten.

Du wußte er, was hier geschah und was noch geschehn sollte. Er stand den ganzen Tag auf dem jenseitigen Ufer und sah herüber. Er stand und schaute.

Und sein altes Herz sprach: Die Fischerei auf der Lohe ist nun zerstört. Die Fische lieben den Lärm nicht und werden hinauf und hinab ziehen. Man wird keine Angeln mehr legen können, denn sie werden am Morgen leer sein und am Abende auch. Man wird künftig weite Wege machen müssen, um Fische zu fangen.

Ein tiefer Groll stieg in ihm auf, und seine Hände ballten sich ingrimmig. Überall sind diese Deutschen und roden und pflügen und sind laut und lustig, als gehöre ihnen die ganze Welt. O diese Fremdlinge!

Als die Sonne hinter dem Berge Silensi untergegangen war, schlich der alte Tuscha nach Hause. Er fand im Flusse eine Furt und ging dort hindurch.

Mit gesenktem Haupte ging er durch den Abend. Sein Herz sprach zu ihm: Der Luzan ist fort, und die Lohe ist fort, und bald wird das ganze Leben fort sein, denn du bist schon sehr alt.

Und ohne daß er es wollte, mußte er an das Wort des alten Krschenko denken: Du hast mir den Strom gestohlen! Wie er dem Alten getan, so taten die Fremden jetzt ihm.

Sinnend ging er dahin.

Als er in seine große dunkle hölzerne Hütte trat, fand er alle um den Herd versammelt, und mitten unter ihnen saß der Luzan.

Der Luzan stand auf und sagte: Da bin ich wieder, Vater.

Aber als wäre nie etwas gewesen, bezwang der alte Tuscha sein Herz und sagte: Gut. Wir wollen morgen im Schanzenbache mit Netzen fischen.

Seitdem die beiden Liebenden auf dem Berge Silensi ihren Bund geschlossen, trafen sie sich oft, denn ihr Herz verlangte das Beieinandersein wie zwei Kerzen, die zusammenstehen und mit ihren Flammen nacheinander züngeln.

Ach, die Liebe will die Nähe, will die allergrößte Nähe. Und nichts ist ihr so verhaßt wie das Meiden und Scheiden und wie die Ferne, die groß und gefährlich erscheint wie der Abgrund der Welt.

Oft trafen sie sich des Abends auf der Waldwiese, wo sie sich zum ersten Male getroffen hatten.

Salomäa schritt mit der Sense oder mit der Sichel hinauf, um Kraut für die Ziegen zu schneiden. Meist war Luzan schon da und wartete auf sie. Sie fielen einander in die Arme und herzten und küßten sich. Bis die Zeit um war. Da ließen sie seufzend voneinander und machten sich gemeinsam ans Mähen, um die Zeit einzuholen.

Luzan hatte sich auch eine Sichel mitgebracht, die er im Geäst der alten Fichte verbarg, und um die Wette schnitten die beiden das Kraut und das Gras und banden es in das Tuch, mit dem dann Salomäa wieder hinabging.

Luzan kam bis an den Waldrand mit, küßte noch einmal das liebe Mädchen und sah ihr lange nach, wie sie auf dem Raine zwischen den Feldern ins Dorf hinunterstieg.

Immer wieder erfand Salomäa neue Gründe, um des Abends noch einmal hinauszukommen, und da die Liebe erfinderisch macht, so ahnte niemand nichts, und niemand argwöhnte, daß nicht die Sorge um das Vieh oder die Angst vor dem kommenden Unwetter sie hinaustrieb, vielmehr die Sehnsucht, bei dem Geliebten zu sein und in seinen Armen zu ruhn.

Selbst die Großmutter, die ein falkenhelles Auge hatte, ahnte nichts und freute sich nur, daß Salomäa nun wieder frischer und fröhlicher war als im Winter, und daß sie aufblühte wie eine Blume im Garten.

Sie drängte immer wieder den Sohn und sprach: Ambrosius, siehst du nicht, wie deine Tochter heranwächst und schöner wird mit jedem Tage? Ich sage dir, Ambrosius, schaff ihr einen Mann!

Aber der Vater lachte nur und antwortete: Wenn sie einen Burschen hat, den sie liebt, sie wird schon kommen und es uns sagen. Sie träumt noch. Laß sie! Wie bald ist die Jugend vorbei, und ist erst einmal geheiratet, kommen die Sorgen und der Kummer, und der Alltag ist da.

So sprach der Vater und ließ der Sache ihr Bewenden. Seit jener Zeit kam Luzan auch in die Kirche zu Wolffenberg. Fragte man ihn, warum, so sprach er: Der Herr Erasmus hat mich vom Tode gerettet und zum Leben zurückgebracht. Ich bin den ganzen Winter bei ihm in der Pfarre gewesen. So muß ich wohl jetzt auch in seiner Kirche sein.

Das schien einleuchtend, und so wunderte sich bald niemand mehr, daß der Luzan Sonntag für Sonntag auf dem Singechore der Kirche stand und mitsang oder auf seiner Flöte schöne Weisen erfand.

Aber er sah viel weniger nach dem Altare oder nach dem Herrn Erasmus, wenn er auf der Kanzel stand und predigte, er sah vielmehr in die Kirche hinab, wo schräg unter ihm Salomäa bei ihrer Mutter auf der Frauenseite saß und gar schön in ihrem Sonntagsstaate war, daß ihm das Herz aufging.

Ihr goldenes Haar leuchtete unter der weißen Haube, und ein unnennbar süßer Schauer umfing ihn, wenn sie sich manchmal umwandte und zu ihm hinaufsah. Als der Wildacker kein Gras mehr hatte, trafen sie sich oben im Walde am Totenacker oder im Schanzengrunde oder am alten Turme, wo es Beeren und Pilze gab.

Dann brachte der Luzan jedesmal schon in einem Korbe die Früchte mit und schüttete sie in Salomäas Korb, so daß sie nicht erst zu suchen brauchten, vielmehr die ganze Zeit frei hatten, sich zu küssen und zu lieben.

Oder Salomäa trieb das Vieh auf das Grasland. Aber nun verabredete sie sich nicht mehr mit Illegunt, der Freundin, sondern mit Luzan, dem Freunde.

So ist die Liebe, daß sie nichts anderes neben sich duldet, nicht Vater und Mutter, nicht Bruder und Schwester und keine Freundin. Sie ist wie ein Feuer, das alles verzehrt, nur sich selber verzehrt sie nicht.

Da wurde ihnen das weite Grasland ein Paradies der Liebe, ein Feld des Glücks, eine Insel der Seligkeit. Um die Liebenden ging das Vieh, und wie ein Liebespaar aus dem bukolischen Altertum lagerten sie in den Blumen und küßten sich.

Aber immer stand in der Nähe der blaue Berg, der Berg Silensi, dem sie ihre Liebe verdankten, und den sie drum liebten wie keinen andern Ort auf der Welt.

Oft saßen sie eng aneinandergeschmiegt und blickten zu ihm hinüber oder Luzan nahm seine Flöte und spielte der Freundin alle seine Lieder vor, die er wußte.

Da versank um sie alles, was da war. Die Blumen blühten in diesem Sommer wie nie zuvor seit der Erschaffung der Welt. Die Vögel verstummten vor dem Entzücken dieser Lieder und hörten neidvoll zu. Der Himmel war wie ein großes Seidenzelt und bedeckte die beiden, daß niemand ihre Liebe gewahrte.

Und die Erde, die große Erde, war ihre Lagerstatt, mütterlich und gut wie ein Kinderbett, weich und warm wie ein Brautbett, abgrundlos tief und feierlich wie ein Totenbett.

Denn die Liebe ist der Geburt und dem Tode gleichverwandt.

Im Herbste dieses Jahres fuhr der Herzog zur Besichtigung seiner Klosterstiftung Heinrichau, um danach in den großen Wäldern bei Wartha zu jagen.

Auf dieser Reise kam er über Wolffenberg, wo er bei dem Herrn Erasmus nächtigte und sich auch von dem Freirichter über das neue Dorf Lohwald berichten ließ.

Der Freirichter erzählte dem Herzog den ganzen Abend von den vielen Rodungen im Walde, von der unsäglichen Mühe des Pflügens auf dem trockenen Blachfelde und von dem endlichen Erfolge und dem gegenwärtigen Zustande, so daß der Herzog beschloß, noch einen Tag zu bleiben, selber nach Lohwald hinüberzureiten und zu sehen, wie es dort stünde.

Als er am andern Morgen zusammen mit dem

Freirichter in das neue Dorf einritt, erstaunte er. Wo ehedem der viele Wald gewesen, standen nur noch einzelne Gruppen von großen schönen Bäumen, die mit ihrem breiten grünen Laubdache die Holzhäuser der Siedler beschatteten.

Dazwischen war schon Feld um Feld, und manche von ihnen hatten in diesem Sommer und Herbste schon die erste Frucht getragen und wurden bereits zum zweiten Male gepflügt.

Am Rande der Dorfstraße, die zwischen den Häusern hinführte, hatte der Freirichter Birken und Eschen stehenlassen, daß es aussah, als habe man sie dort gepflanzt. Sie gaben Schatten und hielten die neue Straße kühl und feucht.

Der steile Lehmhang zur Lohe hinab war abgetragen worden und zog sich jetzt als eine sachte Lehne zum Flusse, wo eine hölzerne Brücke zum jenseitigen Ufer führte. Rechts und links an den Ufern lagen die Wiesen der neuen Bauern und die Almende.

Die Häuser waren zwar noch klein und niedrig und eher Hütten zu nennen, aber sauber und gut. Man hatte dazu altes abgelagertes Holz aus den alten Dörfern genommen und die frisch gefällten Bäume in großen Haufen in die Gärten gestapelt.

Allenthalben standen schon Zäune und Tore. Noch wurde tüchtig gezimmert, und bis zum Winter sollte noch mancher Stall und Schuppen erstehn.

Man hatte Brunnen gegraben und besseres Wasser gefunden, als es zuerst den Anschein hatte.

Nun pflanzte man in den Gärten die ersten Obstbäume, Rauhapfel, Sauerkirsche und Liebfrauenbirne.

Die Männer arbeiteten auf dem Felde, die Frauen besorgten den Hof und den Stall, und die Kinder spielten auf der Straße.

So war Lohwald mit seinen hundertzwanzig Seelen schon im ersten Jahre ein Bild des Segens, und der Herzog, der unerkannt durch das Dorf schritt, konnte sich nicht genug wundern, wie alles so schnell und so schön entstanden und fortgeschritten war.

Die Leute von Dürrsiedel, von Preisentraum und von Wolffenberg haben viel mitgeholfen, sagte der Freirichter. Jede Woche einen Tag kamen sie nach Lohwald herüber und halfen mit um Gotteslohn. Sie haben auch Getreide, Holz und Vieh geschenkt, Obstbäume gegeben, mit Gerät ausgeholfen und die Kranken gepflegt.

Gut so, lobte der Herzog. Ihr müßt zusammenhalten, so werdet ihr durchkommen. Ich freue mich, Scholtz Ambrosius, Ihr seid ein tüchtiger Mann und habt alles wohl eingerichtet. Und der Herzog gab dem Freirichter freundlich die Hand.

Das war dem Ambrosius mehr wert als Hab und Gut, fast errötete er ob dieses Lobes und sagte nur: Es war meine Schuldigkeit, Herr Herzog! —

Dieweil saß der Burgkaplan Michael, ein sehr gelehrter Mann, bei dem Pfarrer Erasmus, und sie besprachen dieses und jenes.

Es werden jetzt wieder viel Totenköpfe im Lande gefunden, sagte der Pfarrer. Da die Sage umgeht, lieber Michael, Ihr seid der gelehrteste Mann im ganzen Herzogtume, so hätte ich gern Eure Meinung darüber gehört.

Ich bin der Burgkaplan des Herzogs, wehrte Michael ab, und weiß nicht viel. Was aber die Totenköpfe angeht, davon Ihr sprecht, so muß ich daran denken, daß sie bei den Leuten in der Goldberger Gegend die Wendelgräber heißen. Sie sollen uralt sein und aus Zeiten stammen, da unser Herr und

Erlöser noch nicht auf Erden wandelte. Wer will es wissen? Aber sicher ist, daß sie sehr alt sind, und daß damals schon unser Land dicht besiedelt war. Denn oft hat man hundert Gräber und mehr gefunden.

Bin übrigens der Meinung, daß es die alten Germanen waren, von denen der Römer Tacitus schreibt, wie Euch wohl bekannt sein dürfte. Sie haben sicher auch in unserem Lande Silesia gewohnt und müssen groß und stark und volkreich gewesen sein.

Vielleicht stammt von ihnen auch der alte Turm, von dem Ihr mir selbst einmal erzählt habt, und der bei Dürrsiedel auf der Höhe stehn soll. Denn in jenen Zeiten sind die Menschen in viele Kriege verwickelt gewesen und haben Warttürme nötig gehabt, von denen man weit ins Land schauen konnte.

So mag dieser alte Turm ein Wendelturm sein. Wenn ich wieder einmal zu Euch komme und so Gott will mehr Zeit habe als heute, so müßt Ihr mich hinüberführen, daß ich mir das Gemäuer selbst einmal ansehe.

Mehr weiß ich davon nicht zu sagen. Die Erde ist voller Geheimnisse, und der einzige, der alle Geheimnisse kennt, ist Gott im Himmel.

Solltet Ihr aber einmal etwa durch Zufall ein schönes Stück im Acker finden, ein langes Schwert, einen Dolch oder gar einen goldenen Schmuck, wie ihn erst vor kurzem ein Bauer bei Löwenberg in seinem Garten gefunden haben soll, da er einen neuen Obstbaum setzte, so hebt's für mich auf, denn Ihr wißt, daß ich ein Altertumsnarr bin und dergleichen sammle. Umsonst will ich's nicht.

Daran will ich wohl denken, versprach der Pfarrer Erasmus. Aber nun kommt mit in den Garten hinab in meine Laube. Dort wollen wir einen Krug Bier trinken und das Wendelvolk hochleben lassen, den alten Tacitus nicht zu vergessen, und überhaupt Römer und Griechen und alle Kirchenväter zusammen!

In diesem Jahre geschah auch ein anderes Ereignis, das für Wolffenberg und die Lohedörfer von großer Bedeutung war, nämlich der Neubau des Kirchturms.

Da der Freirichter von der Goldberger Taufe heimgekehrt war, hatte er eine lange Unterredung mit dem Pfarrer und mit den angesehensten Männern der Gemeinde. Er kam mit ihnen überein, den alten Turm umzulegen und aus dem Holze der zwei gestürzten Buchen von Olipa einen neuen zu zimmern.

Ein paar Tage nach Ostern in diesem Jahre 1237 legte man den alten Turm um. Das ganze Dorf war dabei versammelt und sah vom Kirchplatze aus dem traurigen Schauspiele zu. Man ließ zuerst die Glocke herab und brachte sie in einem Nesselwinkel des Kirchhofes in Sicherheit. Die Knechte schwitzten, da sie das bronzene Ungetüm langsam von der Stelle schafften und an den vorbestimmten Platz wälzten.

Sodann wurde ein großes Loch in die Stützmauer des alten Turmes gehauen und mit Baumstämmen ausgefüllt. Es war, als ob der Turm bei seiner Verwundung ächzte und stöhnte, denn er hatte zwei Menschenalter erlebt und vieles gesehen. Aber der Freirichter hatte es sich in den Kopf gesetzt: Der alte Turm muß fort! Es soll mir ein schönerer Turm hierher! Und so konnte niemand das Schicksal aufhalten.

Endlich zündete man das Holz an, und als es durchgebrannt war, fiel der Turm, seiner Stütze beraubt, mit einem donnerähnlichen Krache in sich zusammen.

Eine Staubwolke stand noch lange über der Trümmerstätte und trieb mit dem Winde langsam über den Kirchhof und durch den Pfarrgarten auf das Haus des Herrn Erasmus zu, dessen schwarzes Schindeldach weiß bestäubt war, als hätte dort ein Müller einen Mehlsack geleert.

Man brachte Wagen und Karren herbei und lud den Schutt auf, der auf das Geheiß des Freirichters an den Rand des Dornwaldes geschafft wurde, um den Knüppeldamm zu erhöhen und trockener zu machen. Nach zwei Tagen war der Schutt fort, und die Kirche stand ohne Turm da wie eine trauernde Witwe. Aber es sollte bald anders kommen.

Der Freirichter hatte inzwischen von Zimmerleuten aus Nimptsch die gewaltigen Buchenstämme von Olipa zersägen und zerschneiden und die ungeheure Last des Holzes nach Wolffenberg bringen lassen.

Sie lagerten mitten auf dem Dorfanger in der Nähe des Baches.

Danach begann man mit dem neuen Turme.

Die Zimmerleute von Nimptsch waren berühmt ob ihrer guten Arbeit. Sie verstanden mit Holz zu bauen wie Maurer mit Lehm und Stein und hatten den großen Saal der herzoglichen Burg in Nimptsch mit einer hölzernen Balkendecke versehen, die die Bewunderung aller fand, die sie erblickten.

Diese Männer kamen jetzt nach Wolffenberg und zeigten ihre Kunst.

Das Untergeschoß des neuen Turmes wurde ein gewaltiges Viereck, das sich groß und wuchtig an die Kirchwand lehnte und fast so hoch emporragte wie der First des Schiffes. Es bestand aus mächtigen Balken, die mit breiten Brettern verschlagen waren. Gar künstlich und fein waren diese gefügt und so sauber ineinandergesetzt, daß auch nicht ein Regentropfen oder ein Windhauch in das Innere drang.

Auf diesen Unterbau setzten die Zimmerleute das Mittelstück, das mutig in die Höhe drang, dick und mächtig genug, aber schon schlanker als der gewichtige Fuß.

Im Innern des Turmes führte eine Treppe zur Glockenstube empor, und kleine zierliche Fenster mit geschnitzten Rahmen erlaubten, von der Treppe hinaus auf die Kirche, auf den Kirchhof und auf das ganze Dorf zu sehen.

In den Glockenstuhl wurde die alte Glocke wieder hochgezogen, nachdem der Pfarrer sie neu gesegnet hatte. Endlich aber ward auf das Mittelstück die hölzerne Spitze gesetzt, die Bekrönung des Ganzen, ein zierlicher Helm, der wie eine erdfarbene Tüte dem Turme auf dem Kopfe saß und weit im Lande sichbar ward.

Da staunten alle, was Zimmermannskunst leisten kann und priesen die Männer von Nimptsch laut und vernehmlich.

Jetzt konnte ein neuer Wolfswinter kommen, er würde die Kirche von Wolffenberg nicht mehr einschneien und einhudeln können wie eine erbärmliche Hundehütte. Der neue Turm war da und rief: Hier bin ich, der Turm, und bei mir ist die Kirche von Wolffenberg!

Noch als die Gerüste standen, staunten die Leute in Dürrsiedel und in Preisentraum und in Lohwald, denn auf einmal wuchs über die Hügel und Erdhänge ein Turm, den sie bisher niemals gesehen hatten. Dagegen war der alte Turm ein kleiner verdorbener Wicht. Jetzt aber wußte man, wo Wolffenberg lag, und wo man hingehörte mit seiner unsterblichen Seele.

Dem Freirichter war dieses Jahr ein gesegnetes Jahr. Denn fast noch mehr als über die Begründung und den guten Fortgang in Lohwald freute er sich über seinen neuen Turm.

Als wäre er dieser Turm selber und stünde da und schaute um sich und sähe nun, was er bisher niemals mit einem einzigen Rundblicke gesehen hatte, seine ganze Freirichterei von hüben bis drüben und von da bis dort und in jedem Dorfe alle Häuser und Felder und Gemarkungen. Als sei er durch diesen Turm ein Stellvertreter Gottes geworden und fast allwissend.

Wenn er in seiner Bettstube des Morgens erwachte, bisher hatte sein erster Blick dem Hofe gegolten, wo die Schweine sich tummelten, oder dem Baumgarten, wohin man die jungen Kälber trieb. Nun aber schenkte er den ersten Blick dem neuen Turme, mit dem er redete, als wäre er ein lebendiges Ding:

Grüß dich Gott, Turm, sprach er wohl bei sich. Und wie ist das Wetter heute, sprach er, oder er rief: Wir wollen heute einmal schnell nach Lohwald hinüberreiten, zum Bauern Wolfgang, dem eine Kuh erkrankt ist. Melde ihm, der Freirichter käme bald!

Endlich im Herbste des Jahres 1237 war der neue hölzerne Turm an der Kirche von Wolffenberg fertig. Er stand da und rühmte sich seiner Größe, seiner Stärke und seiner Pracht.

Seine Größe war so, daß man ihn von allen Straßen und Wegen im ganzen Lohelande sah. Man sah ihn von der Burg in Nimptsch und vom Berge Silensi aus. Man sah ihn, wenn man an den Bäumen von Olipa stand, und wenn man auf der Straße von Breslau her kam.

Seine Stärke war die einer Burg. Er stemmte sich mit mächtigen hölzernen Füßen in das Erdreich und prahlte und sprach: ob ihr in diesem Lande schon einen solchen Holzbock gesehen habt, wie ich einer bin? Der alte Turm war ein geborstenes Ding, und der Wolfswinter hat ihn zugedeckt. Ich werde nicht bersten, denn ich bin aus dem Holze der Bäume von Olipa, und kein Wolfswinter deckt mich zu.

Seine Pracht endlich war der silbergleißende Glanz seiner Bretter und Bohlen. Er war mit Fenstern verziert, und sein Sockel war mit einer blassen roten Farbe angemalt. Das Eingangstor, durch das man unter ihm hindurch in die Kirche trat, war mit Heiligen-Figuren aus Holz geschmückt. Oben auf dem Helme trug er einen goldenen Kugelknauf, und dessen rühmte er sich am meisten. Denn ob die Sonne aufging oder ob sie niederging, der Knauf funkelte und blitzte und strahlte, und selbst der Mond fand sein Gefallen daran und liebkoste die glatte Kugel und machte sie glühen. Das war der neue Kirchturm von Wolffenburg, der Schmuck des Lohelandes, der Ruhm des Dorfes und des Freirichters Stolz.

Die Baumeister und die Zimmerleute aus Nimptsch hatten ein gar stolzes und gutes Werk getan, als sie die Gerüste abbrachen und zum Freirichter gingen, den ausbedungenen Werklohn zu empfangen. Sie aßen und tranken noch einen ganzen Tag in der „Jakobsleiter“, schlugen sich für umsonst den Bauch voll, sangen und randalierten, und am anderen Morgen fuhren sie fröhlich nach Hause. Sie waren künftig in Wolffenberg nicht mehr vonnöten, der Turm verkündete ihren Ruhm.

Der Freirichter war in den folgenden Tagen wie närrisch. Er besah sich den Turm aus der Nähe und aus der Ferne. Er ging in den Garten und sah, wie er silbern durch das Laub der Obstbäume schimmerte.

Er ging zur Dürrlitze hinauf und freute sich, wie der helle Helm über die Weiden und Erlen des Dornwalds emporstieg. Er stampfte nach Dürrsiedel hinüber und bis an den Waldrand empor und sah mit Stolz, daß es kein Haus im Dorfe gab und keine Stelle in der Gemarkung, von wo aus man den Turm nicht gesehen hätte. Der Turm war überall, im Felde und im Walde, in der Tiefe und in der Höhe, nah und fern, am Morgen und am Abend, Tag und Nacht. Er war in der ganzen Freirichterei wie die Allgegenwart Gottes.

Da hatte das Land ein neues Sinnbild und ein Zeichen der Gewalt, eine Krone und ein Zepter, und alle sahen es, und alle bewunderten es, und alle, die zur Freirichterei gehörten, waren stolz darauf.

An einem Tage aber, da Ambrosius Scholtz sich die Sache von Olipa her besah und sich freute, wie der Turm immer größer wurde, je näher er kam, als wüchse er leibhaftig aus der Erde, da fiel auf einmal in die Seele des Scholtzen ein schrecklicher Gedanke: Er hatte den Hahn vergessen.

Der Turm war schön, und der Kugelknauf war schön, aber man hatte den Hahn vergessen.

Auf dem Turme sollte ein goldener Wetterhahn stehn, ein funkelnd stolzer, wie ihn die Goldberger auf ihr neues Rathaus gesetzt hatten.

Wie hatte man nur den Hahn vergessen können! Er hatte ihn selber bei einem Kupferschmiedemeister in Breslau gekauft und in einer großen Kiste im Pferdestalle aufbewahrt.

Aber indes der Turm wuchs und wuchs, und endlich fertig war, hatte er nicht mehr an den Hahn gedacht. Auch über den Sorgen der Freirichterei und über der Gründung von Lohwald hatte er ihn vergessen, und nun stand der Turm, und der Hahn lag noch immer in der Kiste im Pferdestall.

Der Freirichter schlug sich mit der flachen Hand an den Kopf und schalt sich selber einen dummen Esel. Was ein anderer niemals dem Freirichter hätte sagen dürfen, jetzt sagte er es sich selbst und fluchte und zankte mit sich herum, daß es eine Art war.

Aber er fand bald einen Ausweg. Denn wenn man Ambrosius Scholtz heißt und zudem Freirichter ist, weiß man, was man zu tun hat.

Am folgenden Sonnabende umstand eine gewaltige Volksmenge die Wolffenberger Kirche. Aus allen vier Dörfern waren sie gekommen, auch die Lohwälder waren da und sahen zu. Sie standen vor der „Jakobsleiter" und auf dem Kirchplatze, sie standen auf dem Kirchhofe und vor der Wohnung des Pfarrers. Der Pfarrer Erasmus selber war freilich nicht da, sondern auf einem Konvent in Breslau. Denn wenn er da gewesen wäre, er hätte niemals erlaubt, was nun geschah.

Auf dem Kirchturm von Wolffenberg wurde nämlich an diesem Sonnabende der Hahn aufgesetzt, und wer war der Wagemutige, der das Werk vollenden wollte? Der Luzan.

Niemand hatte sich bereit gefunden, auf den Turm zu klettern und zwischen Himmel und Erde zu schweben und eines goldenen Hahnes wegen sein Leben aufs Spiel zu setzen.

Der Luzan, dem der Freirichter die Tat antrug, überlegte es sich nicht lange, sondern sagte: Ich will's tun, und dabei blieb es.

Er stieg in dem Innern des Turmes die hölzerne Wendeltreppe bis zum Rande empor, wo die Glokken hingen, und wo der eigentliche Turm zu Ende war und der steile Holzhelm begann. Hier kroch er aus einem Fenster heraus und stand nun auf der letzten Zinne und winkte herab.

Den Menschen, die unten standen und hinaufsahen, stockte der Atem, als sie den Luzan so im Himmel schweben sahen.

Er winkte noch einmal hinab und begann dann, barfuß an dem Helm emporzuklettern. Er kletterte in einer Rille empor, wo eine Bretterlage in die andre griff. Er stieg ganz langsam an dem Turmhelme empor und prüfte sorgfältig jeden Tritt.

Denen, die unten standen, dünkte diese wenige Zeit, die er brauchte, um sich bis an den Knauf emporzuwinden, eine Ewigkeit. Sie hielten den Atem an, und es war über dem ganzen Lande eine große Stille, denn das ganze Land war tief erschrocken und schaute zu.

Endlich war er oben. Er umklammerte die Spitze mit Armen und Beinen und schlug einen eisernen Ring ein, den er samt Hammer und Nägeln in seinem Felleisen auf dem Rücken trug. Durch die Schlaufe zog er einen Strick, der ihm um den Leib geschlungen war, ließ das eine Ende den Helm hinunterrollen, bis es auf den Erdboden schlug und zog dann an dem Stricke langsam und vorsichtig den Turmhahn vom Boden bis in die schwindelnde Höhe.

Als der Hahn langsam hinaufgeschwankt war, nahm er ihn und setzte seinen Zapfen in den Knauf. Er hämmerte ihn fest, daß die Hammerschläge in der großen Stille hörbar waren weithin.

Bei dieser Arbeit hatte er sich mit dem Stricke an die Spitze gebunden, so daß er frei hantieren konnte.

Endlich stand der Hahn recht und glänzte in der Sonne.

Der Luzan gab ihm einen Schwung, daß er sich ein paarmal um sich selber drehte, und kletterte langsam wieder hinab bis zu der Zinne, wo er noch einmal den Leuten zuwinkte und dann durch die Luke verschwand.

Das Wagnis war gelungen, die Tat war getan, der Freirichter hatte seinen Willen und der Turm seinen Hahn.

Die Menschen atmeten auf, und als der Luzan fröhlich und lachend aus der Turmtür trat, da jubelte ihm alles entgegen, und an diesem Tage war er wirklich und wahrhaftig aufgenommen in die Gemeinschaft der Männer, die etwas galten . . .

Der Propst von Sankt Adalbert in Breslau, Herr Ceslaus, saß sorgenvoll am Fenster seiner Prälatur, die im östlichen Weichbilde der Stadt lag, und schaute mit trüben Augen in den schönen Herbsttag, der draußen im Klostergarten die Bäume gelb und braun färbte und sein mildes sanftes Licht über die Mauer bis auf seine bekümmerten Hände sandte.

Er hatte Sorgen, der Propst. Der Streit mit der Stadt war noch immer nicht entschieden, wiewohl die Herzogin seine Partei ergriffen hatte. Aber die Stadtherren waren zäh und unnachgiebig und machten hundert Schwierigkeiten. So kam die Sache nicht vom Fleck und konnte dem Herzog zur Entscheidung nicht vorgelegt werden, und die Rechtsfehde drohte sich in das nächste Jahr zu schleppen und ein Wurm zu werden, der beide Parteien ergrimmte und am Ende auffraß.

Andre Sorgen kamen hinzu. Unter den Brüdern war ein Streit ausgebrochen, wohin die neue Kirche zur setzen, und wie sie aussehen sollte. Die einen meinten, man müsse einen berühmten und bewährten Meister aus dem Reiche holen und ihm den Auftrag geben, indes andre wieder sagten: Wozu sollen wir in das Reich? Haben wir nicht Meister genug in der Stadt? Und was werden die Bürger sagen, wenn wir eigen Brot zu vergeben haben und wir werfen es über die Mauer in Nachbars Garten?

Ärgerlich stand der Propst auf und ging ein paarmal um den großen hölzernen Tisch, der in der Mitte der Stube stand. Draußen hing die blaue Stunde zwischen den Bäumen und machte alle Dinge sanft und weich, so daß allmählich von dem Herrn Ceslaus die schlimme Stimmung wich und sein Gemüt freudig und freundlich wurde.

Er nahm seinen Radmantel, ging hinaus und hinunter und trat durch das große dunkle Portal des Stiftes in die verdämmernde Stadt.

Er ging langsam durch die winkligen Gassen und Straßen, und da es schon zwischen den hohen Häusern zu dunkeln begann, erkannte ihn niemand, und er brauchte niemanden zu grüßen. Obwohl er der gewichtige Propst von Sankt Adalbert war, an diesem Abende ging er dahin als ein unbekannter Mönch und schritt zwischen den Menschen hindurch, bar jeder Würde und frei von jeder Bürde des Gegrüßtwerdens und Wiedergrüßens.

In der Nähe des Walles unter ein paar Bäumen blieb er eratmend stehen und sah mit Freude den ersten blassen Stern über die Dächer flimmern.

Dann ging er in die Kretschmerei zum „Frommen Einhorn“, wo es ein gutes Bier gab, durchschritt den hochgewölbten Einfahrtsbogen, der schon in halber Nacht lag, bog an der Küche vorbei, wo einige Fuhrknechte standen und aßen, in den Garten, der nach dem Walle zu lag, und setzte sich endlich auf einen Holzstuhl, der in einer der vielen kleinen Geißblattlauben an der Mauer stand.

Der Kretschmer vom „Frommen Einhorn", Ladislaus mit Namen, hatte zudem, um es seinen Gästen noch gemütlicher zu machen, grobe ungebleichte Leinwand zwischen die Geißblatthecken gespannt, so daß man, jeder für sich, in seinem grünen Gehäuse saß und geruhsam und voller Andacht seinen Krug Bier trinken konnte, ohne befürchten zu müssen, bei diesem beschaulichen Tun von einem der Nachbarn gestört zu werden.

Der Knecht kam und setzte dem Propste auf den Tisch einen mächtigen Steinkrug, von dessen Rande das dickflüssige braune Bier herabtropfte.

Der Propst nahm den Krug, hielt ihn in geziemender Entfernung von seinem wollenen Mantel, blies den Schaum ab und tat dann einen mächtigen Zug, daß der Krug fast bis zur Hälfte geleert ward. Denn trotz einem geistlichen Herrn hielt Ceslaus einen guten Krug Bier für ein Geschenk Gottes und für ein schätzbares Labsal.

Danach versank er ein wenig ins Grübeln und Träumen, weil er zwischen den grünen Wänden in dem engen Gehäuse für sich allein saß, und weil auch die Nacht allmählich immer mehr in den Garten drang, bis es fast dunkel war.

Da hörte er plötzlich nebenan in der Nachbarlaube Stimmen, und ohne daß er es wollte, mußte er hinhorchen, so deutlich und laut sprachen dort miteinander zwei Männer.

Komme grade aus Prag, sagte der eine, und habe dort den Dom des heiligen Adalbert gesehn und den hölzernen Stuhl, auf dem er als Bischof gesessen. Ist eine große Sache, wenn man bedenkt, daß dieser heilige Mann es sich in den Sinn gesetzt, das Preußenland am Nordmeere zu bekehren. Warum er das wohl getan hat?

Lieber Freund, sagte der andre, Ihr müßt begreifen, er wußte wohl, was er tat, der große Adalbert. Indem er von Prag nach dem Nordmeer hinaufzog, zog er für alle Zeiten die Grenze, über die künftig nicht mehr sollte das alte Heidentum vorrücken dürfen. Drum hat er auch bestimmt, daß er auf der Mitte dieses Weges, in Gnesen, bestattet sein sollte, wo er heute noch in dem alten Dome liegt und ruht. Und so heißt der Weg von Prag über Gnesen ins Preußenland noch heute der Adalbertweg, eine alte ehrwürdige Straße, mit der es seine eigene Bewandtnis hat. Geht ihr nämlich nordwärts hinauf, soll alles Land zur Linken auf ewig deutsch und christlich sein, indes Euch zur rechten Hand das Heidentum und das alte Slawenland liegen bleibt.

Sonderbar, sehr sonderbar, sagte drauf der erste.

Ja, und die Handelsleute erzählen sich, fuhr der andre fort, alle Jahre einmal, am 23. April, als an dem Tage, an dem er dereinst im Preußenlande den Martertod starb, steht er auf aus seinem Grabe in Gnesen und reitet auf einem hellen Schimmel von Gnesen nach Prag und wieder zurück. Und er ist es auch gewesen, der hier in Breslau das Stift zu St. Adalbert gegründet hat, damit er unterwegs eine Herberge fände.

Ja, sagte der erste wieder, das sind so alte Geschichten, und die Fuhrleute wissen mancherlei, mehr als die andern Menschen. Sie kommen weitum und hören vieles. So trinken wir denn auf die ehrbare Handelszunft!

Trinken wir, sprach der erste, trinken wir! Der Handel soll leben und die Fuhrleute dazu samt Pferd und Wagen, daß sie Gott und St. Adalbert schützen möge vor allem Wetter, vor Blitz und Hagel, vor Raub und Überfall! So sei's getrunken!

Man hörte die Krüge aneinanderklirren und lange Schlucke tun.

Und wer ist jetzt der Vorsteher im Breslauer Stifte, fragte der erste wieder.

Ceslaus, Propst Ceslaus, war die Antwort drauf. Ein frommer Mann, in der Burg und in der Stadt gleich hoch geachtet, man erwartet noch große Dinge von ihm. Der soll hier an der Oder den alten Weg schützen und hegen, daß er nie wieder verlorengehe.

Der Propst verwunderte sich ob dieses Gespräches sehr und stand leise auf, um nachzusehn, wer die beiden Männer wären, die sich über den heiligen Adalbert und über ihn selber so seltsam unterhielten. Aber als er in die Nachbarlaube sah, saß niemand darin, und als er den Bierknecht frug, sagte der: In dieser Laube zwei Männer? Daß Euch! Hier hat niemand gesessen, solange Ihr da seid, das will ich Euch schwören!

Im Winter des Jahres 1237 auf das Jahr 1238 ließ die Herzogin in der Sternstube des alten Turmes zu St. Martin in Breslau einen großen Plan ihres Herzogtums an die eine Wand malen, ein Werk, das ein italienischer Meister aus Bologna, namens Matteo, ausführte, den ihr der Patriarch Berchtold von Aquileja, ihr Bruder, zugesandt hatte. Sie wollte damit ihrem Gemahl eine Freude machen, wenn er im nächsten Frühjahr aus Liegnitz heimkehrte, woselbst er den Winter zubrachte.

Matteo bewarf die große leere Wand der Sternstube stückweise mit frischem Kalk und setzte sogleich seine bunten Farben darein, auf daß sie mit dem Kalk trockneten und auf ewige Zeiten sollten haltbar sein.

Als das Werk fertig war, sah man an der ehemals blinden Wand ein prächtiges Gemälde des ganzen Landes, so daß man meinen konnte, man stünde auf dem Berge Silensi oder sonst auf einer gewaltigen Höhe und überschaue mit einem einzigen Blicke ganz Schlesien.

Mitten hindurch zog sich von der Quelle bis an das Land Krossen der Strom der Oder, und seine blaue Farbe schimmerte zumeist aus dem Dunkelgrün dichter Eichenwälder heraus, die der Meister an seine Ufer gepflanzt.

Gegen den Mittag türmte sich das dunkelblaue Gebirge auf, in dem sich noch Wolf und Bär tummelten, und das nur von wenigen Saumpfaden durchschnitten war. An der böhmischen Pforte erhob sich wie ein gewaltiger Helm die Burg Hummel.

Zwischen Gebirge und Strom aber malte der Meister die braune Ackererde der großen Ebenen, das Goldgelb der Weizenfelder und das sanftere Grün der Wiesen und Weiden, in denen wie ein Fürst der Berge und wie ein König der Ebene der Berg Silensi thronte, über und über mit dem undurchdringlichen Dickicht des Bannwaldes bekleidet, in dem Hirsche und wilde Schweine das Jagdrevier des Herzogs bedeuteten.

Aus diesem Dreiklange von Grün, Blau und Braun glänzten in roten Umwallungen die Dächer der Städte und der Klöster hervor, die wie ein Reigen von brennenden Sternen das Land schmückten, es in Gaue teilten und erst bedeutsam machten. Wie an dem dreifach gefärbten Mantel eines Fürsten die eingenähten Kleinodien und Edelsteine glänzen, Rubine und Demanten, Opale und Saphire und kostbare Perlen.

In der Mitte am Strome, wie eine kostbare Agraffe an einem blauen Gürtel, lag Breslau mit der Burg von St. Martin, mit seinem ragenden Dome, der dem heiligen Johannes geweiht war, und mit dem Stolze seiner Bürgerhäuser. Dort ragte das mächtige Sandstift der Augustiner Chorherren und ihm gegenüber am jenseitigen Ufer, dort wo die Ohle mündete, das Hospital ‚Zum Heiligen Geist' für arme Kranke und Pilger, das der Abt auf dem Sande Witoslaus gegründet hatte.

Mitten in der Stadt strahlte als ein Schmuckstück sonder Art das Dominikanerstift zu St. Adalbert, dem Ceslaus als Propst vorstand, während sich rings um die Stadt noch drei andre Klöster erhoben: Vor dem Ohlauer Tore das Lazarus-Spital für Aussätzige, am Nikolaitor das Barmherzige Spital ‚Zur heiligen Barbara' und im Nordosten der Stadt auf dem Elbing das Vinzenzkloster der Prämonstratenser.

Rings im Lande standen die herzoglichen Burgen, mit dem Wappen ihres Herrn geschmückt, die zu Liegnitz und zu Glogau, zu Löwenberg und zu Bunzlau, zu Nimptsch und zu Krossen, das Lähnhaus im Bobertal und die Röchlitz bei Goldberg.

Am Oderstrome unterhalb Breslau, besonders schön und prächtig gemalt, prunkte auf einem Hügel das Stift der Zisterzienser zu Leubus, und der Künstler hatte unterhalb des Klosters auf dem Flusse auch die drei Schiffe der Abtflotte hingemalt, die Himmelspforte, das Blumgezelt und den Packer.

Nördlich der Hauptstadt in unzugänglichen Sümpfen und Wildnissen fand sich das Kloster Trebnitz, dem die besondere Liebe der Herzogin gehörte, und wo sie sollte dereinst samt ihrem Gemahl die letzte Ruhe finden.

Meister Matteo hatte hier nahebei einen Reiter auf einem Schimmel gemalt, der schon bis zum Bauche in einem Sumpfe versunken war, womit er die Legende von der Gründung des Stiftes versinnbildlichen wollte, die schon damals überall im Lande erzählt ward.

In die gute deutsche Stadt Goldberg ward das Franziskaner-Kloster gesetzt und ein ebensolches in die Städte Krossen und Löwenberg.

Vor den Ort Herrnstadt in der Kastellanei Wohlau kam die Andreaskirche zu stehn, in deren Fenster Vögel schauten, zum Zeichen dafür, daß sie mitten im Walde stand.

Auf dem Berge bei Naumburg am Queis ragte die Chorherren-Propstei und schaute mit ihrem hölzernen Turme weit in die Lausitz.

Unweit davon, in dem Flecken Liebenthal, in den Hügeln, die zu dem großen Gebirge hinaufführten, stand das Benediktinerinnen-Kloster, das mit einem Spinnrocken geziert war, weil man hier eine große Weberei betrieb.

Im östlichen Lande erhob sich das mächtige Haus der Tempelherren in Kleinöls in der Vogtei Brieg und die Gründung des Herzogs, das Stift Heinrichau.

Dazu kamen ringsum noch viele andre deutsche Städte, Schweidnitz und Jauer, Neiße und Ottmachau, Wohlau und Brieg.

Dieses Wandbild des Meisters Matteo war wie das große Zeugnis eines tätigen Lebens und wie ein

Ansporn zu weiteren Taten, Urkunde und Predigt zugleich, Vergangenheit und Zukunft, Dokument und Verpflichtung, Ruhm und Erfordernis.

Lange stand die Herzogin vor dem farbigen Plane und betrachtete ihn. Mit Wehmut sah sie, wieviel noch in diesem Lande getan werden mußte, wieviel große Stellen noch dunklen Wald trugen, in dem sich kein Dorf, keine Stadt und keine Kirche fand.

Zwar viel war getan, viel mehr aber noch wollte getan sein.

Sie blieb den ganzen Tag in der Sternstube und bedachte vieles. Sie prüfte das Vergangene und plante das Zukünftige. Und im Geiste sah sie das Wandbild sich wandeln, und sie sah es größer und schöner werden und reicher und vollständiger, wie wenn aus dem dunklen Abendhimmel allmählich ein Stern nach dem andern aufglänzt, erst einer und zwei und drei, dann immer mehr und mehr, bis endlich das ganze Firmament widerleuchtet von dem erhabenen Glanze zahlloser göttlicher Lichter, die die Finsternis besiegen und Licht verbreiten bis in die letzten Winkel des Weltalls.

Am andern Tage entlohnte sie den Meister Matteo, schenkte ihm zum Abschiede einen goldenen Becher und schloß dann die Sternstube zu. Den Schlüssel hing sie an ihren Gürtel und ging langsam in ihre Gemächer hinab, wo schon wieder der neue Tag auf sie wartete mit neuen Mühen und neuen Sorgen und neuen Werken.

VI

DIE SCHWARZE KUH
TROLLT DURCH DAS LAND

Nach einem langen grauen Winter, man schrieb den Hornung des Jahres 1238, saßen die Bauern aus den vier Dörfern zum ersten Male nach langer Zeit wieder in der „Jakobsleiter“ und probten, wie das Bier des Scholtzen die Winterzeit überstanden.

Es war ein Bauernabend wie schon lange keiner mehr, denn alle warfen mit dem letzten Schnee vor der Tür der Schänke auch die innere Einsamkeit ab, das Dunkel der ewig langen Tage, die Verdrossenheit des Nichtstuns und die gefährlichen Träumereien des Müßiggangs.

In der Freirichterei herrschte allezeit ein kräftiges Tun und ein gesunder Atem, das machte die tätige Umsicht des Ambrosius, so daß faule Flausen und dumpfes Brüten hier nimmermehr aufkommen konnten. Denn jedes Haus ist wie das Herz seines Herrn.

Da saßen sie also alle, aus Wolffenberg und aus Preisentraum, aus Dürrsiedel und aus Lohwald, Langschädel und Rundköpfe, Arme und Reiche, Dicke und Hagere, Gute und Böse, aber alles deutsche Bauern, die durcheinanderredeten und durcheinanderwühlten wie Bienen nach einer langen Winterung.

Das war ein Erzählen und Berichten von Stuhl zu Stuhl, von Tisch zu Tisch. Auch der Pfarrer Erasmus war dabei, hörte sich alles lächelnd an und sorgte schon durch sein bloßes Hiersein dafür, daß der Teufel draußen blieb oder höchstens den Schwanz durch die Türspalte streckte.

Bei uns, erzählte ein Preisentraumer, den sie Malchus nannten, weil er nur ein Ohr hatte, bei uns ist kurz vor Weihnachten bei dem Knechte Andreas ein

Kalb geboren worden, das hatte zwei Köpfe. Ich kam hinzu, als es gerade zur Welt kam. Ich kann euch sagen, Leute, das ist ein merkwürdig Ding, und viele, die es auch sahen, bekreuzigten sich und meinten: Das ist nicht gut, das gibt Unglück! Es hat auch nicht lange gelebt, und sie haben es am Schinderanger vergraben, wo das kranke Vieh verscharrt wird. Vielleicht hat hier gar der Widersacher die Hand im Spiele.

Daß ihr doch gleich immer an den Teufel denkt, sprach der Pfarrer. Eine Laune der Natur, nichts weiter. Es kommen noch seltsamere Dinge vor, und der Böse steckt nicht hinter jeder Wand. Nur einer ist überall, Gott.

Er nahm einen guten Schluck Bier und fuhr fort: Als ich in einer Dezembernacht von einem Versehgang aus Lohwald nach Hause kam, es war eine helle klare Mondnacht, was meint ihr wohl, was ich da sah, Leute? Ich sah ganz deutlich zwei Monde am Himmel stehn. Ihr werdet mir glauben, daß ich nicht etwa betrunken war. Ich sah es ganz deutlich.

Dort hing der Mond hinterm Dorfe, groß und rund und prächtig schön, wie er sein goldenes Licht in die Nacht ergoß, und das ganze weite beschneite Land flimmerte, aber über ihm, nach der Mitte des Firmamentes hin, stand sein Widerbild, ein zweiter Mond, so groß und so rund wie der erste, aber ganz blaß und silbern.

Erschrocken blieb ich da stehn und betrachtete das Schauspiel, das ich noch nie gesehn hatte, so alt wie ich bin. Junge, sprach ich zu meinem Meßbuben, der mich mit der Laterne begleitete, es war der Sohn meines Knechtes Vinzenz, Junge, sprach ich, was siehst du da am Himmel?

Zwei Monde, Herrjeh, rief er, zwei Monde, Herr Pfarrer. Wo kommt bloß der zweite her?

So war mir das ein Beweis, daß ich nicht träumte und auch kein Fieber hatte.

Ja, Leute, das sind so die Wunder der Welt, die unser Verstand nicht erfaßt. —

Eine Zeitlang war es still in der Stube, denn alle hatten zugehört, wie der Pfarrer erzählte, bis endlich der Scholtz aufstand und seine Bierknechte anwies, ein neues Faß herbeizurollen. So war der Bann dann gebrochen.

Man erwachte wieder aus seiner Verwunderung und ging zum Alltäglichen über, zu der Zukunft der Felder, was der Acker im neuen Jahre sollte tragen, und ob es vor Ostern noch schneien würde.

Es ging schon spät auf die Mitternacht zu, der Pfarrer Erasmus war längst gegangen, als der Thomas Einsam aus Dürrsiedel, der zwischen seinem Sohne Hinrich und dem Eckebauer saß, anhub und also sprach: Nachbarn, jetzt muß ich noch was erzählen.

Still, schrien da die andern, der Einsam hat was zu erzählen. Da ward alles still.

Vor ein paar Tagen, begann der Thomas, bin ich von meinem Hofe in den Wald gegangen, dort, wo der Totenacker liegt, ihr wißt schon . . .

Ja, ja, wir wissen schon . . .

Und wie ich so durch den Busch gehe und denke an nichts Böses, auf einmal bricht es in den Zweigen, ich denke, ein Hirsch oder gar eine Sau, wiewohl sich das Wild niemalen so weit in das Tal und zu Menschen wagt, da springt's über den Weg, bleibt einen Augenblick stehn, sieht mich an, und dann bricht's wieder in das Holz hinein, daß es knistert und kracht.

Und was meint ihr wohl, Nachbarn, was es gewesen ist? Kein Hirsch und auch keine Sau, kein Luchs und kein Bär, kein Fuchs und kein Wolf, es war die schwarze Kuh.

Wie der Thomas so weit mit seiner Erzählung gekommen war, wurde es in der Stube noch stiller als es schon war. Man hätte glauben können, sie sei ganz leer. Und doch war sie voll von Männern, die sprachlos um die Tische saßen und mit brennenden Augen an den Lippen des Thomas Einsam hingen.

Gott soll mir helfen, die schwarze Kuh, fuhr Thomas fort, man hat schon manches von ihr gehört, ich habe immer geglaubt, es sei ein Märchen, wenn die Leute davon erzählten. Aber nun hab ich sie selber gesehen, und was ich gesehn habe, habe ich gesehn.

Der Angstschweiß trat ihm auf die Stirn, und er mußte sich das Halsbund aufnesteln, weil er sonst fürchtete, zu ersticken.

Sie war pechschwarz, fuhr er fort, und hatte auch schwarze Hörner. Sie war viel größer als eine gewöhnliche Kuh. Sie blieb auf dem Wege stehn, so weit, wie von mir bis zur Säule dort, sah mich an und lief dann spornstreichs ins Holz.

Wenn die schwarze Kuh im Lande ist, gibt's bald groß Leid, sprach in die Stille hinein ein Knecht des Freirichters, ein alter Mann, namens Balthasar, von dem man sagte, er habe das zweite Gesicht. Das haben schon meine Eltern gesagt, und das ist keine Abgötterei, wie der Herr Erasmus immer predigt und wettert. Die schwarze Kuh ist eine Botin des Teufels!

Es gab auf die Erzählung des Thomas Einsam ein großes Hallo und Durcheinander. Sie sprangen von den Stühlen auf, redeten widereinander und fingen an, sich zu streiten, ob es die schwarze Kuh gäbe oder nicht.

Aber es kam keine Fröhlichkeit mehr auf, denn die meisten waren nachdenklich und schweigsam geworden, und so gingen sie noch vor Mitternacht jeder auf seinem Wege nach Hause.

Drei Tage nach dem Feste des heiligen Josef, es war gegen Mittag, und ein paar verspätete Schneeflocken rieselten vom grauen Himmel, kam ein Reiter von Breslau her durch den Wald nach Wolffenberg geritten.

Er trieb sein Pferd zur äußersten Eile an, so daß es wie ein Sturmwind den Hügel emporflog, auf dem die Martersäule stand, und dann durch das Dorf jagte, daß die Hufschläge auf dem gefrorenen Boden widerklangen. Manche Leute traten aus ihren Häusern und fragten einander: Wer das wohl mag gewesen sein? Aber niemand kannte ihn.

Vor der „Jakobsleiter" hielt der Reiter sein keuchendes Pferd an, sprang vom Sattel, zog die Zügel durch eine eiserne Mauerschlaufe und sprang mit großen Sätzen die steinerne Treppe empor ins Haus und dann in die Stube, wo grade der Ambrosius Scholtz saß und einen Krug Mittagbier trank.

Der Kerl trat wüst und wild durch die Tür und grüßte nicht. Das Haar hing ihm wirr ins Gesicht, seine Augen blickten unstet, und sein Wams war über und über bespritzt.

Jesus, der Luzan, rief der Freirichter erstaunt und stand von seinem Holzstuhle auf. Wo kommst du her? Du siehst ja aus wie der Leibhaftige! Was bringst du Neues?

Neues? sagte der Luzan ingrimmig, Neues? Der Luzan bringt immer Neues, das solltet Ihr wissen, Freirichter. Aber manchmal ist das Neue gut, und manchmal ist es schlecht, wie's gerade trifft! — So sprich doch endlich, du Teufelskerl, erboste sich der Freirichter. Wie oder was? Heraus mit der Sprache! Siehst aus, als kämst du gradeswegs aus der Hölle, und jetzt sperrst du noch dein Maul zu und willst nicht reden. Also los!

Er ging selber zu dem Fasse und ließ einen mächtigen Humpen vollaufen, den er dem Luzan gab. Der nahm den Krug mit beiden Händen und stürzte das Bier in die Gurgel, vier, fünf durstige Züge.

Dann fiel er auf einen Stuhl, legte sein Gesicht auf die Arme und wimmerte leise vor sich hin.

Luzan, sprach der Freirichter, wenn du nicht auf der Stelle sprichst, so wahr ich der Freirichter Ambrosius bin, trotz meiner Jahre, ich will dich weichprügeln wie einen Hund.

Mich prügeln, fragte der Luzan tonlos und hob das Gesicht. Mich prügeln? Kann ich dafür, daß der Herzog tot ist?

Der Herzog tot ist, erschrak der Freirichter und machte ein paar Schritte zur Säule hin, an der er sich festhielt, und begann zu keuchen wie ein Jagdhund.

Der Herzog ist tot? frug er zum andern Male, und die Augen quollen ihm vor Schreck fast aus dem Kopfe. Sprichst du die Wahrheit, Luzan?

Der Luzan lag noch immer über dem Tische und antwortete nicht.

Da trat der Freirichter auf ihn zu, packte ihn an den beiden Handgelenken, schraubte ihn mit seinen Bärenkräften vom Tische hoch, daß Gesicht an Gesicht stand, und frug noch einmal: Beim Himmel und Hölle, Luzan, treibst du Spott oder wie? Der Herzog ist tot?

Ja, sagte der Luzan, ich sage die Wahrheit, er ist tot. Er ist vor drei Tagen in seiner Burg zu Krossen gestorben.

Da ließ ihn der Freirichter los und fing an, in der Stube hin und her zu wandern und um die Säule herumzugehen. Er murmelte immerfort vor sich hin:

Der Herzog ist tot! Der Herzog Heinrich ist tot! Unser lieber Herzog Heinrich ist tot!

Der Zufall wollte es, daß just um diese Zeit niemand in die Stube kam, so daß die zwei Männer eine ganze Weile allein blieben. Einer von ihnen lag wie ein sterbender Hirsch da und wimmerte leise vor sich hin, indes der andre wie ein gehetzter Wolf durch die Stube rannte . . .

Als Luzan aus seiner Betäubung erwachte, war die Stube leer. Der Freirichter war hinausgegangen. Aber er sagte auch dann noch nichts zu keinem Menschen.

Er rief seine Knechte im Garten zusammen, trat in ihren Kreis, als alle versammelt waren, nahm seinen Hut ab, den er sich im Hause aufgesetzt hatte, und sprach, indem er zur Erde sah: Lieben Leute, laßt uns ein Vaterunser beten für unsern gnädigen Herrn und Herzog Heinrich, der vor drei Tagen gestorben ist.

Die Leute erschraken alle, als sie das hörten, aber da der Freirichter gleich zu beten anfing, konnten sie nicht weiter fragen und beteten mit.

Sie knieten dabei auf dem dürren Wintergrase im Obstgarten, während zu ihren Häupten dunkle Wolkenschauer von Lohwald her nach dem Berge Silensi zogen.

Danach wählte der Scholtz vier Knechte aus, die er in die vier Dörfer schickte, wo sie von Haus zu Haus gehen sollten und die Trauerbotschaft verkünden.

Zwei andre schickte er in die Kirche und befahl: Es soll drei Tage und drei Nächte geläutet werden, damit es das ganze Land hört: Der Herzog ist tot!

Sodann entließ er sie und ging mit traurigem Herzen zum Pfarrer Erasmus hinüber, dem er die Nachricht selber überbrachte.

Der Pfarrer war tief erschüttert, sagte nichts und saß lange schweigsam in seinem Sessel, während der Freirichter am Fenster stand und über den Kirchhof schaute. Dieweil fing draußen vom Turme her die Totenglocke an zu scheppern, und sie schepperte Stunde um Stunde.

Wie ein Lauffeuer ging es durch die vier Dörfer: Der Herzog ist tot! Die Freirichterknechte sagten es den Bauern, die Bauern sagten es ihren Weibern und Kindern, und sie gingen in den Stall und sagten es den Tieren, und sie gingen in den Garten und sagten es den Bienen, und sie gingen an die Wasser und sagten es den Fischen, und sie gingen in den Wald und sagten es zuletzt den Bäumen. Da wußten es alle, die Menschen und die Tiere, die Bäume und die Gräser, die Äcker und die Wolken und alle Kreatur: Der Herzog ist tot!

Und der neue Turm zu Wolffenberg trug in sich die schwingende Totenglocke, die läutete Tag und Nacht, Stunde um Stunde, drei Tage und drei Nächte: der Herzog ist tot! Der Herzog Heinrich ist tot! Unser lieber Herzog Heinrich ist tot!

Drei Tage und drei Nächte läutete die Totenglocke von Wolffenberg, und mit ihr läuteten alle Glocken im Lande, von Krakau bis Krossen, von Lähn bis Neiße, vom Gebirge bis an den Strom.

Sie legten den toten Herzog in einen silbernen Sarg. Sie stellten den silbernen Sarg in einen ehernen und den ehernen in einen hölzernen. Da schlief Herzog Heinrich in einem dreifachen Sarge.

Sie hatten ihm einen dreifachen Herzogsmantel angetan, den von Schlesien zu unterst und dem Herzen am nächsten, den von Krakau darauf und den von Kleinpolen zu dritt und zu oberst. Da schlief Herzog Heinrich in einem dreifachen Mantel.

Die erste Nacht wachte der Kastellan von Krossen bei seinem Herrn zusamt siebenzig Knechten. Sie hatten ihn in der unterirdischen Kapelle der Burg aufgebahrt, die keine Fenster hatte. Die Hälfte der Knechte hielt Fackeln in Händen, da war die Nacht taghell erleuchtet.

Die zweite Nacht wachte der junge Herzog Heinrich am Sarge seines Vaters und mit ihm dreißig deutsche Ritter aus Glogau. Sie hatten ihre ehernen Rüstungen an, und in den blanken Brustharnischen spiegelte sich die düsterrote Glut der Kienfackeln. Sie standen wie feurige Cherubim, indes Herzog Heinrich, der Sohn, vor dem Sarge kniete und betete.

Die dritte Nacht kam die Herzogin und wachte bei ihrem toten Gatten. Mit ihr wachten die Frauen ihres Hofes, die alle in lange schwarze Gewänder gekleidet waren. Sie sangen Totenchoräle die ganze Nacht. So schlief der tote Herzog drei Tage und drei Nächte in seiner Burg zu Krossen.

Am vierten Tage rüsteten sie den Heimgang.

Sie setzten den dreifachen Sarg auf einen Wagen, der mit schwarzem Tuche bedeckt war, und spannten davor sechs Pferde. Die Pferde trugen schwarzes Tuch und silberne Troddeln.

Voran gingen zehn Herolde und trugen die Wappenschilde des Toten und trugen sein Schwert, seinen Schild und seinen Helm. Dem Sarge folgte ein Knecht, der das Leibroß des Toten führte.

Sodann kamen drei Wagen. In dem ersten fuhr die Herzogin, in dem zweiten der neue Herzog, in dem dritten der Burgkaplan Michael, der herzogliche Urkundenschreiber und Siegelbewahrer.

Danach kamen die Scharen der deutschen Ritter und die Knechte des Vogtes von Krossen.

Langsam zog der Leichenzug von Krossen über Glogau und Wohlau bis gen Trebnitz. Sie brauchten zu dieser Fahrt fünf Tage.

Überall, wohin sie kamen, in den Städten und in den Dörfern, stand viel Volk an der Straße, und wenn sie den Sarg des Herzogs erblickten, knieten sie hin und verneigten sich, und die meisten weinten.

Als man an der Pforte des Klosters Trebnitz ankam, fand man dort eine gewaltige Menge Volkes. Nicht nur die Bauern der Umgegend waren gekommen, auch viele Bürger aus Breslau, um den Toten noch einmal zu sehn.

Es war der Bischof von Breslau da, umgeben von seiner ganzen Geistlichkeit.

Fünf Äbte waren da, der von Leubus, der vom Sandstifte, der Propst Ceslaus von St. Adalbert, der Obere der Tempelherren von Kleinöls und der Abt von Heinrichau. Mehr als sechshundert Ritter waren versammelt, darunter viele Vögte und Kastellane und Hofbeamte der herzoglichen Burg.

Als der Sarg langsam in die Tiefe der Gruft hinabschwankte, da fingen mit einem Male alle, die in der Kirche versammelt waren, zu weinen an, und es ging ein großes Schluchzen durch die Kirche. Auch jene, die keinen Platz darinnen gefunden hatten und draußen im Klosterhofe standen, fielen auf die Knie und weinten mit.

Es ist selten um einen Fürsten so viel geweint worden, wie um Heinrich, den Herzog von Schlesien, Krakau und Klein-Polen.

Aber alles ist vergänglich, und wäre es selbst der Ruhm des Nabuchodonosor, der Purpur des Cäsar und die gewaltige Pracht des Kaisers Friedrich in seiner Residenz zu Palermo.

Wir alle müssen zur Grube fahren, und wenn viel bleibt, so bleibt die gute Nachrede guter Menschen und das Gedächtnis bei allen Edlen.

Mondelang lag das ganze Herzogtum in tiefer Trauer. Man sprach noch oft von dem Toten, von seinen Schlachten und Jagden, von seinen Siegen und Niederlagen, von seinen Tugenden und Fehlern.

Und obwohl er tot war, es schien, als würde er jetzt erst recht lebendig, und niemals hatte man so viel von ihm gesprochen wie nun.

In all den Bauernhäusern, die auf sein Geheiß waren gegründet worden, sprach man von ihm und betete für seine Seele. Es trauerten um ihn die Städte des Landes und die Klöster, die er gestiftet hatte. Er war ihrer aller gütiger Landesvater gewesen, und Tausenden und Abertausenden hatte er eine neue Heimat geschenkt. —

Nach dieser Zeit wurden eines Tages die Vögte, die Kastellane und die Ratgeber nach Breslau berufen, und in dem alten Saale bei St. Martin, wo der Vater so oft gesprochen und entschieden hatte, nahm nun der Sohn Besitz von dem Lande und wurde zum Herzog ausgerufen.

Die Herzogin saß währenddem auf ihrem Witwenstuhle, und viele Gedanken und Erinnerungen durchzogen ihr trauriges Herz.

So hatte er nicht mehr das Wandbild des Meisters Matteo gesehn und sich nicht freuen können an dem werdenden Glanze seines Landes, neuen Mut daraus zu schöpfen zu neuen Taten.

Da aber der junge Heinrich Herzog geworden war, nahm ihn die Mutter bei der Hand, wiewohl er schon ein Mann war, aber sie nahm ihn, als sei er noch immer ein Kind und müsse geführt sein, und ging mit ihm die Wendelstiege hinauf zur Sternstube, die sie aufschloß und dann, da sie beide eingetreten waren, hinter sich wieder verriegelte.

Da stand der neue Herzog vor dem Anblicke seines Landes, und die Mutter übergab ihm in dieser denkwürdigen Stunde das Vermächtnis seines Vaters zu treuen Händen, den Ruhm und die Sorge, das Alte und das Neue, die Gnade und die Gerechtigkeit.

Da hast du dein Land, sprach sie zu ihm, nun sieh zu, daß es dereinst um dich auch so weinen möge wie heute um deinen Vater.

Wen die schwarze Kuh tritt, den tritt sie nicht einmal.

Kaum hatte das Herzogtum den Tod des Herzogs verwunden und söhnte sich mit dem neuen Zustande aus, daß er nicht mehr sein sollte, und daß seine mächtige Faust längst welk geworden, in der Trebnitzer Gruft moderte, da kam ein zweiter Schicksalsschlag für das Land, der womöglich noch schwerer war als der erste.

Es kam in diesem Sommer eine entsetzliche Dürre. Anfang Mai hatte es das letztemal geregnet, und seitdem floß kein Tropfen Regen mehr vom Himmel in das durstende Erdreich.

Wochenlang schien die Sonne und brannte unbarmherzig vom Firmamente. Zuerst hoffte man noch, man hoffte von Tag zu Tag, aber als es Anfang Juli war und noch immer keine Aussicht auf Regen, verloren die Menschen die Hoffnung und ergaben sich in ihr Schicksal.

Zuerst verbrannte das Gras auf den Wiesen und an den Wegrainen. Die Blumen ließen die Köpfe hängen und sanken hin.

Noch hielten sich die Büsche und die Sträucher, die ihre Wurzeln tiefer ins Erdreich gründeten. Aber allmählich wurden auch sie fahl und gelb und welk und standen an den Wegen wie trockene Besen.

Das Getreide auf den Feldern war kaum halb so groß wie in den anderen Jahren, und wenn ein trügerischer Wind über den Acker ging, raschelte es geisterhaft mit hohlen Ähren. Es wurde bald prasseldürr wie Stroh und lohnte kaum die Mühe des Mähens. Die Obstbäume im Garten wurden schwach und matt und verstreuten ihre unreifen Früchte auf das verbrannte Gras.

Alles ging dahin, das Heu der Wiesen, die Ernte der Felder, die Frucht der Gärten.

Im Walde loderte brodelnde Hitze, die einem den Atem benahm. Längst waren die Brombeergesträuche, das Moos und das Unterholz feuerdürr und verdorrt. Grau und fleckig standen die großen Bäume und neigten ihre durstigen Kronen zur Erde.

Die Gießbäche hatten aufgehört dahinzurauschen. Waren sie klein, so war ihr Bett ein trockener Graben geworden, durch dessen steiniges Geröll Schlangen und Eidechsen huschten. Waren sie größer, tropften hie und da noch dünne Wasserfäden von Stein zu Stein.

Die Vögel sangen nicht mehr, die Wasser sprangen nicht mehr, und die Bäume standen da und verzweifelten an Gottes Güte.

Die Ströme im Lande versiegten. Der Schanzenbach schlich müde und armselig durch die Wiesen. Die Lohe bildete Tümpel mit brackigem Wasser, und ihr Strömen war nur noch ein Kriechen und halbes Stehn.

Selbst die Oder war zu einem Bache zusammengeschrumpft, und das Wasser in den Nebenarmen verdunstete mit pestartigem Gestank zum Himmel.

Es war Not und Elend ringsum.

Die Menschen hofften nicht mehr, sondern lebten dumpf brütend dahin und hatten nur noch den einen Wunsch, der sengenden Hitze zu entfliehn.

Die Bauern mußten das Vieh in den Ställen schlachten, weil es vor Hunger brüllte und kein Futter mehr da war.

In den Städten stockte Handel und Wandel, und kein Fuhrmann zog mehr in dieser fürchterlichen Glut durch das höllisch heiße Land.

Die Straßen verödeten, die Wege wurden einsam, und alles starb den Gluttod.

Der alte Tuscha ging halb nackt an den Flüssen und Bächen entlang und murmelte unverständliche Worte. Die Fischerei in diesem Jahre war tot.

Die Fische steckten im Schlamme oder verendeten in den fauligen Tümpeln. Der Hunger stand vor der Tuschahütte.

Aber auch vor den Häusern der Bauern stand er, vor den Bürgerhäusern und vor den Toren der Klöster.

Viele von den Lohwäldern verfluchten ihr Schicksal, das sie in eine solche Wüste geführt, und fingen an zu murren und gegen den Freirichter zu grollen ...

Nach zwei Monden erschien am Himmel von Süden her eine Wolke. Sie wuchs und wuchs und wurde groß wie ein Baum. Sie beschattete den ganzen Bannwald, den Berg Silensi und alle Dörfer der Umgegend.

Die Menschen sahen zum Himmel hinauf und begannen wieder zu hoffen.

Einen ganzen Tag stand die Wolke aus Böhmen am Himmel, und es schien jeden Augenblick, als wollte es zu regnen anfangen. Aber es regnete nicht.

Am andern Morgen, da die Menschen aufstanden und zum Himmel sahen, war die Wolke fort, als wäre sie nie dagewesen, und das Firmament strahlte wieder in seinem fürchterlichsten Blau.

Als die große Durstglocke über dem Lande hing, war der Bannwald der letzte, der sich besiegt gab.

In seinem Moospolster hatte er den Winter über die Nässe des Schnees und im Frühling die Flut des Regens aufgesaugt, und er war jetzt in den Monden der Hitze wie ein Schwamm, der noch Wasser abgeben und seine Quellbäche speisen konnte, lange nachdem die Flüsse des freien Landes schon aufgehört hatten, Flüsse zu sein, und trübe Rinnsale geworden waren.

Wie eine grüne Insel ragte der Berg Silensi mit seinem Bannwalde aus der verdurstenden Ebene.

Das ging viele Tage und Wochen.

Als aber jeder neue Tag mit neuer Loderhitze emporstieg und die Sonne jeden Morgen im Orient aufging wie ein feuriger Löwe, der alles verschlingt, was ihm in den Weg kommt, da wurde allmählich auch der große grüne Bannwald müde.

Langsam kam auch über seine grüne Farbe ein grauer Hauch. Er stand in dem heißen Dunste flimmernd und glasig, als stünde er nicht mitten im Lande, vielmehr weit draußen am äußersten Rande der Welt. Die feuchten Wiesen und Gründe um seinen Fuß trockneten aus und verbrannten. Die Büsche an seinem Rande wurden gelb, als sei schon der Herbst gekommen.

Nur der Wacholder stand stark und steil und hielt sich tapfer. Je heißer es wurde, desto mehr trotzte er und ließ die Brandpfeile der Sonne über sich ergehen wie ein Ritter, der vor den Mauern Jerusalems den Pfeilen der Ungläubigen trotzt. Aber allmählich wurde sogar der Wacholder von der allzu vielen Sonne schwach und müde.

Wenn man vom Rande der Büsche und Gesträuche und aus der offenen Glut des Tages in den Wald hineinging, es wurde nicht kühler. Es war unter den Bäumen fast noch heißer und drückender.

Eine stille Hitze brütete unter den Wipfeln und lagerte um die Stämme, alles verzehrend.

Längst waren die Blätter welk geworden und ließen die Sonne bis auf den Waldboden durch. Da ward das Moos versengt und lag da wie ein Zunderschwamm.

Da wuchsen keine Blumen mehr, und das Laub fiel von den Bäumen. In großen Haufen lag es auf der Erde und raschelte in der Glut, wenn ein durstiger Hirsch vorüberzog, den nach einer Quelle verlangte, oder wenn die hungrigen Vögel am Boden nach Futter suchten.

Bei vielen Bäumen platzte die Rinde und fiel ab.

Höher hinauf, wo es Felsen und große Steinhalden gab, wurde die Glut unerträglich. Von den Felsen prallte die Hitze verdoppelt zurück, und die Steine glühten wie Kohlen. Kam dann die Nacht, so entströmte ihnen die Glut des Tages und machte auch die Nacht sengend heiß.

Die großen Felsen und Steinwände waren wie gewaltige Öfen, die Tag und Nacht brannten und Hitze sandten. Der ganze Wald knisterte und raschelte, und es war unheimlich, darin zu gehn, als sei er plötzlich die Wohnung von tausend schlimmen Quälgeistern und Unruhestiftern geworden.

Ende Juli fing der Bannwald zu brennen an. Es begann am Südhange des Berges, dort, wo gewaltige Felsklippen zu Tal stürzen.

Niemand wußte, wie der Brand begann. Einige sagten, ein Mann aus Olipa, der in der Nacht im Walde war, habe ein Feuer gemacht, um sich vor den Tieren des Waldes zu schützen. Aber niemand wußte Genaueres.

Der Bannwald brannte. In der Nacht sah man die schaurige Glut bis Schweidnitz und Nimptsch. Eine große Röte bedeckte den Himmel bei Nacht, und gewaltige Rauchwolken bedeckten ihn am Tage.

Die Tiere des Waldes flüchteten in hellen Haufen durch das glutdürre Holz auf das Grasland hinaus, wo sie Wasser zu finden hofften. Aber sie fanden auch auf dem Graslande kein Wasser, nur neue Hitze und neuen Durst.

Viele Tage wütete das Feuer auf dem Berge Silensi. Wie eine schaurige Brandfackel stand er da und loderte. Dann erlosch der Brand und glomm nur noch leise am Boden dahin, wo er das Moos und das welke Gras auffraß.

Seitdem trug der Bannwald einen großen schwarzen Fleck wie ein Schandmal, das weithin sichtbar war.

Brandsommer nannten die Leute im Lande diesen fürchterlichen regenlosen Sommer. Und sie vergaßen den Brandsommer lange nicht, so wie sie den Wolfswinter nicht vergaßen.

Es kam eine große Armut und eine entsetzliche Teuerung ins Land. Die Not schlich in viele Häuser, und viele Menschen konnten sich nicht mehr satt essen.

Es gab auch manche, die verzweifelten und töteten sich selbst. In Preisentraum erhängte sich ein junger Bauer, der erst im vorigen Jahre die Väterei geerbt, an der Stalltür, weil er all sein schönes Vieh hatte schlachten müssen.

In Nimptsch ertränkte sich ein Gerbermeister im eignen Brunnen, da er seinen Kindern kein Brot mehr auf den Tisch legen konnte.

Brandsommer nannten die Leute im Lande diesen Sommer und vergaßen ihn lange nicht.

Da zeigte es sich, daß der Mensch nicht pochen soll auf sein Glück und seinen Reichtum.

Glück kommt und geht und steht in Gottes Hand.

Reichtum ist wie das Gras des Feldes und das Moos im Walde. Es schwillt, wenn es regnet, aber es trocknet ebenso schnell aus und welkt dahin.

Da zeigte sich Gott der Allmächtige in seiner Größe. Alle Bauern sind seine Knechte, es geschieht alles, wie er befiehlt. Denn er schickt den Regen und die Sonne und gebietet dem Wind und den Wolken. —

Ende August an einem Nachmittag überzog sich der Himmel über dem Bannwalde und über dem ganzen Lohelande mit zarten Wolken.

Aber niemand schaute mehr danach, denn alle Hoffnung war eitel, und das Brot des Feldes war dahin.

Am nächsten Morgen regnete es. Es regnete in feinen silbernen Strähnen.

Die Ecke-Großmutter saß am Fenster der Stube und sah immerfort in den Regen hinaus. Sie weinte vor Freude und sprach zu ihrem Sohne: Ambrosius, ich habe immer gesagt: Gott ist gut.

Ambrosius sagte: Und woher nehmen wir Brot für den Winter und Saatgut für das nächste Jahr?

Gott wird schon wieder helfen, sprach die Großmutter. Ihr Bauern müßt mehr vertrauen. Siehe, ich bin eine alte Frau und habe viel erlebt, Liebes und Leides, aber Gott hat mich mit seiner Güte immer überrascht. Warum nicht auch jetzt?

Es regnete viele, viele Tage. Das Erdreich trank in durstigen Zügen und wurde nicht satt. Der Wald trank wie ein Verdurstender und wurde nicht satt. Die Bäche und die Flüsse tranken, die Tiere und die Brunnen, alle tranken und wurden nicht satt.

Brandsommer nannten die Leute im Lande diesen entsetzlichen Sommer und vergaßen ihn lange nicht.

Doch schnell getröstet ist der Mensch, und sein Herz ist wie ein Sieb, durch das die Wasser des Schicksals laufen. Leid kommt und Leid vergeht, Glück kommt und Glück vergeht, und es kommt ein neues Leid und neues Glück, und das alte ist bald vergessen.

Als es Wochen und Wochen geregnet hatte, und es hatte sich das Land voll getrunken und war endlich satt geworden, und die Bäche strömten wieder wie immer durchs Land, und in den Brunnen stieg das Wasser bis zum Rande, man brauchte nicht mehr die

Eimer mit einem Stricke bis auf den schlammigen Grund hinabzulassen, man konnte wieder mit der Hand schöpfen und hatte es leicht, da begannen auch die Menschen wieder zu hoffen, legten das Vergangene beiseite und fingen von neuem an.

Ja, es schien sogar, als hätte die furchtbare Not in ihnen eine große Sehnsucht nach Glück und Freude geweckt. Es wurde noch niemals im ganzen Lohelande so viel getanzt und gesungen wie in diesem Herbst und Winter, als wollte sich jedermann schadlos halten für die vielen dumpfen Wochen des Brandsommers. Mehl aus Böhmen kam, Gerste aus Meißen, Vieh aus Polen, und so buk man wieder Brot, braute wieder Bier und hielt Schlachtfeste.

In der „Jakobsleiter" füllte der Freirichter einen gewaltigen Vorrat von Bier auf, da der Brandsommer auch ein Durstsommer gewesen war und aus den gewaltigen Wölbungen seiner Keller das letzte kühle Faß an die Sonne gerollt hatte. So mußte viel nachgeholt werden.

Da gab es ein freudiges Leben in der Freirichterei. Ambrosius Scholtz war selbst dabei und half mit. Als wollte er sich selber wieder jung fühlen nach den traurigen Tagen, wo er beinahe alt wie ein Greis und traurig wie ein altes Weib geworden war.

Es kam der Tag, da waren alle Fässer wieder gefüllt, und Stück bei Stück lagen sie bis an die Decke der Gewölbe und erfreuten des Freirichters Herz.

Der Winter konnte kommen, man war gerüstet.

Konnte es da fehlen, daß bald die „Jakobsleiter" ein Fest nach dem andern sah? Wenn die Bauern auch nicht viel Geld hatten, der Freirichter borgte auf die nächste Ernte und war's zufrieden.

In seinem Garten stand ein uralter Apfelbaum,

der den Durstsommer gut überstanden hatte, denn seine Wurzeln umklammerten den Brunnen und gingen bis an eine feuchte Stelle, die die Nässe hieß.

Indes die andern Bäume frühzeitig die wenigen Blätter verloren, die sie noch hatten, trug der alte Apfelbaum sein Laub bis in den späten Herbst.

Hier ließ sich der Scholtz eine Laube zimmern derart, daß sie an dem alten knorrigen Stamme stand und sich an ihn anlehnte. Drinnen waren Tische und Stühle und Platz für fünf Männer.

Der Scholtz gedachte hier manches zu tun, was in der großen Stube der „Jakobsleiter" schwerlich zu tun war, wenn viele Bauern da saßen und jedes Wort hörten. Oft aber wollte er mit einem oder zweien allein sprechen und ungestört sein. Dafür war die Apfelschänke ein guter Ort.

Eines Abends saß er hier mit drei anderen zusammen, nämlich dem Bauern Matthias aus Lohwald, den sie ob seiner Leibesfülle den Kornsack hießen, und der ihm die Not des neuen Dorfes klagen kam, zusamt dem Windmüller Florian, der aus seinen Beständen an Korn und Weizen den Lohwäldern Saatgut geben sollte. Dazu gesellte sich am späten Abend noch der Luzan, der bald wieder auf große Fahrt nach Böhmen gehn wollte.

Von Salomäa hatte er schon bei der Dürrlitze Abschied genommen. Sie war nach Dürrsiedel heimgegangen, und ihn hatte der Versucher gelockt, noch einmal in die „Jakobsleiter" zu schauen.

Die vier Männer saßen in der Apfelschänke und tranken Bier. Nachdem man die Not von Lohwald zur Genüge besprochen, der Freirichter auch Hilfe zugesagt hatte und der Windmüller bereit war, ein gut Teil seines Vorrats zu opfern, kam der Luzan just im rechten Augenblicke, wo man das Buch der Sorge zugeklappt hatte und willens war, für ein paar Stunden den Alltag und seinen Kummer zu vergessen.

Da kam der Luzan wie gerufen.

Er war in der besten Stimmung und trank einen Krug Bier nach dem andern, bis er endlich zu singen begann und viele seiner Schnurren zum besten gab.

Inzwischen war es Nacht geworden, aber die Männer saßen noch immer und tranken, denn die Sterne leuchteten durch das Geäst des alten Baumes, jenseits über der Lohe ging der Mond auf, und es war warm und lau.

Die Männer lachten über den Luzan, und je mehr sie lachten, um so toller wurde er und desto mehr Bier goß er hinab.

Da saß wieder der alte Luzan in der Apfelschänke und prahlte:

Und einen Schatz hab ich jetzt, und ein Maidel hab ich jetzt, potztausend, wenn ihr wüßtet! Ihr Mund ist so süß, ihr Haar ist so blond, und sie ist schlank wie ein Reh. Hah, der Luzan hat das schönste Maidel aus der ganzen Freirichterei ...

Und er nahm einen tüchtigen Schluck und fuhr fort: Und ich hab sie doch gekriegt! Wie ein Jäger hab ich ihr aufgelauert und hab sie doch gekriegt! Hah, der Luzan kennt doch die Weiber, oder kennt er sie etwa nicht? Ich sage euch, ich kenne sie, alle, alle, und jetzt hab ich das schönste Weib aus allen vier Dörfern ...

Draußen im Garten stand Salomäa und hörte alles. Denn der Luzan schrie sein Glück in die Nacht hinaus. Sie war nach Hause gekommen, da lag die Großmutter im Sterben. Lauf und hol den Pfarrer, sagte der Vater. Und sie war nach Wolffenberg zurückgelaufen und hatte in der Pfarre nach dem Herrn Erasmus gefragt. Er wird wohl in der Freirichterei sein, sagte der Knecht. Aber er war auch nicht in der „Jakobsleiter". Vielleicht sitzt er im Garten, sagte eine Magd. Geh in die Laube, dort ist der Freirichter, der wird schon wissen, wo der Pfarrer ist.

Und so kam Salomäa in den Garten und an die Apfelschänke und hörte alles.

Auf dem Kirchplatze traf Salomäa den Pfarrer Erasmus und sagte ihm, daß die Großmutter unversehens schwer krank geworden sei, und er möge doch kommen und ihr den letzten Tag leicht machen.

Sie sprach, als sei sie nicht bei sich. Ihre Lippen sprachen, aber ihr Herz war weit weg. Der Tod hat sie erschreckt, dachte der Pfarrer und wunderte sich nicht weiter. Aber es war der Tod ihrer Liebe, der sie erschreckte und sie im Innersten traf.

Komm mit, Solomäa, sprach der Pfarrer, du kannst mir die Laterne tragen, denn mein Knecht ist nicht da, und sein Junge schläft schon.

Er ging in die Kirche, barg den Leib des Herrn in einer schneeweißen Burse und machte sich dann zurecht. Salomäa ging ihm voran und trug die Laterne.

So gingen sie erst durch Wolffenberg. Das ganze Dorf schlief schon lange, nur aus der Apfelschänke im Garten der Freirichterei hörte man ein tolles Gelächter herüberschallen.

Dort saß der Luzan und verriet seine Liebe.

Fuß vor Fuß setzte Salomäa und ging langsam vor dem Herrn Erasmus durch die Nacht auf Dürrsiedel zu. Aber ihr Herz ging nicht mehr.

Ihr Herz weilte noch immer im Garten der Freirichterei, verbarg sich hinter den Bäumen und hörte den Luzan seine Weiberrede führen:

Ihr Mund ist so süß ... und ich habe sie doch gekriegt!

Diese gräßlichen Worte klangen immerfort in Salomäas Herzen nach, als ginge jemand neben ihr und zischelte ihr diese Worte ins Ohr.

Sie sah zum Himmel auf, der groß und dunkel und mit Sternen geschmückt über ihr hing. Aber sie sah keinen Himmel und keine Sterne; ihr war, als legte sich das himmlische Gewölbe wie eine Gruftplatte über sie oder wie der schwarze Deckel eines großen Sarges.

Sie fing an schneller zu gehn. Gehe langsamer, Salomäa, bat da der Herr Erasmus, der hinter ihr ging, vergiß nicht, daß ich ein alter Mann bin.

Wenn aber die Großmutter inzwischen schon stirbt? fragte Salomäa.

Gott ist gut, antwortete der Pfarrer und schwieg dann wieder.

Nach einer Weile kamen sie in das Dorf Dürrsiedel, wo nur noch im Eckehofe Licht brannte.

Der Pfarrer ging zur Großmutter hinein, die in einer Kammer lag, und hieß die andern draußen warten.

Salomäa sagte, sie sei todmüde, und ging hinauf. Wenn es mit der Großmutter zum Sterben käme, solle man sie rufen.

Aber sie schlief nicht. Stunde um Stunde ging sie in ihrer Stube umher und mußte immerfort an die Apfelschänke im Garten der Freirichterei denken.

Ihr Mund ist so süß ... und ich hab sie doch gekriegt!

Ihre Gedanken wanderten ziellos und ohne Weg zu der sterbenden Großmutter, die unter ihr in der Kammer lag und mit dem Tode rang. Sie hörte durch die Holzdecke das dumpfe Gemurmel des Pfarrers, der der sterbenden Greisin Gebete vorsprach. Sie hatte doch recht gehabt, die Großmutter. Die Krauthacke hätte sie nehmen sollen und damit den Luzan totschlagen, wie die Großmutter den alten Tuscha geschlagen hatte.

Ich werde dich lehren, die Tochter des Ambrosius anzutasten.

Und plötzlich warf sich das Mädchen auf ihr Bett und weinte und schluchzte in sich hinein, Stunde um Stunde.

Da brach der ganze Wunderbau ihrer Liebe zusammen wie ein Kartenhaus. Da barst der goldene Palast ihres Glücks, und alles war eitel und eine große Vergänglichkeit.

Der Luzan war wie alle andern, und vielleicht schlechter als viele von den andern.

Ihm hatte sie ihre Liebe vertraut, und er ging hin und gab sie wildfremden Männern in einer Bierschänke preis.

Was ihr das Heiligste war, er nahm es und warf es prahlend in den Staub . . .

Endlich hörte Salomäa zu weinen auf. Sie erhob sich aus ihrem Jammer, aber die sich da erhob, war nicht mehr die alte Salomäa, die Liebende, da erhob sich die Hasserin Salomäa.

Der Wein ihrer Liebe, dieser helle goldklare Wein, hatte sich in dieser schrecklichen Nacht, da die Großmutter starb, und da der Luzan ihre Liebe mit Füßen trat, in den bitteren Essig eines großen Hasses verwandelt.

Salomäa war nicht umsonst eine Ecketochter, stolz und stark. Wo sie liebte, liebte sie heiß, und wo sie haßte, haßte sie eiskalt. Was sie tat, tat sie aus ganzem Herzen und aus einer übervollen Seele.

Äußerlich blieb sie dieselbe und ward doch innerlich gänzlich verwandelt.

Zu tief war ihr Stolz gedemütigt, ihre Liebe zertreten, ihr Vertrauen zerbrochen, ihr Herz verwundet und ihre Seele geschändet worden.

Als sie am Morgen hinabging, wunderte sich niemand über ihre verweinten Augen, denn alle glaubten, ihre Tränen gälten der Großmutter. Niemand ahnte die Wahrheit. Die wußte nur Salomäa ganz allein.

Im nächsten Frühjahr wanderte ein Bauernbursche von Krakau nach Schlesien.

Er war Anfang Mai aus der Stadt gegangen und wollte zum Ende des Monats im Kloster Heinrichau sein, an dessen Abt er eine wichtige Botschaft bei sich trug.

Er wanderte viele Tage durch Sonne und Regen. Meist ging er zu Fuß, aber wenn er einem Wagen begegnete und ein mitleidiger Bauer lud ihn ein, so fuhr er auch ein Stück.

Er schlief in den Hütten der Bauern, wenn sein Abendweg ihn durch Dörfer führte, oder in den Katen der Fischer, wenn er an Flüsse und Teiche kam. Fand er aber in den ewigen Wäldern des oberen Oderlandes keine menschliche Behausung, so nächtigte er unter einer Eiche oder einer Tanne.

Er führte bei sich einen Haselstecken, eine Kürbisflasche mit Wasser und eine Tasche mit Brot. Er nahm, was ihm die Leute gaben, und wenn ihm niemand etwas gab, so schlug er sich recht und schlecht durch.

Tage und Tage ging er dahin, über Bäche und Brücken, durch Wiesen und Wälder, durch Dörfer und Einöden, immer westwärts, wo endlich einmal die Mauern von Heinrichau und seine Giebel auftauchen mußten. Er kannte den Weg, denn er war ihn schon dreimal gegangen und ging ihn jetzt zum vierten Male.

Als er endlich am ersten Tage des Monats Juni in Heinrichau eintraf, war er sehr müde. Der Abt nahm ihm den Brief ab und hieß ihn dann ins Spital gehn und sich von den Mühseligkeiten seiner langen Reise ausruhn.

Am nächsten Tage kam der Krankenbruder und meldete dem Abte, der Bote aus Krakau rede Stunde um Stunde irres Zeug, und auf seiner Haut, im Gesicht und an den Händen stellten sich grüngelbe Flecke ein.

Da flog auch schon von Heinrichau die gräßliche Kunde ins Land: Die Pest! Klosterknechte hatten die Botschaft ausgesprengt, die, auf der Flucht vor dem Tode, ihren Dienst im Stifte aufgaben und zu Fuß oder zu Pferde das Weite suchten.

Das große Kloster war im Nu von allen weltlichen Leuten verlassen wie ein Bienenhaus, aus dem das Volk geflogen ist, und das nun einsam im Garten steht.

Die Mönche hielten noch ein paar Tage zusammen, aber dann kam auch über sie die Todesangst, und sie gingen mit Bewilligung des Abtes fort.

Der Bote aus Krakau starb, und es starben kurz danach noch elf andre Leute. —

Die schwarze Kuh zog durch das Land. Sie tritt

nicht einmal, nicht zweimal, sie tritt auch ein drittes Mal.

Sie hatte dem Herzogtum den Tod des Herzogs und den Brandsommer gebracht, jetzt brachte sie ihm noch die Pest.

Der Bote aus Krakau hatte in seinen Kleidern die Todseuche aus Polen nach Schlesien eingeschleppt.

Es starben in kurzem viele Leute aus den umliegenden Dörfern. Es starben Alte und Junge, Männer und Weiber, Kranke und Gesunde.

Diejenigen, die geflohen waren, irrten sich, wenn sie glaubten, daß sie gerettet seien, denn die Pest zog ihnen nach oder lief ihnen schon voran, wohin immer sie kamen.

Bald war der schwarze Würgengel in Neiße und Ottmachau, in Wartha und Brieg, in Breslau und Nimptsch.

Die Menschen faßte ein großes Entsetzen. Viele Dörfer starben aus, denn die Leute nahmen Weib und Kind und flohen mit ihnen in die Berge, in die Wälder oder in unzugängliche Klüfte.

Als in Lohwald eine Frau namens Margarethe starb, das Eheweib des Bauern Franz, da begann man auch in der ganzen Freirichterei die Wagen zu packen und zu fliehen.

Manche flohen in den Bannwald und auf den Berg Silensi. Manche versteckten sich im Dornwalde oder in einem Gebüsch des Graslandes. Viele zogen in die oberen Lohewälder und hausten dort.

Inzwischen wuchs die Saat, und die Bäume setzten Frucht an. Aber niemand ging durch die Felder und freute sich der kommenden Ernte. Niemand stellte die Leitern an die Frühkirschenbäume und pflückte die Frucht. Die Dörfer lagen still und öde unter dem prangenden Himmel, und man begegnete nur verwilderten Hunden und Katzen .

Im Eckehofe war die alte Großmutter zurückgeblieben, die nicht gestorben war. Sie hatte sich gegen alles Vermuten wieder erholt und hatte den Winter überlebt.

Jetzt sagte sie zu den Ihren: Geht ihr nur, aber ich bleibe. Wenn der Tod kommen will, holt er mich hier und im Walde.

Und sie sprach zu ihrem Sohne, den sie nach ihrer Krankheit oft mit ihrem Manne verwechselte: Ambrosius, ich rate dir, geh nach Schwarzmaindorf, dort kommt keine Pest hin.

Und so gingen sie alle vom Eckehofe ins Grasland hinaus. Nur die Großmutter blieb zurück, und bei ihr blieb der alte Schweinehirt Jonas und sein Weib Anna, die beide vor dem Tode keine Angst mehr hatten.

Die Stadt auf dem Berge lag in der Abendsonne. Ihre Türme schimmerten golden, ihre Giebel waren mit Purpur gefärbt, und die Felsen, auf denen sie stand, brannten ockergelb auf. Der Fluß, der am Fuße der Felsen dahinströmte, rauschte silbern zwischen Weidenbüschen und Erlen.

Der Abendrauch stieg von den Dächern, die Glocke der Kirche läutete in langschwingenden Tönen die Nacht herbei.

Ein unbeschreiblicher Frieden lag über dem ganzen Lande, über den Äckern und über der versinkenden Stadt. Da kam von Osten her ein Bauernwagen auf der Straße herangerumpelt. Erst fuhr er hoch oben auf dem Rande der Höhe, die mit lichtem Walde bestanden war, rollte dann ins Tal und zu dem Flusse hinab und klomm endlich den steilen Weg zu den Felsen wieder empor, auf denen die Stadt stand.

Am Tore begann zwischen dem Bauern, der den Wagen lenkte, und dem Torwärter ein Wortwechsel. Der Bauer wollte nicht sagen woher und wohin. Endlich aber, da er sah, daß er mit Gewalt nichts ausrichten konnte, denn die eisenbeschlagenen Tore waren schon geschlossen, bequemte er sich zu Auskünften. Doch er log. Er käme mit Weib und Kind von Neiße her, sagte er und wolle weiter nach Löwenberg, dort Vieh zu kaufen.

Der Torwächter schwankte eine Weile, aber da inzwischen die blaue Nacht aus dem Tale kam, erbarmte ihn der Obdachlosen. Er schloß noch einmal das Tor auf, stieß die Flügel zurück und ließ die Fremden in die Stadt.

Rumpelnd fuhr der Wagen über das Steinpflaster auf den Ring und wurde vor der Schänke „Zum Engel Gabriel" ausgespannt, wo der Bauer zu nächtigen gedachte.

Am andern Morgen lief das furchtbare Gerücht durch die Stadt: Die Pest ist da!

In der Nacht war das Weib des fremden Bauern unter entsetzlichen Qualen in einer Dachstube im „Engel Gabriel" gestorben, und zwei Stunden später das Kind.

Schon hatte die Seuche das Weib des Wirtes, einen Knecht und zwei Mägde erfaßt, und niemand wußte, wer würde der nächste sein.

Eine Todesangst ergriff die Bürger der Stadt. Sie nahmen schnell, was sie eben erraffen konnten, und drängten zu den Toren hinaus.

Als der Mittag kam, war die Stadt leer. Nur minderes Volk blieb zurück, das mit seinem Leben nur seine Not verliert, und schlich mit Gedanken an Raub und Diebstahl durch die Straßen.

Da stieg kein Morgen-, Mittag- und Abendrauch mehr von den Dächern. Die Herde standen kalt und ohne Feuer.

Da ruhte die Säge des Tischlers und die Axt des Zimmermanns. Das Feuer des Schmiedes war ausgegangen, und aus den Gerbereien am Fluße erklang nicht mehr der Gleichtakt der Klopfhämmer.

Alles Gewerbe war tot.

Die Glocke der Kirche wurde nicht mehr gerührt, und stumm stand der Turm in das Land hinein wie ein düsterer Bote.

Der große Würgengel hatte die Stadt leer gekehrt, daß sie nun verlassen war wie draußen das Feld und der Acker.

Die Bürger waren in die benachbarten Wälder geflohn, in die Geklüfte der Berge und in die Höhlen der Flüsse. Dort führten sie das Leben von Einsiedlern, denn sie litten Hunger und Durst und alle Mühe, wenn sie nur mit niemand anderem zusammenkommen mußten.

Da waren alle Freundschaften aus. Der Freund ging dem Freunde aus dem Wege, der Geliebte mied sein Mädchen, viele Männer trennten sich von ihren Frauen und viele Frauen von ihren Männern.

Es wurde kein Kuß mehr ausgetauscht, kein Händedruck mehr gewechselt. Man sprach über große Entfernungen zueinander, man schrie sich Botschaften zu von Ufer zu Ufer, und jeder lebte für sich.

So wie in dieser Stadt war es im ganzen Lande. Es war eine schreckliche Zeit. Und wenn auch nicht viele starben, die Angst vor dem Tode war beinahe noch schlimmer als der Tod selbst.

Viele hielten Einkehr zu Gott und falteten die geängstigten Hände zum Himmel. Sie machten fromme Gelübde und gelobten Stiftungen, wenn der Himmel noch einmal ein Einsehen hätte.

Und er hatte es. Als eine Zeit hingegangen war, erlosch die Seuche, wie sie gekommen war, plötzlich, unversehens und über Nacht.

Noch wagten die Menschen nicht zu hoffen und hielten den Abzug des Würgengels für eine Atempause des Todes oder für eine heimtückische List.

Als aber Tage und Tage vergingen und niemand mehr starb, kamen sie alle wieder aus ihren Verstecken und Schlupfwinkeln, aus ihren Einöden und Baumwohnungen hervor und wagten sich in ihre Häuser zurück.

Die Stadt wurde wieder bewohnt, die Axt und der Hammer wurden geschwungen, die Glocke wurde neu gerührt und das Gras, das inzwischen auf den Steinen des Ringes gewachsen war, ausgerissen und fortgeworfen.

Manchem war, da er fortgewesen, dieses gestohlen und jenes geraubt worden, aber er war froh, daß ihm nicht das Leben geraubt oder eines von den Seinen gestohlen worden war. Daß zwar der Dieb sein Haus gefunden, aber die Pest vorübergegangen.

Und so machten sie wieder Feuer auf ihren Herdstätten, pflückten die Früchte des Gartens, kehrten zu ihrem Gewerbe zurück, gingen in die Kirche und lobten Gott. Und manche hielten ihr Gelübde und stifteten ein Pestkreuz oder ein frommes Bild, die meisten aber vergaßen ihre Gelöbnisse und lebten weiter, als sei nichts geschehn.

Und so begann das Leben von neuem, und war ein neues Leben und doch das alte.

VII

VOM MORGEN
KOMMT EIN WILDES HEER

Der Brandsommer war vorübergegangen, und das Land hatte ihn überstanden. Das Pestjahr war vorübergegangen, und das Land hatte es überstanden.

Unverwüstlich ist das Land, wenn seine Menschen unverwüstlich sind. Wenn sie immer wieder den Pflug in die Hand nehmen und den alten Acker neu bebauen. Wenn sie zurückkehren in ihre verwüstete Heimatstatt und ihr Leben von neuem beginnen.

So verging die Zeit, und es ist dem Menschen eine Zeit gegeben, daß er sein Werk tue und vollende, und auf daß er am Ende seiner Tage auf ein fruchtbares Leben zurückblicken kann und mit Dank gegen den Schöpfer zum Himmel aufblicken und sagen: Ich bin ein Mensch gewesen, und es ist dem Menschen eine Zeit gegeben, daß er wirke. Siehe, ich habe gewirkt, und du hast das Werk meiner Hände gesegnet. Du hast Liebes und Leides gesandt, o Herr, aber beides empfing ich mit Dank aus deiner Hand und blieb getreu. So wollest du mich nicht verlassen und die nach mir kommen segnen wie mich.

Wenn ein Mensch am Ende seiner Laufbahn so sprechen kann, war sein Leben beglückt.

Der Freirichter wirkte als Bauernkönig in seinem Reiche mit Tatkraft und Umsicht. Was er angriff, das gedieh ihm, denn sein Herz war zum Guten gediehen, so konnte es nicht fehlen. Seine vier Dörfer blühten, und auch das jüngste, Lohwald, obzwar es sein Schmerzenskind blieb, es gedieh gleicherweise und versprach gute Zukunft. Der Turm stand, und die Freirichterei stand, es wurde Bier gebraut und Bier getrunken, es wurde sein Rat eingeholt, wann man Rat brauchte, er hatte sich zu den fünf Pferden, die er schon sein eigen nannte, noch vier neue dazugekauft und hätte, wenn er gewollt, neunspännig fahren können wie der Herzog selber. Sein Weib war ihm treu, und seine Kinder waren ihm dankbar.

Der Windmüller Florian hatte nicht zu bedauern, daß er dereinst nach dem Brandsommer den Lohwäldern durchgeholfen. Nun hatte er neue Kunden gewonnen, und sein Name war seitdem hochgeachtet und kam gleich nach dem des Ambrosius Scholtz.

Den Herrn Erasmus hatten die letzten Jahre ein wenig niedergedrückt, und wenn er auf der Kanzel stand, schien es, als sei der Kanzelrand um eine Handbreit gewachsen, denn man sah, wenn man unten in der Kirche saß, von dem Pfarrer nicht mehr soviel wie früher. Die Sorge hatte ihm den Rücken gebeugt, und der Kummer hatte ihm in Runenschrift das uralte Menschheitslied ins Antlitz geschrieben: Mensch sein heißt viel erdulden! Aber Sorge und Kummer hatten ihn weiser und gütiger gemacht und waren ihm nicht Peiniger, vielmehr die guten Freunde seines Lebens, die ihn auch im Alter nicht verließen. Auf dem Eckehofe gedieh alles nach Vorbedacht. Man hatte noch im Herbste des Pestjahres einen neuen Schweinestall bauen können und daran eine Kammer für den alten Jonas und sein Weib Anna. Die Schweineherde des Eckebauern war jetzt die stattlichste der Freirichterei. Man hatte auch nach Lohwald zu am Ziegenberge fünf Morgen neu unter den Pflug genommen und am Graslande ein Stück Wiese zu eigen erworben. Und die alte Großmutter lebte immer noch und war fröhlicher denn je. Denn sie pries Gott für jeden Tag, den sie noch lebte, wie ein froher Zecher, der die letzten Tropfen aus einem

Kruge mit desto größerer Andacht genießt, je mehr er weiß, daß sie die letzten sind.

Der Thomas Einsam hatte seinen Sohn verheiratet, und zwar mit einer Bauerntochter aus Preisentraum, so daß der Alte an dem jungen Paare eine gute Hilfe hatte und sich manche Stunde, wo er sonst hätte selbst mit Hand anlegen müssen, auf die Bank am Gartenzaune setzen und sich ausruhen konnte.

In der alten Tuschahütte waren mit der Zeit neue Weiber und neue Kinder hinzugekommen, so daß der Alte jetzt wie ein Erzpatriarch vor seiner großen Sippe saß und befehlen konnte wie ein Fürst seinen vielen Untertanen.

In Nimptsch war die Altstadt erweitert worden, und die Häuser zogen sich schon bis an die Lohe hinunter, so daß man erwog, sie mit einem neuen Ringwalle zu umgeben. Das neue Wachstum nannte man die Neustadt.

Auch in Goldberg hatte man die Stadt vergrößert, die Mauern verstärkt, die Türme erhöht und rüstig an der Goldknappenkirche weitergebaut, die jetzt schon über die Dächer sichtbar war wie ein großes Schiff, das man zu einer weiten Fahrt rüstet.

In Leubus war mancher hölzerne Bau durch einen steinernen ersetzt, neue Dörfer gegründet und manche Gerechtsame neu zu den alten hinzugefügt worden. Die Oderflotte ward um zwei neue Schiffe vermehrt, von denen das eine „Die Rausche" hieß, weil an seinem starken Bug die Wasser mächtig rauschten und schäumten, daß es den Schiffsknechten wie ein Gesang war. Das andere hieß „Der schnelle Wind", da es ein hoher schmaler Segler war, dessen Geschwindigkeit die der anderen Schiffe weit übertraf.

Der Herzog Heinrich II. regierte mit Güte und

Umsicht. Wenn er auch nicht die Tatkraft seines Vaters besaß, so liebte ihn das Volk nicht minder ob seiner Gerechtigkeit und rühmte ihn als den Frommen ob seiner Gottesfurcht.

Die Herzogin begann sich langsam aus den Staatsgeschäften und aus der Sorge um das Land zurückzuziehen, zum ersten, weil sie dem Sohne die Selbständigkeit nicht nehmen wollte, zum andern, weil ihr die Geschäfte des Himmels und die Sorge um ihr eigenes Heil wichtiger schienen. Wo aber der Sohn ihren Rat erbat, gab sie ihn, und es war immer der richtige.

Und der Berg Silensi stand im Lande wie je. Der abgebrannte Wald wuchs langsam neu heran. Zuerst hatten sich Moose und Gräser auf der Brandstelle angesiedelt, es folgte der Anflug von Birken und Tannen, und endlich rückten auch die Beerenbüsche nach, der Wacholder und der Hagedorn.

So gedieh das Land und es war alles vergessen, wenngleich man sich, wo die Alten beisammensaßen, an Festen und Feiertagen der großen Dinge erinnerte, die in der vergangenen Zeit so bedeutsam waren: Des Wolfswinters und des Brandsommers, des großen Herzogs und seiner Jagd im Bannwalde, und wie ihn der Tod in Krossen ereilte. Wie der Turm in Wolffenberg gebaut wurde, und wie die Pest kam. Wie man Lohwald gründete, und wie die zwei Buchen von Olipa im Wolfswinter fielen.

Alles lebte dahin, denn es ist dem Menschen eine Zeit gegeben, daß er handle und wirke.

Nur ein Mensch lebte dahin und ward nicht mehr froh, die Hasserin. Etwas war in ihr gestorben, und dieser Tod war schlimmer als die Pest. Etwas war in ihr verbrannt und begrünte sich nicht mehr so wie der Bannwald. Etwas in ihr war geschehen, und das vergaß sie nicht.

Längst hatte sie dem Luzan seine güldene Kette zurückgeschickt und hatte einen madigen Apfel dazugelegt. Da wußte er alles. Er hatte versucht, sie zu begütigen und zu versöhnen, aber sie sah ihn nicht mehr, sie hörte ihn nicht mehr, für sie war der Luzan tot seit jener Nacht in der Apfelschänke. Da gab er es endlich auf.

Sie ging durch die Zeit, gleichermaßen fleißig und treu wie immer. Aber sie war aus einem träumenden Mädchen ein herbes Weib geworden und ließ niemanden in ihre Seele schauen, nicht Vater und nicht Mutter, die Freundin Illegunt nicht und niemanden.

Als der Sohn des Windmüllers Florian um ihre Hand anhielt, ließ sie ihm durch den Brautwerber sagen: Sie achte und ehre ihn, aber sie wolle keinen Mann. Und daran änderten weder die Bitten der Mutter etwas, noch die Vorhaltungen des Vaters.

Sie blieb stolz, schweigsam und unnahbar. Seitdem ein Unwürdiger in den Garten ihrer Seele gedrungen war, umzog sie ihn mit einer Mauer, über die niemand schaute.

Von da ab ergab sich der Luzan gänzlich der Leidenschaft. Er fuhr wieder viel über Land und luderte herum. Er gab sich mit vielen Weibern ab und trank mehr als je.

Als er eines Abends in der „Jakobsleiter" einem Bauern den Weg vertrat und einen gewaltigen Lärm machte, nahm ihn der Scholtz und warf ihn mit eigener Hand vor die Tür, wo er die ganze Nacht liegen blieb und seinen Rausch ausschlief. Seitdem durfte er die „Jakobsleiter" nicht wieder betreten.

Es ist dem Menschen eine Zeit gegeben, daß er wachse und blühe. Aber diese beiden Menschen wuchsen und blühten nicht. Die sich ehedem so geliebt, jetzt haßten sie sich, und man wußte nicht, wessen Haß größer war.

Als Salomäas Mutter eines Tages von der Leiter fiel und den Fuß brach, der nie wieder heil wurde, so daß die rüstige Frau in ihren besten Jahren oft ans Bett und immer in die Stube gefesselt war, da übernahm Salomäa das Regiment im Hause, im Stalle und im Garten, und es war beinahe, als sei sie nicht die Ecketochter, sondern das Eckeweib.

Es sprach sich herum, was mit ihr vorgefallen. Der Luzan in seinem Hasse spie ihren Namen in den Schänken und Kneipen des Landes aus, aber sie schwieg, wenn man sie deswegen fragte. Der Luzan? sagte sie nur erstaunt, der Luzan? Lebt der noch? Mir ist, als sei er schon lange tot.

Viele verstanden ihren Haß nicht und schalten sie insgeheim, wenngleich ihr niemand die Wahrheit ins Gesicht sagen wollte. Die Hasserin nannten sie die Leute, und das blieb fortan ihr Name. Niemand sagte mehr Salomäa oder die Ecketochter aus Dürrsiedel, sie hießen sie nur noch die Hasserin.

Es waren mehrere Jahre ins Land gegangen, und man schrieb den März des Jahres 1241, als ein sonderbares Gerücht in die Dörfer des Lohegaues kam. Woher es kam, und wer es gebracht hatte, wußte niemand, aber eines Tages war es da und behauptete sich hartnäckig, wiewohl alle verständigen Leute den Kopf schüttelten, als sie es hörten.

Das Gerücht behauptete, daß im Lande Krakau ein großer Zug von Pestkranken angekommen sei, die ganz gelb und abscheulich aussähen und auf Pferden ritten. Sie hätten Einlaß in der Stadt begehrt, und als der Bischof vor die Mauern hinausgegangen sei, hätten sie ihn niedergeschlagen und die Stadt im Sturme genommen.

Kaum, daß über die seltsame Nachricht die Zeit ihre Wanderdünen gelegt, kam ein neues Gerücht, daß die Pestkranken von Krakau aufgebrochen seien und an der Grenze von Schlesien stünden. Aber auch darüber wußte niemand etwas Genaueres.

Und als wieder ein paar Tage dahingegangen waren, da kam zum ersten Male ein seltsamer Name in den Mund der Leute: Die Tatern sind da!

Niemand kannte die Tatern. Die einen meinten, es seien die Pestkranken, die aus Polen und noch weiter her, aus Rußland und aus der Hundetürkei gekommen seien, und man sollte ein Heer aufbieten und sie zurücktreiben, denn vor der Pest hatten alle noch genug Angst und Furcht, und keiner wünschte, daß der Würgengel zum andern Male ins Land käme.

Es gab andre, welche meinten, es seien gar keine Pestkranken, sondern die Ungläubigen, gegen die der Papst und die ganze Christenheit im Heiligen Lande gekämpft, und gegen die vor Jahren der Kaiser selbst einen Kreuzzug unternommen. Sie hießen eigentlich Sarazenen, und nur die Polen hätten sie Tatern genannt.

Wie ein Fluß aus vielen Rinnsalen zusammenströmt, das einzelne Rinnsal ist klein, und du kannst es mit deiner Hand auffangen und ihm den Weg verlegen, wenn aber Hunderte und Tausende zusammengeflossen sind, so ist es ein reißender Bach und wird ein mächtig dahinschwellender Strom, so war dieses Gerücht.

Ein Feuer beginnt mit einem kleinen Funken, und wenn man den Funken einem Holzscheite nahebringt, so fängt das Holz ganz langsam und leise zu glimmen an. Ein Kind ist imstande, das Flämmlein auszublasen oder zu zertreten. Wenn es aber brennt und brennt, so währt es nicht lange, und aus dem Flämmlein ist eine Flamme und aus der Flamme eine Lohe und aus der Lohe eine Feuersbrunst geworden, die Stube, Haus und Dorf verzehrt.

So ist es mit einem Gerücht. Eine Zunge beginnt zu raunen, eine zweite raunt mit. Die verständigen Leute glauben dem Gerüchte nicht, aber sie können es auch nicht verlöschen und austreten.

Es wächst in der Stille und ganz im geheimen und zur vorbestimmten Stunde steht es da, kein Gerücht mehr, sondern eine sichere Nachricht, eine Botschaft, ein Ereignis.

So war es auch hier. Es verdichtete sich das Netz der Rinnsale zu einem reißenden Strome, es ward aus dem Funken ein alles verzehrender Brand, das Gerücht ward zur Nachricht, die Nachricht ward ein Ereignis, und eines Tages stand es da, riesengroß an der Veste des Himmels, unverlöschbar und nicht mehr zu leugnen:

Die Tatern sind da!

Sie kommen mit tausend und abertausend wilden Kriegern. Sie reiten halbnackt auf wilden Pferden, und wohin der Huf ihrer Pferde tritt, dort wächst kein Gras mehr. Schrecklich ist ihr Aussehen, furchtbar ihre Grausamkeit, unbesiegbar ihre Stärke, unzählbar ihr Volk.

Wehe dem Lande, über das sie kommen! Sie sind da mit der Schnelligkeit des Blitzes, alles zermalmen sie mit der Wucht eines Hammers, sie treffen jedes

Ding mit der Sicherheit eines Pfeiles. Sie schonen nichts, nicht Mensch und nicht Vieh, weder Haus noch Baum. Vor ihnen liegt das Paradies und hinter ihnen die Hölle. Ihr Weg ist mit Toten besät, mit Rauch, mit Trümmern, mit Schandtaten ohnegleichen.

Wehe! Wehe! Wehe! So sprach die Nachricht.

Wer hat die Nachricht in die Lohewälder gebracht? Der Luzan. Eines Tages kam er schweißbedeckt auf einem Pferde an, während er das andre am Zügel mit sich führte. Er ritt sogleich zum Herrn Erasmus und erzählte ihm:

Ich komme, so wie ich bin, aus Ottmachau. Dort sind schon viele Flüchtlinge in der Burg, Bauern und Bürger aus dem ganzen Lande um Neiße. Sie haben mir erzählt, was sie selber gesehn und gehört haben. Ihre Dörfer sind verwüstet, die Häuser brennen, und die Menschen, die nicht rechtzeitig fliehen konnten, sind erschlagen worden.

Die Tatern verschonen nichts, weder die Bauern noch die Bürger, weder die Priester noch die Ritter noch die Freirichter. Sie kennen weder Gott noch den Teufel. Sie sind selber Teufel und Ausgeburten der Hölle. Wehe, wenn sie in unsre Dörfer kommen!

So erzählte der Luzan. Wie weit sie noch weg sind, fragte der Pfarrer.

Sie können schon morgen hier sein, keuchte der Luzan, sie sind aber vielleicht erst übermorgen oder in zehn Tagen da. Niemand kennt ihre Pläne, ihre Absichten und ihre Heerführer . . .

Also fliehen, fliehen, nur fliehen um Gottes Barmherzigkeit willen! Alles soll fliehen! Noch heute, denn vielleicht morgen ist es schon zu spät!

Der Pfarrer sah lange nachdenklich zu Boden, als ihm der Luzan diese Dinge berichtete. An seinem

Leben lag ihm nicht mehr viel, denn es war nur noch kurz wie der herabgebrannte Docht einer Kerze. Aber die andern.

Laß uns zum Freirichter gehn, sprach sodann Herr Erasmus, man muß es ihm sagen.

Und so gingen sie hinüber zur „Jakobsleiter", wo aber der Scholtz nicht war. Er saß hinten im Garten in der Apfelschänke ganz allein, hatte den Kopf in beiden Händen und sann vor sich hin.

Als er die beiden ankommen sah, den alten bekümmerten Pfarrer und den abgehetzten Luzan, da wußte er, weshalb sie kamen, richtete sich auf und fragte gefaßt: Wann glaubt ihr, daß sie kommen?

Der Freirichter war kein Mann für Gerüchte. Er wußte nichts anzufangen mit Dingen, die in der Luft schweben. Er war ein handfester Mann und legte gern Hand an, wo Not war. Aber wo will man an ein Gerücht Hand anlegen, und wie will man helfen, wenn die Not Angst heißt?

So schrecklich die Nachricht war, die der Luzan brachte, der Freirichter war fast froh, daß der Nebel nunmehr zerstreut war, und daß aus dem Dunste ein faßbares Ding trat, das man sehen und greifen konnte. So schrecklich die Nachricht von den Tatern war, sie war besser als ihr Gerücht.

Er war in den vergangenen Wochen beinahe krank geworden, der Freirichter. Er schlich umher, und sein eigenes Bier schmeckte ihm nicht mehr. Er sann und sann, aber er kam an kein Ende.

In dieser Abendstunde in der Apfelschänke erwachte er zu seiner alten Tatkraft und Umsicht. Er rief einen Knecht, ließ drei Krüge mit frischem Bier bringen und entwarf sofort einen Plan.

Der Luzan hat recht, sprach er zum Pfarrer, wir müssen sofort fliehen, diese Nacht noch. Denn wer weiß, ob die Teufel von Tatern nicht schon morgen hier sind. Wenn der Luzan von Ottmachau schon hier ist, warum sollen die Tatern langsamer sein als der Luzan?

Wir müssen also sofort in die Dörfer Nachricht geben. In Wolffenberg werde ich selbst umhergehn und zur Eile antreiben.

Nach Dürrsiedel muß der Luzan reiten, es liegt am weitesten.

Nach Preisentraum werde ich meinen Ältesten schicken, den Petrus, und nach Lohwald soll der Windmüller gehen, der Florian.

Die Leute müssen sofort ihre Wagen packen und davor ihre besten Pferde spannen. Sie müssen auf die Wagen alles laden, was zum Leben in einer Einöde notwendig ist, Essen und Trinken, auch warme Kleider und Betten, denn es ist noch März, und die Nächte sind kalt. Aber all das muß sehr schnell geschehn!

Auf den zweiten Wagen, wer ihn hat, soll jeder die Kinder und die alten Leute aufladen, auch Korn und Mehl und Fleisch, damit wenig Eßbares zurückbleibt. Auch alles Vieh soll angebunden und mitgeführt werden.

Die Wolffenberger und die Preisentraumer sollen in den Bannwald fliehen, die Dürrsiedler sollen in die oberen Lohewälder gehn, in die dichte Wildnis am Breitenstein, du weißt schon, Luzan.

Ich weiß, Freirichter, sagte der Luzan.

Auch die Leute aus Naßsiedel sollen sich anschließen, befahl der Freirichter.

Die aus Lohwald aber sollen in die Pestlöcher kriechen, die an den Loheufern sind, dorthin kommt niemand.

Ich bestimme, daß der Bauer Franz die Lohwälder führt, der Windmüller Florian die Wolffenberger, der Bauer Ecke die Dürrsiedler und der Bauer Gebhart die Preisentraumer. Was sie sagen und anbefehlen, soll gelten, als hätte ich es gesagt und anbefohlen. Ich selber bin der Freirichter und stehe hier an Herzogs Stelle. Ich werde in Wolffenberg bleiben bis zum Äußersten. Du bleibst bei mir, Luzan, weil ich dich als Boten haben will, und ich lasse auch deinen Vater bitten, den alten Tuscha, daß er zu mir kommt, noch in dieser Nacht, denn ich brauche euch beide. Ihr kennt jeden Weg und Steg, und das ist wichtig

So, denke ich, sind wir fertig. Wenn morgen früh die Sonne aufgeht, müssen unsre Dörfer leer sein. Vielleicht kommen die Tatern nicht, aber wenn sie kommen, so sollen sie niemanden antreffen.

Wenn die Gefahr vorbei ist, werde ich den Luzan und den Tuscha zu den Flüchtlingen senden und melden, daß die Heimkehr geschehen kann.

Dann schwieg der Ambrosius Scholtz, stand auf und reichte die rechte Hand dem Pfarrer und die linke dem Luzan, und diese beiden reichten einander wiederum die Hände, so daß die drei in der Märznacht unter dem Sternenhimmel standen, als wollten sie einen Schwur tun. Da hatte der Freirichter vergessen, daß der Luzan ein Liederjahn war, und daß er ihm längst das Haus verboten. Da vergaß der Pfarrer, daß der Tuschasohn ein halber Heide war und seit langer Zeit nie mehr zur Kirche kam. Da war kein Unterschied mehr zwischen arm und reich, zwischen dem großmächtigen Freirichter, dem hochwürdigen Pfarrer und dem listigen Luzan. Eine gemeinsame Not stand zu ihren Häupten wie eine schwarze Wolke und trieb sie zu gemeinsamem Tun. Da war auch ausgelöscht der alte Haß zwischen den alten Bewohnern des Landes und den neuen deutschen Siedlern. Mit einem Male fühlten beide, daß ein Dritter ihr Land bedrohte, und so schworen sie Treue dem gemeinsamen Vaterlande.

Diese Stunde war die Geburtsstunde einer neuen Zeit. Sodann faltete der Pfarrer die Hände, sah zu dem Nachthimmel hinauf, an dem bleiche Sterne brannten, und sprach feierlich: Gott der Allmächtige, verschone uns vor Krieg und jähem Tode, aber nicht unser Wille geschehe, sondern der seine!

Und in das kräftige Amen fielen auch die beiden andern mit ein.

Dann gingen sie an ihr Werk. Der Luzan ritt erst nach Naßsiedel hinunter, um seiner Sippe den Aufbruch zu melden und seinem Vater zu sagen, er möge gleich zum Freirichter kommen. Dann ritt er nach Dürrsiedel hinauf, um auch hier die Flucht anzubefehlen.

Der Freirichter ging in sein Haus und sandte seinen ältesten Sohn Petrus nach Preisentraum, während der Pfarrer Erasmus in die Windmühle ging und den Windmüller Florian benachrichtigte.

Als die Boten in die Dörfer kamen, ging ein großes Entsetzen durch alle Häuser. Man schob die Wagen eiligst in den Hof, bepackte sie mit dem Notwendigsten, band das Vieh an und machte sich zum Aufbruch bereit. Die Frauen weinten, die Kinder, die man aus ihrem Nachtschlafe gerissen hatte, fingen an zu schrein, das Vieh blökte durch die Nacht, und die jungen Burschen zündeten Fackeln an, damit man wenigstens etwas in der großen Dunkelheit sähe.

Der Luzan ging wie ein Todesbote von Haus zu Haus. Am Eckehofe klopfte er donnernd ans Tor und schrie über die Mauer: Salomäa! Sie kam auf den Hof und fragte durch das verschlossene Tor: Wer ist draußen? Ich bin's, der Luzan, der Tuschasohn! Die Tatern sind da! Macht euch bereit! Ihr sollt noch heute nacht fliehn! Und dann ging er weiter.

Sie machte das Tor auf und sah ihm eine Weile nach, wie er durch das Dunkel zum Nachbarn schritt. Das Herz schlug ihr bis zum Halse. Ich bin's, der Luzan, der Tuschasohn ... Aber dann schüttelte sie alle Gedanken und Erinnerungen von sich ab und ging an ihr Werk ...

Noch in der Nacht zogen die Bauern in die vorbestimmten Einöden, die Dürrsiedler und die Naßsiedler hinauf an den Breitenstein, die Wolffenberger und die Preisentraumer in den Bannwald am Berge Silensi und die Lohwälder in die Pestlöcher am Loheufer. Der Freirichter aber zog nicht mit. Nachdem der Petrus, sein Ältester, mit der Mutter und mit den andern Geschwistern, Knechten und Mägden abgefahren war, stieg er langsam mit dem Herrn Erasmus und mit dem Luzan auf den Kirchturm und sah von der Zinne aus, wie sich die fackelbegleiteten Flüchtlingszüge gleich feurigen Raupen in ihre Einöden verkrochen.

Bis sie untertauchten in die Dunkelheit der großen Wälder oder in die Tiefe des Lohetals. Da waren die Dörfer ganz ausgestorben.

Alles war leer und öde, und kein Mensch war mehr in der ganzen Freirichterei, außer dem Freirichter selber, dem Pfarrer, dem Luzan und dem alten Tuscha. Der Pfarrer wollte am nächsten Tage den Wolffenbergern in den Bannwald nachziehn, sobald die Kirchenschätze sicher vergraben und versteckt worden waren. Die drei andern aber wollten sich im Dornwalde verstecken, wo der Luzan im Moore einen sehr sicheren Platz wußte, wohin auch schon alles gebracht worden war, was man brauchte.

Und noch jemand war zurückgeblieben, die Eckegroßmutter. Sie war durch nichts zu bewegen gewesen, mitzugehn, durch Bitten nicht und nicht durch Drohungen. Sie saß wie eine Tote am Ofen in der großen Stube und sagte nur immer: Geht, geht! Ich bleibe! Und da man sah, daß sie vielleicht den nächsten Morgen nicht mehr erleben würde, hörte man endlich auf ihre Bitten und ließ sie da.

Als der Morgen heraufkam, fing es an zu regnen. Es war kühl und windig, und das Land lag traurig und öde in seiner großen Verlassenheit.

Der Freirichter schickte den Luzan auf seinem Pferde ostwärts, er sollte bis Lohwald reiten, den Fluß überqueren und in den großen Wäldern östlich des Flusses Ausschau halten, ob die Tatern bald kämen. Wenn er sie sähe oder an dem Brande der Dörfer erkenne, sollte er sofort Nachricht geben.

Den alten Tuscha schickte Ambrosius Scholtz in den Bannwald, dort zu sehen, wie die Wolffenberger und Preisentraumer untergekommen wären, und ob alles wohl stünde. Er sollte am nächsten Morgen wieder zurück sein.

Er selber aber, der Freirichter, ging, als die beiden Tuschaleute fort waren, mit dem Pfarrer in die Sakristei der Kirche und beratschlagte mit ihm, wohin sie die Kirchenschätze bringen wollten, die silbernen Kreuze und vergoldeten Kelche, die schöngestickten Meßgewänder, die heiligen Bilder im goldenen Rahmen und was sonst noch im Laufe der Jahre und Jahrzehnte der fromme Glaube der Kirchgänger geschenkt und gestiftet hatte. Sie fanden in der Pfarre zwei große hölzerne Kisten, die mit Eisen beschlagen waren und sehr gut schlossen.

Der Freirichter setzte sie eine nach der andern auf eine Radwer und stieß sie selber durch den Pfarrgarten auf eine Wiese, die dahinter lag und zur Widmut gehörte. Dort schaufelte er im Schweiße seines Angesichtes eine Grube, groß genug, die Kisten beide hineinzustellen. Es währte eine gute Stunde, bis ihm die Grube tief genug war.

Dann ließ er die Kisten hinab, die nebeneinander standen, hielt ihre Deckel offen und schickte sich an, aus der Kirche und aus der Sakristei herauszuholen, was versteckt werden sollte.

Er hatte sich eine Schürze vorgebunden, die er jedesmal voll bepackt auf die Wiese schleppte, und allmählich füllte sich der Bauch der Kisten mit dem edlen Kirchengerät, mit den Dingen aus Gold und Silber, bis die Sakristei leer wie eine Totenstube war, und die Kirche halb geplündert und traurig in dem fahlen Märzmittaglicht dalag.

Endlich sprang der Freirichter in die Grube, klappte die Deckel zu, schloß sie ab, legte noch Bretter darauf, daß die Schätze gleichsam in einem Doppelsarge ruhten, und schaufelte alles wieder zu. Das gewachsene Gras, das er zuvor säuberlich abgestochen hatte, legte er wieder auf den kahlen Fleck, und als er fertig war, konnte niemand wissen, wo der Kirchenschatz von Wolffenberg ruhte. Das wußten nur zwei Menschen, der Herr Erasmus und der Ambrosius Scholtz.

Der Freirichter trug die Schaufel zufrieden ins Beinhaus zurück, wo er sie hergenommen, und aß dann mit dem Pfarrer zu Mittag. Es gab Schwarzbrot und Schinken aus der Vorratskammer der Pfarre und Bier aus der „Jakobsleiter“. Am nächsten Tage wollte der Pfarrer mit Luzan oder mit Tuscha nach dem Bannwald hinüber, um dort bei den Seinen die nächsten Dinge und die Zukunft abzuwarten.

Der Alte vom Schanzenbache indessen, der Buschläufer, schritt wacker am Ufer eines Baches auf den Bannwald zu. Auch über ihn war eine neue Kraft und eine tiefe Freude gekommen, daß man seiner bedurfte, und daß selbst der großmächtige Freirichter ihn gerufen und gebeten hatte.

Bald war er im Schatten des düsteren Waldes und ging, da er hier jeden Weg und Steg genau kannte, zielsicher auf jene Einöde zu, wo er die Flüchtlinge vermutete. Aber sie waren nicht so leicht zu finden, wie er gedacht hatte. Erst am späten Nachmittag traf er die Preisentraumer in der Nähe einer großen Wiese an, die im dichtesten Urwalde lag. Der Platz war gut gewählt. Man hatte die Wagen ins Gebüsch gezogen und wohnte allda, während das Vieh in einem Tälchen stand, das, ringsum von Felswänden umgeben, schwer zu finden war.

Rings um das Lager hatte man inzwischen schon einen Steinwall und ein Gehau von Baumstämmen aufgerichtet, hinter dem Wachen aufgestellt waren, die sogar das Falkenauge des alten Tuscha erst bemerkte, als er davor stand.

Er ließ sich zum Bauern Gebhart führen, der an Stelle des Freirichters das Lager befehligte, fragte ihn, ob alles wohl sei, und richtete von Ambrosius Scholtz diese Befehle aus: Es sei verboten, am Tage Feuer zu machen, damit man nicht die Rauchsäulen aus dem Walde aufsteigen sähe. Es solle nur in der

Nacht abgekocht werden, und nur in Höhlen und Felsenlöchern, wo man von ferne keinen Feuerschein sähe. Man solle auch die Wachtposten nicht zu eng um das Lager stellen, vielmehr in weitem Umkreise aussenden, damit man rechtzeitig wüßte, ob jemand käme.

Der Bauer Gebhart versprach, alles nach dem Wunsche des Freirichters zu tun, ließ dem alten Tuscha sodann ein Mahl richten und sandte ihn endlich mit einem jungen Knechte ein Stück in den Wald hinein, wo die Wolffenberger hausen sollten.

Der Abend sank schon hernieder, und der alte Tuscha suchte noch immer die Wolffenberger. Er war bereits in der Nähe des Knappensprunges, aber er fand sie nicht. Nach zwei Stunden endlich wurde er mitten im Walde von Wachtposten angerufen. Ich bin's, der Tuscha, rief er, und komme vom Freirichter. Sie führten ihn zu dem Windmüller Florian, der in einer großen Felsenhöhle hauste. Um ihn herum standen die andern Bauern und hielten Rat.

Die Verstecke der Wolffenberger waren noch besser als die der Leute von Preisentraum. Sie lagen in einem fast unzugänglichen Felsenquartiere, und eine Handvoll Männer wäre imstande gewesen, hier eine große Menge bewaffneter Krieger in Schach zu halten.

Das Vieh stand zum Teil in den Höhlen oder unter tiefdunklen Tannen mitten im Gebüsch.

Dem Windmüller Florian sagte der Tuscha dasselbe, was er dem Gebhart gesagt hatte, meldete ferner, daß morgen abend der Pfarrer käme, ruhte sich ein weniges aus und machte sich dann noch mitten in der Nacht auf, um nach Wolffenberg zurückzukehren.

Im Walde war ein einsames Gehen. Wiewohl er hier jeden Steg kannte, verwirrte ihn doch die Dunkelheit derart, daß er in die Irre ging und das erste Morgengrauen abwarten mußte. Er legte sich unter einen Baum schlafen und erwachte erst, als die Dämmerung grau und fahl im Osten heraufzog.

Er machte sich eilig auf, schritt den Berg hinab, durchquerte den Wald, kletterte über Felsen und durch Bäche und kam gegen Mittag in Wolffenberg an.

Er schritt durch das leere Dorf und sah schon von weitem den Freirichter und den Luzan auf der Zinne des Kirchturms stehn und über das Land sehn.

Er winkte sie herab und gab seinen Bericht. Alles stünde gut, sowohl bei den Preisentraumern wie bei den Wolffenbergern. Und der Bauer Gebhart und der Windmüller Florian ließen sagen, sie möchten gern von Zeit zu Zeit Nachricht haben, was es draußen im Lande gäbe.

Der Freirichter rieb sich zufrieden die Hände, denn auch der Luzan hatte ihm von den Lohwäldern gute Nachricht gebracht, die in den Pesthöhlen an der Lohe sicher saßen wie Dachse in ihrem Bau und Biber in ihren Burgen.

Da es schon zu spät war, um heute noch mit dem Pfarrer in den Bannwald zu gehn und die Wolffenberger aufzusuchen, beschloß man, diesen Plan auf morgen zu verschieben, und so gingen denn die drei Männer in ihr Versteck im Dornwalde, wo der Pfarrer auf sie wartete und ihnen das Mahl schon gesegnet hatte.

Am andern Tage war der Luzan frühzeitig an die Lohe geritten, um zu sehn, ob man nicht irgendwo eine Spur von den Feinden fände.

Der alte Tuscha machte sich zurecht, um den Herrn Erasmus zu seiner Gemeine im Bannwald zu führen, und als er fertig war, gingen sie zusammen mit dem Freirichter ins Dorf hinüber, wo der Pfarrer noch einmal Abschied nehmen wollte von der altvertrauten Stätte seiner Wirksamkeit. Er ging mit Ambrosius Scholtz in die Kirche hinein, und die beiden blieben lange darin, indes der alte Tuscha drüben im Eingange der „Jakobsleiter" stand und über den Platz und die Straße nach dem Kirchenportal hinübersah, wo die beiden verschwunden waren, und wo sie beide wieder erscheinen mußten.

Eine seltsame Angst überkam den Tuscha ...

Ein weites Feld, ein unendliches Feld ...

Die Sonne ging im Osten auf über dem unendlichen Felde. Es war eine große Angst bei dem Grase und bei den Blumen und bei den Kräutern. Sie weheten hin und her, wiewohl kein Wind war. Es war die Angst, die ihre Häupter zur Erde beugte. Ach, wie weinte da das Gras, und die Blumen seufzten, und ihre Kräuter machten sich klein und verkrochen sich ...

Der Herr Erasmus kniete indessen vor seinem leeren Hochaltare und durchlebte noch einmal all die vergangenen Jahre, da er hier gewirkt und gepredigt hatte. Wie schwer war es oft im Anfange, und wie oft wollte er fast verzweifeln, so hoch schienen die Gebirge der Not, und so unwiderstehlich heiß war seine Ungeduld und sein Ungestüm.

Als aber die Jahre kamen und gingen, da wuchs

auch seine Weisheit, und was im Anfange allzu schwer schien, das war im Laufe der Zeit leichter geworden, und umgekehrt hatte manches anfänglich leichte und einfältige Ding am Ende ein ernstes Gesicht und ging nicht aus dem Wege.

Alles das durchlebte der Pfarrer noch einmal, da er von seiner Kirche Abschied nahm. Denn er wußte nicht, ob er sie wiedersehen würde.

Er sah vor sich hin und gedachte lächelnd seiner ersten Predigt, wo er über der dichtgedrängten Kirche den Faden verlor und beinahe hätte mit Schimpf und Schande die Treppe hinunter müssen, wäre ihm nicht im letzten Augenblick noch eine Geschichte eingefallen, die zwar zur Sonntagsepistel nicht paßte, dennoch so schön und sinnreich war, daß alle Hörer ihr Genügen daran fanden und gleich im Anfange den neuen Pfarrer lobten.

Und an seinem Auge zogen noch einmal alle die vorüber, die er zu Grabe geleitet hatte, alle die, die er getauft, und alle die, deren Hände er ineinander gelegt. Und wenn er so alles bedachte, so konnte er zufrieden sein wie ein Vater, der zwar noch seine Sorgen hat, denn wann hören die Sorgen eines Vaters auf? Aber die Kinder sind wohl geraten und machen Freude. Endlich erhob sich der Pfarrer und ging mit dem Freirichter durch das Tor unter dem Turme wieder auf den Gottesacker hinaus.

Der Freirichter nahm den großen Schlüsselbund, den er auf ein Sitzbänkel gelegt hatte, und schloß die Kirchtür zu.

Plötzlich steckte oberhalb der Türklinke, die er in der Hand hatte, um sie noch einmal zu proben und herabzudrücken, plötzlich steckte oberhalb der Türklinke ein fremder Pfeil.

Der Freirichter erschrak zu Tode, als er in der großen alten hölzernen Kirchtür, auf die die Sonne schien, den fremden Pfeil stecken sah, dessen Schwanz noch leise nachzitterte. Er drehte sich langsam um und sah über die Kirchhofsmauer zehn, zwanzig, dreißig gelbe Teufel grinsen, die alle mit ihren Bögen nach ihm zielten. Der Herr Erasmus, der schon ein wenig schwerhörig war, saß indessen auf dem Bänkel an der Tür und hatte von alledem noch nichts bemerkt.

Gott im Himmel, sei meiner armen Seele gnädig! dachte der Freirichter, da tanzte auch schon ein rotgeschwänzter Pfeil durch die Luft, durchbohrte ihm die Gurgel und warf ihn röchelnd hintüber, daß er an die Tür sank, die er soeben zugeschlossen hatte. Ehe sich der Herr Erasmus versah, ward auch seine Seele auf die große Reise geschickt, und er sank lautlos über die Leiche des Freirichters.

Dann sprangen die Tatern hinter der Mauer hervor in den Kirchhof hinab, schlossen die mächtige Tür auf, schleppten die beiden Toten hinter sich her und stürmten in die Kirche, heulend und schreiend wie eine Meute der Hölle. Es mögen vierzig, fünfzig, auch sechzig gewesen sein.

Der Tuscha stand noch immer in der Tür der „Jakobsleiter" und erwachte erst jetzt aus seiner Starre. Eine ingrimmige Wut packte ihn. Er nahm seinen Bogen, sein Bündel Pfeile und das Buschmesser samt dem Feuerquirl, was er allzeit bei sich trug, und sprang in langen Sätzen zur Kirche hinüber. Er schloß die Türe zu, fachte an seinem Zunderschwamme Feuer an und legte es unter den Turm, wo im Laufe der Jahre schon ein wenig Holzstaub aus den Brettern gerieselt war. Es dauerte nicht lange, und bald war der untere Teil des Turmes eine einzig schöne rotblühende Feuerlaube.

Die Tatern, die in der Kirche gefangen waren, versuchten an die hohen Fenster zu klettern und von hier das Freie zu gewinnen. Aber der alte Tuscha umkreiste wie ein hassender Rächer die Feuersbrunst und schoß jeden ab, der sich sehen ließ. Als er den einen verfehlte, so daß dieser auf den Boden herabsprang und entfloh, da holte er ihn mit fünf Sätzen ein und drehte ihm noch halb im Laufe knirschend das Genick um.

Keiner entwich. Die Vorhut der Tatern, die von Norden her in die Freirichterei gekommen war, verbrannte in der Kirche zu Wolffenberg.

Schaurig schön stand der brennende Turm in das Land hinein, als wollte er jeder Kreatur künden: Der große Freirichter ist tot! Der Ambrosius Scholtz ist tot! Was soll ich da noch stehen, ich, sein Turm? Ist etwa das Geschöpf mehr als sein Schöpfer? Hört es alle: Tot ist der Freund des Herzogs, der Gründer von Lohwald, der Vater der vier Dörfer, mein Erbauer ist tot! Klagt alle, ihr Bäume im Lande, ihr Wasser und Steine, ihr Buchen von Olipa und ihr Tannen im Bannwalde, wehe, wehe, der große Freirichter ist tot! Ihr seid alle wie eine Schar von Kindern, denen der Vater gestorben ist!

Man sah die brennende Kirche und den flammenden Turm weit im Lande. Die geflüchteten Preisentraumer sahen ihn von ihren Baumwipfeln aus und die Wolffenberger von der Spitze ihrer Felsen. Man sah ihn vom Breitensteine und aus den Pestlöchern am Lohefluße. Da wußten alle, daß ein großes Unglück geschehen war, und daß nun wirklich die Tatern da seien.

Daß freilich der Freirichter tot war und der Pfarrer dazu, ahnte niemand.

Man verstärkte in den Einöden die Wachen, man machte die Steinmauern und die Baumverhaue noch höher, man schliff die Messer und Spieße, man schnitzte Pfeile und bespannte die Bogen und Armbrüste neu, man legte überall im Bannwalde Brotverstecke an, wenn man etwa flüchten sollte, und man bat endlich in heißen Gebeten Gott den Allmächtigen, er möge helfen und dem Feinde ein Widerstand sein.

Denn was sind feste Häuser und stolze Kirchen aus Holz und Stein, wenn der Herr nicht zur Nacht- und zur Kriegszeit sie hütet? Was sind Äcker und Felder und Korn und Vieh? Eitle Güter, wenn nicht der Eine sie hält und schützt, von dem sie der Bauer zu Lehen hat.

Der Tuscha aber, nachdem er sein Rächerwerk getan und die beiden Toten ihren Tod mit vielen anderen Toten vergolten hatten, nahm dann noch die Taternpferde, die draußen am Rande des Dornwaldes angebunden waren und trieb sie mit Luzan in das Gestrüpp hinein, wo sie zwischen Sumpf und Dorn elend umkamen. Und als eines sich frei machte und über das Feld laufen wollte, erschoß es der Alte mit einem Pfeile.

Denn sein Zorn und Ingrimm war ohne Grenzen.

Ein paar Tage später überflutete eine unermeßliche Feindesschar das ganze Loheland.

Die Sonne, die unbarmherzige Sonne ging langsam über das weite Feld zur Höhe des Mittags, wo sie ruhete. Aber die Angst der Gräser ruhete nicht, und das Seufzen der Blumen verstummte nicht, und die Kräuter standen und zitterten. Als die Sonne am Nachmittagstein stand, wo sie ihre goldene Krone mit einer silbernen tauscht, kam das bleiche Heer aus dem Osten.

Es stand eine lange Zeit unbeweglich am Rande des Feldes und schaute schweigend in die sinkende Sonne herüber und in das stille blühende Land.

Kein Wild war da. Es fror das Gras, die große Heide fror. Die Berge hielten den Atem an, und die Bäche im Lande stockten. O die unbarmherzige Sonne, daß keine Nacht war!

Unzählig war das Heer, das im Osten stand. Sie brausten über das Feld, und wo der Huf ihrer Pferde hintraf, da wuchs kein Gras mehr . . .

Da ging die Prophetie des Tuscha schauerlich in Erfüllung.

Sie standen an einem Nachmittag am östlichen Loheufer und schauten von ihren Pferden ins Land, das jenseits lag. Die Dächer von Lohwald winkten aus den Bäumen herüber, die Felder trugen das erste Grün des Frühlings, und viele Pflüge standen auf den Äckern und harrten der Hand, die kommen sollte, mit ihnen das Feld zu brechen.

Die Tatern saßen am Loheufer von ihren Pferden ab und warteten. Denn ihre Anführer beratschlagten, ob sie sollten an dem Flusse entlang ziehn oder ihn überschreiten.

Ungemein wild und schmutzig waren die Eroberer. Klein und oft fast gnomenhaft, hatten sie doch breite Schultern und starke Arme wie Erdmänner, die wenig das Licht des Tages schaun. Ihre Farbe war gelb und wie die von Pestkranken. Ihre schmalen Augen lagen schief und tief in den Höhlen, und ihre Backenknochen sprangen weit vor, als hätten sie nie satt zu essen. Sie sahen nicht wie Menschen aus, die Gott der Herr gemacht, sondern wie wilde Tiere, die der Teufel dem Bilde des Menschen, dem Ebenbilde Gottes, nachgeäfft hat.

Ihre Pferde waren gleichermaßen häßlich und struppig, klein und breit. Von Ferne sahen sie aus wie große Hunde. Sie wurden ohne Sattel geritten, und viele hatten nicht einmal ein Zaumzeug. Alle Tatern waren beritten, nicht nur ihre Fürsten und Krieger, sondern auch ihre Weiber und Kinder. Denn so viele Menschen es bei ihnen gab, soviel Pferde gab es auch und noch eine ganze Anzahl darüber, die bei den letzten Scharen an langen Leinen mitgeführt wurden.

Sie führten auch schnellfüßige Rinder mit sich, deren Milch neben der ihrer Stuten ihre vornehmlichste Nahrung war. Eine Unzahl halbwilder Hunde umschwärmte am Tage ihre Pferde und des Nachts ihre Zelte, die meist aus Fellen waren und dort aufgeschlagen wurden, wo man gerade war. Sie schienen nicht wählerisch bei der Suche nach einem Lagerplatze, wenn er nur genug Weide bot. So viele Menschen und Tiere mußten selbst ein blühendes Land in kurzem auffressen und zur Einöde machen.

Die Waffen der Tatern waren zumeist die Keule und der Schwinghammer für den Nahkampf und der schnelle Pfeil für die Ferne. Sie waren in diesen Waffen Meister. Im übrigen verstanden sie von den Regeln der Kriegskunst nichts, denn ihre Kriegführung war Barbarei, und sie verdankten ihre traurigen Siege nicht einem überlegenen Heerführer oder ihrer größeren Tapferkeit, vielmehr allein ihrer Menge, ihrer unermeßlichen Wildheit und der unbeschreiblichen Angst, die ihnen vorauslief.

Während ihre Heerführer gegenüber dem Dorfe Lohwald noch beratschlagten, wobei sie gurgelnde Worte miteinander sprachen, die dem heiseren Gebell von Hunden ähnlicher waren denn einer menschlichen Sprache, rutschten viele der Krieger und der Weiber an die Lohe hinunter und tranken dort bäuchlings das gelbe schmutzige Frühlingswasser, indem sie sich über die Flut neigten und sie mit dem Munde schlürften.

Als ein junger Mann auf seinem Pferde den reißenden Bach zu durchqueren suchte, weil er den Ratschluß der Fürsten nicht erwarten konnte, nahm einer derselben schweigend seinen Bogen und schoß erst ihn und dann sein Pferd ab, daß beide röchelnd in den Fluten verschwanden und schnell talab strudelten, woraus man ersieht, daß selbst bei so wilden Völkerschaften der Gehorsam als die oberste Tugend geachtet wird, ohne welche keine Gemeinschaft zu denken. Nachdem die Anführer sich beraten, ritten sie zu ihren Scharen zurück und brachen fast gleichzeitig über den Fluß.

Die kleinen zähen Pferde kämpften mit großer Ausdauer gegen die reißende Flut und fast alle gewannen das andre Ufer. Den schwächeren warf man Stricke zu und zog sie heraus.

Dann kletterte das wilde Volk den Steilhang hinauf und stand nun in einer Ausdehnung von einer Meile und mehr an der Grenze der Freirichterei.

Sie verschnauften ein wenig, und dann brausten sie wie eine Hagelwolke in das stille weite Land, das vor ihrem Nahen erschauerte . . .

Noch in dieser Nacht brannten alle vier Dörfer, Lohwald als erstes, sodann Dürrsiedel und Wolffenberg und endlich auch Preisentraum.

Das Feuer sprang von Gehöft zu Gehöft, und war der Abstand zu groß, halfen die Tatern nach und steckten einen brennenden Strohwisch unter das Dach.

Da sank der Fleiß vieler Geschlechter in Schutt und Asche. Wie viele Mühe verbrannte da mit, wieviel saurer Schweiß, wieviel Nachtwachen, wieviel gute und schlechte Ernten, wieviel Kummer und Gram, wieviel Hunger und Durst! Alles verbrannte.

Sie schütteten den Unrat ihrer Tiere in die Brunnen, sie hieben die Obstbäume im Garten um, sie verwüsteten das weite Feld, und was zu zerstören war, sie zerstörten es.

Als sie in Wolffenberg im Schutt der Kirche einige Anzeichen entdeckten, daß hier ihre Vorhut mit verbrannt, kannte ihre Wut keine Grenzen. Sie machten Wolffenberg der Erde gleich und ließen kaum einen Stein auf dem andern.

Nur eines von den vielen Häusern in den vier Dörfern blieb unversehrt, der Eckehof. Als sie hier einbrachen, fanden sie die Großmutter am Herde sitzen. Man wußte nicht, ob sie noch lebte, oder ob sie schon gestorben war. Das Grauen packte selbst diese Teufel, so daß sie entwichen und ihre Anführer holten. Diese sahen scheu zur Tür herein und entschieden, daß dieser Hof sollte unbetreten bleiben, denn das alte Weib sei eine Göttin.

So verehrte selbst diese Ausgeburt der Hölle etwas Göttliches und war der Schonung fähig. Die alte Eckegroßmutter aber schützte noch im Tode ihr Eigentum und ihr Werk, das sie vor mehr als zwei Menschenaltern mit ihrem Ambrosius zusammen aufgebaut hatte.

Ihr Geist war stark genug, selbst den Tatern Ehrfurcht einzuflößen, so daß ihr Haus, mit soviel Liebe und Kummer gebaut, stehenblieb.

Alles andre aber wurde zerstört, und es ward nichts geschont.

Die Leute in den Einöden sahen den Brand ihrer Dörfer und sahen mit Tränen in den Augen all ihre Habe einen Raub der Flammen werden. Andre wieder hoben die Fäuste zum Himmel, fluchten und murrten gegen Gott und sprachen: Wie kann er so etwas zulassen?

Die meisten aber gingen zu ihrem Vorsteher, zum Gebhart oder zum Florian, zum Franz oder zum Eckebauern und sprachen: Wir wollen hier nicht untätig sitzen und zusehn, wie sie uns auch noch den Wald anstecken. Wir wollen kämpfen, und wenn's sein muß, auch sterben. Aber bloß eines nicht: So dasitzen müssen, untätig, Tag für Tag und Nacht für Nacht, und zusehn, wie draußen das Land brennt!

Für den Fall, daß er sterben sollte, hatte der Freirichter den Ambrosius Ecke aus Dürrsiedel bestimmt, an seiner Stelle den Befehl zu führen, Anordnungen zu treffen und sodann bei ruhigeren Zeitläuften dem Herzog Bericht erstatten.

Jetzt, als der alte Tuscha und sein Sohn Luzan den Flüchtlingen in den vier Einöden von dem Tode des Freirichters und des Pfarrers meldeten, ging ein großes Wehklagen durch alle Lager. Denn wenn der Ambrosius Scholtz die Kraft und die Gerechtigkeit war, so war der Herr Erasmus die Güte und die Barmherzigkeit, und mit einem Male beider beraubt sein, hieß für die Freirichterei einem Hofe gleichen, wo Vater und Mutter am selben Tage gestorben sind. Sie waren Vollwaisen geworden, die Leute aus den vier Dörfern, und diese Nachricht und diese Gewißheit erschütterte sie so, daß sie tagelang verstört durcheinander liefen.

Somit war jetzt der Eckebauer Freirichter und Kriegsvogt geworden, und alle Verantwortung lag nunmehr auf seinen Schultern. Aber schon in den ersten Tagen, da die Boten in seiner Holzhütte am Breitensteine ein und aus gingen, Botschaft brachten und Botschaft trugen, und vielerlei wollte erledigt sein, fügte es sich mit Notwendigkeit, daß er nichts ohne Salomäa tat, und daß die Tochter, die ihm in guten Tagen den Hof geführt, nun auch in bösen und beschwerlichen Tagen seine Ratgeberin blieb, ohne die er kaum etwas tat.

Es war, wie wenn ein Fürst einen klugen Kanzler hat, der immer im Schatten hinter dem Throne steht, niemals Ehre und Ruhm verlangt, aber immer da ist, wenn man ihn braucht. Sie alle glauben, der Fürst sei klug, aber sein Kanzler ist es.

Der Ambrosius Ecke war ein tüchtiger Mann, aber seine Tochter Salomäa übertraf ihn um ein Vielfaches. Während er nach der Art der fränkischen Leute den lieben Gott gern einen guten Mann sein ließ, dem ein fröhliches Gesicht lieber ist als ein trauriges, war er allezeit zum Scherzen und Lachen aufgelegt. Er tat das Seine, aber er tat nicht mehr. Entscheidungen ging er gern aus dem Wege, und als es einmal darum ging, ein Stück Acker hinzuzukaufen, von dem man nicht wußte, was er wert sei, da blieb er, was er sonst nie tat, zwei Tage in der „Jakobsleiter“, nur um den Kauf noch ein paar Stunden hinauszögern zu können. Wenn ihn die Pflicht rief, war er zur Stelle, aber er wartete immer auf ihren Anruf und ging nie von selbst.

Ganz anders die Tochter. Es war, als sei in Salomäa die brodelnde Inbrunst ihres Großvaters Ambrosius und die zähe Tapferkeit ihrer Großmutter Barbara vereinigt. Eben noch der zärtlichsten Hingabe fähig, konnte sie im nächsten Augenblicke befehlen wie ein Mann, Anordnungen treffen wie ein Fürst und strafende Blicke tun wie ein Gott.

Vielleicht hatte der tote Freirichter mit der Bestimmung über seinen Nachfolger viel weniger an den Eckebauern als an die Ecketochter gedacht und gehofft, daß sie vielleicht imstande wäre, sein großes Erbe getreulich zu verwalten.

Und sie war es. Indem der Zufall es wollte, daß der Eckebauer kurz danach an einer langwierigen Halsseuche erkrankte und lange Zeit die Boten an seinem Bett empfangen mußte, kam es, daß Salomäa vom Schicksal selber aus dem Schatten hinter dem Throne hervorgeholt und auf den Thron gesetzt wurde. Bald spürte jeder in den vier Einöden, daß vom Breitensteine ein neuer, scharfer und mutiger Wind herüberwehte.

Den alten Tuscha hatte Salomäa nach Breslau gesandt, dort in der herzoglichen Burg Meldung zu erstatten, was geschehen war, und Weisung zu erbitten, was geschehen sollte.

Den Luzan sandte sie mit kalten Augen nach Goldberg, dort dem Bergmeister zu melden, daß sein Bruder tot sei, und daß in Kürze an hundert Männer zu ihnen kämen, die willens seien, in offener Feldschlacht gegen die Tatern zu kämpfen. Man warte nur noch den Befehl des Herzogs ab.

Sie zog junge Burschen zu Botendiensten heran und war jeden Tag unterrichtet, wie es an der Lohe, am Knappensprunge und im Bannwalde aussah.

Als man ihr meldete, daß im Guhlauer Grunde eine Schar von Tatern gesichtet worden sei, die dort mit ihren Rinderherden stünden und die Nacht verbringen wollten, befahl sie sofort alle waffenfähigen Männer aus Dürrsiedel und Naßsiedel zu sich, es waren an die sechzig, bestellte den Hinrich Einsam, den Sohn des Thomas, zu ihrem Führer und hieß sie das Taternlager zur Nachtzeit überfallen.

Der Handstreich glückte vollkommen. Die Teufel wurden während des Nachtschlafs zusammengehaun, ehe sie wußten, was ihnen geschah, ihre Zelte wurden angesteckt und das Vieh, an hundert Rinder, in die Einöde am Breitenstein abgetrieben. Auf seiten der Bauern war nur ein junger Knecht totgeblieben, der nicht schnell genug einem Feinde das Messer in die Rippen stieß, so daß jener ihm mit aller Gewalt den Schwinghammer auf den Schädel schlug. Dazu kamen noch sechs Verwundete.

Dieser Überfall im Guhlauer Grunde stärkte das Ansehen der Salomäa ebensosehr wie den Mut der Männer. Sie fingen an, in der Ecketochter ihre Freirichterin zu erblicken, und der Beiname: Hasserin entschwand allmählich ihrem Gedächtnis.

In Männerkleidern besuchte sie zusammen mit einem Boten die Pestlöcher am Loheflusse, wo die Lohwälder sicher hausten, ebenso wie die Felsenquartiere der Wolffenberger am Knappensprunge und die Waldverstecke der Preisentraumer im Bannwalde. Bei diesen Besuchen forderte sie die Männer auf, sich und ihre Waffen bereit zu machen. In ein paar Tagen sollte jeder Mann, den das Los träfe, nach der Gegend von Löwenberg ziehn, wohin der Herzog alle waffenfähigen Männer des Herzogtums zusammengerufen. Auch habe der alte Tuscha die

Nachricht gebracht, daß der König von Böhmen mit einer gewaltigen Heeresmacht vor Krossen liege und dort den Ansturm der Tatern erwarte.

Diese Nachrichten erfüllten das Herz der deutschen Bauern mit neuem Mute. Sie rüsteten sich zum Aufbruche, und an dem vorbestimmten Tage, nämlich an dem des heiligen Benedikt, stellten sie sich in ihren Einöden im Kreise auf und griffen in einen irdenen Topf. Wer eine bunte Bohne griff, der durfte mitziehn, wer aber eine weiße Bohne, mußte dableiben. Denn man benötigte auch in den Einöden Schutz vor umherziehenden Taternhorden, die fernab von dem großen Schwarme seitwärts oder hinterher über das Land strichen und zusahen, was ihnen der erste Haufe zum Morden und Plündern noch übriggelassen.

Viele dieser Abseitshaufen wurden im ganzen Lande von den geflüchteten Bauern in Hinterhalte gelockt und dort niedergemacht.

So verführte ein Lohwälder Jungbauer, der zum Scheine mit zwei feisten Rindern am Ufer entlang die Lohe talab flüchtete, eine große Schar solcher gelber Plünderteufel ihm nachzusetzen.

Dort aber, wo der Weg rechts von hohen Lehmwänden und links von tiefen Flußschluchten begrenzt wird, erschienen plötzlich auf der Höhe die Lohwälder Bauern und warfen große Steine und Körbe mit Sand auf die gelben Hunde, die aus Angst, zerdrückt zu werden, die steilen Hänge zum Wasser hinabsprangen. Die Hälfte brach hierbei den Hals, der Rest geriet in ein Unland, das von oben wie eine grüne Wiese aussah, in Wirklichkeit aber ein übertünchter tückischer Sumpf war.

Nicht einer von den Kerlen entkam, und die Lohwälder waren für ein paar Tage die großen Helden, bis die Preisentraumer antraten und eine Kohorte von Tatern in einem Waldtale zusammenhieben. Ambrosius und Erasmus war ihr Feldgeschrei, und der tote Freirichter und der tote Pfarrer wurden viel hundert Male gerächt.

Das war der Stand der Dinge in jenen Tagen, da Salomäa Freirichterin war, nicht dem Namen nach, wohl aber nach der Gewalt und dem Ansehen.

Am Tage St. Benedikti, am 21. März dieses Tatern-jahres 1241, zogen auf getrennten Wegen die durch das Los bestimmten Männer aus ihren Einöden, um nach Goldberg zu trachten und allda zu dem großen Heere des Herzogs Heinrich zu stoßen.

Salomäa, die den Berg Silensi und alles Land ringsum am besten kannte, hatte als Treffpunkt eine große Höhle in den westlichen Vorbergen bestimmt, die, mit dichtem Urwald bedeckt, weit in das Bauernland hinausragten. In dieser Höhle wollten sie sich um Mitternacht treffen.

Salomäa ging mit den bestimmten Männern aus Dürrsiedel und mit dem alten Tuscha, da es dunkel geworden war, in die Nacht hinein. Stundenlang schlichen sie lautlos hintereinander her durch die unwegsame Wildnis, und keiner sprach ein Wort, denn man wußte nicht, wo die Tatern hausten oder sich auf nächtlicher Jagd umhertrieben.

Zuerst stand der bleiche Mond über dem Berge Silensi und zeichnete in blassen Umrissen den Bannwald und die Vorberge, auf die man zustrebte. Es währte aber nicht lange, so zog rings um den Himmelsrand ein Wetterleuchten herauf, und das erste Frühlingsgewitter dieses Jahres war im Anzuge.

Sie verdoppelten ihre Eile, um noch vor dem Regen bei der Höhle zu sein.

Kurz vor Mitternacht waren sie da. Die Wolffenberger und die Preisentraumer warteten schon, und eine kleine Zeit später kamen als die letzten die Lohwälder. Denn sie hatten es am weitesten.

Es war eine große Freude unter den Männern, als sie sich nach so langer Zeit alle wieder einmal versammelt fanden. Man hatte in der Höhle aus Vorsicht kein Licht gemacht, so daß niemand wußte, wem er die Hand gab, und wessen Rechte er schüttelte. Aber sie erkannten einander an der Stimme, und diese seltsame Zusammenkunft, wo niemand den andern sah, nur hörte und doch lebendig spürte, war allen denkwürdig und unvergeßlich.

Denn es war nicht nur die dunkle Nacht und die finstre Höhle, nicht nur der noch immer lastende Tod des Freirichters und des Pfarrers, vielmehr war es die eigene Zukunft, die diese ernsten Männer nach der ersten Freude des Wiedersehens noch ernster machte.

Inzwischen aber war draußen das Gewitter Wirklichkeit geworden, ein entsetzlicher Wolkenbruch strömte vom Himmel herab und bildete vor dem Eingange der Höhle einen silbernen Vorhang, der als Wasserfall von den höher gelegenen Felsen in die Tiefe fiel. Dazwischen zuckten Blitze und immer wieder wurde der Himmel, der Wald und der Wasservorhang gespenstisch erleuchtet. Die Männer schwiegen still und rückten näher aneinander.

Plötzlich hörte man eine Stimme sprechen. Sie redete mit der Eindringlichkeit eines Propheten, und ein paar Augenblicke schien es, als sei der Geist des Herrn Erasmus in der Höhle und predigte.

Aber es war der alte Tuscha, über den nach langer Zeit wieder die Schau seines Volkes gekommen war, die Gabe der Weissagung aus dem fließenden Wasser ...

Ich sehe ihn, den Großmächtigen. Er sitzt auf einem goldenen Throne und über ihm stehen Säulen aus blauem Stein. Einen so prächtigen Thron sah ich noch nie.

Der großmächtige Kaiser sitzt auf Purpur und Samt und spielt mit der goldenen Kette, die ihm um den Hals hängt. Zu seinen Füßen liegen sieben seidene Kissen, darauf liegen sieben goldene Kronen. Sie sind aus Gold und strahlen im Überflusse ihrer funkelnden Steine. Solche Kronen sah ich noch nie.

Viele Männer stehn um den Thron und sprechen mit dem großmächtigen Kaiser. Ich verstehe ihre Sprache nicht.

Da sind Männer in langen Gewändern und mit langen Bärten. Sie blicken ernst und weise, und der Kaiser gestattet ihnen, sich auf die Stufen seines Thrones zu setzen.

Andere tragen blitzende Rüstungen und stehen hinter dem Throne. Sie tragen in beringten Händen funkelnde Schwerter, auf die sie sich stützen.

Und andere gibt es, auf deren Fäusten sitzen Falken. Sie lehnen an den Fensterborden und schauen über blühende Gärten aufs Meer hinaus.

Daß ein Kaiser so groß ist! ...

Eine große Stille war in der Höhle, denn jeder fühlte die Nähe des Unnahbaren und die Offenbarung des Geheimnisvollen.

Da hörte man in die Stille hinein die bittre Stimme eines Weibes, es war die Salomäas: Frage den Kaiser, wo er bleibt! Sag ihm, die Tatern sind da!

Wieder verging eine Zeit, während draußen der Regen floß und die Blitze zuckten.

Da schrie Tuscha auf einmal auf:

Kaiser, Kaiser, hörst du mich? Unsre Freirichterin fragt, wo du bleibst? Die Tatern sind da! — Dann hörte man einen dumpfen Fall, und die Vision war vorbei. Noch lange saßen die Männer eng zusammengerückt in der Finsternis und hielten den Atem an. Erschütternd war der Schrei des alten Tuscha gewesen, als sei er der Schrei des ganzen Landes: Kaiser, hörst du mich? . . . Die Tatern sind da!

Aber keine Antwort kam. Palermo lag weltenweit, und der Kaiser residierte dort in seiner göttergleichen Großmächtigkeit, während im Lande Schlesien die Tatern hausten.

Was war Schlesien für den Kaiser? Ein Ranft am Rande der Welt, ein kleines Land unter vielen, kaum genannt, nie gekannt. Wehe!

Aber da das Unwetter vorbei war, erhub sich eine andre Stimme, und das war die große dunkle Stimme Salomäas, die durch den Raum wie eine Glocke tönte, und die sprach:

Männer! Mein Vater Ambrosius hat mich zu euch gesandt, um noch ein paar Abschiedsworte zu euch zu sprechen. Er selber liegt krank und kann nicht auf.

Ich sehe euch nicht in der großen Dunkelheit, aber ich weiß, wer da ist. Ich kenne euch alle.

Das Los hat euch bestimmt, hinauszuziehn und unter der Fahne des Herzogs die offene Feldschlacht mit den Tatern zu wagen.

Ich möchte ein Mann sein, um diese Stunde zu erleben, wo ihr euch rächen werdet für eure niedergebrannten Häuser, für eure verödeten Äcker, für eure vergifteten Brunnen, für eure zerhauenen Bäume.

Geht als Rächer hinaus, und der heilige Zorn Gottes sei mit euch. Wer von euch auf der Walstatt bleibt, sei uns gelobt, wer wiederkommt, sei uns willkommen!

Ich will nicht viel Worte machen, denn euer Tun ist zu groß, als daß es noch große Worte vertrüge. Tut euer Werk, wie wir in unsern Einöden unser Werk tun werden, und nun betet ein letztes Mal vor dem Auszuge und dann geht!

Die Männer knieten nieder, beteten still ein Vaterunser und gingen hinaus aus der Höhle. An der Pforte stand Salomäa und drückte jedem die Hand. Dann gingen sie in den regentropfenden Wald hinein und waren alsbald verschwunden.

Salomäa aber blieb die ganze Nacht in der Höhle bei dem alten Tuscha, der dort lag wie ein Toter und kaum atmete.

Nun überstürzten sich die Ereignisse in einem dämonischen Wirbel wie die Fluten eines Gießbaches, von denen jede die erste sein will, oder wie die Schrecknisse einer Gewitternacht, die so mannigfach sind und so schnell einander folgen, daß das geblendete Auge und das betäubte Ohr nicht mehr wissen, was früher war, der Blitz oder der Donner.

In einem unfaßlichen Chaos geht alles unter, und so schrecklich solche Zeiten sind, so großartig sind sie auch. Denn sie entsprechen der Natur des Menschen, von dem nicht nur geschrieben steht: Ihm ist eine Zeit gegeben, daß er lebe und wirke! sondern von dem noch ein ander Wort gilt: Er soll aufrecht stehn, auch wenn alles um ihn falle!

In glücklichen Tagen, in dem fröhlichen Gleichmaß von Saat und Ernte das Seine zu tun, kostet nur

Schweiß. In den brennenden Tagen des Chaos aufrecht zu stehn, auch wenn alles ringsum falle, erfordert den Mut des Helden, weshalb aus der einzigen Heldentat des Äneas, der sein Vaterland Ilion hinsinken sah und noch aufrecht stand, ein ganzes Geschlecht von Helden, nämlich die Römer entsprossen.

Mit einem Male war das Land Schlesien seiner Dämmerung entstiegen und hervorgetaucht aus dem Dunkel der Sage und der halben Ahnung. Es stand nun mitten auf der Bühne der Weltgeschichte, und das ganze Abendland sah ihm zu. Denn hier mußte sich das Schicksal Europas entscheiden.

Der Kaiser war blind, wenn er glaubte, dieses Land Silesia sei ein Ranft an dem großmächtigen Brotlaibe seines Reiches, sei ein Abfall aus der Fülle seiner Länder, sei ein Winkel in dem Hause seiner Macht. Hier ballte sich jetzt Geschichte zusammen, nicht nur die Geschichte eines Herzogtums, nicht nur die Geschichte des Reiches, vielmehr die Geschichte des Abendlandes.

Da war das Land der Dämmerung entstiegen und empfing die Krone der Geschichte, zwar unter heißen Schmerzen und mit tiefer Verwüstung, aber zugleich auch mit einer hohen Sendung und mit einer unverjährbaren Pflicht ...

Längst war der alte Tuscha schon wieder auf dem Wege nach Breslau, wohin ihn Salomäa gesandt. Er lief meist in der Nacht. Und wiewohl er ein alter Mann war, jetzt, da das Land in Not war, lief er wie ein Jagdhund unermüdlich talauf, talab, und wenn ihm unterwegs ein versprengter Feind in die Fänge kam, den er mit dem Pfeile oder mit dem Messer niedermachte, so galt ihm der Weg doppelt gesegnet. Denn sein Zorn und sein Ingrimm war ohne Grenzen.

Plötzlich sah er am Himmelsrande, daß Breslau brannte. Die ganze große Stadt Breslau brannte. Eine schaurige Purpurröte bedeckte den Himmel über ihr, und man sah deutlich über die Bäume in der Ferne die Flammen steigen.

Der alte Tuscha traute seinen Augen kaum. Sollten die Tatern es gewagt haben, so weit vorzudringen und unter den Augen der städtischen Lanzenknechte Brandfackeln in die Stadt zu werfen?

In einem weiten Bogen umkreiste der Alte die Brandstatt und traf gegenüber dem Sande auf die Oder. Hier fand er viel Volk, von dem er hörte, daß die Breslauer selber ihre Stadt angesteckt, um den Tatern keinen Unterschlupf zu gewähren. Es war allda ein gewaltiges Getümmel und Durcheinander. Die ganze Nacht hindurch fuhren die Wagen der Bürger über die Oderbrücke auf den Sand und von da auf den Dom, der als der einzig sichere Ort galt.

Die ärmeren Bürger, die keinen Wagen hatten, trugen das Ihre in großen Säcken auf dem Rücken oder schleppten es in einem kleinen Handwagen mit. Die Frauen hielten die Kinder an der Hand oder trugen die Kleinen an der Brust, und es herrschte an den beiden Brücken ein lebensgefährliches Gedränge.

Sowohl der Burgvogt von St. Martin wie auch der Bischof hatten vorgesorgt, soweit eine Vorsorge in wenigen Tagen, ja Stunden möglich war.

Man brachte die meisten Flüchtlinge in den Scheunen und Ställen unter, die sowohl zur herzoglichen Burg wie auch zur Residenz des Bischofs gehörten. Zwar herrschte hier bald eine atemberaubende Enge, aber sie war besser als der Tod unter den Schwinghämmern der Tatern.

Als diese Räume nicht ausreichten, mußte man

auch die Kirchen belegen. Man ließ die Flüchtlinge in den Dom, auch in die Kirche St. Ägidi, die daselbst stand, und in die Burgkapelle St. Martini.

Der große Ratsaal wurde ebenso belegt wie der bischöfliche Kapitelsaal. Denn man bedurfte jetzt weniger des Rates als vielmehr der rettenden Tat.

Als aber alles das noch immer nicht zureichte, weil sich unter die fliehenden Breslauer Bürger viele Bauern aus den umliegenden Dörfern geschmuggelt hatten, waren auch die Straßen bald belagert, daß es aussah, als sei da ein lustiges Jahrmarktfest, was doch nur eine Flucht und eine große gemeine Not war . . .

Der alte Tuscha mischte sich unter die Drängenden, und obwohl es Deutsche waren, über deren Elend er sich vor kurzer Zeit noch gefreut hätte, jetzt fühlte er sich mit ihnen verbunden und eins: Nämlich sie waren alle ein und dasselbe Volk, das friedlich sein Land bebaute und seinen Gewerben nachging, bis Feinde kamen und das werdende Paradies in eine Hölle verwandelten.

Wieder stieg in ihm derselbe Zorn und Ingrimm hoch wie damals, als er dem Tode des Pfarrers und Freirichters zusehen mußte. Und jetzt noch huschte über sein uraltes zerfurchtes Gesicht ein Lächeln, wenn er an die brennende Kirche in Wolffenberg dachte und an die schreienden Vögel, die er von den schmalen Fensterborden herabschoß. Das war eine Jagd!

Und der alte Tuscha, mitten in der allgemeinen Not, ging fast fröhlich dahin, und sein Herz verlangte nach neuen Taten. Denn es soll der Mensch aufrecht stehn, auch wenn alles rings um ihn falle!

Schauerlich leuchtete durch die Nacht die brennende Stadt über die Oder. Das halbe Herzogtum war nächtens erhellt, und man sah den Feuerschein ebenso in den Einöden am Bannwalde wie im Kloster Trebnitz, man sah ihn von der Kastellanei in Brieg bis zum Leubuser Stift.

Der letzte Bürger war über die Brücke gekommen, und die ganze Bürgerschaft war nun auf dem Sande und auf dem Dome vereinigt. Wehe, wenn diese letzte Zuflucht fiele! Da wäre das Herz des Herzogtums gefallen, der Inbegriff des Stammes, das Erbe des Oderfürsten, die Pracht und die Stärke des ganzen Landes.

Und siehe, Gott erweckte schon in dieser Nacht den Helden, der diese letzte Insel des Deutschtums und der christlichen Kirche halten sollte.

Als nämlich in der Nähe der Dombrücke, wo Tuscha faul herumstand und sich den Brand in der Stadt besah, ein Wagenrad brach und eine solche Verwirrung entstand, daß die Frauen und Kinder fürchten mußten, zu Tode getreten zu werden, weil es vorn nicht weiter ging, die Leute hinten aber in ihrer Unvernunft vorwärts drängten, als seien ihnen schon die Tatern auf den Fersen und ein gellendes Jammern und Schreien entstand, da kam plötzlich vom Dom her auf der engen Straße ein Mann geritten, besah sich die Lage mit einem Blick, nahm dann seine Pferdepeitsche und hieb ohne Rücksicht auf die Nachrückenden ein, die erschreckt zurückwichen.

Seid ihr Menschen oder seid ihr tolles Vieh? schrie der Mann. Wollt ihr wehrlose Frauen und Kinder niedertreten? Wer jetzt noch einen Schritt vorwärts tut, den lasse ich gefangennehmen und einkerkern! Wißt ihr nicht, daß gemeine Not auch gemeines Tun erfordert? Ihr solltet euch schämen.

Dann ritt er weiter auf den Sand hinüber.

Das war der Propst Ceslaus, flüsterten die Leute. Sah er nicht aus wie ein Racheengel?

Und recht hat er, sagte ein dicker Fleischermeister, der über sein feistes Gesicht einen Hauptschlag von des Propstes Peitsche erhalten hatte. Er hat ganz recht. Wir sind Menschen und kein Vieh! Aber wenn das gehässige Weib hinter mir mich noch einmal knufft und stößt, ich sage dir, Weib, ich zeige dich dem Propste an und lasse dich festnehmen, dann wirst du in den Gewölben der herzoglichen Burg das Vaterunser auf Taternart lernen.

Alles lachte und der Vorfall war begraben. Aber das Gerücht erhöhte sofort den Ruf des Ceslaus, und ohne daß er es wollte, wurde er aus dem Führer der Klosterknechte von St. Adalbert auch der Führer der Herzogs- und der Bischofs- und der Stadt- und aller andern Klosterknechte. Da hatte Gott den Helden erweckt, damit seine vielliebe Stadt Breslau nicht in die Hände ihrer Feinde fallen sollte.

VIII

DAS WELTGERICHT FÄLLT SEINEN SPRUCH

Am andern Morgen in aller Frühe, da kaum die erste Dämmerung über die Bäume der Ohlemündung kroch, machten sich die Stadtknechte daran, die Sandbrücke, den einzigen Steg, der die Insel mit dem Festlande verband, abzubrechen und an die Stümpfe und Überreste der Eile wegen Feuer zu legen.

Diesen kommenden Tag benutzte der Propst, um den Widerstand auf allen Teilen zu besichtigen und die Fehler, wo sich etwa solche zeigen sollten, abzustellen.

Er ritt mit seinem Pferde mit einigen Rittern, die einzelne Mauerstrecken befehligten, den ganzen Mauerring ab und besah seine Höhe, seine Breite und seine Festigkeit. Leider war seit dem Tode des alten Herzogs nicht mehr viel daran getan worden, so daß manches Stück mehr zum Schein dastand als zu einer wirklichen Verteidigung.

Hier ließ der Propst sofort Bürger einsetzen, die mit Schippe und Schaufel Erde graben und die unfeste Mauer in einen festen Erdwall verwandeln mußten.

An der Stelle, wo ehedem die Sandbrücke zur Stadt hinüber geführt hatte, und wo der schmale Fluß aller Voraussicht nach die Tatern zu besonderen Angriffen reizen mußte, wurden die besten Bogenschützen postiert, auch Lanzenstecher, Steinschleuderer und solche Knechte, deren Aufgabe darin bestand, fortwährend heißes Wasser und siedendes Pech bereitzuhalten, das sie bei einem Angriff auf die Tatern gießen sollten.

Sodann teilte Ceslaus die Menge des Volkes, die nicht mitkämpfen konnte, in Quartiere ein. Dort sollten sie die Brandwache übernehmen und sich Tag und Nacht abwechseln, den ersten Brandfunken, der sich zeigte, niederzutreten und auszulöschen.

Es wurden mächtige Tonnen mit Wasser auf den Straßen und Höfen bereitgestellt, es wurden die Brunnen gut beschützt und behütet, man ging an eine Sichtung der Vorräte und ersah, daß man die vorhandene Menge des Volkes wohl einige Wochen ernähren würde.

Es wurde daher gleich am ersten Tage eine genaue Einteilung gemacht, denn der Propst Ceslaus war nicht der Mann, der im Anfange alles gab, um am Ende zu hungern.

Als ein Wollweber aus der Stadt sich über die kleinen Rationen hämisch ausließ und der Propst hörte davon, ließ er ihn kommen und gab den Befehl, ihn auf einem Boote sogleich nach der Stadt zurückzubringen und dort anzusetzen. Der Mann schrie und bettelte und gelobte ein Engel zu werden, wollte man's noch einmal mit ihm versuchen. Ceslaus holte ihn auch nach einer Stunde wieder ab und hatte seitdem über Aufsässigkeit in seiner Festung nicht mehr zu klagen.

Schon am Nachmittag eben dieses Tages tauchten die ersten Tatern am andern Ufer auf. Sie sahen herüber, drohten mit ihren Streithämmern und verschwanden wieder.

Am andern Morgen waren es schon viel mehr, und sie schlugen zwischen der Ohlemündung und der ehemaligen Brücke zum Sande ihre Zelte auf und pflöckten ihr Vieh an, woraus man schließen konnte, daß sie eine Belagerung der Stadt planten.

Am Nachmittag stieg über die vielen grauen Zelte ein großes schwarzes empor. Offenbar war ein Fürst oder ein Fürstensohn angekommen und wollte nunmehr den Sturm auf die Insel leiten.

An eben diesem Tage starb auch der erste auf der breslauischen Seite. Indem nämlich auf der Odermauer alle Knechte unverwandt über den Strom auf das andere Ufer blickten, war ein neugieriger Tater unbemerkt durch das Wasser geschwommen, hatte schnell wie eine Katze die Mauer erstiegen und stand nun plötzlich mitten auf der Brüstung, seinen Schwinghammer auf den nächsten Knecht schlagend, daß dieser mit einem Schrei zusammenbrach.

Zwar wurde der gelbe Kerl im nächsten Augenblicke von fünf, sieben, zehn Messern durchbohrt und röchelte bald aus, aber der Schreck über seine Heimtücke und Verschlagenheit steckte allen in den Knochen und war besser als jede lange Predigt geeignet, den Leuten auf der Mauer die äußerste Wachsamkeit anzuempfehlen.

Man begrub den christlichen Knecht an der Kirchenmauer von St. Ägidi und stellte den toten Tater dem Volke auf dem Platze vor dem Dome zur Schau.

Da grausten sich alle. Die ganze Nacht war man wach und beleuchtete den Mauerring mit Fackeln, um jeden Feind, und käme er noch so heimlich, sofort zu erkennen und abzuschießen.

Am nächsten Tage zimmerten die Tatern am Wasser ein gewaltiges hölzernes Ungetüm, das halb ein Schiff und halb ein Prahm war. Es war mehr breit als lang und bot, soweit man von hüben sehen konnte, für mehr als fünfhundert Menschen Platz. Es war leicht zu erraten, wozu diese schwimmende Festung dienen sollte. Man wollte sie in ihrer ganzen Breite an die Mauern heranschwimmen lassen und dann an hundert Stellen zugleich den Kampf beginnen.

Der Propst Ceslaus kniete mitten auf der Odermauer nieder und flehte Gott um Rettung an. Da trat ein alter Mann hinter ihn und sagte ihm etwas ins Ohr. Es war Tuscha, der Fischer. Sie gingen ein wenig abseits von dem neugierigen Schwarme, und hier erläuterte der Alte dem Propste seinen Plan.

Er wollte in der Dämmerung mit einem Beile hinüberschwimmen, tief am Buge den Prahm anhaun, daß er sinken müsse, und dann versuchen, auf demselben Wege zurückzukehren.

Und wenn du nicht wiederkommst, fragte der Propst.

Vielleicht nimmt mich dann euer Gott in seinen Himmel auf, sagte der Alte ernst ...

Als die Dämmerung kam, stieg er, von niemandem gesehn, nur der Propst kannte sein Vorhaben, bei der Burg ins Wasser, barg sein Beil am Gürtel und schwamm wie ein alter Biber gegen den Strom, bis er in der Höhe des Prahmes war. Ein paar Armschläge noch, und er war dort.

Der Propst sah, wie er ein wenig verschnaufte, dann das Beil vom Gürtel band und in die Flut tauchte. Die nächsten Minuten waren wie Ewigkeiten.

Plötzlich sah man ein paar Tatern über den Rand des Schiffes ins Wasser sehn. Der alte Tuscha aber schwamm schon weit fort, fast in der Mitte des Stromes auf die Mauer zu, wo der Propst befahl, sofort ein Seil herbeizubringen, und es dem kühnen Schwimmer hinabzulassen.

Noch immer kämpfte der alte Tuscha mit der großen Strömung in der Flußmitte. Das große Werk hatte ihn müde gemacht.

Er schlug noch ein paarmal mit den Armen, schüttelte dann wie zum Gruße das Beil zur Insel hinüber, wo Mann bei Mann auf der Mauer stand, und versank in die Flut.

Sie suchten sofort mit langen Stangen und Spießen die abwärts liegenden Ufer ab, aber sie fanden ihn nicht.

Er war nicht umsonst gestorben. Der feindliche Prahm sank tiefer und tiefer, und noch im letzten Tageslichte sah man, wie er umkippte und langsam ertrank.

Das war das Ende des Tuscha, des alten Fischers aus Naßsiedel im Lohelande.

Da war die Todesschuld des alten Krschenko eingelöst und der Gott der Deutschen nahm den alten slawischen Helden in seinen Himmel auf.

Trotz aller Vorsicht gerieten die ausgelosten Männer der Freirichterei auf dem Wege zwischen Jauer und Löwenberg in einen Hinterhalt.

Sie wollten den letzten Nachtmarsch machen und waren daher zeitiger als sonst aufgebrochen. Es war noch hell, als sie durch das Land stampften, und die Fahne des heiligen Georg flatterte im Abendwinde ob ihren Häuptern.

Als sie soeben einen Hohlweg durchschritten hatten, der auf ein weites Blachfeld führte, sahen sie eine wilde Kohorte von Tatern vor sich, die in rasendem Galopp auf sie zukam.

Der Hinrich Einsam, der den Zug führte, rief mit lauter Stimme: Zur Seite, ihr Leute, an die Wände, ihr Leute! Und dieser Befehl war in diesem Augenblick auch der richtige.

Die Teufelskavalkade brauste wie ein Wildbach

durch den Weg, konnten auch rechts und links mit ihren Schwinghämmern und Streitkeulen manchen braven Mann still machen, aber die Deutschen wehrten sich und stachen mit dem Mute der Verzweiflung manchen Gelben aus seinem Sattel.

Als sich die Flut verlaufen hatte, befahl der Hinrich, sofort im Laufschritt aus dem vermaledeiten Hohlweg zu kommen und das freie Feld zu gewinnen.

Das freilich ließ sich leichter befehlen als tun. Denn man wollte die Toten und die Verwundeten nicht in der Hand der Hölle lassen.

So kam es, daß, als der Zug endlich fertig war, um aus dem Hohlwege hinauszumarschieren, die Tatern umgekehrt waren und von der andern Seite her ihren Angriff wiederholten.

Diesmal sahen sich die Deutschen besser vor. In der ersten Linie knieten Lanzenträger, die mit starken Armen ihre Picken und Hellebarden wie einen eisernen Zaun fest vor sich hinhielten, und hinter ihnen standen wiederum Lanzenträger, so daß ein unzerbrechlicher Wall von drohenden Spitzen jeden Angriff zerschmetterte. An den Seiten aber zielten die Armbrustschützen hervor und hatten es auf die kleinen wilden Pferde abgesehn, die sie versuchten zu Fall zu bringen.

Die Tatern stoben heran wie ein Gewitter. Es waren zweihundert, dreihundert und mehr. Da dröhnte der Boden unter dem Gestampfe ihrer Pferde. Aber diesmal schwirrte ihnen ein Hagel deutscher Pfeile entgegen, daß die erste Reihe strauchelte und im Niederfallen einen zuckenden und schreienden Wall bildete, den die Nachrückenden nur langsam überwinden konnten.

In der Zwischenzeit legten die deutschen Armbruster neue Pfeile auf ihre Sehnen und schossen zum zweitenmal. Ein ohnmächtiger Wutschrei der Tatern stieg in die Luft. Sie machten kehrt und flohen weit in das Feld hinaus, dieweil die Deutschen schon glaubten einen vollständigen Sieg errungen zu haben.

Da prasselte plötzlich von beiden Seiten des Hohlweges, in dem die Bauern noch standen, ein wahres Unwetter von Sand und Steinen, Wurflanzen und Pfeilen auf sie hernieder, daß sie erschreckt innehielten. Schnell nahmen sie ihre Toten und Verwundeten, zu denen noch mancher neu hinzugekommen war, und liefen durch den Hohlweg ins freie Feld, wo sie auf einem kleinen Hügel haltmachten und verschnauften.

Der Hinrich Einsam, der Feldhauptmann, der von einem Steine eine große klaffende Wunde über dem rechten Ohr hatte, ließ die weißrote Georgsfahne in die Erde stecken und ehrlich im Winde flattern. Die Männer warfen sich müde auf die Erde und schwiegen. Fast alle bluteten, und niemand konnte abmessen, wie ihr Ende sein würde.

Der Hinrich ließ sofort einen Graben um die Fahne auswerfen und die Toten und die Verwundeten hineinlegen, damit sie, wenn die Feinde noch einmal angreifen sollten, ihrem Pfeilregen weniger ausgesetzt seien. Es waren acht Tote und vierzehn Verletzte. Auch der Petrus, der Älteste des Freirichters Ambrosius, war unter den Toten.

Die Tatern hielten indessen vor dem Hohlwege und sahen in der Abendsonne herüber. Vielleicht zum ersten Male hatten sie in offener Feldschlacht deutsche Bauernfäuste gespürt und trugen kein Verlangen mehr danach, in ihrer jetzigen Stärke eine neue Fehde zu wagen. So standen sich beide Heerhaufen gegenüber.

Der Zufall fügte es, daß nicht lange danach von Jauer her ein deutsches Ritterheer denselben Weg zog. Es waren an die achtzig stolze Reiter, alle in stattlichen Rüstungen oder Lederwämsern, und über ihren Häuptern flatterte die blaurote Ritterfahne des heiligen Mauritius. Hinrich winkte mit seiner Fahne, und so trafen sich Ritter- und Bauernheer auf dieser blutigen Walstatt.

Da man denselben Weg hatte, nämlich zum Sammelplatze nach Löwenberg, beschloß man, um auch vor neuen Überfällen sicher zu sein, zusammen zu ziehn, und nahm die Toten und Verwundeten auf die Wagen, von denen das Ritterheer einige mit sich führte.

So zog man langsam in die sinkende Nacht gen Löwenberg, wo man nach sechs Stunden ankam. Dort blies man vor dem Tore das Hornsignal und ward eingelassen. Nach vielen Tagen der Angst und Sorge war man endlich geborgen.

Die Toten wurden der geweihten Erde übergeben, die Verwundeten kamen ins Franziskanerspital, und die Gesunden verbrachten die wenigen Tage, die ihnen noch blieben, mit Kampfspielen oder mit kriegerischen Vorbereitungen.

Man füllte die Vorräte auf, man schnitzte Pfeile und befestigte an ihrer Spitze eiserne Widerhaken, man schliff die Messer und Schwerter, man pflegte die Pferde, und endlich wurden die Fahnen ausgeflickt, die von den Gefechten und Pfeilschüssen der Tatern manche Wunde aufwiesen.

Anfang April hieß es sodann, der Herzog Heinrich stünde in Liegnitz und habe allda ein großes

Heer um sich versammelt. Er würde in kurzem eine freie Schlacht wagen.

Die Männer freuten sich, daß ihre Muße bald sollte beendigt sein, denn sie waren nicht ausgezogen, um Krieger zu sein, sondern sie waren Krieger geworden, um möglichst bald wieder heimzukehren.

Es verlangte das Haus und das Feld nach ihnen, der Pflug, der Brunnen, der Garten, der Wald, das Vieh, alles verlangte nach dem Bauern, selbst Gott im hohen Himmel verlangte danach. Denn der Bauer gehört zum Acker, und der Acker zum Bauern, und in seine Hand ist der Pflug gegeben, und das Schwert und der Spieß sind ihm nur eine Zeitlang geliehen, daß er das Seine verteidige.

Darum ersehnten sie eine baldige Entscheidung, und als es an einem Morgen wirklich nach der herzoglichen Burg Röchlitz ging, da ließ der Bauernhauptmann Hinrich Einsam seine Georgsfahne flattern und wehn und schwang sie hin und her, bis sie endlich weit draußen vor der Stadt auf den Feldern waren, wo er sie dem Fähnrich gab, dem jungen Franz, dem Sohne des Bauern Franz aus Lohwald.

Vor Breslau indessen verdoppelten die Tatern ihre Angriffswut.

Nachdem ihr großer Prahm durch Tuschas Heldentat vernichtet worden war, zimmerten sie leichte, wendige Boote, in denen immer drei Männer Platz hatten. Der eine ruderte das Boot, der zweite hielt einen großen ledergeflochtenen Schild, der dritte endlich war der Schütze und schoß gegen die Stadt Brandpfeile ab.

An einem Morgen begannen sie damit. Bald wimmelte die Oder von Hunderten solcher Boote, die langsam näherglitten, und hinter deren Schilden sich bald eine schaurige Wolke von Brandpfeilen in die Luft erhob.

Die Deutschen auf der Mauer schossen zwar mit ihren Armbrüsten gegen die Boote, aber die dicken Lederschilde des Feindes widerstanden zumeist.

Propst Ceslaus erkannte sofort die große Gefahr, die seiner Stadt von den neuen Angriffen drohte. Die meisten Gebäude waren aus Holz und mit Stroh gedeckt, so daß ein einziger Funke genügte, eine ganze Straßenzeile in Brand zu stecken.

Er ließ daher alle Leute in den Quartieren, ob Männer, Frauen oder Kinder, herausrufen und befahl den Männern, auf die Dächer zu steigen und mit den bereitgehaltenen Wassereimern die Funken im Keime zu ersticken.

Den Frauen befahl er, unermüdlich zum Brunnen zu laufen und die Eimer heranzuschleppen, und die Kinder mußten die Eimer leer hinablassen und voll wieder heraufziehn. So hatte jeder sein Amt.

Obwohl aber viele tausend Menschen auf der Hut waren und viele Brandpfeile schon vernichteten, ehe sie Schaden anrichten konnten, so wurde doch nicht verhindert, daß es an mehreren Ecken der Insel zu brennen begann. Der Brand kam von Pfeilen, die sich irgendwo in eine Holzwand gebohrt hatten, oder die in einen Klobenhaufen gefallen waren, wo sie niemand bemerkte.

Die Not stieg aufs äußerste. Unermüdlich und rasend wie die Teufel schossen die Tatern Stunden um Stunden ihre rotgeschwänzten glühendheißen Pfeile in die Stadt, ohne sich auch nur eine Handbreit weiter auf dem Flusse vorzuwagen als nötig war. Als wollten sie die kampfbereiten Mannschaften verhöhnen, die auf der Mauer standen und untätig zusehn mußten, wie hinter ihnen die Häuser brannten.

Gegen Mittag fing der Dom an zu brennen. Eine flammende Scheune des Bischofs, in der viel Getreide gestapelt war, war mit lautem Knalle geborsten und sandte einen höllischen Funkenregen nach allen Seiten, insbesondere aber nach jener, wo der Dom stand. Die Funken krochen wie kleine Glühwürmer in alle Ritzen, und eine Zeitlang konnte man glauben, es sei kein Unheil geschehn, bis mit einem Male zu dem einen Fenster eine zartgrüne Lohe herausbleckte, verschwand, wieder erschien und dann mit einem einzigen Schwunge die ganze Holzfassade des Turmes bis zum zweiten Stockwerk in ein scharlachfarbenes Feuergewand einhüllte.

Da sah Ceslaus, daß hier mit Menschenwitz und Menschenkunst nichts mehr zu retten sei. Hier half allein noch der allmächtige Gott.

Er eilte daher auf die Odermauer, von wo aus man schon seit geraumer Zeit dunkle Wolken vom Süden heraufkommen sah, warf sich hier im Angesichte des ganzen geängstigten Volkes auf die Knie, hob die Hände zum Himmel und rief mit lauter Stimme:

Aus der Tiefe ruf ich zu Dir, o Herr! Erhöre mein Gebet und laß mein Rufen zu Dir kommen. Allmächtiger Gott, verschone diese Stadt vor dem Feinde und vor dem Feuer! Komme und zeige, daß Du der Herr der Heerscharen bist. Erbarmer, erbarme Dich!

Und das ganze Volk fiel mit auf die Knie und rief zum dunklen Himmel empor: Erbarmer, erbarme Dich! Kurz darauf fuhr der erste Blitz aus dem finstern Gewölke und schlug mit vernichtender Gewalt in den einen der Domtürme ein, daß der Helm sofort über und über in Flammen stand. Die Tatern erhoben ein wildes Triumphgeheul, der Propst aber verhüllte seine Augen. Es war, als wenn auch Gott sein Angesicht von der unglücklichen Stadt abgewandt hätte, daß er zu den Brandpfeilen der Feinde noch seine Schleuderblitze hinzufügte.

Der zweite Blitz fuhr mit Donnerkrach in den Strom, so daß die Tatern, angsterfüllt, mit ihren Booten sofort ans Ufer fuhren und den Pfeilhagel einstellten.

Und nun schäumte ein Unwetter vom Firmamente herab auf die jammervolle Erde, wie es noch keiner von den hüben und drüben am Strome erlebt hatte. Der Himmel war ein einziges Feuermeer. Donnerschlag folgte auf Donnerschlag, als würden in einer gewaltigen Schmiede eherne Schwerter geschlagen. Wasserfluten strömten herab, daß alle Straßen und Gassen der Dominsel im Nu in rauschende Gießbäche verwandelt wurden. Und war man bisher in Gefahr zu verbrennen, so jetzt in Gefahr zu ertrinken.

Der Strom schwoll im Augenblicke und glich einem stürmischen Meere. Innerhalb einer Stunde stieg er um mehr als zwei Ellen und überschwemmte die flachen Ufer weithin. Die Mauern wankten unter dem Drucke der Wassermassen und brachen an verschiedenen Stellen zusammen. Dann ergoß sich die gelbe Flut mit Windeseile in die Häuser und Ställe.

Bäume wurden entwurzelt, Dächer wurden abgedeckt, Blitz folgte auf Blitz, Donner auf Donner.

Aber so schrecklich diese Stunde war, daß es schien, als sei es die letzte und der Weltuntergang sei nicht mehr weit, so dankten doch alle Gott im Himmel für seine Hilfe, daß er mit seinen himmlischen Wassereimern die Feuersbrust ausgegossen und die Brandpfeile der Tatern zunichte gemacht.

Aber der Arm des Herrn reichte noch weiter. Mit übermächtigem Schwalle rauschte die Flut in das Lager der Tatern und verschlang hier in fürchterlichen Strudeln alles, was ihr in den Weg kam. Die Zelte wankten und brachen zusammen. Das hohe schwarze Fürstenzelt traf ein Blitz.

Eilig befahl der Anführer den Aufbruch. Was sie aus der rauschenden Flut retten konnten, rafften sie zusammen, packten es auf ihre Pferde und ritten los.

Viele aber ertranken in der Flut und wurden auf dem gurgelnden Strome talab getragen.

Als der Abend kam und das Unwetter war vorbei, war Breslau gerettet. Die Tatern waren abgezogen und kamen nicht wieder.

Da wurde im Dome ein feierliches Beten gehalten, wozu der Propst Ceslaus die Predigt hielt, die er mit den Worten der Schrift begann: Ich habe meine Hoffnung auf den Herrn gesetzt. Er wird mich nicht werden zuschanden lassen!

Da Herzog Heinrich vernahm, daß die Tatern die Belagerung Breslaus aufgegeben und sich nach dem Westen aufgemacht hätten, beschloß er, ihnen entgegenzutreten. Er wollte nicht zuwarten, bis der König Wenzel von Böhmen mit seinen Truppen von Krossen her im Anzuge sei, er wollte sich auch nicht auf die Hilfsvölker verlassen, die ihm von vielen Reichsfürsten versprochen worden waren, er wollte handeln.

Darin war er der echte Sohn seines Vaters, als der er sich jetzt in dieser entscheidenden Stunde erwies, nämlich daß auf Gottes Hilfe und auf die eigene Kraft vertraun besser sei als auf die Hilfe der andern.

Er rief daher die in der Röchlitz, in Löwenberg, in Naumburg, in Goldberg, in Jauer, in Glogau und in Liegnitz versammelten Ritter in sein Liegnitzer Schloß zusammen und trat vor sie am Abende des 8. April im großen Hofe seiner herzoglichen Burg.

Es waren Ritter aus allen Teilen des Landes. Es war deutscher Adel und der alte polnische. Es waren auch Templer, Johanniter und Ritter des Deutschen Ordens dabei. Sie saßen in voller Rüstung auf ihren Pferden und warteten auf ihren Herrn. Sie sahen alle nach dem Portale, durch das er reiten mußte.

Aber er kam nicht durch das Portal. Er stand schon eine geraume Zeit auf einem offenen Balkon seines Palatiums und sah nachdenklich über seine stolze Ritterschaft. Als auf seinen Wink zwei Fackelpagen auf den Balkon traten und er nun sichtbar wurde, da drehten sich alle nach ihm um, erkannten ihn und riefen ihm zu: Heil unserm Herzog! Herzog Heinrich lebe lange! Der Herr behüte unsern Herrn!

Es war ein gewaltiger Jubel in dem großen Schloßhofe, so daß Herzog Heinrich immer wieder mit seinem Reiherbarett winken und grüßen mußte, bis endlich der Jubel verschäumte, wie die Brandung eines Meeres, die sich donnernd heranwälzt, am Ufer hochaufspringt und endlich wieder in der Unendlichkeit verklingt, aus der sie gekommen ist.

Danach trat in dem nächtlichen Hofe eine große Stille ein. Nur die Fackeln zischten leise und spiegelten sich in den Rüstungen der edlen Herren, in ihren Helmen und in ihren mutigen Augen, mit denen sie zu ihrem Herzoge aufschauten.

Der Herzog sprach: Ritter meines Landes! Ich habe euch dahier in meinem Schlosse zu Liegnitz versammeln lassen, um euch folgendes kundzutun: Wir haben sichere Nachrichten darüber, daß die Tatern die Belagerung unserer tapferen Breslauer Bürgerschaft auf dem Dome aufgegeben haben und in der Hoffnung auf leichtere Eroberungen weiter nach Westen gezogen sind. In Kürze werden sie hier sein.

Ich bin lange mit mir zu Rate gegangen, was ich als der Herzog dieses Landes zu tun habe. Fast alle meine Ratgeber haben gesagt, ich solle mich weiter zurückziehn und mein Heer mit dem des böhmischen Königs vereinigen, der bei Krossen steht.

Ritter! Und wenn ich in Krossen sein werde, wird man mir raten, mich weiter zurückzuziehn und zu warten, bis der Kurfürst von Köln oder der Herzog von Burgund oder der Kaiser selber ein Heer aufgestellt hätten.

Ich bin der Herzog von Schlesien, und so habe ich nur die eine Pflicht, dieses Land zu schützen. Schon zu viel ist den wilden Horden unserer Feinde bisher preisgegeben worden. Aber nun bin ich entschlossen, nicht einen Schritt weiter zurückzuweichen!

Eine neue Meeresbrandung kam aus dem großen dunklen Hofe herangezogen, strudelte sich vor dem Balkon zusammen und spritzte eine Flut von Beifall zum Balkon des Herzogs empor:

Heil unserm Herzog! Zur Schlacht! Zur Schlacht!

Der Herzog aber fegte den Beifall seiner Ritter mit einer Handbewegung fort und sagte in die jähe Stille hinein: Wir werden morgen vor den Toren dieser Stadt den Tatern eine Feldschlacht liefern!

Als er dieses gesagt hatte, waren die Tausende und Abertausende schlesischer Ritter nicht mehr zu halten. Ein ohrbetäubender Jubel erfüllte den Raum. Sie sprangen von ihren Pferden, überließen sie ihren Knechten und strömten die Treppe empor ins Schloß.

In dem großen Saale empfing sie der Herzog. Selbst alte Ritter und ergraute Edelleute stürzten vor ihm auf die Knie, küßten ihm die Hand und jubelten laut: Heil unserm Herzog!

Nachdem nun aber endlich Ruhe eingetreten war, dankte Herzog Heinrich gerührt allen seinen Mannen für ihre Treue und befahl ihnen, sich bereitzuhalten. Um Mitternacht würde der Auszug sein.

So begaben sie sich wieder auf den Hof zu ihren Pferden und zu ihren Waffen, sahen nach, ob sich alles in Ordnung fände, ließen die Tiere noch einmal füttern, und manche streckten sich dann selber zu einem kurzen Schlafe in den großen Ställen oder in den hohen gewölbten Knappenhallen hin, indes die meisten den Schlaf verschmähten und in Gruppen vereinigt das Kommende besprachen.

Zur gegebenen Zeit weckte ein Hornsignal die Schläfer, alles machte sich bereit und saß auf, und als es Mitternacht war und der Herzog trat unter dem Portal hervor und bestieg sein Pferd, da stand die ganze Ritterschaft seines Landes in dem Hofe, starr und schweigsam in ihrer ehernen Pracht.

Das war die Blüte des Landes Schlesien.

Der Kaiser aber saß ferne in seiner goldenen Residenz von Palermo und hielt philosophische Gespräche mit Juden, Griechen und Arabern, indes sich hier der schlesische Herzog in den Sattel setzte, um die Tatern zu besiegen. Da war niemand, der ihm geholfen hätte. Ganz allein stand er mit seiner Ritterschaft. Und mit ihnen war das Schicksal ihres Landes, des Reiches Schicksal und das Schicksal ganz Europas.

Sie neigten sich ein wenig in ihrem Sattel, sprachen noch einen Auszugssegen, schlugen ein Kreuz und ritten dann hinter ihrem Herzog durch den dunkel hallenden Torweg über die Zugbrücke und durch die schlafende Stadt nach Osten auf ein Feld, wo sie den Tatern begegnen wollten.

Kein Stern stand am Himmel. Dunkel hing das Firmament über der Erde, und viele sahen scheu und heimlich während des Rittes ihren schweigsamen Nachbarn an und fragten bei sich: Wer von uns beiden wird wiederkommen? Du oder ich?

Daß aber von allen diesen nicht einer wiederkehren sollte, das ahnte niemand.

Sie hielten auf einem weiten Felde, das zwei Meilen von der Stadt Liegnitz liegt. Am Rande des Feldes erheben sich mäßige Hügel, von denen man weit ins Land schaut.

Wahlstatt hat man dieses Feld genannt, und es gibt sobald keine ehrwürdigere Stätte unter den vielen schlesischen Schlachtfeldern.

Denn hier entschied sich die große Schlacht. Hier entschied es sich, ob das Reich sollte im Frieden blühen dürfen, seine Dome bauen, seine Städte vergrößern, seine Lieder dichten, seine Felder pflügen, seine Schiffe zimmern und die Adler seines Ruhmes in alle Winde senden.

Hier entschied sich, ob das Abendland sollte das Land der weißen Menschen weiter bleiben. Ob hier weiter Kultur und Gesittung ihre Heimat fänden. Ob hier die großen Erfindungen und von hier aus die großen Entdeckungen gemacht werden sollten. Ob das milde Kreuz des Christentums über Europa stehen sollte oder der glühkalte Stern Asiens. Alles das wurde am 9. April 1241 bei Wahlstatt entschieden.

Hier kämpfte der schlesische Leonidas mit seinen Getreuen in den schlesischen Thermopylen und warf sich mit Todesverachtung der Übermacht Asiens entgegen. Niemand half ihm, er stand allein.

Heiliger Boden meines Heimatlandes! Nur mit Ehrfurcht nahe ich mich dir, nur mit heiligem Schauer betrete ich dich! Denn dein Boden hat das Blut der Besten getrunken, und deine Erde verwahrt die sterblichen Leiber unsterblicher Helden. Ihnen ist die Krone der Ehre zuerteilt worden und der Kranz des Ruhmes durch die Jahrhunderte bis auf den heutigen Tag. —

Als nun der Herzog seine Ritterschar aufgestellt hatte, erschienen auf den Höhen im Osten die Tatern. Es war eine unendliche Schar.

Sie saßen lange auf ihren Pferden und sahen in das große blühende Land zu ihren Füßen, das im Süden von blauen Bergen begrenzt war.

So standen sich die beiden Heere gegenüber. Über dem deutschen Heere flatterten die Fahnen des Herzogs, die Fahne der Muttergottes und die des heiligen Michael, des deutschen Schutzpatrons. Über den Heerhaufen der Tatern wehten Tuchfetzen von verschiedener Farbe, die bei ihren Großen getragen wurden.

Noch war es still, und die Vögel, die in den Bäumen sangen, wußten nicht, daß sie auf einem Blutfelde sangen. Da die Sonne, halb verdeckt hinter Wolken, bleich und blaß im Osten aufging, schimmerte die Reihe der deutschen Ritter im Morgenlichte wie ein großes blankes Schwert.

Langsam und vorsichtig rückten die Heere einander entgegen, zwei Ringern vergleichbar, die erst zusehn und abwarten, den Feind von allen Seiten auszuspüren und seine Blößen und schwachen Stellen zu entdecken.

Als sich die Heere auf drei Steinwürfe genähert hatten, stand der Herzog, bei dem die Fahnen flatterten, in seinen Steigbügeln auf, hielt sein Schwert hoch und rief: Wer hält es mit dem Herzog?

Da rief es aus tausenden Kehlen: Wir alle! Und mit einem gewaltigen Ansturme wie eine große silberne Meerwoge jagte das deutsche Heer über das Feld auf die feindlichen Haufen los.

Aber wie die Luft und wie das leichte Wasser wichen die Tatern vor ihrem Anprall auseinander, so daß die Ritter ins Leere drangen. Plötzlich aber griffen die Feinde von den Seiten an, und im Nu entbrannte ein mörderischer Kampf, der sich von Stunde zu Stunde steigerte und immer blutiger ward.

Die Heldentaten, die die schlesischen Ritter vollbrachten, kosteten dem feindlichen Heere die besten Kämpfer. Sie schlugen mit ihren Schwertern drein, und der Ingrimm um die verwüstete Heimat machte ihre Schwerter noch schärfer und ihre Arme noch kräftiger. Jeder von ihnen kämpfte wie ein Racheengel. Sie hatten zudem den Vorteil, daß ihre Pferde größer waren als die der Gegner, so daß sie gewissermaßen von oben her kämpften. Bald türmte sich ein Wall von Leichen um das deutsche Heer, und an vielen Stellen stampften die Pferde im Blute.

Die Tatern, die diese Überlegenheit spürten, gingen daran, erst die Pferde zu töten oder zu Fall zu bringen und dann die Ritter aus ihren Sätteln zu zerren. Aber die Deutschen gaben damit das Glück der Schlacht noch lange nicht preis. Aufrecht standen sie, beide Beine auf die Erde gestemmt, und schlugen mit ihren klirrenden Schwertern einen Hof um sich, daß sich zwei, fünf, zehn Tatern kaum an sie getrauten.

So wurde aus der Schlacht der beiden Heere bald ein Kampf Mann gegen Mann.

Freilich, als die Zahl der gelben Teufel immer größer wurde und von den nahen Hügelhängen immer neue ins Tal quollen, da verzweifelten auch die Mutigsten. Denn nun entfielen auf jeden der Helden zwanzig und dreißig der höllischen Quälgeister, und sich lange gegen eine solche Übermacht zu halten, war unmöglich.

Da fiel mancher treue Mann, und in die stattliche Reihe der deutschen Ritterschaft riß der Feind blutige Lücken.

Herzog Heinrich, der in der vordersten Linie mitgekämpft hatte und durch mehrere Pfeilschüsse schwer verwundet war, gab den Befehl, ein wenig zurückzugehn bis an einen Bachrand, um dort Verstärkungen abzuwarten. Aber die Tatern klebten wie ekle Schmeißfliegen an dem schlesischen Heere und ließen sich nicht abschütteln. So ging der heiße Kampf weiter.

Es war inzwischen Mittag geworden.

Da sandte der Herzog seinen Kämmerer Ulrich in das Feldlager, das hinter der Schlacht lag, wo Botenknechte bereitstanden, es solle einer sofort nach Goldberg reiten und sehn, wo die Goldberger blieben.

Der Kämmerer Ulrich traf zwischen den Zelten den Luzan an, den er kannte, gab ihm den Befehl, sofort gen Goldberg zu reiten, um zu sehn, wo die Goldberger blieben, und ritt wieder fort zu seinem fürstlichen Herrn in die Schlacht.

So ging der Kampf weiter. Die Sonne stand hinter Wolken hoch am Himmel, und schon lag mehr als ein Drittel des deutschen Heeres tot oder verwundet auf der Walstatt. Aber auch die Tatern hatten gräßliche Verluste, und gane Hekatomben von Toten lagen auf dem Felde, wo sich ein tapferer deutscher Held mit eigener Hand um sein Grab einen Ruhmeshügel geschichtet.

Aber so groß auch auf beiden Seiten die Verluste waren, keiner gab nach. Es wurde mit einer Erbitterung gekämpft, die nicht nachließ, sondern die wuchs.

War es den Tatern gelungen, einen Ritter vom Pferde zu werfen, so zitterte die Luft von ihrem Triumphgeheul.

Und hatte ein deutscher Ritter wieder einmal einen Wall von Feinden zusammengehauen, daß er einen Augenblick sein Schwert senken und Luft schöpfen konnte, schrie er mit gewaltiger Stimme: Heil unserm Herzog! Es lebe Herzog Heinrich! Und mit neuem Mute nahm er sein Schwert und stürzte sich von neuem in den mörderischen Kampf.

Und die beiden Fahnen des schlesischen Heeres, die mit dem Bilde der Muttergottes und die mit dem Bilde des heiligen Michael, wehten und flatterten über der Walstatt, ob sie gleich von hundert Pfeilen durchbohrt waren wie zwei Blutzeugen.

Von Wahlstatt über die alten Dörfer nach Goldberg führt ein Weg, der an die zwei Meilen lang ist. Ihn wollte Luzan reiten, denn hier sollten nach den Befehlen des Herzogs die Goldberger Hilfsvölker kommen.

In einem scharfen Trabe ritt er dahin. Überall war schon das Blühen und Sprossen des Frühlings, das neue Leben und neue Werden, und es war kaum glaublich, daß in einer solchen Zeit dort hinten auf dem großen Felde eine entsetzliche Schlacht geschah und ein blutiger Kampf gekämpft wurde.

Es schüttelte den Luzan. Er trieb sein Pferd schärfer an und kam bald auf einen Hügel, von dem man einen sehr weiten Blick auf die Berge hat, zu deren Füßen die gute deutsche Stadt Goldberg liegt.

Wenn sie kämen, von hier aus müßte er sie am ehesten sehn. Er verharrte ein weniges und starrte wie gebannt nach dem Mittag, dieweil die Sonne, die wie eine bleierne Scheibe hinter den Wolken stand, schon langsam zum Nachmittagstein hinüberwandelte, wo sie sonst ihre goldene Krone mit einer silbernen tauscht. Die fernen Berge leuchteten blau, und es hätte ein Land des Friedens und des Segens sein können ringsum, wenn nicht im Osten viele Rauchsäulen zum Himmel gestiegen wären, die dem Auge verrieten, wo ehedem deutsche Dörfer und Städte gestanden hatten, und wo jetzt rauchende Trümmerhaufen lagen. Luzan erschrak, denn selbst im Süden auf dem Wege nach Goldberg kräuselte sich eine solche Rauchsäule über den Wald in den Himmel. Er erschrak, wenn er bedachte, daß die Tatern schon so weit vorgerückt sein sollten.

Aber dann atmete er befreit auf und schlug sich lachend an die Stirn. Es war keine Rauchsäule, vielmehr eine Staubwolke, die von Goldberg langsam näher kam, und die von niemand anderem herrühren konnte als von dem Goldberger Knappenheer.

Er wartete noch eine Weile, indem er seine braunen Falkenaugen in die glückverheißende Ferne schweifen ließ, dann erkannte er auch die weißen Fahnen, die über dem fernen Heere im Winde wehten, nahm sein Pferd und ritt so schnell, wie er konnte, auf das Schlachtfeld zurück.

Als er an einem Bachrande zwischen zwei Reihen alter Weiden dahinjagte, flog plötzlich ein Pfeil aus dem Gebüsch und schoß ihm das Pferd unter dem Leibe fort. Mit einem mächtigen Satze flog er über die Weiden in einen Wassergraben.

Er verhielt sich ganz still in seinem Versteck, ein Tater kam nahe an den Bach, um nachzusehn, was aus dem Reiter geworden, aber da er ihn in dem grünen Gestrüpp nirgendwo fand, mußte er glauben, er sei in den Tümpel gefallen und ertrunken. Er schnalzte höhnisch und ritt mit seinen Kumpanen nach jener Richtung weiter, wo sie sehr bald den Goldbergern in die Hände fallen mußten.

Der Luzan watete aus dem schlammigen Wasser aufs Trockene, und da er sein Pferd tot fand, fing er an zu laufen, was er laufen konnte.

Er lief um sein Leben. Er lief wie jener Grieche, der den Sieg von Marathon seinen Mitbürgern meldete.

Er wußte, was es für die deutschen Ritter auf dem weiten Blachfelde und für den Herzog bedeuten mußte, wenn sie wußten, die Goldberger sind im Anzuge, die Goldberger sind bald hier.

Der Luzan lief und lief, als liefe er um sein Leben.

Es ist ein fröhlich Ding zu wissen, daß bald neue Krieger kommen, die mit frischen Kräften und ausgeruhten Armen zuhaun werden, so daß man selber ein wenig verschnaufen kann.

Der Luzan lief und lief.

So weit war ihm noch niemals ein Weg vorgekommen wie dieser. Nahm er denn wirklich kein Ende?

Er jagte dahin wie ein Hund. Er fühlte, wie seine Kräfte erlahmten. Aber was half das alles, wenn er seine Botschaft nicht melden konnte? Was würden sich die Ritter und der Herzog freuen, wenn es durch ihre Reihen ginge: Der Luzan meldet soeben, in einer

Stunde, in einer kleinen Stunde sind die Goldberger da! Der Luzan lief, der Luzan lief, der Luzan lief! Es war kein Laufen mehr. Oft fiel er hin, weil seine Kräfte hin waren, aber er raffte sich immer wieder auf und lief.

Schaum stand ihm vor dem Munde, seine Augen waren unheimlich groß geworden wie bei einem Sterbenden, und seine linke Hand hatte er auf das stürmisch pochende Herz gepreßt.

Laufen, laufen, laufen! Rechtzeitig da sein! Melden: Die Goldberger sind da!

Da kam auch schon das Lagerzelt in Sicht, und der Lärm des Schlachtfeldes drang herüber.

Noch immer kämpften die beiden Heere miteinander, und das grüne Feld war ringsum vom Blute rot. Die Leichen lagen wie Hügel, und über dem Felde hing wie ein Blutdunst eine rote Wolke.

Schon waren die Deutschen weit zurückgedrängt worden, und ihr Haufen war zusammengeschmolzen, wie der silberne Schnee schmilzt, wenn der laue Föhn in die Täler dringt.

Aber sie kämpften wie die Löwen und wie die Pardel, und sie kämpften mit dem Mute der Verzweifelten. Wenn sie nicht sollten die Sieger sein, so wollten sie wenigstens die Walstatt teuer verkaufen.

Jeder von ihnen war ein homerischer Held! Jeder von ihnen verdiente einen homerischen Lobgesang! Jeder von ihnen kämpfte, damit wir alle, du und ich, in diesem Lande heute nach sieben Jahrhunderten noch leben und atmen können. Ehre ihnen!

Der Luzan sprang zum Herzog, der grade wieder in den Kampf reiten wollte, fiel ihm in die Zügel und rief ihm zu: In einer kleinen Stunde sind die Goldberger da!

Da leuchtete das Gesicht des Herzogs auf, als bräche die Sonne aus den Wolken. Er reichte dem Luzan die Hand vom Pferde und sagte: Hab Dank, du guter Bote! Sag's auch den andern!

Und Luzan lies den Hornbläser ein Signal geben, daß es weit über das Schlachtfeld klang und alle einen Augenblick inne hielten, und rief mit lauter Stimme: Die Goldberger kommen! Und fiel dann hin und war tot.

Als die Goldberger am südlichen Himmelsrande erschienen, tausend Goldknappen an der Zahl, von denen die Hälfte Fußvolk, die andre Hälfte aber beritten war, und sich in großer Eile der Walstatt näherten, da ruhte der Kampf für eine kleine Weile.

Denn die Tatern erschraken, als sie das viele feindliche Kriegsvolk erscheinen und in die Kampfbahn herabsteigen sahen, eines solchen plötzlichen Hilfsheeres nicht gewärtig, während das schlesische Heer die Kampfpause gern hinnahm und sich erneut um seine heiligen Fahnen sammelte.

Es dröhnte die Erde, als die Goldberger auf ihren starken Bauernpferden anrückten, alle in braunes Leder gewappnet, mit Spießen und langen Messern, die fast Schwerter waren. Vor ihnen in der Mitte ritt der gewaltige Bergmeister, des Freirichters von Wolfenburg Bruder, und über ihm flatterte eine großmächtige schwarze Fahne mit dem Bilde der heiligen Barbara, ihrer Schutzfrau.

Die Schlesier hoben ihre Schwerter zum Himmel und schlugen sie sodann an ihre Schilde, daß es wie ein ferneher rollender Donner klang, wozu sie riefen: Heil unserm Herzog! Es lebe die schlesische Ritterschaft!

Herr Herzog Heinrich ritt selber dem Bergmeister entgegen und begrüßte ihn mit herzlicher Umarmung auf der blutigen Walstatt. Neuer Mut kam in die Herzen der tapferen Männer, und mit neuem Ingrimm faßten sie ihre Schwerter und stürzten sich auf ein Hornsignal mit ihren drei Fahnen erneut in den Kampf.

Diese letzten Stunden waren die erbittertsten. Es kämpften die Deutschen und die Polen wie Engel mit himmlischer Kraft, es kämpften aber auch die Tatern mit der Wut von Teufeln und mit höllischer Wildheit. Es wogte das Schlachtenglück zwischen den Heeren, und noch immer gab es keine Entscheidung.

Da sammelte Herzog Heinrich eine Handvoll tapferer Ritter um sich, zu seiner Rechten den Kämmerer Ulrich, zu seiner Linken den Bergmeister, gab seinem Pferde die Sporen und stürzte sich wie ein anderer St. Michael in die Feinde. Die Fahne war bei ihm.

In diesen letzten Stunden des Tages brach die Sonne aus den Wolken, deren Säume sich blutig rot färbten, und übergoß die Walstatt mit ihrem Glanze.

Der Herzog kämpfte mit den Seinen, wie weiland Leonidas, der tapfere Grieche, gegen die persische Übermacht und achtete weder seiner blutenden Wunden noch der feindlichen Menge.

Da brachten die Feinde sein Pferd zu Falle, das im Sturze den fürstlichen Reiter unter sich begrub, und als er sich auf der Erde wälzte, da stieß ihm ein Tater sein Messer in die Lücke zwischen der Brünne und dem Helm, daß er verröchelte und fiel.

Den Bergmeister packte eine rasende Wut. Wie der wilde Hagèn in dem Liede vom hürnen Seyfried kämpfte er mit fünf seiner Knappen länger als eine

Stunde um den Leichnam seines Herrn, bis auch er niedersank, von mehr als zwanzig Pfeilen durchbohrt.

Da fielen die Feinde über den toten Herzog her wie Wölfe über einen gefallenen Hirsch, beraubten ihn seiner silbernen Rüstung, schlugen ihm das Haupt vom Rumpfe, steckten es auf eine hohe Stange und zeigten es mit einem teuflischen Triumphgeheul der schlesischen Ritterschaft. Den Leichnam ließen sie nackt liegen. Längst waren auch die drei deutschen Fahnen niedergesunken, und ihre Fähnriche waren tot. Da war das Schicksal des Tages entschieden, und was noch bis zum Anbruch der Nacht geschah, war der Todesgang beispielloser Mannentreue.

Die wenigen Überlebenden stürmten, ihr Leben nicht achtend, in die feindliche Übermacht hinein und nahmen noch viele mit in den Tod, ehe sie selber fielen. Ein kleiner Haufen Goldberger Knappen war die letzte Mannschaft, die das Schlachtfeld behauptete. Unter einem Berge von Toten hatten sie die schwarze Barbarafahne hervorgeholt und sie noch einmal im Abendwinde entfaltet.

Von Schwerterhieben zerhaun, von Pfeilen zerfetzt, flatterte sie und stand wie eine Totenklage eine kleine Weile über den vielen Gefallenen. Und der, der sie hochhielt, gab sie im Hinsinken dem nächsten, bis sie der letzte empfing.

Das war ein junger namenloser Knappe aus Goldberg. Er hielt sie in der Linken, auf einem Hügel von Toten stehend, während er mit der Rechten sein blutiges Messer schwang.

Ein Pfeilschuß traf ihn mitten in die Stirn. Er drehte sich noch einmal um sich selber und fiel dann rückling hintüber, die Fahne in seinem Sturz mitreißend, die er mit sterbenden Händen so fest umkrampfte, daß sie ihm die Hände abhacken mußten, ehe er sie hergab.

Da war der letzte Deutsche bei Wahlstatt gefallen.

Schnell brach die Nacht herein. Die Sonne ging so eilig zur Rüste, daß bald dichte Finsternis das Schlachtfeld bedeckte. Es war, als wollte sie nicht länger die Greuel der Verwüstung mit ansehn und den tausendfachen Tod.

Tot war die Blüte der schlesischen Ritterschaft! Tot war der Herzog, der Ruhm des Landes, der tapfere Fürst! Tot waren die Knappen aus Goldberg und ihr riesenhafter Bergmeister! Alle waren tot, die ihr Land so heiß geliebt und ihre Fahne so hoch geschwungen! Da war selbst Gott im hohen Himmel tief erschrokken! Aber sie waren nicht umsonst gefallen.

Es war die Sitte der Tatern, ihre toten Feinde auszuplündern und sie nackt und bloß auf dem Schlachtfelde liegen zu lassen als einen Hohn für die Erde und für den Himmel eine Schmach.

Diesmal taten sie anders. So fürchterlich war auch für sie diese Schlacht gewesen, und so unersetzlich waren ihre Verluste, daß sie, als der letzte deutsche Fähnrich tot war, ihre Pferde sattelten und nach Osten ritten, als würden sie verfolgt.

Ihr Rückzug war bald kein Rückzug mehr, vielmehr eine wilde Flucht.

Sie ließen die Walstatt, und als der bleiche Mond über den östlichen Hügelhängen emporging, da sah er, wie der tote Herzog samt seinen tapferen Mannen die Walstatt behauptete.

Sie hatten mit ihrem Kampfe und mit ihrem Tode einen Grenzstein gesetzt für die Feinde, daß sie bis hierher, aber nicht weiter sollten vordringen dürfen.

Da war alles Land westlich von Wahlstatt gerettet.

Dort blieben die Dörfer ungeplündert und die Städte unverbrannt.

Das Land war gerettet, das Reich blieb unversehrt und das Abendland ganz verschont.

Die Schlacht von Wahlstatt war den Tatern so furchtbar in ihr bisher furchtloses Herz gefallen, daß sie nach Osten flohen und niemals wiederkehrten.

So war der Herzog nicht umsonst gefallen und seine Helden waren nicht vergeblich dahingesunken. Gott hatte aus ihrem Tode einen lebendigen Wall gemacht, an dem sich die Wut der Feinde brach.

Sie hatten zwar ihr Leben verloren, aber dem Lande das Leben erhalten. Und ist das Land nicht mehr als der Herzog und das Volk nicht mehr als seine Ritterschar?

Am andern Tage kam das Bauernheer auf der Walstatt an. Es waren viel hundert Bauern, die der Herzog nach Liegnitz befohlen hatte, wo vor den Mauern der Stadt eine zweite Schlacht gewagt werden sollte, wenn die erste zu keinem guten Ende geführt hätte.

Jetzt waren die Tatern geflohen, und das Land war wieder frei, so daß die Bauern in die heimatlichen Dörfer heimkehren konnten.

Da geschah ein groß Wehklagen auf dem Schlachtfelde um all die tapferen Ritter, die gefallen waren, um den frommen Herzog und um die wackeren Goldberger Knappen.

Es waren auch viele Bürger von Liegnitz aus der Stadt herausgeströmt und besahen sich das Feld der Verwüstung.

Man ging daran, große Gräber zu schaufeln, in die man die Toten bettete. Da lagen sie nebeneinander zum ewigen Schlafe, die nebeneinander ausgeritten waren, nebeneinander gestritten hatten und nebeneinander gefallen waren.

Gegen Mittag langte die Herzogin Hedwig auf der Walstatt an, die mit ihren Frauen über das Schlachtfeld ging und die Leiche ihres Sohnes suchte.

Sie ging lange zwischen den Bergen von Toten und suchte mit schwerem Herzen ihren viellieben Sohn. Endlich fand sie ihn. Sie hatte ihn an den sechs Zehen seines linken Fußes erkannt.

Sie hieß ihn aufheben, in ein kostbares Leinentuch schlagen und auf einen Wagen legen, der von vier schwarz verhängten Pferden gezogen wurde.

Danach ließ sie ihn gen Breslau bringen und später in einer neuen Kirche der Stadt beisetzen, die dem heiligen Jakob geweiht war und unweit der Brücke nach dem Sande stand.

Die Herzogin weinte wenig. Denn sie war so gänzlich in den Willen Gottes ergeben und fand ihren Trost darin, daß ihr Sohn das Erbe des Vaters mit seinem Blute besiegelt hatte. Sie hatte so viel Großes und Schweres in ihrem langen Leben erlebt, daß sie fast übermenschlich aus der Schar der Menschen hervorragte, und daß ihr Haupt schon die ewigen Sterne zu berühren schien. Ihr war der Gatte gestorben, der liebste Sohn war nun tot, ihr Land war verwüstet, und ihr Leben war fast dahin. So schritt sie wie eine alte Prophetin durch ihr Volk, das ehrfurchtsvoll zur Seite wich, wenn sie erschien, und sie schweigend vorüberließ.

Bald hub auch im ganzen Lande ein großes Wehklagen an um die Toten von Wahlstatt. Denn es gab kaum eine Burg, deren Herr oder deren ältester Sohn nicht unter den Gefallenen gewesen wäre. Über den Kastellaneien wehten die schwarzen Totenfahnen lange, über den Burgen wehten sie und über den Städten. Goldberg klagte und weinte um seine besten Söhne und war wie eine trauernde Witwe, der der Gatte und die große blühende Schar ihrer Kinder gestorben war. Es waren unter den Gefallenen die Herren von Abschatz, Brauchitsch, Busewoy, Pogrell, Radak, Rheinhaben, Tschammer und viele andere.

Manche Geschlechter starben ganz aus, und ihre Wappenschilde wurden zerbrochen und den Toten in die große Gruft geworfen.

Die Tatern wichen indessen immer weiter zurück in die Gegend von Ottmachau, wo sie bis in den Mai dieses Jahres noch lagerten. Dann zogen sie weiter nach Mähren und Ungarn und haben sich seitdem nicht wieder auf schlesischer Erde gezeigt.

Das ist die Geschichte von der großen Schlacht, die hier erzählt worden ist. Aber es muß noch von einem andern erzählt werden, nämlich von dem großen Baume, der aus dem Blutfelde wuchs.

Es wohnten vordem zwei feindliche Nachbarn in dem schlesischen Herzogtume, das alte polnische Volk, das seit den Tagen der großen Völkerwanderung das Land innehatte, und das neue deutsche Volk, das aus allen Gegenden des Reiches herzugezogen war und das alte germanische Land des Wendelstammes wieder deutsch machte.

Es wohnten vordem zwei feindliche Nachbarn in dem schlesischen Herzogtume.

Und wiewohl diese zwei Völker einem Herzog untertan waren, so waren sie einander nicht freundlich gesinnt. Die Slawen haßten die Deutschen, weil sie in großer Menge in ihr Land kamen und es von Grund auf verwandelten. Die Deutschen aber verachteten die alten Bewohner, weil jene an Sprache und

Sitte von ihnen ganz verschieden waren und so tief unter ihnen standen.

Diesen Zwiespalt, der das Land zu zerreißen drohte, schloß Herzog Heinrich bei Wahlstatt, der wie jener tapfere Römer, von dem uns die Sage erzählt, in den Abgrund sprang und durch diese Opfertat die Mächte des Schicksals versöhnte.

Indem über beide Völker ein gemeinsamer Feind kam, der zwischen ihnen keinen Unterschied machte, empfanden sie in jenen grauenvollen Wochen und Monden nicht länger das Trennende, vielmehr das Gemeinsame. Beiden gemeinsam war das Land, gemeinsam das Schicksal, gemeinsam der Feind, gemeinsam der Fürst und gemeinsam der Tod, der bei Wahlstatt deutsche und polnische Ritter auf dieselbe Erde niederwarf.

Indem ihr Blut in den gemeinsamen Boden floß, wuchs aus dem Blutfelde ein großer segensreicher Baum, nämlich die Schicksalsgemeinschaft beider Völker.

Wer gemeinsame Not erlebt, der bleibt auch künftig gemeinsam.

Bei Wahlstatt fiel Herzog Heinrich und seine Ritterschaft, bei Wahlstatt aber erhob sich auch das schlesische Volk, das von hier seine Geschichte schreibt.

So war dieses Blutfeld nicht nur ein Sarg, vielmehr auch eine Wiege, und der Herzog besiegelte mit seinem Blute nicht nur das überkommene Erbe des großen Vaters, er besiegelte und beschwor auch den Beginn einer neuen Zeit, deren Ahnherr er war.

Was der Vater begonnen hatte, der Sohn vollendete es.

Und nicht zufällig war es, daß nicht nur im kleinen Umkreise der Freirichter starb, der Bauernkög, und sein Bruder, der Bergmeister von Goldberg, auch der alte Tuscha fiel, da er Breslau verteidigte, ebenso wie sein Lieblingssohn Luzan fiel, da er die gute Nachricht gebracht hatte.

Da war kein Haß mehr zwischen den beiden Völkern, keine Verachtung und keine Feindschaft. Da war aus zwei Wurzeln ein Baum geworden, der nun das ganze Land überschattete. Er stand auf dem Schlachtfelde von Wahlstatt, genährt von dem Blute der Edelsten und vom Schicksal bestimmt, ein Mahnmal zu sein für alle Zeiten.

Als die traurige Pflicht der Totengräberei vollendet war, machten sich auch die Bauern aus der Freirichterei Wolffenberg auf, um nach Hause zurückzukehren.

Der junge Franz, der Sohn des Bauern Franz aus Lohwald, war noch immer der Fähnrich und trug die Bauernfahne des heiligen Georg. Sodann kam der erwählte Feldhauptmann Hinrich Einsam, und dann kamen die kriegerischen Bauern.

Sie zogen in mächtigen Eilmärschen nach Hause, denn ihr Herz verlangte der Heimat und des Zusammenseins mit den Ihren, die sie in den Einöden zurückgelassen hatten.

Sie zogen auf den verwüsteten Straßen durch das Land Jauer und Striegau auf den Berg Silensi zu, der am Himmelsrande stand und zu ihnen herüberwinkte.

Wo sie hinkamen, und sie marschierten nunmehr am Tage, trafen sie zerstörte Dörfer, geplünderte Häuser, verbrannte Kirchen und umgehackte Bäume.

Sie trafen Tote in den Gärten, in den Häusern und an den Feldrainen.

Da wurde ihr Auge, das sich hell nach der Heimat gesehnt hatte, wieder dunkel in ohnmächtigem Hasse, und ihr Herz, das auf der Heimkehr fröhlicher zu schlagen begann, wurde wieder hart und düster und voller Finsternis.

Ingrimmig zogen sie durch das öde Land, das noch öder wurde, je mehr sie in den Frühling hineinmarschierten. Denn die Verwüstung war um so grauenvoller, je sieghafter das Leben ringsum erwachte, die Blumen, die um die Brandstätte blühten, die Vögel, die über den Toten sangen, die Wolken, die frühlingstrunken über die Greuel der Verwüstung dahinschwebten.

Kein Blumenblühen richtete das gefallene Haus auf und baute den Giebel neu. Kein Vogellied erweckte die Toten. Kein Wolkenflug brachte das verlorene Paradies wieder.

Da verstummten die fröhlichen Lieder, die die Bauern zaghaft begonnen hatten, und die Fahne, die im Anfange der junge Franz so frohgemut geschwenkt hatte, hing bald wieder stumm und düster um ihren Schaft... Als sie in die Niederung der Weistritz hinabzogen, bemerkten sie in einem Talkessel eine versprengte Rotte von Tatern, die sich grade an ihren Mittagfeuern ein Mahl bereiteten.

Da erwachte der Blutdurst in den sonst so stillen und friedlichen Männern, und wie die Wölfe schlichen sie näher und sannen auf Rache.

Der Hinrich Einsam gab leise den Befehl, den Talkessel ringsum abzuschließen, daß keiner daraus entweichen konnte, und die feindliche Rotte bis auf den letzten Mann niederzumachen.

Er selber warf aus dem Hinterhalte den ersten Wurfspieß in die ahnungslose Schar und schmiß ihren

Anführer röchelnd zu Boden. Wie ein Baum fiel er um, daß die andern erschrocken aufsprangen und nach ihren Bogen und Keulen griffen. Aber sie waren in dem Talkessel gefangen wie Mäuse in einem Wasserloch. Da war ein Entrinnen nicht möglich.

Sie versuchten die Hänge emporzuklettern und ihrem Verderben zu entfliehen. Aber die Bauern ließen einen nach dem andern bis auf den Rand kommen und stießen ihnen dann das Messer in die Rippen, daß sie wie sterbende Katzen rücklings den Hang hinunterrollten.

Das ist für den Herzog! schrie dieser Bauer, und das ist für unsern Freirichter! schrie ein anderer. Dort rächte einer die Goldknappen von Goldberg, und hier bezahlte ein anderer die Rechnung vom Hohlwege, wo acht wackere Männer geblieben waren. Es war eine grauenhafte Vergeltung.

Als nur noch eine Handvoll Tatern übriggeblieben war, begannen die Bauern ihre Armbrüste zu richten und schossen einen nach dem andern ab, bis auch der letzte zusammensank und das friedliche Tal ein Tal voller Leichen war.

Inzwischen war der Nachmittag gekommen, und die Männer standen auf aus ihren Verstecken und reckten sich empor, müde von ihrer Blutarbeit.

Jenes Tal hieß seitdem das Taterntal lange Zeit.

Sie gingen hinab in den Grund, schaufelten schnell eine tiefe Grube und warfen die Toten hinein.

Das war die Rache für die Verwüstung ihrer Dörfer, für den Überfall am Hohlwege und für die Schlacht bei Wahlstatt. Zu tief in ihren Herzen saß der Zorn ob der unbeschreiblichen Grausamkeiten der Feinde, die sie selber gesehn, oder von denen sie gehört hatten.

Als sie ausgeruht waren, marschierten sie weiter, und auf dem Wege bis in die Heimat sprachen die sonst so wortkargen Männer von nichts anderem als von dem Taterntale und von der furchtbaren Rache, die sie genommen.

Am nächsten Abende kamen sie in Wolffenberg an. Sie lagerten sich auf der Wiese hinter der Kirche, wo der Kirchenschatz ruhte, aber niemand von ihnen wußte darum, denn die einzigen, die darum wußten, der Pfarrer und der Freirichter, waren schon lange tot.

Sie sandten Boten aus nach den vier Einöden, nach dem Breitensteine, nach den Pestlöchern, nach dem Knappensprunge und nach dem Bannwalde und ließen den Ihren sagen, sie sollten kommen und ihre Flüchtlingslager verlassen, denn der Feind sei abgezogen und käme nicht wieder.

Aber es währte noch viele Tage, bis auch die letzten aus ihren Verstecken hervorkamen. Zu groß war die Angst und zu tief war der Schreck gewesen, den sie erlebt hatten.

Als die erste kam Salomäa. Sie ließ sich von den Männern alles berichten, und als sie von der großen Schlacht bei Wahlstatt hörte, da weinte sie.

Sie fragte gleichsam wie nebenbei auch nach dem Luzan, aber niemand konnte ihr Auskunft geben. Nur der Hinrich Einsam sagte: Ich habe gehört, er sei bei Wahlstatt mit dabeigewesen. So lebt er nicht mehr, denn alle, die bei Wahlstatt waren, sind tot.

IX

DIE ZEIT GEHT AUF DEN MITTAG ZU

Wohl blühte auch in diesem Jahre der holde Mai landauf und landab, die Vögel sangen, die Wolken wehten, und die blauen Berge umstanden den Rand des Himmels wie ehedem und als ob nichts geschehen sei.

Aber die Menschen gingen bitter und traurig umher, sagten einander häßliche Worte und haderten mit Gott. Denn sie alle, die aus den Einöden hervorgekommen waren, fanden ihre Heimstatt verwüstet, die Häuser verbrannt, die Gärten zerstört, die Kirchen geplündert, die Ställe zerfallen, die Brunnen verdorben, die Äcker zerstampft, die Zäune zerbrochen und das unterste zu oberst gekehrt.

In ganzen Lande, wo die Tatern gehaust hatten, war eine große Verwüstung und Verrottung, so daß alle Dinge zum Himmel schrien.

Da wurde selbst das mutigste Herz mutlos, und die stärksten Männer verzweifelten. Die Frauen rangen die Hände, da sie den Fleiß vieler Jahre verschüttet fanden, und wo sie jetzt sollten von neuem anfangen, als sei all die Mühe und Plackerei der Vergangenheit ein Nichts gewesen, von dem niemand mehr sprach.

Nur die Kinder waren glücklich und spielten in ihrer Unwissenheit fröhlich auf den Trümmern ihres Erbes.

So war es im ganzen Lande, und so war es auch im Lohegau. Als die Lohwälder aus ihren Pestlöchern hervorgekrochen kamen, fanden sie dort, wo ehedem ihr junges Dorf gestanden, eine öde Stelle, auf der zwischen den Trümmern und verkohlten Balken ihrer Häuser schon das geschäftige Unkraut wuchs, der

Löwenzahn, die Distel und das kleinblütige Hungerkraut. Die mühselig gegrabenen Brunnen waren mit Erde zugeschüttet oder mit Tierleichen angefüllt, daß man sich schaudernd von ihnen abwandte und darnach trachtete, neue, reinere Brunnen zu graben, denn die alten waren Höhlen der Pestilenz und Schächte der Verwesung.

Wolffenberg war fast dem Erdboden gleichgemacht. Da gab es keinen Giebel mehr, der gen Himmel stand, und in den Gärten keinen Baum mehr, der nicht über der Wurzel abgehackt gewesen wäre. Die Kirche lag da als ein düsterer Aschenberg, und die Martersäule war irgendwohin in die Sümpfe verschleppt worden.

Preisentraum war es ein wenig besser ergangen, und in Dürrsiedel war sogar ein ganzer Hof der Verwüstung entgangen, nämlich der Eckehof. Mitten in der Stube aber lag die tote Großmutter, die so treu zu dem Ihrigen gehalten hatte und es bis über den Tod hinaus beschützte.

Die Wiesen am Schanzenbache waren tief verschlämmt, denn niemand hatte sich um den Wildbach gekümmert, so daß er wieder ohne Gesetz aus der Schlucht ins Land gebrochen war und sein Unwesen trieb, wo er wollte. Die Hütten von Naßsiedel waren in der Wasserflut zusammengesunken wie Kartenhäuser, denn die Tatern hatten die Erddämme durchstochen und das Wasser in die Höfe gelockt. Die große Hütte des Tuscha war ein Haufen von Brettern und wirrem Gestänge.

Als die Leute all ihren Jammer besehn hatten, fingen zwar einige von ihnen an, von neuem zu beginnen, aber die vielen anderen, die verzweifelt waren und verdrossen herumstanden, spotteten ihrer, lachten höhnisch und sprachen: Wozu denn anfangen? Können nicht morgen die Tatern wiederkommen und alles von neuem zerreuten? Es lohnt sich nicht, zum Teufel, zum dreigehörnten Teufel, es lohnt sich nicht! In diese grauenhafte Verzweiflung fiel die Nachricht, daß eine große Versammlung aller Bauern auf dem ehemaligen Kirchplatze in Wolffenberg sein sollte. Da die meisten müßig gingen und sowieso untätig blieben, gingen sie hin.

Als sie sich alle auf dem großen weiten öden Platze getroffen hatten, wo keine Kirche mehr stand und keine Jakobsleiter mehr ragte, trat Salomäa Ecke in ihre Mitte und sprach folgendermaßen zu der versammelten Menge:

Ihr Leute! Gott im Himmel weiß allein, wozu es gut war, daß die Tatern in unser Land kamen und es also verwüsteten. An uns aber ist es zu wissen, was wir jetzt tun wollen.

Da rief eine grelle Stimme aus der Menge: Die hat gut reden! Der Eckehof ist unversehrt! Und die meisten riefen: Ja, ganz recht. Der Eckehof ist unversehrt, aber wo sind unsre Höfe?

Salomäa stand ruhig mitten unter ihnen und ließ die Leute reden. Als wieder Stille eingetreten war, fuhr sie fort und sagte:

Der Narr, der mir meinen Hof neidet, vergißt, daß auch von meinem Vieh die Hälfte hin ist, und daß auch meine Äcker zerstampft sind, und daß auch ich von neuem beginnen muß.

Aber damit ihr seht, daß dieser Narr auch ein Bösewicht war, sage ich euch, daß mein Haus, das Gott so gütig behütet hat, von heute ab auch euer Haus ist. Alle Leute aus Dürrsiedel wohnen künftig bei mir, bis ihre neuen Häuser stehen werden, und essen an meinem Tische, bis sie sich einen eigenen neu gezimmert haben. Denn Gott wird gewußt haben, weshalb die Würgengel mein Haus verschonten.

Da schrien die Leute: Salomäa ist gut, und auch die, die soeben Kreuzige! geschrien hatten, schrien nun Hosianna! Denn so wankelmütig ist die Gunst der Menge.

Aber Salomäa wurde nicht durch ihr Lob erschüttert, wie sie vordem nicht erschüttert wurde durch ihren Neid, und fuhr fort:

Ich bin nur ein schwaches Weib. Und ich sehe um mich herum so viele Männer stehen. Es kommt mir nicht zu, mit dem Neubau zu beginnen. Aber da ich die Tochter des Freirichters bin und mein Vater im Sterben liegt, deswegen rede ich.

Und ich rede so: Wenn wir müßig auf unsern Trümmern sitzenbleiben, wird kein neues Haus erstehn und kein Brot auf den Äckern wachsen und kein Vieh in den Stall kommen. Gott hilft nur dem, der sich selbst helfen will.

Da schrie wieder eine Stimme aus der Menge: Wie wollen wir uns helfen? Wir können uns nicht helfen, und niemand hilft uns, und Gott im Himmel wird uns nicht helfen, und das beste wäre, wir gingen fort.

Da sprach die Ecketochter: Ich höre wieder den Narren und den Bösewicht reden. Er spricht, alles ist hin! Wer kann uns helfen? Freilich, wenn der Mut hin ist, neu zu beginnen, dann hat er recht, dann ist alles dahin. Aber ich sage, Häuser können zerstört und wieder aufgebaut werden, Bäume hackt man um, und man pflanzt neue. Brunnen schüttet man zu, und einen Steinwurf weiter gräbt man den zweiten. Alles kann wiedererstehn, wenn es zerstört ist. Aber wenn der Mut dahin ist, ist alles dahin.

Darum sage ich: Verflucht ist das Fluchen und das Verzweifeln und das Weinen und das Betrübtsein. Und verflucht ist der Müßiggang und das Herumgehen und das Nichtstun. Und verflucht ist der Narr und der Bösewicht, der da spricht: Alles ist hin! Und der da spricht: Am besten wäre es, wir gingen fort.

Aber gelobt sei das erste fröhliche Lied, das hier jemand singt, der hinter dem Pfluge geht. Und gelobt sei das erste mutige Wort, das jemand spricht. Und gelobt sei die erste Hand, die angreift und zupackt, und gelobt sei der Fleiß und das Gottvertrauen und jeder Anfang.

Und sie rief mit lauter Stimme über den Marktplatz: Gelobt sei jeder Neubeginn. Wir bleiben hier und fangen wieder an!

Und als wollten sie ein ernstes Gelöbnis tun, nahmen die Männer ihre Hüte ab, und die Weiber falteten ihre Hände, und alle riefen: Wir fangen wieder an!

Und so fing man in den vier Lohedörfern wieder an, und Gott war mit dem Neubeginn, und wo eine Hand schwach wurde, half er mit, und wo ein Herz verzweifeln wollte, da tröstete er es, und wo jemand fluchen wollte, ward ihm der Fluch im Munde zu einem mutigen Worte und zu einem fröhlichen Liede.

Denn wo ein Anfang ist, da ist der Herr, und wo ein Mutiger ist, da ist sein Segen!

In den folgenden Wochen und Monden war in den Lohedörfern ein Leben, wie es noch niemals gewesen war. Das Wort Salomäas: Gelobt sei jeder Neubeginn! fiel wie ein Funke in alle Herzen und zündete überall.

Ein neuer Anfang begann, es begann eine neue

Zeit, und es war eine große und auch eine schöne Zeit.

Die Trümmer wurden beiseite geschafft, um Platz für das Neue zu gewinnen. Man schlug im Walde Bäume und sägte Bretter, um neue Häuser zu baun. Man brach Steine an den Steilhängen der Berge und grub Lehm in den Gruben. Man meißelte Quadern und buk Ziegeln, um für die Holzhäuser feste Fundamente zu schaffen. Man steckte von neuem die verwilderten Raine ab und zog die alten Grenzen neu.

Man stellte die verfallenen und umgesunkenen Zäune auf und stampfte sie fest in die Erde. Man hängte in die knarrenden Angeln neue Türen und Tore.

Man reinigte die alten Brunnen und grub neue.

Man besserte die Straßen und Wege, säuberte die Plätze und schichtete den Abfall zu großen Haufen, die man verbrannte. So kam die Vergangenheit aus aller Augen, die nun nichts mehr sahen als eine tätige Gegenwart und eine bessere Zukunft.

Man bestellte in aller Eile einen Teil der Äcker, um wenigstens etwas Brot für den Winter zu haben, und wenn es nur wenig war.

Man trieb das Vieh auf die Weide, wo das Gras hoch und üppig stand, und hatte Milch, Butter und Käse in Fülle.

Man zimmerte neue Bienenhäuser und lockte die verscheuchten Völker an den alten Platz.

Man pflanzte neue Bäume in den umgegrabenen Gärten, und vor die Fenster säte man Blumen, Winden und Nelken.

Die Dämme und Wälle in Naßsiedel wurden wiederhergestellt und das Wasser in das alte Bett zurückgezwungen.

Man zog Gräben in den versumpften Wiesen und ließ die Feuchtigkeit in den Bach rieseln.

Überall war ein Leben, daß das Herz jauchzte, und es schien, als verdoppelte der Himmel den Ertrag des Fleißes, denn ein fleißiges Herz belohnt Gott.

So konnte es nicht fehlen, daß sehr bald in den alten Dörfern neue Giebel zum Himmel wuchsen, neue Dächer emporstiegen und aus neuen Schornsteinen der Mittag- und Abendrauch andächtig zum Gewölbe des Firmamentes emporblühte.

Aber überall war Salomäa.

Lange Zeit war der Eckehof die Heimstatt für viele. In den Stuben nächtigten sie, unter dem Dache, in den Ställen und in der alten großen Scheune. Erst allmählich leerte sich der Hof, je wie ein neues Haus entstanden war, und wenn die Leute in ihr Eigentum heimkehrten, hatten sie Tränen in den Augen, da sie durch das große Tor auf die Straße hinausgingen und der Salomäa die Hand zum Abschiede drückten.

Vergelt's Gott, sprachen sie, und: Es ist schon gut, erwiderte Salomäa.

Und sie rief jedem Scheidenden nach: Wir bleiben hier und fangen wieder an!

Sie war überall, in Dürrsiedel und in Naßsiedel, in Wolffenberg und in Preisentraum, in Lohwald und selbst bei den Leuten von Olipa.

Sie prüfte, wie die neuen Häuser gebaut wurden, und welchen Fortgang sie nahmen. Sie riet, wo Brunnen gegraben werden sollten, und gab ihren Ratschlag bei Vieh und Acker. Sie borgte Saatgut und Feldgerät, sie lieh Geld und Brot und gab Mut und Trost und gute Worte umsonst dazu.

Sie tröstete die Frauen und spielte mit den Kindern. Sie sorgte dafür, daß der Pfarrer von Nimptsch alle vier Wochen einmal nach Wolffenberg kam und dort auf dem Platze vor der alten Kirche im Freien Gottesdienst hielt. Sie sandte Boten an den Herzogshof nach Breslau und bat um Hilfe.

Sie war überall, wo man sie brauchte, und es war, als sei der Geist des toten Ambrosius Scholtz über sie gekommen, so tätig und umsichtig war sie.

Kein Wunder also, daß alle Leute sie die Freirichterin nannten und, da im Herbste dieses Jahres der alte Ecke die Augen für immer schloß, die Tochter auch von Rechts wegen zu ihrer Freirichterin wählten.

Denn es war deutscher Brauch, auch einer tüchtigen Frau ein Amt zu geben, und daß man deswegen an den Hof zu Breslau meldete und um Erlaubnis bat, war mehr eine Sache der Form und des Buchstabens.

Salomäa war längst von Rechts wegen die Freirichterin der vier Dörfer geworden, und daran hätte auch ein Spruch des Breslauer Hofes nichts ändern können. Als er bejahend ausfiel, bestätigte er nichts weiter als die Stimme des Volkes.

Die Bauern beugten sich vor diesem starken und einzigen Weibe, die zuerst Salomäa hieß und dann die Hasserin genannt wurde, und der man jetzt die Würde und den Namen der Freirichterin gab. Sie hielt ihre eigene Schönheit für nichts und trug sie in Wind und Wetter hinaus, wenn sie nur helfen konnte. Sie, die nie daran dachte, einen Mann zu nehmen und eigene Kinder zu haben, weil alle Kinder ihrer Freirichterei die ihrigen waren und alle Leute in den Dörfern ihre große Familie.

Sie verzichtete auf ihr eigenes Glück, weil sie das Glück der anderen für höher achtete.

Sie stand unter dem Volke wie eine Fürstin, und wiewohl sie nur eine Bauerntochter war, war sie doch wie eine Fürstin unter den Bauern. Sie liebte das Land, und darum liebte das Land sie und ward ihr untertan.

Ihr Ruf ging weitum, und wenn jemand nur von der Freirichterin hörte, so wußte er von diesem großen starken Weibe, das da irgendwo am Bannwalde hinter dem Berge Silensi hauste, das Ihre zusammenhielt und groß und geachtet war wie ehedem die Herzogin Hedwig.

Da überall in der Freirichterei neue Häuser erstanden und der Hammer und die Axt und die Säge und die Schaufel und der Pflug wieder zu ihrem Rechte kamen, geschah es, daß auch auf dem alten Hofe der Tuschasippe ein neues Leben begann.

Die Männer und die Frauen gingen daran, die alten Bretter zu ordnen und aufzustapeln, das Sparrenwerk zu zerbrechen, das als Hindernis für Mensch und Vieh wie ein Verhau im Hofe herumlag, und neuen Grund für die künftige Hütte auszuschachten.

Nicht mehr so gewaltig wie früher erhob sich im Herbst der neue Bau über die andern Fischerhütten von Naßsiedel, er war vielmehr ins Breite geraten, und was ihm an Höhe abging, ersetzte er durch Nebenbauten, durch Ställe und Kammern, denn so viel hatten die polnischen Leute indes von den Deutschen gelernt, daß es nicht gut sei, wenn der Mensch mit dem Vieh zusammenhaust, und daß das Vieh bei sich wieder gesondert stehen möge, und Holz bei Holz und Mehl bei Mehl und Gerät bei Gerät, und daß Ordnung das notwendigste Ding sei.

Während aber die Männer und Weiber der Sippe dies alles bewerkstelligten, die Hütte bauten, den Wall aufschütteten, auf Fischfang zogen und das Vieh auf die Weide trieben, ging der älteste Sohn Brbek ins Land.

Wo ist Tuscha dein Vater? fragte unaufhörlich sein Herz. Und wo ist dein Bruder Luzan? fragte unaufhörlich sein Blut. Er, der nun der Älteste unter den Seinen war und befehlen sollte, gab nur einsilbige Befehle, und sein Mund sprach nur wenig. Denn sein Ohr lauschte immer und immer auf schwere Tritte, die am Abende draußen vor der Hütte näher kommen sollten, und dann ginge die Tür auf und der Vater käme herein, der alte Tuscha, und übersähe mit einem Blicke all die Seinen und all das Seine.

Aber er kam nicht.

Und wenn dann Brbek sich auf sein Lager niederlegte und schlafen wollte und vor Kummer nicht schlafen konnte, während die anderen, müde von ihrem Tagewerke, schliefen und schnarchten, da hörte sein hoffnungsbanges Herz draußen einen behenden Schritt, Räderknirschen und Peitschenknall und ein lustiges Lied. Heißa, das war der Luzan, der fröhliche Bruder, der von einer langen Reise zurückkam und soviel zu erzählen wußte!

Da stürmte Brbek auf den Hof hinaus, froh, daß alle Angst nun zu Ende war. Aber da stand kein Luzan und kein Reisewagen. Der mondbeschienene Hof war leer und öde, nur an der Stallwandung standen blaue Schatten, das Vieh im Stalle seufzte auf, der Bach rauschte draußen am Walle, und die Sterne flimmerten lautlos über der lautlosen Welt.

Da setzte sich Brbek auf die steinbehauene Türschwelle und starrte mit leeren Augen in die trostlose Nacht hinaus, und wieder sprach sein Herz: Wo ist Tuscha, dein Vater? Und sein Blut fragte: Wo ist dein Bruder Luzan?

Vier Wochen wartete Brbek und hoffte von Stunde zu Stunde und von Tag zu Tag. Aber es kam kein Vater zurück, und es kehrte kein Bruder heim.

Längst waren die letzten Nachzügler zu den Ihren zurückgekehrt, und es waren einige noch nachgekommen, die man schon längst verschollen geglaubt. Es kamen alle, und am Ende fehlte keiner mehr. Nur der alte Tuscha fehlte noch, und es fehlte der Luzan.

Nach vier Wochen hielt es Brbek nicht länger in der dumpfen Hütte am Schanzenbache aus. Sein Blut trieb ihn fort, und sein Herz hieß ihn gehn. Da ging er und suchte.

Er suchte tagelang an den Rändern der Lohe und ihrer Nebenflüsse, ob er dort irgendwo ein Zeichen entdeckte. Denn er kannte alle Schlupfwinkel seines Vaters, seine Fangplätze und seine Lieblingsstellen. Aber er fand ihn nicht.

Er kroch in die Pestlöcher, wo die Lohwälder gehaust hatten, und durchstreifte die großen Waldungen, die sich östlich des Loheflusses gegen die Hügel hinzogen. Aber er fand nichts.

Er fragte bei den Leuten in Nimptsch und bei den Leuten von Olipa, die viel sahen, weil dort die Straßen vorbeikamen oder sich kreuzten. Ob sie von Tuscha oder von Luzan gehört hätten, die jedes Kind kannte? Aber es hatte niemand etwas von ihnen gehört.

Er ging in den Bannwald hinein und durchsuchte ihn, wie man ein Haus durchsucht, jede Ecke und jeden Winkel.

Er schritt mit prüfenden Augen über die Wiesen und an den Bächen entlang. Er wand sich durch die Felsen, bestieg jede Aussicht und kletterte in jede Schlucht. Er rief die geliebten Namen hundertmal in die Wildnis, aber nur ein gespenstisches Echo gab ihm Antwort.

Er ging an die Oder hinab und fragte dort die Flößer und die Schiffsknechte, die Wagner und die Fuhrleute, die alle weit herumkommen und vieles hören, aber niemand konnte ihm eine Antwort geben.

Der Zufall trieb ihn auch nach Breslau, und der höhnische Zufall wollte es sogar, daß er gegenüber der Dominsel an der Oderlände stand, wo sein Vater im Strome versunken war. Aber die Wellen verrieten dem Sohne ihr Geheimnis nicht, und die Menschen, die von der Heldentat des alten Tuscha wußten, wußten nicht, daß der alte graubärtige Mann, der da sinnend am Ufer stand und über den Strom blickte, des Tuscha ältester Sohn war und seinen Vater suchte.

So irrte der Brbek im Lande herum und suchte und fragte überall, aber er kam mit seinem Suchen und Fragen an kein Ende.

Müde und abgehetzt trachtete er endlich wieder nach der Heimat, als die ersten Schneewolken am Himmel entlang jagten und die letzten Wildgänse nach Süden flogen, dem Winter zu entgehn.

Da endlich stampfte Brbek nach Hause, ein paar Tage lang, bis ihn doch am letzten Tage kurz vor Naßsiedel der erste Schnee überraschte.

In dicken Flocken fiel er vom Himmel und hüllte bald den einsamen Vater- und Brudersucher ein, als trüge er einen schönen weißen Hermelinpelz, und trug doch nur einen dünnen groben geflickten Linnenkittel.

Am späten Abend endlich kam er vor seiner Hütte an. Schon waren die Seinen schlafen gegangen, und der Hof lag still und öde.

Wenn ich jetzt, so sprach er bei sich, an die Tür klopfe, denken sie vielleicht, es kommt der Vater oder Luzan, der Bruder . . .

Und so beschloß er, um die Seinen nicht zu enttäuschen, in dieser Nacht in dem neuen Holzschuppen zu schlafen, den sie gebaut hatten, und der unverschlossen war, wo vom Sommer her ein wenig Heu aufgestapelt lag.

Dort legte er sich nieder und wollte schlafen. Aber er schlief nicht, denn immerfort klagte sein Herz: Unser Vater Tuscha ist tot. Und sein Blut jammerte: Wo ist Luzan, mein Bruder? Verschollen, verdorben, gestorben . . .

So gingen die Jahre ins Land, und allmählich wurden aus dem Angesichte der Erde die Spuren der Verwüstung getilgt. Wieder waren die Felder in der Ordnung des bäuerlichen Fleißes, wieder standen die meisten Dörfer in Sauberkeit und behaglichem Reichtum, und manche waren noch schöner und trefflicher geworden, als sie vordem gewesen.

Der Wald war größer und höher geworden, die Wege waren nicht mehr zerstampft von den Hufen wilder Kriegspferde und vom reisigen Troß, vielmehr waren sie geschmückt mit den Radspuren des Pfluges, der Handelskarren und den Tritten der Ochsen und Kühe.

Neue Obstbäume wuchsen hinter den Häusern und auf den Feldrainen. Der Himmel sah auf ein friedliches Land herab und segnete den Fleiß und den Schweiß mit der Ähre des Feldes und mit den Früchten des Gartens.

So ging es gegen den Herbst. Die Erntewagen waren längst hoch bepackt von den Äckern in die

Dörfer und Höfe hineingeschwankt und hier abgeladen worden. Man erwartete getrost den Winter, der bald kommen sollte, und der Bauer betrieb noch dieses und jenes vor dem ersten Schnee.

Da kam von Olipa her über das Grasland auf dem Wege, der früher nicht mehr als ein Saumpfad gewesen und der im Laufe der rüstigen Jahre ein richtiger Feldweg geworden war, da Handel und Wandel im Lande wuchs, da kam auf diesem Wege ein Reisewagen gefahren, vor den zwei große kräftige Pferde gespannt waren. Sie zogen durch den Morgennebel dahin, als kämen sie aus einer uralten Vorzeit. Der Nebel machte sie noch größer und gewaltiger und erhöhte den Kutscher zu einem stummen Riesen, der hoch über das bleiche Blachfeld aus dem Märchen kam und in die Legende fuhr.

Die ersten Häuser des Dorfes Dürrsiedel waren nicht eher sichtbar, bis der Weg schon mitten im Dorfe war. Niemanden traf man auf der Straße an, es war, als sei das ganze Dorf ausgestorben oder von seinen Bewohnern verlassen.

Da endlich öffnete sich der hölzerne Wagenschlag, und eine alte Frau sah heraus. Es war Hedwig, die einstmalige Herzogin, die noch einmal vor ihrem Tode auf ihre Lieblingsburg Nimptsch reisen wollte.

Sie hieß den Kutscher halten, stieg umständlich aus dem Wagen heraus und ging langsamen Schrittes auf einer Brücke über den Bach in den nächsten Hof, der aus dem Nebel hervorstand wie eine uralte Götterburg. Denn es dürstete sie.

Sie öffnete die hölzerne Pforte zum Hofe, aber auch hier war niemand. Zwar hörte man irgendwoher Stimmen, aber es konnte ebensogut auf dem weiten Felde oder beim Nachbarn sein.

Die alte Frau Hedwig schritt über den Hof und ging sodann über die steinerne Schwelle in den dunklen Hausgang. Es war linker Hand die Küche, wo auf dem Herde ein schwaches Feuer brannte. Eine Katze saß auf der Ofenbank, und auf dem Tische standen noch Teller und eine Suppenschüssel, ein Zeichen dessen, daß man hier nicht allzu lange vordem gegessen hatte.

Sie klinkte die Tür zur rechten Seite auf, um einen Menschen zu suchen, aber die Tür war verschlossen. Sie rief ein paarmal, aber niemand kam.

Sie tappte langsam und vorsichtig in dem halbdunklen Gange weiter, bis sie wieder eine Klinke in der Hand fühlte und niederdrückte. Über eine hölzerne Schwelle kam sie in eine kleine Beikammer.

Diese Kammer war fast gleich breit und lang und nicht sehr groß. Das niedrige Fenster ging auf den Garten hinaus, in dem die Schattenrisse der Bäume durch den Nebel sahen. Wilder Wein, scharlachen und purpurrot, umrankte das Fensterkreuz.

Es war eine unbeschreibliche Ruhe und Stille und ein unsäglicher Frieden in dieser Bauernstube.

An der einen Wand stand ein Bett, dessen Federkissen hochgetürmt dalagen. Ihm gegenüber, nahe am Fenster, in der Ecke stand ein Tisch, darauf eine Kerze war, ein Kreuz und ein tönerner Krug mit den späten Blumen des Herbstes.

Um den Tisch lief eine hölzerne Bank an der Wand entlang, und hier setzte sich die alte Frau Hedwig.

Es war eine unbeschreibliche Ruhe und Stille und ein unsäglicher Frieden in dieser Bauernstube.

Da also saß die ehemalige Herzogin und sah sinnenden Auges in den Garten hinaus, der unwirklich farblos im Fenster stand. Und viele Gedanken durchzogen ihr Herz, und ihr Herz hub an zu sprechen und sprach:

Was sind alle Herzogspaläste gegen dieses Haus, das mit breitem Dache so ruhig unter den Himmeln steht?

Was sind alle goldenen Gemächer der Könige und Fürsten gegen diese hölzerne Stube?

Da bist du nun, Herzogin Hedwig, dein Lebtag in großen Sälen und hohen Hallen gewesen, und hier am Ende deines Lebens findest du diese Stube, wo es sich so gut ruhen läßt.

So sprach ihr Herz, und es sprach weiter: Ein Bett und ein Tisch, eine Kerze und ein Kreuz, ein Fenster und ein Blumenkrug, sind das nicht die Dinge, die der Mensch braucht?

Ruhe für die Nacht und Brot für den Tag, Licht und Trost, Freude und Aussicht, ja, fürwahr, das sind die Dinge, die der Mensch braucht, und darüber hinaus braucht er nichts.

So sprach ihr Herz, und ihr Herz sprach weiter: Herzogin, warum bist du nicht auch eine Bäuerin gewesen und hast all diese Dinge dein Lebtag gehabt?

Die alte Frau versank in ein großes Träumen, und noch einmal stieg vor ihrer Seele ihr langes Leben auf, Pracht und Reichtum, Glanz und Größe, Pläne und Siege, Kummer und Sorge, Angst und Hoffnung, und sie senkte das Haupt, wenn sie an all das dachte, und beneidete die Bäuerin, die hier wohnte.

Wenig Dinge braucht der Mensch, und der reichste Mensch ist der Bauer, sprach ihr Herz. Denn seine Welt ist zwar klein, aber doch groß, klein im Ausmaß, groß im Inhalt. Wenn du doch eine Bäuerin gewesen wärst!

Aber da lächelte die Herzogin Hedwig und bedachte bei sich, daß die Schicksale der Menschen verschieden sind und so mannigfach wie die Sterne am nächtlichen Himmel.

Sie sprach bei sich: Und wenn ich auch keine Bäuerin war, so bin ich doch eine Herzogin gewesen. Und wenn ich zeit meines Lebens solches Glück nie genoß, so habe ich doch das meine getan, damit es andre genossen.

Und so versöhnte sie ihr grollendes Herz, das noch einmal so ungestüm das Glück verlangte, und beschwichtigte es mit dem guten Gewissen erfüllter Pflicht.

Und sie saß lange so und genoß noch einmal vor ihrem Hinweggang die Ruhe und die Stille dieser Stube und den Frieden dieses bäuerlichen Hauses.

Bis endlich Schritte auf dem Gange herankamen und jemand die Klinke drückte und hereintrat. Es war Salomäa, die Freirichterin.

Sie erstaunte nicht, als sie die alte Frau Hedwig da sitzen sah, denn der Kutscher vor dem Hofe hatte ihr schon gesagt, wer ihr Gast sei. Sie setzte sich neben die Herzogin und sagte nur:

Willkommen auf dem Eckehofe, hohe Frau! Befehlt, was immer Ihr wollt; denn mein Haus ist Euer Haus.

Wie könnte etwas sterben, was je gelebt hat? Es kann für eine Zeitlang vergehn, aber es kommt wieder und lebt von neuem.

Längst war Ambrosius Scholtz, der Freirichter, tot, aber sein Geist und seine Sehnsucht lebten in Salomäa fort, die zwar nicht dem Blute nach seine Tochter war, aber die Erbin seines Amtes und seines Gesetzes, seiner Sorge und seiner Hoffnung, seiner Würde und seines Mutes.

Als die Dörfer ringsum wieder auferstanden waren und gaben an Pracht den alten nichts nach, die vor dem Taternjahre gestanden hatten, im Gegenteil, sie waren noch größer und volkreicher geworden, und bei den Buchen von Olipa war ein neues Dorf entstanden, das Baumgarten hieß, so daß Salomäa über fünf Dörfer gebot, da regte sich eines Tages in ihrem Herzen der Wunsch, auch die alte Kirche in Wolffenberg wieder erstehn zu lassen und womöglich noch prächtiger und herrlicher als einst.

Sie besprach sich mit den Bauern der Freirichterei, und da alle zugestimmt hatten und versprachen, Fuhren, Holz, Steine, Kalk, Sand und sonstige Spenden, auch Geld und Zehrung für die Bauleute herzugeben, schritt man ans Werk. Es wurde ein Baumeister aus Schweidnitz geworben, und in einem Frühjahr begann er mit seinen Werkelleuten und Knechten.

Es wurde der Schutt und das Trümmerfeld der alten Kirche, auf dem Brennesseln und Disteln und ein unsägliches Unkraut gewachsen waren, beiseitegeschafft und dabei festgestellt, daß die alten Grundmauern noch wohl imstande waren, das Gemäuer des neuen Baues zu tragen.

So ward auch beschlossen und gutgeheißen, denn man tut wohl, wenn man das Alte behält, wo es haltbar ist, und so das Neue mit dem Alten und das Zukünftige mit dem Gewesenen verbindet.

Es wurden sodann die Mauern emporgeführt, und als der Herbst kam, stand der Bau, fast um die Hälfte größer als die Kirche vordem. Denn es war auch die Seelenzahl der Dörfer gewachsen, und es wurden in jedem Jahre mehr Kinder getauft als Tote beerdigt.

Über die Mauern ward ein Notdach gesetzt, so konnte der Winter kommen.

Im nächsten Frühjahr wölbten die Maurer von Wand zu Wand die weitgespannten Bogen und die Zimmerleute setzten über die Gewölbe den hohen Dachstuhl und darauf das Dach mit den Schindeln.

Danach begann man auch schon mit dem Turme, der nicht mehr aus Holz, vielmehr aus Stein und Ziegeln wie die Kirche sein sollte, bis man ihn am Ende mit weißem Kalk bewarf, daß er ins ganze Land hineinglänzte wie ein heller Rufer.

Seitdem ist die weiße Kirche von Wolffenberg ein Zeichen gewesen für die Menschen ringsum und ein Zeugnis für die Freirichterin Salomäa.

Als der Bau soweit gediehen war, ging man an das Innere, und hier befahl Salomäa, sollte ein Besonderes geschehen und die Wolffenberger Kirche hinausgehoben sein über alle Kirchen des Landes.

Sie hatte nämlich in der Kirche zu Strehlitz jenseits des Berges Silensi gesehen, daß man dort die Wand des Altarraumes mit frommen Bildern aus der Schrift geschmückt hatte, und da ihr solches gar wohl gefiel, beschloß sie, die ganze Kirche in Wolffenberg ausmalen zu lassen über und über.

Es gab in Nimptsch einen Maler, der Bartholomäus hieß mit dem Beinamen Zinn, der ob seiner Kunst weit berühmt war. Er bekam den Auftrag, für ein schön Stück Geld die Wolffenberger Kirche auszumalen. In den Altarraum malte er auf die Wand drei Bilder, wie Gott in der Wüste Manna regnen läßt, des ferneren die wunderbare Brotvermehrung und endlich das hochheilige Abendmahl.

Auf der linken Kirchenwand in dem großen Schiffe stellte er einundzwanzig Bilder aus dem Alten Bunde und auf der rechten Seite dieselbe Anzahl von Bildern aus dem Neuen dar, dergestalt, daß immer ein Bild diesseits einem anderen jenseits entsprach.

Wenn also links der Baum der Erkenntnis den Sündenfall unserer Stammeltern sah, so ragte rechts der Baum der Erlösung, das Kreuz, an dem unser aller Herr und Heiland die Erbschuld tilgte.

Oder wenn links Noe die Kreatur der Erde in seiner Arche sammelte, um der steigenden Flut zu entgehn, so ward auf der andern Seite das Schifflein Christi gezeigt, mit dem er auf den See hinausfuhr, um mit Petrus Fische zu fangen.

So war ein sinniges und frommes Herüber und Hinüber in dem großen Raume, ein Leben und Weben und Sprechen und Tönen, und es gab keine Kirche weit und breit im ganzen Lande, wo so schöne und kunstreiche Bilder die Herzen der Gläubigen mit solcher Eindringlichkeit und zugleich mit solcher Schönheit und Innigkeit auf das Evangelium hingewiesen hätten. Die Bilderkirche nannten die Leute den neuen Bau, und es sprach sich bald herum, daß die Freirichterin über jedes einzelne Bild mit dem Meister Zinn disputiert und ihm immer wieder aus der Schrift Anregung gegeben hatte.

Nach zwei Jahren war das Werk fertig, und es staunten die Menschen, die von weit her zur Einweihung gekommen waren, schon von ferne über die Höhe und den Glanz des Turmes, und sie staunten noch mehr im Inneren über die Pracht der Bilder, die wie eine große Predigt die fromme Gemeinde umgab.

Die Bilderkirche breitete den Ruhm Gottes im ganzen Lande aus, und mit dem Ruhme Gottes verbreitete sich auch der Ruhm seiner Dienerin und

Magd, der großen Salomäa Ecke, Freirichterin in den fünf Lohedörfern Dürrsiedel, Wolffenberg, Preisentraum und Baumgarten.

Hoch über dem Mainstrome, dort, wo er bei dem Dorfe Schwarzmaindorf an einer steilen, mit Buchen bewachsenen Wand vorüberfließt, lag die Burg derer von Ecke, die über sieben Dörfer geboten.

Der alte Herr Achatius war gestorben, und seine drei Söhne Sebastian, Heinrich und Johannes trugen den Sarg in die kühle Grabkapelle im Burggarten, wo seit dem ersten Ecke, der die Burg gebaut hatte, alle Herren und Frauen des Geschlechtes der Auferstehung harrten.

Sie stellten den eichenen Sarg auf die Stufen des Altares und standen dann eine Zeitlang in stummer Trauer, die Hände gefaltet und den Blick zur Erde gesenkt. In der Kapelle saßen alle die edlen Herren und Frauen von den umliegenden Schlössern, die gekommen waren, dem alten Ecke die letzte Ehre zu erweisen. Da waren die Herren von Rothfeder, die Herren von Staffelstein und von Lichtenfels. Es waren da die Grafen von Bühl, von Tannberg, von Archenberg, von Angl, von Sentze, von Mainhals und von Lötenberg. Der Bischof von Bamberg hatte zwei seiner Domherren entsandt und der Abt von Gottesstein sieben Mönche samt dem Propst.

Man sang Trauerlieder, sprach Gebete, und dann ließen vier Knappen der Burg den schweren Sarg in die Tiefe der Gruft, aus der in dem schwachen Schimmer des einfallenden Lichtes noch viele andre Särge heraufdämmerten.

Man schloß die Gruft wieder mit dem schweren Wappensteine und begab sich über den Hof zurück in den Burgsaal, wo das Totenmahl sollte gehalten werden. Man sprach hier bei Braten und Wein viel edle Dinge über den Toten, aber das Volk in den sieben Dörfern sprach weniger Gutes von ihm, und manche hohnlachten sogar und sagten: Gott Dank, daß der Schinder zum Teufel ist!

Denn der alte Herr Achatius Ecke war ein harter Mann gewesen.

Am andern Tage versammelten sich die drei Söhne in dem Turmzimmer, wo der Vater die letzten Jahre des Alters und des Siechtums gewohnt hatte, und wo man einen großen Rundblick über den Main und die Mainfelder bis auf den Staffelstein hin und bis zu den fernen Bergen hatte, die nach dem Bambergischen hinübergehen.

Hier versammelten sich und beratschlagten über das Zukünftige die drei Eckesöhne.

Sebastian, der Älteste, der nunmehr das Oberhaupt der Familie war, und der schon lange eine Rothfeder zur Frau hatte und drei Kinder sein eigen nannte, setzte sich auf den Hochstuhl des Toten und nahm damit rechtens und in aller Form Besitz von dem Seinen. Die beiden jüngeren Brüder standen am Fenster und starrten in die Weite hinaus.

Was sie nun tun wollten, fragte Sebastian.

Als erster nahm Heinrich das Wort und sprach: Glaube ja nicht, Sebastian, daß ich bei dir Knecht und Knappe sein will mein Leben lang. Ich bin es schon längst satt gewesen, als Burgjunker hier auf Ecke zu sitzen und den lieben langen Tag in das Wasser zu schaun oder nach den Wolken oder im Hofe die Hunde zu tummeln, und wenn es hoch kam, für den faulen Tannberger die Hirsche und Säue zu hetzen.

Er ging mit großen Schritten durch die Stube, blieb dann vor dem Bruder stehn und schrie ihm ins Gesicht: Ich will fort von hier, weit weg will ich, dort, wo viel Leben ist, Krieg und Eroberung, Glanz und Genuß, Ruhm und Ehre, und wo ein tapferer Kerl ein Königreich erbeuten kann.

Wo das wäre, fragte spöttisch Sebastian. Ein Königreich?

Zum Kaiser nach Italia will ich, schrie da Heinrich, daß die kleine Stube widerdröhnte. Was hat man nicht alles gehört von der Pracht und Größe des Kaisertums? Wen gibt es auf dieser Erde, der dem Kaiser Friedrich Widerstand leisten könnte? Niemanden. Alles ist ihm untertan, und wo seine Fahnen flattern, ist Leben und Abenteuer. Dorthin will ich, morgen schon, heute noch!

Heute ist besser als morgen, höhnte Sebastian.

Und gleich ist noch besser als später, schrie erbost der Bruder. In einer Stunde bin ich fort und reite gen Süden, auf Mailand zu und nach Rom und Neapel und Salerno und Palermo. Vivat, das soll mir ein Leben sein!

Und wie er noch so inbrünstig sprach, da riß der Wolkenschleier im Südwesten über fernen Bergen, und eine gleißende Sonne legte breite silberne Bänder über das Land und über den Strom eine prächtige Siegesfahne. Und es war wie eine Bestätigung dessen, was Heinrich soeben gesagt hatte.

Aber noch immer stand Johannes am Fenster, der Jüngste, und sah das alles und hörte das alles, aber er schwieg.

Bis ihn Sebastian fragte: Und du, Johannes?

Der Jüngste drehte sich langsam um, und es war über sein noch fast knabenhaftes Antlitz eine Stärke und ein Entschluß gekommen, daß ihn die Brüder fast nicht mehr erkannten.

Geht Heinrich nach dem Süden, sprach er, so ziehe ich nach dem Osten.

Sebastian lachte laut auf und sprach: Das lob ich mir! So wird unser Stammbaum bald die ganze Erde überschatten. Der eine will ins Land Italia, das von Milch und Honig überfließt, und der andre will in das Hungerland, wo die Menschen noch Wölfe jagen und Gras fressen. Der eine nach Süden, der andre nach Osten. Glück zu, meine vieledlen Brüder! Und ich würde mich freuen, wenn man in zehn Jahren hörte, wie es euch geht.

So spottete Sebastian, der hart war wie sein harter Vater, indes unten im Hofe für die Brüder schon die Pferde gesattelt wurden.

Man ging ohne Abschied auseinander, und langsam ritten die ohne Erbe den Bergweg zutale nach Maindorf hinab und den alten Baumweg nach Staffelstein hinüber, wo sie die Nacht zubrachten.

Sie nächtigten gemeinsam im „Gülden Schiff", und als die Nacht vorbei war, und es kam der Morgen, verabschiedeten sie sich, und jeder ritt seinen Weg. Heinrich, den es nach Süden zog, ritt gen Bamberg, Johannes aber, der nach Ostland wollte, ritt nach Lichtenfels. Im Morgendunst stand über dem Maintale die Burg der Väter ...

Nach zehn Jahren kam Johannes Ecke, wie man verabredet hatte, in die Heimat zurück. Er war herzoglicher Kastellan in Schlesien geworden und ein tüchtiger Mann. Er gebot über Ritter und Knappen, wohl an zweihundert, und seine neue Burg stand stark und wohlbewahrt an den Ufern des Flusses Bober im Gau Boberane.

Aber den Sebastian traf er nicht mehr unter den Lebenden. Ein Knecht aus Maindorf hatte ihn mit der Spitzhacke erschlagen, da er seine Eltern in den Schuldturm werfen ließ. Auch auf den Bruder Heinrich wartete Johannes mehr als ein halbes Jahr. Die welsche Pest hatte den Heinrich Ecke längst unter die Erde gestreckt, er schlief in einem einsamen Hügelgrabe auf der sonnenglühenden Ebene Apuliens.

Immer neue Ansiedler kamen aus allen Teilen des Reiches in das neue Land, Jahr für Jahr, gründeten neue Dörfer, bauten neue Städte und schufen sich eine neue Heimat.

Während das Reich und seine Herrlichkeit abnahm, nahm das neue Land Schlesien zu an Volk, an Kraft und an Ansehen.

Die Hauptstadt Breslau am Oderstrome wuchs nach dem Taternsturme fast um das Doppelte. Man legte den großen Ring an und bebaute seine vier Seiten mit steinernen Bürgerhäusern. Man räumte den Schutt der großen Feuersbrunst fort und gründete auf der alten Aschenstätte den neuen Bau. Handel und Wandel blühten auf, und die Kaufleute des Westens trafen sich hier mit den Händlern des Ostens, und sie boten einander ihre Schätze an, jene feines Tuch und deutsches Bier, Gold- und Silberwaren, Eisengeräte und Irdenware, den ganzen Reichtum des deutschen Handwerks, diese hinwiederum die Schätze des Ostens, Felle und Häute, Honig und Mehl, Edelsteine, edle Hölzer und feine Gewürze.

Die Oder wurde mehr und mehr von Schiffen und Lastkähnen bevölkert, die voll beladen bergauf und talab fuhren, und die Zeiten des alten Krschenko waren vorbei. An den Ufern des Stromes entstanden

Häfen und Stapelplätze, Speicher und steinerne Länden, wo zu manchen Zeiten Schiffe an Schiffe sich drängten, und wo die Sprachen vieler Völker gesprochen wurden, der Deutschen und der Polen, der Russen und der Ungarn, der Welschen und der Araber, der Schweden und der Böhmen. Der Traum des Herzogs Heinrich von einem Oderreiche begann in Erfüllung zu gehn, und was er plante, nämlich ein Oderfürst zu heißen, das ward seinen Nachfolgern beschert.

In dem Maße, wie Geld ins Land kam, wuchs die Freude der Menschen an schönen Dingen. Die Bürger begannen mit dem Bau großer Rathäuser, stolzer Brunnen und prächtiger Kirchen. Über die Wälle sahen trutzige Türme ins Land und grüßten den Wanderer schon von weitem. In die Kirchen kam geschnitztes Gestühl, kamen Bilder, Statuen, goldenes und silbernes Gerät. Die Gewandung der Bürger wurde besser, ihr Mahl behaglicher, ihr Vorratskeller geräumiger und der Rosenkranz ihrer Feste schöner und schöner.

Alles dieses aber geschah, weil die Bauern in den hundert und aber hundert Dörfern Jahr für Jahr geduldig den Pflug durch den Acker stießen, säten, ernteten und wieder säten und so aus der Erde die uralte ewige neue Kraft holten, Brot und Kraut, Frucht und Fleisch.

Der Taternsturm war wie ein Gewitter gewesen. Vieles war von dem Hagelschlage vernichtet und zerstört worden, aber der alte Baum, vieler Zweige und Blätter beraubt, wuchs in den nächsten Jahren desto üppiger, und seine Blütenpracht war nach dem Unwetter reicher und schöner als zuvor,

Die herzogliche Residenz zu Breslau bei St. Martin war wie eine Krone, in die man Jahr für Jahr einen neuen Edelstein einfügt. Es entstanden neue Häuser und Ställe, Höfe und Brunnen. Man baute einen neuen Dom und plante ihn so gewaltig, daß es vieler Jahrzehnte bedurfte, um ihn zu vollenden.

Die Kastellaneien im Lande wurden vergrößert und verstärkt, und ihre Zahl wurde vermehrt. Die Ritter und Reisigen rüsteten sich mehr nach deutscher Art, und mit der kriegerischen Kraft wuchs auch die Freude an Glanz und Pracht, an Sang und Tanz, an Buhurt und Ritterspiel.

So groß war das Land und seine Gegenwart, und seine Zukunft schien noch größer. Was der Oderfürst einst gesät, nun ging die Saat auf, und was die Herzogin Hedwig an Blumen der Liebe und der Schönheit hinzugetan, das blühte auf und redete von seiner Gärtnerin.

Und noch eins muß hier erwähnt sein, wie nämlich die Menschen, die aus allen Teilen des Reiches gekommen waren, in dem neuen Lande allmählich zu einem Volk zusammenwuchsen.

Da waren die Franken vom Main und Rhein, ein frohes heiteres Volk, das zu leben wußte und nichts so sehr schätzte wie seine Freiheit. Es liebte das Schöne und Anmutige und brachte die Sitten der Heimat auch in das neue Land.

Da waren die Leute aus Schwaben, weniger zwar als die ersten, aber ernster und gewichtiger, Grüblerisch versanken sie oft in die Wunder der Welt und suchten noch hinter dem Wunder das Wunderbare und hinter den Dingen der Welt den Urgrund der Dinge. Ihre Sprache war wie ein doppelwandiges Gefäß geheimnisvoll und wie eine Muschel voller Musik. Da waren endlich die Leute vom Niederrhein und aus Flandern, große, vierschrötige Gestalten, behäbig, breit und verschlossen. Sie setzten sich gern abseits der Dörfer in ihre Einödhöfe und hielten sich fern von den andern. Man lachte sie hinter dem Rükken aus und nannte sie flamsche Kerle. Aber auch sie wuchsen in das neue Volk hinein und machten seine Sprache und sein Lied um einen dunklen Ton reicher.

Alles dies wuchs allmählich zusammen und bildete das schlesische Volk, das den ganzen Reichtum des Reiches in sich trug, wie die neun Buchen von Olipa zu einem gewaltigen Laubdome zusammengewachsen waren.

Ein neues Reich entstand im Osten des Reiches, kleiner zwar an Raum, aber inwendig von derselben Größe und Weite wie das alte.

Und während die Kaiser im Süden das Reich verloren, gewannen die Deutschen im Osten ein neues. Nicht Heinrich Ecke gewann die Zukunft auf den Ebenen Apuliens, sondern Johannes, der Vogt des Gaues Boberane, in den schlesischen Ebenen.

So ging die Zeit dem Mittag zu, und als die Herzogin Hedwig im Kloster Trebnitz zwei Jahre nach der Taternschlacht die Augen für immer schloß, da war ihr Erbe gerettet für alle Zeiten.

Das Volk klagte um sie, wie man um eine Heilige klagt, und es währte nicht lange, da rankte sich um ihren Namen das Weinlaub der Legende.

Bald wölbte man über ihrem Sarge ein schönes Grabmal, und ihr Todestag am 17. Oktober wurde ein Wallfahrtstag für die Bauern und Bäuerinnen im ganzen Lande.

In den Lohedörfern aber herrschte und regierte noch immer die Freirichterin Salomäa.

Allmählich starben die Alten und wurden auf dem

Kirchhofe begraben, der um die neue Kirche lag. Es wurden Kinder geboren und nach Wolffenberg zur Taufe gebracht. Die jungen Leute kamen in die „Jakobsleiter“, tanzten wie ehedem, verliebten sich und heirateten einander. Die alten Bauern rückten ins Ausgedinge und ließen die Kinder schalten. Wie es zu allen Zeiten der Lauf der Welt war. Aber die Freirichterin Salomäa herrschte und regierte über alles. Die Felder wurden jedes Jahr neu bestellt und gaben jedes Jahr ihre Frucht. Die Pflüge brachen jedes Jahr ein neues Stück Ödland um und machten es zum Brotlande. Die Axt fraß sich in die Wälder und in die Gebüsche hinein und machte aus dem Dämmerlande ein Mittagsland. Aber die Freirichterin Salomäa herrschte und regierte über alles.

Es wuchsen die Dörfer in die Länge und Breite. Es wurden ihnen oben und unten neue Höfe angesetzt wie neue Stücke bei einem Kinderkleide, das dem Mädchen zu kurz ward. In Wolffenberg entstand die Kleinseite, die hinter den Gärten entlang lief, und wo sieben neue Höfe ausgesetzt wurden. Aber die Freirichterin Salomäa herrschte und regierte über alles.

Mit den Jahren verlor die alte Sandstraße von der Kastellanei Nimptsch über Baumgarten, das ehedem Olipa hieß, und am Bannwalde vorbei nach Breslau ihre alte Bedeutung und ward durch die Straße ersetzt, die am Loheflusse entlang führte, Lohwald und Wolffenberg berührte und viel kürzer war. Oberhalb von Lohwald überquerte sie den Fluß auf einer großen Brücke, die „das Hängeholz“ hieß und so hoch von Ufer zu Ufer ging, daß kein Hochwasser sie erreichte. Aber die Freirichterin Salomäa herrschte und regierte über alles.

Sie sah die Menschen kommen und gehn, aber sie war schon lange gekommen und ging noch lange nicht. Sie sah das Blühen der Felder und ihr Verwelken, aber sie blühte noch immer und welkte spät, wie eine kostbare Waldblume, die die Eintagsblumen des Gartens überdauert. Sie sah die Wälder schwinden und die Dickichte hinsinken. Sie aber schwand nicht und sank nicht hin, sondern stand und herrschte und regierte über alles.

Sie war beinahe wie eine ewige Gestalt, und niemand konnte sich den Tag vorstellen, wo sie nicht mehr war, und wo ein andrer den Freirichterstab führen sollte.

Längst hatten alle Burschen der Umgegend es aufgegeben, um die stolze herrische Salomäa zu freien. Selbst mancher ältere Bauer, dem man die Ehefrau vorzeitig auf den Kirchhof trug, und der sich nach einer neuen Frau umsah, und sein Blick fiel auch auf die schöne ledige Freirichterin, verzagte, wenn er sie aus der Nähe sah.

Wohl fiel ihr noch immer das volle Haar vom Scheitel, wohl hatte sie noch immer ihre aufrechte Schöngestalt, ihre weißen Hände und ihre roten Wangen, aber ihr Blick ging über alles hinweg und durch alles hindurch, daß sich selber der kühnste Freier zur Seite drückte, wenn sie ihn ansah.

So wirkte sie, wiewohl noch lebendig und als Fürstin über alles gesetzt, was da lebte, aber selber aus dem Kreise der Lebendigen herausgerückt und mehr wie ein Gesetz, ein herrisches Wort, ein Begriff der Macht und Würde.

Ihr Hof wuchs, und es war längst ausgemacht, daß ihr Neffe Jakobus den Eckehof haben sollte, da er schon seit Jahren die Wirtschaft führte.

Sie selber herrschte und regierte über ihre Dörfer, und es konnte kein besser Regiment geben als das ihre, das die Weitsicht des Mannes mit fraulicher Güte verband.

Aber mochte es auch allen so scheinen, als sei die Freirichterin längst über die Jahre hinaus, wo ein Weib noch hofft, ein eigenes Glück zu gewinnen, ja, mochten manche sogar insgeheim sagen, dieses Weib sei nie eines gewesen, trotz ihrer Schönheit, so trug Salomäa doch noch in ihrer Brust das alte Herz.

Oft machte sie, wenn sie über die Felder ging, auf dem Nachhauseweg einen Umweg durch den Wald, stieg bis auf den Wildacker und saß manch liebes Mal lange auf der alten Bank unter der Fichte, die indes schon großmächtig und in der Krone viel lichter geworden war als zu jener Zeit, da sie ihre grünen Zweige zu Boden senkte und die verbarg, die unter ihr saßen.

Wie manchen Mondaufgang erwartete sie hier, und alte, nie vergessene Klänge zogen durch ihr altes Herz.

Sie weinte nicht, sie trauerte nicht dem Vergangenen nach, sie war mit ihrem selbstgewählten Schicksal zufrieden und neidete niemandem ein fremdes Glück, aber sie führte in ihrer Art ein eigenes Leben, das niemand kannte.

Wer hätte in den Dörfern noch den Luzan gekannt? Die Alten, die ihn gekannt hatten, waren längst tot, die Burschen und die Mädel, die zu seinen Liedern getanzt hatten, waren schon bei Jahren und hatten an anderes zu denken als an Tanz und Spiel, und die Jungen kannten ihn nicht mehr.

Aber Salomäa vergaß ihn nie. Sie hatte jahrelang auf ihn gewartet, und manches Mal ward ihr ahnungsvolles Herz von der leichten Hoffnung betrogen, er käme noch.

Als aber Jahr für Jahr dahinging, und er kam nicht, und er kam nicht, da gab sie die Hoffnung auf. Sie hatte ihm längst das Leid in der Apfelschänke verziehen, aber er hörte ihre Verzeihung nicht mehr.

So ründete sich ihr Leben und Lieben zu einem gewaltigen Kreise. Je länger Luzan tot war, um so mehr liebte sie ihn wieder, und es gab Augenblicke, ja Stunden, wo sie aller Erinnerung müde wurde und gern gestorben wäre.

Doch immer wieder ging der Tod an ihr vorbei, und da sie als weißhaarige Frau eines Tages den Freirichterstab niederlegte und in die kleine Stube zog, wo dereinst die alte Herzogin gesessen und geruht hatte, saß sie noch viele Jahre in dieser kleinen Stube und sah in den Garten hinaus, wo die Kinder des Neffen spielten und deren Kinder.

Und eines Tages kam der Tod auch zu ihr und sagte in einer späten Abendstunde: Komm!

Und es sanken die alten Geschlechter dahin, und es kamen neue Geschlechter und wieder neue und immer neue.

Einer aber blieb stehn, unvergänglich und ohne zu sterben, der große Berg, der Berg Silensi, der alte Fürst und König in seinem Lande.

Zwar schnitten die Menschen von seinem blauen und grünen Bannwaldmantel manch gutes Stück weg und rückten ihm mit Pflügen und Sensen hart an den Leib, aber er stand in seiner Ruhe und sah unbeweglich auf sie herab.

Denn alles Menschenwerk ist vergänglich.

Es kamen neue Kriege, und die Dörfer gingen in

Flammen auf. Da stockte das Werk des Pfluges, und die Sense ward dem Rost zum Raube. Es wuchsen auf den Feldern wieder Büsche und Bäume, und der Waldmantel weitete sich.

Den stolzen Kirchturm von Wolffenberg zerschlug ein Blitz. Das „Hängeholz“ über die Lohe nahm eine Riesenflut fort wie ein Spielzeug.

Es kam ein Krieg, der währte so lange wie ein Menschenalter, und wieder wurde der Berg Silensi mit seinen Schlüften und Klüften und Felshöhlen ein Zufluchtsberg. Draußen im Lande tobte der Krieg, und hier in der Einsamkeit hauste der letzte Bauer und wartete auf den Frieden.

Ob es aber Krieg oder Frieden war, der Berg blieb, und das Land blieb, und der Acker blieb, und der hohe Himmel blieb mit Sonne, Mond und allen seinen Sternen, da ging auch nicht einer verloren in all den Jahrhunderten.

Wechselvoll ist das Geschick des Menschen, unvergänglich aber bleiben die Werke Gottes.

Der Berg blieb, und es blieb das Land, und weil es in Treue zu dem Berge und zu dem Lande hielt, blieb auch das Volk. Mochten davon noch so viele sterben und verderben, das Volk aber blieb.

Und es ist geblieben bis heute, und es wird bleiben, wenn es treu bleibt.

Stehst du auf dem gründämmernden Gipfel des Berges, es sei, wann es sei, und du schaust über das schöne, breite, fruchtbare Land, und du siehst die vielen Dörfer und die Türme der Städte und bis an den blauen Rand der Gebirge, kann ein Land schöner sein als dieses? Alles hat es, was das Herz begehrt, und aus seinem unerschöpflichen Reichtum gibt es uns jedes Jahr neues Brot.

Und bedenke auch dieses: Wie lang eine Stunde ist, und wie lang ist ein Tag, und was kann alles an einem einzigen Tage geschehen?

Wenn aber ein Tag schon eine Ewigkeit ist, was ist erst ein Jahr, diese Scheune voller Tage, guter und böser?

Und was ist ein Jahr gegen ein Jahrzehnt und was ein Jahrzehnt gegen ein Jahrhundert, und was ich erzählt habe von dem Lande Schlesien, ist jetzt sieben Jahrhunderte her.

So hoch wie der blaue Berg über die Ebene ragt, so tief steigt der Brunnen der Jahrhunderte in die Zeit hinab.

Wir gehen noch auf dieser Erde und wandern im Lichte. Kurz ist der Tag, und unser aller Leben wird uns am Ende dünken wie eine Stunde. Aber daß wir hier gegangen sind in einem deutschen Lande, schön und groß und weit und breit, des sind wir in der Schuld jener, die vor uns waren.

Daß keiner von uns Wahlstatt vergäße, und daß keiner des Oderfürsten und der Herzogin vergäße, und denkt auch an die Freirichterin Salomäa, die vor euch durch dieses Land ging und Tag für Tag den blauen Berg sah, wie ihr ihn seht.

Denn wer je seiner Ahnen vergäße, vergäße seiner selbst.

INHALT

Das dramatische Werk
einer außergewöhnlichen Frau in einem ersten Auswahlband

Ilse Langner
Dramen I

Inhalt: Heimkehr · Métro · Die Heilige aus USA
Cornelia Kungström · Die Puppe
Der venezianische Spiegel · Die Schönste

Herausgegeben von Eberhard Günter Schulz.
Mit einer Bibliographie von Margarete Dierks.
1983. 456 Seiten. 17 × 24 cm. Leinen mit Schutzumschlag.

»Mit diesem Buch legt der Bergstadtverlag Wilhelm Gottlieb Korn eine Auswahl aus dem einzigartigen, thematisch weitgespannten Œuvre der deutschen Dramatikerin Ilse Langner vor. Hierdurch soll im deutschen Drama des 20. Jahrhunderts eine Dichterpersönlichkeit gewürdigt werden, die auch in der Literaturgeschichte eine eigene, bisher nicht gesehene Position einnimmt.
Eine Frau, die klaren Verstand, temperamentvolle Vitalität und festen Willen in sich vereint, schafft für die Bühne eine glaubwürdige Welt in antiker Formstrenge und mit einem unbestechlichen Realitätssinn. Seit Gerhart Hauptmann ist dem deutschen Theater nicht wieder eine in Schlichtheit und Wahrheit so bewegende Welt geschenkt worden. Hier aber ist es thematisch die Welt einer Not, die durch Krieg und technischen Fortschritt mehr noch bedingt ist als durch allgemeines menschliches Versagen. Und es ist eine Welt, die von einer Frau gestaltet wird. Der Horizont des Menschlichen erweitert sich durch Frauengestalten, die sich in ihrer traditionellen Rolle bewähren, ohne auf sie festgelegt zu bleiben. Und dies komponiert von einer Dramatikerin in Reinkultur, bei der Handlung und handelnde Gestalten zu einer überzeugenden Einheit verschmelzen.«

(Aus dem Vorwort des Herausgebers)